HEYNE
BÜCHER

Marie Louise Fischer

Von Marie Louise Fischer
sind als Heyne-Taschenbücher erschienen:

Ich spüre dich in meinem Blut · Band 01/5
Frucht der Sünde · Band 01/14
Wenn das Herz spricht · Band 01/296
Das Geheimnis des Medaillons · Band 01/330
Frauenstation · Band 01/427
Alle Liebe dieser Welt · Band 01/471
Mit den Augen der Liebe · Band 01/505
Wildes Blut · Band 01/770
Der junge Herr Justus · Band 01/820
Verbotene Liebe · Band 02/829
Die Ehe des Dr. Jorg · Band 01/845
Liebe meines Lebens · Band 01/894
Gehirnstation · Band 01/926
Kinderstation · Band 01/945
Das Mädchen Senta · Band 01/963
Die Ehe der Senta R. · Band 01/5001
Zerfetzte Segel · Band 01/5004
Eine Frau in den besten Jahren · Band 01/5011
Für immer Senta · Band 01/5040
Und so was nennt man Liebe · Band 01/5061
Unruhige Mädchen · Band 01/5127
Da wir uns lieben · Band 01/5138
Die tödlichen Sterne · Band 01/5156
Herz einer Mutter · Band 01/5162
Liebe, gefährliches Spiel · Band 01/5187
Eine Frau mit Referenzen · Band 01/5206
Die silberne Dose · Band 01/5211
Bleibt uns die Hoffnung · Band 01/5225
Wilde Jugend · Band 01/5246
Irrwege der Liebe · Band 01/5261
Unreife Herzen · Band 01/5296
Die Schatten der Vergangenheit · Band 01/5329
Herzen in Aufruhr · Band 01/5351
Gisela und der Frauenarzt · Band 01/5289
Ein Herz verzeiht · Band 01/5438
Geliebte Lehrerin · Band 01/5481
Mit der Liebe spielt man nicht · Band 01/5508
Kinderärztin Dr. Katja Holm · Band 01/5569
Nie wieder arm sein · Band 01/5639
Mädchen ohne Abitur · Band 01/5717
Alles was glücklich macht · Band 01/5773
Flucht aus dem Harem · Band 01/5836
Jede Nacht in einem anderen Bett · Band 01/5871
Hasardspiel der Liebe · Band 01/5908
Wichtiger als Liebe · Band 01/5993
Dreimal Hochzeit · Band 01/6067
Gefährliche Lüge · Band 01/6121
Auf offener Bühne · Band 01/6167
Geliebter Heiratsschwindler · Band 01/6220
Der Mann ihrer Träume · Band 01/6263
Vergib uns unsere Schuld · Band 01/6308
Die andere Seite der Liebe · Band 01/6393
Glück ist keine Insel · Band 01/6455
Der Traumtänzer · Band 01/6528
Plötzlicher Reichtum · Band 01/6612
Ein Mädchen wie Angelika · Band 01/6698
Millionär mit kleinen Fehlern · Band 01/6775
Zweimal Himmel und zurück · Band 01/6959
Der japanische Garten · Band 01/6980
Der Weg zurück · Band 01/7687

MARIE LOUISE FISCHER

IM SCHATTEN DES VERDACHTS

Roman

WILHELM HEYNE VERLAG
MÜNCHEN

HEYNE ALLGEMEINE REIHE
Nr. 01/7878

Printed in Germany 1989
Umschlagfoto: Bildagentur Mauritius/Bach, Mittenwald
Umschlaggestaltung: Atelier Ingrid Schütz, München
Satz: Werksatz Wolfersdorf GmbH
Druck und Bindung: Ebner Ulm

ISBN 3-453-03303-5

Es war kurz vor neun Uhr am Sonntagabend, als Vivian Wagner, überpünktlich, wie es ihre Art war, das französische Restaurant nahe der Berliner Philharmonie betrat. Ihr Freund, der junge Regierungsrat Herbert Zink, wartete schon auf sie und erhob sich von dem reservierten Ecktisch, um ihr aus dem pelzgefütterten braunen Seidenmantel zu helfen.

»Ich komme doch nicht zu spät?« fragte sie ein wenig atemlos.

»Du doch nie!« entgegnete er lächelnd.

Das Lokal war noch nicht voll besetzt, da der große Zulauf erst nach Beendigung des Konzertes kommen würde. Aber die Blicke der Anwesenden wurden wie magnetisch von Vivians Erscheinung angezogen, als der Mantel von ihren mädchenhaften Schultern glitt. Das goldgelbe Kleid, von zwei Spaghettiträgern gehalten, betonte das zarte Weiß ihrer Haut und ließ ihren festen, runden Busen mehr als erahnen. Das nußbraun getönte Haar stand in apartem Gegensatz zu ihren großen blauen Augen, und ihre Wangen waren von der Kälte der Februarnacht leicht gerötet. Eine gerade Nase, ein rundes Kinn und ein fester Mund ergänzten das Bild. Ja, sie war schon des Ansehens wert, und sie wußte es.

»Du siehst wunderbar aus!« sagte er, als er ihr einen Stuhl zurechtschob, nachdem er einem Kellner ihren Mantel übergeben hatte; er war stolz auf sie und gab sich keine Mühe, es zu verbergen.

»Nur eine schöne Kunstfigur«, entgegnete sie lächelnd.

Er runzelte die Stirn, die hoch wirkte, obwohl sein

blondes Haar üppig und dicht war. »Was soll das heißen?«

»Kennst du denn nicht das Märchen von ›Gockel, Hinkel und Gackeleia‹?« fragte sie ausweichend zurück. »Dann werde ich es dir bei Gelegenheit mal vorlesen.«

Sie wußte, daß es nie dazu kommen würde, weil ihr Freund die beiläufige Bemerkung rasch vergessen haben würde. Es gab andere Probleme, die ihn beschäftigten.

Er setzte sich wieder. »Wir sollten spätestens Ostern heiraten«, sagte er sehr direkt.

»Oh!« machte sie nur.

Der Kellner servierte zwei Gläser Champagner als Aperitif. Vivian und Herbert stießen miteinander an. Seine grauen Augen blickten sehr ernsthaft in die ihren. Sie nahmen beide einen Schluck.

»Du weichst mir aus«, beschwerte er sich.

»Ich dache, wir wären heute abend zusammen, um meinen Erfolg zu feiern.«

»Jetzt, da du es geschafft hast, steht unserer Heirat doch nichts mehr im Wege.«

»So sehe ich das nicht«, sagte sie.

»Vivian! Wie lange kennen wir uns jetzt?«

Sie zuckte die glatte Schulter. »Zwei Jahre?«

»Fast schon drei!« verbesserte er sie. »Und beinahe so lange ist es her, seit ich dir den ersten Antrag gemacht habe.«

Spielerisch drehte sie ihr Glas. »Das war ziemlich voreilig.«

»Damals vielleicht. Darin gebe ich dir recht. Aber inzwischen hat sich unsere Liebe doch erprobt.«

»Bist du sicher?«

»Vivian! Was hast du an mir auszusetzen?«

»Nichts«, gab sie zu, »und das weißt du.«

»Also dann...«

Sie fiel ihm ins Wort. »Sieh mal, wir treffen uns nur nach Feierabend oder höchstens mal am Wochenende, und das auch nicht allzu oft, weil ich so viel zu schuften hatte. Woher wollen wir da wissen, ob wir wirklich zusammen leben können? Das ist doch etwas ganz anderes.«

»Du kannst mich einen Spießer nennen...«

»Das würde mir im Traum nicht einfallen!«

»... aber es widerstrebt mir, ohne Trauschein zusammenzuziehen.«

»Das verstehe ich gut!« stimmte sie zu, ohne sich ihre Erleichterung anmerken zu lassen. »Außerdem müßten wir uns dazu ja erst mal eine größere Wohnung suchen. Weder in deinem Junggesellenapartment noch in meiner Bude würde das gutgehen, und im Augenblick habe ich wirklich andere Dinge im Kopf.«

»Würdest du die Güte haben, mir das näher zu erklären?« verlangte er gereizt und fuhr fort, ohne ihr Gelegenheit zu einer Antwort zu geben: »Erst war dein Staatsexamen für dich das wichtigste. So weit, so gut. Das habe ich ja noch verstanden. Dann war es deine Dissertation. Das habe ich auch noch hingenommen. Aber nun, da du ein ausgewachsener Doktor der Medizin bist...«

»... muß ich mich um eine Zulassung als Kassenärztin bemühen!« warf sie ein.

»Aber das eine schließt das andere doch nicht aus! Ich werde eine passende Wohnung besorgen...«

»Ich dachte, du hättest was gegen eine wilde Ehe.«

»Nach wie vor. Aber da du darauf bestehst, bitte. Es soll ja kein Dauerzustand werden.«

Sanft berührte sie seine Hand über den Tisch hinweg. »Du bist sehr lieb, Herbert.«

»Ich liebe dich sehr, Vivian. Niemals hätte ich geglaubt, eine Frau könnte mich so an der Nase herumführen.«

»Das liegt nicht in meiner Absicht.«

»Aber du tust es, und ich begreife ehrlich nicht, warum. Du scheinst mich für einen Macho zu halten. Ist es das?«

»Nein, Herbert.«

»Ich bin mir darüber im klaren, daß man eine kluge Frau wie dich, die es zu einem Studienabschluß gebracht hat, nun anschließend nicht in Haus und Küche verbannen kann. Du kannst mich heiraten und durchaus deine Praxis betreiben. Warum denn nicht? Ich erwarte nicht von dir, daß du mir die Pantoffeln nachträgst oder meine Hemden bügelst. Natürlich möchte ich eines Tages Kinder haben. Du doch auch, nicht wahr?«

»Ja, sicher«, bestätigte sie schwach.

»Aber wenn du willst, werden wir uns damit Zeit lassen, bis deine Praxis läuft und bis wir uns zusammengerauft haben, was du ja für nötig zu halten scheinst.«

»Unbedingt.«

»Sind wir uns also einig?«

»Laß mir Zeit, Herbert!« flehte sie. »Bitte!«

»Für was, um Himmels willen, brauchst du jetzt noch Zeit?«

Sie schlug die Augen nieder und blickte auf das weiße Tischtuch. »Du verstehst mich nicht.«

»Aber ich versuch's doch, Vivian. Ich bin sogar zu jedem Kompromiß bereit. Was könnte ich sonst noch tun?«

Sie hatten ihre Gläser fast geleert. Der Kellner brachte eine Flasche Weißwein an den Tisch – Herbert hatte sie vor Vivians Ankunft bestellt –, ließ ihn das Etikett begutachten, entkorkte sie elegant und schenkte ihm einen Schluck in das Weißweinglas ein. Herbert kostete und bezeugte seine Zufriedenheit. Der Kellner füllte erst Vivians, dann Herberts Glas. Er tat dies alles mit jener zeremoniellen Eleganz, wie sie in Restaurants der Spitzenklasse üblich ist.

Gewöhnlich genoß Vivian diese Umständlichkeit, in der sich Respekt vor den Gästen, aber auch vor den Getränken und Speisen ausdrückte. Aber heute machte sie sie nervös. Ungeduldig wartete sie darauf, daß der Mann im schwarzen Frack sich zurückzog.

»Warum«, fragte sie, als sie wieder allein waren, »lassen wir es nicht so, wie es ist?«

»Für mich ist das kein befriedigender Zustand.«

»Ich werde jetzt mehr Zeit für dich haben, viel mehr Zeit.«

»Das genügt mir nicht.«

»Mir gefällt es. Es ist doch schön, wenn zwei erwachsene, freie Menschen sich lieben. Ist die Ehe denn wirklich so erstrebenswert? Du warst schon einmal verheiratet. Du müßtest es wissen.«

»Es ist nicht fair, mich daran zu erinnern – ausgerechnet in diesem Augenblick.«

»Ich finde doch. Gerade weil ich es bisher vermieden habe, dich danach zu fragen.«

Der Kellner servierte Krevettencocktail in Kelchen, heißen Toast, in Servietten eingeschlagen auf einem Silberteller, und zu Röllchen geformte Butterstücke. Diesmal ging es rasch.

Vivian war nicht überrascht, daß Herbert geordert hatte, ohne sie gefragt zu haben. Aber er glaubte ausnahmsweise, sich dafür entschuldigen zu müssen.

»Ich hoffe, du bist mir nicht böse«, sagte er in fragendem Ton.

Sie verstand ihn sofort. »Aber gar nicht. Ich bin froh, daß mir die Qual der Wahl erspart geblieben ist. Es ist schön, mal verwöhnt zu werden.« Sie strich sich Butter auf ein Stück Toast. »Aber das ist auch so etwas was ich nicht alle Tage ertragen könnte.«

»Keine Sorge. Wir werden es uns wohl nie leisten können, alle Tage groß essen zu gehen.«

»Wäre wohl auch langweilig. Aber du weißt genau, daß ich das nicht gemeint habe.« Sie spießte eine Garnele in rosiger Mayonnaise auf die zierliche Fischgabel und steckte sie in den Mund. »Schmeckt ausgezeichnet«, sagte Vivian.

»Worüber beschwerst du dich also?«

»Ich? Mich beschweren?« Sie lachte auf, aber es klang nicht ganz natürlich. »Du spinnst ja.«

Er verzog die Strn. »Ich mag es nicht, wenn du so burschikos bist.«

»Entschuldige, Liebling! Das ist mir nur so 'rausgerutscht. Wir Mediziner sind nun mal ein rauhes Völkchen.«

Nach der Vorspeise wurde dann ein Chateaubriand serviert, innen noch rosig, außen knusprig, dazu Sauce béarnaise und Artischocken. Vivian und Herbert vermochten das ausgezeichnete Dinner nicht recht zu genießen. Sie waren jetzt beide bemüht, höflich miteinander umzugehen. Aber sie spürten, daß es krampfhaft wirkte. Die Mißstimmung, die zwischen ihnen aufgekommen war, ließ sich nicht überspielen. So priesen sie denn das gute Essen und den köstlichen herben Wein, als müßten sie einander überzeugen, wie sehr es ihnen schmeckte.

Eine Nachspeise zu nehmen, lehnte Vivian ab.

»Aber jetzt könntest du nach Herzenslust aussuchen.«

»Ich hoffte, ich hätte dir klargemacht, daß mir daran gar nicht so besonders viel liegt.«

»Trotzdem. Du solltest dir die Karte wenigstens ansehen.«

»Nein, danke, Herbert. Ich weiß, du meinst es gut. Aber ich bin vollkommen satt.«

Beim Kaffee begann er dann von seiner Ehe zu erzählen. »Warum sie in die Brüche ging, weiß ich bis heute noch nicht genau. Vielleicht war es das verflixte siebte Jahr, vielleicht waren wir auch noch zu jung, als wir geheiratet haben, jedenfalls Gina. Ich war fünfundzwanzig, sie achtzehn. Anfangs waren wir glücklich, obwohl wir uns finanziell sehr beschränken mußten. Aber im

Lauf der Zeit wurde sie immer unruhiger und unzufriedener. Sie steigerte sich in die Vorstellung hinein, ihre Jugend vergeudet zu haben.«

Vivian beschränkte sich darauf zuzuhören und versagte sich einen Kommentar.

»Eine ganz gewöhnliche Geschichte also. Aber sie hat mir verdammt weh getan. Eine Scheidung ist wohl immer eine Niederlage. Jedenfalls habe ich das so empfunden.«

»Hast du sie denn noch geliebt?«

»Ich weiß es nicht. Jedenfalls wollte ich sie nicht verlieren. Aber sie bestand auf Scheidung.« Er strich sich über den Mund. »Es steckte ein anderer Mann dahinter. Aber das habe ich erst nachher erfahren. Den hat sie dann auch geheiratet, knapp ein Jahr, nachdem sie die ersehnte Freiheit wiedergewonnen hatte.« Er versuchte ein Lächeln. »Meine Freunde meinten, ich müßte glücklich darüber sein. So brauchte ich wenigstens nicht mehr für sie zu zahlen. Aber für mich war das alles andere als ein Witz.«

Sie streichelte seinen Handrücken. »Armer Herbert.«

»Natürlich weiß ich, daß auch ich Fehler gemacht habe«, sagte er heftig, »es kann ja nicht anders sein. Aber soll ich deshalb verdammt sein, niemals wieder ein eigenes Heim zu haben? Eine Familie? Ich bin jetzt vierzig. Muß ich ein Hagestolz werden?«

»Ganz sicher nicht, Herbert. Du bist ein wunderbarer Mann und ein großartiger Mensch.«

»Heirate mich, Vivian!«

»Ich bin nicht sicher, daß ich die Frau bin, die du brauchst.«

»Dann liebst du mich nicht.«

»Doch, Herbert. Das tue ich. Von ganzem Herzen.«

»Dann würdest du nicht riskieren, mich zu verlieren.«

Das war so logisch, daß Vivian kein Gegenargument dazu einfallen wollte.

»Es würde dir nichts ausmachen, wenn ich mich auf Brautschau begeben würde«, sagte er, und es klang eher wie eine Frage als eine Behauptung.

»Es würde mir weh tun«, gestand sie.

»Aber es wäre dir nicht unerträglich.«

»Ach, Herbert«, sagte sie, »du scheinst nicht zu ahnen, was ein Mensch im Leben alles ertragen kann.«

Vivian Wagner hauste keineswegs in einer Bude, wie sie im Gespräch mit Herbert Zink behauptet hatte, sondern in einer durchaus komfortablen Wohnung – zwei Zimmer, Bad und Küche. Aber die Räume waren klein, und zwei ausgeprägte Persönlichkeiten wären sich hier im Alltag ganz sicher auf die Nerven gegangen. Wenn Herbert sie hie und da am Wochenende besuchte, wenn sie miteinander schmusten, schliefen, alberten und sich in der Küche etwas brutzelten, war das natürlich etwas ganz anderes. Dann hatten sie beide das Bedürfnis, ganz eng beieinander zu sein.

Da Vivian es haßte, eine dunkle Wohnung zu betreten, hatte sie im Entrée die kleine Lampe über dem Garderobenspiegel brennen lassen. Es wurde ihr bewußt, daß sie froh war, wieder allein zu sein. Sie hätte ein Zusammensein mit Herbert nur schwer ertragen. Natürlich hatte er mit ihr heraufkommen wollen, aber als sie es abgelehnt hatte – sehr charmant, aber bestimmt –, hatte er nicht darauf bestanden. Er hatte sich so rasch damit abgefunden, daß sie es als Beleidigung oder auch als Strafe hätte empfinden können. Aber sie war nur erleichtert gewesen.

Sorgfältig streifte sie ihren Mantel über einen Bügel und hängte ihn an die Garderobenwand. Unwillkürlich warf sie einen Blick in den Spiegel: gerade Nase, festes Kinn, große blaue Augen, nußbraunes Haar – ja, sie sah wirklich gut aus; sie konstatierte es ohne Eitelkeit.

Dann ging sie ins Bad, ließ Wasser in die Wanne laufen, gönnte sich einen schäumenden Zusatz und zog sich im Schlafzimmer aus. Das Bett, breit, modern, bequem, war schon für die Nacht gerichtet. Es machte den Eindruck, als wartete es auf sie. Aber seine Zeit war noch nicht gekommen.

Vivian schminkte sich vor dem Spiegel über dem Waschbecken ab und nahm ihre Haftschalen aus den Augen, versorgte sie in dem dafür bestimmten Döschen. Jetzt war ihre Iris nicht mehr blau, sondern grau. Aber das machte kaum einen Unterschied. Herbert kannte sie auch so, und es hatte ihn nie gestört. Sie selber hatte schon erwogen, auf die Haftschalen, die sie anfangs nur aus kosmetischen Gründen benutzt hatte, zu verzichten. Aber dann hatte sich bei ihr eine leichte Sehschwäche gezeigt, und so hatte sie denn das Angenehme mit dem Nützlichen verbunden. Sie cremte Gesicht und Hals mit kreisenden Bewegungen ein und stieg danach in die Wanne. Das heiße Wasser war eine Wohltat. Sie schloß die Augen und versuchte abzuschalten. Aber die Erinnerung an den mißglückten Abend verfolgte sie.

Es war durchaus nicht Herberts Schuld, daß der Abend schiefgelaufen war. Sie hätte mit seinem erneuten Heiratsantrag zu diesem Zeitpunkt rechnen und ihn abbiegen müssen, bevor er ausgesprochen worden war. Ihr Verhalten hatte ernüchternd auf ihn wirken müssen.

Er war ein sehr verletzlicher Mann, aber gerade das liebte sie an ihm. Sie verstand, daß er seine Sensibilität hinter einem betont männlichen Gehabe zu verbergen suchte. Es störte sie auch nicht, wenn er über sie zu bestimmen versuchte. Das konnte er ja immer nur bei durchaus unwichtigen Anlässen wie etwa beim Dinner heute abend, oder wennn er sie bat, dieses und jenes Kleid nicht anzuziehen oder Kraftausdrücke zu vermeiden. Es fiel ihr nicht schwer, ihm darin nachzugeben.

Doch in wesentlichen Fragen behielt sie sich die Entscheidung vor.

So hatte sie ihn nach dem letzten Staatsexamen nicht geheiratet, wie er es gewollt hatte, sondern eine Stellung als Assistenzärztin im Krankenhaus Wilmersdorf, gleich hinter dem Kurfürstendamm, angetreten. Sie war nicht zu ihm nach Charlottenburg gezogen, sondern in die Düsseldorfer Straße, von wo sie die Klinik zu Fuß erreichen konnte. Sie hatte ihre Freizeit nur selten mit ihm verbracht, sondern statt dessen ihre Dissertation geschrieben. Ja, sie hatte ihm einiges zugemutet, aber er hatte es, wenn auch nicht ohne Murren, hingenommen, weil ihre Argumente logisch und vernünftig gewesen waren. Daß er jetzt nicht länger warten wollte, war begreiflich. Sie hätte es voraussehen sollen. Die einzige Erklärung, die er sich für ihr Verhalten zurechtlegen konnte, war mangelnde Liebe.

Aber das stimmte nicht. Sie liebte ihn sehr, mehr als jeden anderen Mann zuvor. Was sie vor einer offiziellen Bindung zurückschrecken ließ, war etwas ganz anderes: Er wußte nichts von ihr; er kannte sie im Grunde gar nicht, und es wurde ihm nicht einmal bewußt.

Es war tatsächlich nicht fair von ihr gewesen, auf seine gescheiterte Ehe anzuspielen. Damit hatte sie versucht, ihm den Schwarzen Peter zuzuspielen, und das war ihr sogar geglückt. Sie hatte ihm das Gefühl gegeben, daß sie an seinen Fähigkeiten zweifelte, eine gute Ehe führen zu können.

Doch in Wahrheit bestand dazu gar kein Grund. Er war zärtlich und leidenschaftlich, liebevoll und fürsorglich, treu und solide und hatte sogar Sinn für Humor. Einen besseren Mann hätte sie sich gar nicht wünschen können. Es lag nur an ihr, einzig an ihr, daß sie seinen Antrag nicht annehmen konnte. Vivian seufzte tief, mußte dann aber selber über ihren einsamen Seufzer lächeln, öffnete die Augen und erhob sich, um sich kalt abzuduschen. Dabei bewunderte sie, wenn auch ein wenig ironisch, ihren festen, runden Busen – zu schön, um echt zu sein.

Nachdem sie sich mit einem großen, weichen Frotteetuch gründlich abgetrocknet hatte, cremte sie ihre Haut vom Busen bis zu den Zehen ein und schlüpfte in ein langärmeliges Baumwollnachthemd. Sie zog ein Paar warme Lammfellhausschuhe an und einen seidenen Kimono mit breiter Schärpe. Dann sammelte sie die getragene Unterwäsche ein und steckte sie im Bad in den Wäschepuff. Das goldgelbe Seidenkleid mit den Spaghettiträgern hängte sie über einen Bügel und brachte es zum Lüften auf den Küchenbalkon. Sie war nur wenige Sekunden draußen, dann flüchtete sie vor der bitteren Kälte gleich wieder in die Wärme der Küche zurück.

Die Küche war, wie alle Räume ihrer Wohnung, klein, aber sie bot immerhin Platz für einen quadratischen Holztisch mit zwei Stühlen. Er hatte, im Gegensatz zum Couchtisch im Wohnzimmer, die richtige Höhe. Hier pflegte sie, allein oder auch zu zweit, ihre Mahlzeiten einzunehmen. Er war mit einem rotweiß karierten Tuch bedeckt.

Vivian war jetzt gar nicht mehr müde. Sie nahm sich ein kleines Glas, holte eine Flasche Magenbitter aus dem Hängeschrank und schenkte sich ein.

Das volle Glas in der Hand, überlegte sie, ins Wohnzimmer zu gehen. Aber dann blieb sie, wo sie war, und ließ sich auf einen der beiden Holzstühle sinken, deren Sitze aus Binsen geflochten waren. Ihre Kindheit hatte sie vorwiegend in der Küche verbracht. Nach dem frühen Tod ihres Vaters – damals war sie zwölf Jahre alt gewesen – hatte sie das Schlafzimmer mit der Mutter geteilt. So hatte sie keinen Raum für sich selber gehabt. In der Küche hatte sie ihre Hausaufgaben gemacht, geschmökert und geträumt, während die Mutter zur Arbeit in die Werkzeugfabrik ›Gebrüder Hammer‹ gegangen war, um die Rente aufzubessern. Es war eine armselige Kindheit gewesen, und Vivian hätte sie um keinen Preis noch einmal erleben mögen. Aber die Vorliebe für die Küche als Zufluchtsort war ihr geblieben.

Der Magenbitter tat ihr gut, obwohl das Essen nicht eben schwer gewesen war. Herbert hatte vorgeschlagen, zum Kaffee noch einen Cognac zu nehmen. Das hatte sie abgelehnt aus Furcht, in einen Zustand zu geraten, in dem Worte fallen könnten, die sich nicht mehr zurücknehmen lassen würden. Hier, ganz allein, das Bett in Reichweite, durfte sie sich gehenlassen. Sie schenkte sich noch ein Glas ein, verschraubte dann aber die Flasche und stellte sie an ihren Platz zurück.

Auf dem Unterschrank lag, gleich neben der Spüle, ein Stapel Zeitungen und Magazine, für das Altpapier bestimmt. Vivian wollte es nicht, aber sie konnte nicht anders: Sie zog eine bestimmte Illustrierte mit einem knallbunten Titelblatt heraus – es zeigte eine deutlich gestellte Szene der britischen Königsfamilie im Buckingham-Palast –, trug sie zu ihrem Platz und setzte sich wieder. Lange starrte sie auf dieses kitschige Farbfoto, ohne es wirklich zu sehen. Vivian pflegte dergleichen Produkte der Yellowpress nicht zu kaufen, sie hatte es, nachdem sie es stehend gedankenlos durchgeblättert hatte, aus einem Wartezimmer der Klinik mitgenommen. Es war ein entsprechend abgewetztes Exemplar.

Warum nur hatte sie es eingesteckt? Und warum hatte sie es dann nicht vernichtet? Warum trennte sie sich nicht jetzt, in diesem Augenblick, davon und ließ es im Müllschlucker verschwinden?

Es war ihr unmöglich. Wie unter Zwang schlug sie es an einer bestimmten Seite auf. Das Bild einer Frau war abgedruckt, einer gedemütigten jungen Frau – das zeigte der verstörte Blick ihrer schrägstehenden Augen –, die dennoch mit einem Ausdruck von Trotz und Energie, die Lippen fest zusammengepreßt, in die Kamera blickte. Es war eine Schwarzweißaufnahme mit sehr harten Konturen, ein Foto, das seinerzeit durch die gesamte deutsche Presse, ja, wahrscheinlich sogar durch die Weltpresse gegangen war. Dieses Foto und noch einige mehr. Im Gerichtssaal hatten die Reporter zwar nicht knipsen dürfen, aber ansonsten hatten sie jede Möglichkeit wahrgenommen, hatten sie auf Schritt und Tritt verfolgt.

Auch Kinderbilder waren in die Zeitungen gelangt, eines, das sie am ersten Schultag mit der traditionellen spitzen Tüte zeigte, ein Klassenfoto, eines von der Abiturfeier und andere mehr. Aber sie alle waren austauschbar, hätten dieses oder jenes Mädchen in der Pubertät zeigen können. Doch dieses große Schwarzweißfoto zeigte unverwechselbar Lisa Hammer.

Die Unterschrift lautete, so knapp wie bösartig: ›Lisa Hammer – eine kaltblütige Mörderin?‹

Vivian las den Artikel nicht. Er war in der Serie ›Ungeklärte Kriminalfälle‹ erschienen, mit dem irreführenden und denunzierenden Titel: ›Der Fall Lisa Hammer‹. Bei einer auch nur annähernd um Wahrheit bemühten Darstellung hätte es ›Der Fall Bruno Hammer‹ heißen müssen, so aber konnte es sich um nichts als verleumderisches Geschmiere handeln.

Vivian konnte sich nicht von dem Foto Lisa Hammers losreißen, sie betrachtete es mit einer, wie es ihr selber schien, geradezu krankhaften Faszination.

Wer war diese Frau? Sie wirkte unauffällig, ja unscheinbar: straff zurückgekämmtes Haar – die Stirn allerdings hoch und ausgeprägt –, gebogene Nase, fliehendes Kinn, die Figur eher mager als schlank. Dennoch war sie auf eine gewisse Weise anziehend durch ihre offensichtliche Jugend, ihre Intelligenz und die Kraft, die sie ausstrahlte –, eine Kraft, die die meisten Journalisten und, durch sie beeinflußt, weite Teile der Bevölkerung als verbrecherisch empfunden hatten.

›Eine Frau, die vor nichts zurückschreckt!‹ hatten die Kommentare gelautet. ›Äußerst berechnend!‹ – ›Mit dem Teufel im Bunde?‹

Man hatte sie sozusagen vorverurteilt, und es gab nichts, was sie dagegen hatte tun können. Schon daß sie in jedem Bericht über den Mordfall Bruno Hammer als ›die mutmaßliche Täterin‹ zitiert wurde, hätte genügt, die Öffentlichkeit gegen sie aufzubringen.

Aber wer war Lisa Hammer, geborene Hopf wirklich? Ein umstelltes, in die Enge getriebenes Wild? Eine unschuldig Verfolgte? Eine verzweifelte, um ihre Freiheit Kämpfende? Das und noch viel mehr.

Vor allem aber war sie die Frau, die später Vivian Wagner werden sollte, Frau Doktor Vivian Wagner, sie die einstmals die Krankenschwester Lisa Hopf und später die Frau Bruno Hammers gewesen war.

Obwohl Vivian niemals ganz hatte vergessen können, was ihr damals in ihrer Heimatstadt Rodenberg in Oberbayern geschehen war, hatte sie es doch weitgehend verdrängt. Alle Energie hatte sie darauf verwendet, ihre neue Persönlichkeit zu formen und ihr Medizinstudium zu meistern. Für trübe Gedanken war keine Zeit geblieben, wenn auch Alpträume sie oft genug nachts aus dem Schlaf geschreckt hatten. Die Vergangenheit, dessen war sie sich sicher gewesen, war tot. Sie konnte sie nicht mehr einholen.

Diese Anstrengung hatte sie so weit gebracht, daß sie sich kaum noch mit der anderen, die sie einmal gewesen war, identifizieren konnte. War sie das wirklich gewesen? Wie war sie gewesen? Und wie hatte sie in den entsetzlichen Verdacht geraten können?

In dieser Nacht wurde es Vivian bewußt, daß sie die Vergangenheit nicht bewältigen konnte, indem sie sie von sich schob, sich verbot, rückwärts zu blicken, sie entschlossen hinter sich ließ, wie sie es bisher immer getan hatte. Um mit ihr fertig zu werden, mußte sie sie verarbeiten, denn sonst konnte es keine Zukunft für sie geben. Mit Macht versuchte sie sich jede Einzelheit ins Gedächtnis zu rufen.

Wie hatte alles begonnen?

Es war Mitte September gewesen, eine jener Vollmondnächte, die sie gefürchtet hatte, weil sie sie und auch den alten Herrn unruhig machten. Aber als sie nach Mitternacht die Vorhänge zuziehen wollte, hatte sie festgestellt, daß der Himmel wolkenverhangen war, und hatte darauf verzichtet. Sie hatte sich auf dem schmalen Bett in dem Raum schlafen gelegt, der mit seinen beiden Bücherwänden immer noch den Charakter einer Bibliothek hatte. Aber daran hatte sie sich nie gestört.

Als sie erwacht war, hatte das Leuchtzifferblatt des Weckers, der neben dem Bett auf einem Stuhl stand, fünf Minuten nach vier angezeigt. In dem alten Haus in der Parkallee war es ganz still gewesen. Sie hatte sich nicht die Zeit genommen, in die Dunkelheit zu lauschen, sondern war sofort in ihren weißen Schwesternkittel und ihre bequemen Sandalen geschlüpft.

Die Tür nach nebenan, dem großen Gartenzimmer, war, wie immer, nur angelehnt gewesen. Hier war Bruno Hammer seit seiner schweren Erkrankung, die es ihm nicht mehr erlaubte, Treppen zu steigen, untergebracht. Das hatte für ihn auch den Vorteil, daß sie ihn bei gutem Wetter im Rollstuhl auf die Terrasse schieben konnte.

Jetzt lag er in seinem Bett, einem verstellbaren Krankenhausbett, und schlief. Die Nachttischlampe verbreitete ihr mildes, bläuliches Licht. Gleich daneben hing der Klingelzug, so nahe seiner Hand, daß er sie kaum bewegen mußte, wenn er einen Hilferuf aussenden wollte.

Sie registrierte, wie seltsam ruhig es war. Nicht einmal einer seiner gewöhnlich leicht rasselnden Atemzüge war zu hören. Schlief er wirklich?

Sie beugte sich über ihn. »Bruno«, fragte sie, »mußt du nicht mal?«

Keine Antwort. Aber der Ausdruck seines Gesichts war ganz friedlich, ja, es schien sogar etwas wie ein Lächeln um seine Lippen zu spielen.

Sie legte ihm die Hand auf die Stirn. Sie war sehr kalt. Jetzt, zum erstenmal, kam ihr der Gedanke, daß er gestorben sein könnte. Sie fühlte seinen Puls, tastend, nur mit den Fingerspitzen. Sein Blut pulsierte nicht mehr. Auf dem Spiegel, den sie ihm vor die Lippen hielt, erschien kein Hauch. Bruno Hammer, ihr Patient, ihr Mann und ihr Gönner, war tot.

Lisa sank in den bequemen Sessel, in dem sie ihm Gesellschaft zu leisten pflegte, und versuchte ihrer Betroffenheit Herr zu werden. Daß er nicht mehr sehr lange zu leben hatte, hatten sie beide gewußt. Aber mit einigen Jahren war doch noch zu rechnen gewesen. Daß der Tod so schnell kam, hatte niemand erwartet, auch Doktor Krantz, der Hausarzt, nicht.

Benommen saß Lisa da und dachte über ihre Beziehungen zu dem Toten nach, über seine Güte, seine Launen, seine jähen Zornausbrüche, über seinen Humor, der sich zuweilen auch in verletzender Ironie äußern konnte.

Als sie noch ein Kind und er ein gesunder Mann gewesen war, hatte sie ihn verehrt und gefürchtet. Die schweren Wagen, die er gefahren, die dicken Zigarren, die er geraucht, seine Eleganz und sein Auftreten, die rauschenden Feste, die er gegeben hatte, als seine Frau noch lebte, das alles war nicht nur für sie, sondern für ganz Rodenberg beeindruckend gewesen.

Manchmal war sie als junges Mädchen von seiner Tochter Evelyn zu Festen in sein Haus geladen worden. Die besondere Freundlichkeit, die er ihr stets erwiesen hatte, hatte sie eher erschreckt als erfreut. Nie hatte er vergessen, sie nach ihren Schulleistungen zu fragen und sie zu loben. Oft hatte er ihr einen Geldschein in die Hand gedrückt.

In den letzten drei Jahren, als sie seine Pflege übernommen hatte und schließlich seine Frau geworden war, hatte er im Mittelpunkt ihres Lebens gestanden und es ganz ausgefüllt. Jetzt, als sie an seinem Totenbett saß, kam ihr nicht eine Sekunde das Gefühl, sich über die Freiheit, die ihr sein Ableben schenkte, freuen zu können. Im Gegenteil, die Aufgabe, sich von heute auf morgen völlig umorientieren zu müssen, schien vor ihr zu stehen wie ein Berg, der sich kaum bewältigen ließ. Endlich raffte sie sich auf. Es war ihr der Gedanke gekommen, daß er sich im Schlaf oder im Tod beschmutzt haben könnte. Sie wollte ihn säubern, bevor der Arzt kam. Behutsam entfernte sie die Decke, die bis zu seiner Brust hochgezogen und unter beiden Armen eingeklemmt war.

Erst da entdeckte sie den Blutfleck, direkt über seinem Herzen. Er war nicht groß, das ausgetretene Blut war schon geronnen. Mit Entsetzen begriff sie, daß Bruno Hammer keineswegs eines natürlichen Todes gestorben war. Man hatte ihn im Schlaf getötet.

Die Frage, wer es getan haben könnte, stellte sich ihr gar nicht. Daß jemand etwas so abgrundtief Böses hatte über sich bringen können, war es, was sie schockierte.

Als sie den ersten Schreck überwunden hatte, stürzte sie zum Telefon und verständigte den Notruf. Sie wußte später nicht mehr, was sie genau gesagt hatte, befürchtete aber, sich sehr unverständlich ausgedrückt zu haben. »Bruno Hammer«, hatte sie wohl gestammelt, »mein Mann! Ja, der Fabrikant. Jemand hat ihn erstochen. Parkstraße zehn.«

Sie waren sehr rasch da, ein Streifenwagen mit Blaulicht und Martinshorn und ein PKW. Lisa hatte kaum Zeit gehabt, sich das Haar zu richten. Sie hatte auch das Außenlicht angemacht und erwartete die Polizei in der geöffneten Haustür.

»Wo?« wurde sie nur gefragt.

Sie wies stumm in den rückwärtigen Teil des Hauses.

Männer in Uniform und Zivil stürmten an ihr vorbei, zwei trugen eine zugeklappte Bahre, einer hatte eine Fotoausrüstung bei sich.

Ein älterer Herr mit beginnender Glatze und Kunststoffbrille blieb als einziger bei ihr stehen. »Sie haben den Anruf getätigt?«

Lisa nickte.

»Wo können wir uns in Ruhe unterhalten?«

»In der Bibliothek.«

Sie ging voraus und führte ihn durch die große Diele, in der jetzt alle Lichter brannten, und durch die schmale getäfelte Tür in die Bibliothek. Ihr Bett war noch zerwühlt. Aus dem Gartenzimmer waren das Klicken einer Kamera und die teils mürrischen, teils aufgekratzten Stimmen der Polizisten zu hören.

»Ich bin Oberinspektor Ellmann von der hiesigen Kripo«, stellte sich der Herr mit der Glatze vor, »ich werde diesen Fall übernehmen. Wollen wir uns nicht setzen?«

Lisa räusperte sich. In einer Ecke der Bibliothek gab es zwei bequeme Ledersessel, die bei einem niederen achteckigen Tisch aus Rosenholz standen. Lisa wies auf sie hin, und sie nahmen Platz.

Oberinspektor Ellmann trug einen grauen Trench, den er auch jetzt nicht auszog, obwohl das Haus stark beheizt war, aber er öffnete ihn. Aus der Innentasche seines grauen Jacketts zog er ein dickes schwarzes Notizbuch und einen Kugelschreiber. »Ich kann mir vorstellen, daß dieser Todesfall Sie sehr mitnimmt«, sagte er, »trotzdem muß ich Ihnen ein paar Fragen stellen.«

Lisa saß sehr steif in ihrem Sessel, ohne sich anzulehnen, und preßte die Hände zusammen. »Ja, das verstehe ich.«

»Der Verstorbene ist also Bruno Hammer? *Der* Bruno Hammer?«

»Ja. Er ist...« Sie verbesserte sich. »... er war Besitzer und Chef der ›Gebrüder Hammer‹-Werke.«

»Wie alt?«

»Siebenundfünfzig.«

Oberinspektor Ellmann schlug sein Notizbuch auf und trug es ein. »Sie«, sagte er dann, »sind die Krankenschwester, nehme ich an.«

»Ja, ich habe ihn gepflegt.«

»Ihren Namen, bitte!«

»Lisa Hammer.«

»Eine Verwandte?«

»Wir waren verheiratet.«

Unwillkürlich hob der Oberinspektor eine Augenbraue. »Seit wann?«

»Seit fast zwei Jahren.«

»Ihr Alter?«

»Fünfundzwanzig.«

Er notierte es ohne Kommentar. »Sie haben den Toten gefunden?«

»Ja.«

»Um wieviel Uhr?«

»Es muß sieben oder acht Minuten nach vier gewesen sein.«

Überrascht warf Ellmann einen Blick auf seine Armbanduhr. »Aber Ihr Notruf kam erst zehn nach fünf.« Er sah sie fragend an.

»Ja, ich weiß.«

»Würden Sie so freundlich sein, mir diese Diskrepanz zu erklären.«

»Ja, natürlich. Das war so: Fünf Minuten nach vier wurde ich wach. Ich habe als erstes auf meinen Wecker geschaut, deshalb weiß ich die Zeit so genau.«

»Durch ein Geräusch?«

»Nein. Im Gegenteil. Ich wachte wohl auf, weil mein Mann mich nicht gerufen hatte. Gewöhnlich brauchte er gegen drei Uhr das Steckbecken.«

»Aha.«

»Ich stand auf und ging nach nebenan. Zuerst dachte ich, er schläft. Aber dann merkte ich, daß er nicht mehr atmete. Ich stellte fest, daß er tot war.«

»Wann, ungefähr, wird das gewesen sein?«

»Schon wenige Minuten nach meinem Eintritt.«

»Und was taten Sie dann?«

»Ich...« Lisa rang die Hände. »... ich trauerte um ihn.«

»Sie sind nicht auf die Idee gekomen, die Polizei zu alarmieren?«

»Wie sollte ich? Ich dachte, er wäre an einem Herzversagen gestorben. Das wäre bei seiner Erkrankung etwas ganz Natürliches gewesen. Sein Herz war stark angegriffen.«

»An was litt er?«

»Gelenkrheumatismus. In primär-chronischer Form.«

»Aber waruum haben Sie nicht wenigstens den Arzt verständigt?«

»Warum? Der Patient war ja tot. Niemand hätte ihm mehr helfen können.«

»Trotzdem wäre es doch wohl die natürlichste Reaktion gewesen.«

»Den Arzt aus dem Bett zu scheuchen? Mitten in der Nacht? Doktor Krantz ist auch nicht mehr der Jüngste.«

»Sie wollen damit sagen, daß Ihr Motiv Rücksichtnahme war?«

»Das auch.«

»Aber eine Stunde später entschlossen Sie sich dann doch...«

Lisa hatte sich vorgenommen, ganz ruhig zu bleiben, aber das Bedürfnis sich zu verteidigen war stärker; sie schnitt Ellmann das Wort ab. »Herr Inspektor... Herr Oberinspektor! Ich habe den Notruf sofort alarmiert, als ich entdeckte, daß mein Mann getötet worden ist.«

»Und das war eine Stunde, nachdem Sie ihn fanden?«

»Ja!«

»Und wie das?«

»Ich zog ihm die Bettdecke fort, weil ich ihn waschen wollte. Da sah ich das Blut über seinem Herzen.«

»Hm, hm«, machte der Oberinspektor.

»Sie müssen mir das glauben! Er war vorher bis hier...« Sie zeigte es an sich selber. »... zugedeckt gewesen. Seine Arme lagen ausgestreckt links und rechts über der Decke. Ich konnte erst dann die Verletzung sehen.«

»Die Verletzung?«

»Ich habe mich falsch ausgedrückt. Ich nehme das zurück. Tatsächlich habe ich nur das Blut auf seinem Pyjama gesehen, nicht den Einstich.«

»Sie sind sicher, daß es sich um einen Einstich handelt?«

»Um was sonst? Da verhältnismäßig wenig Blut ausgetreten ist, kann ich sogar sagen, daß es sich bei der Waffe um einen sehr spitzen, sehr scharfen Gegenstand gehandelt haben muß?«

»Eine Stricknadel?«

Sie dachte nach. »Nein. Eine Stricknadel wäre nicht scharf genug. Außerdem ließe sie sich nicht handhaben.«

»An was haben Sie denn gedacht?«

»Ich habe mir darüber nicht den Kopf zerbrochen. Das herauszubringen ist Sache der Polizei, finde ich, oder, eher noch, des Pathologen.«

»War die Wunde frisch?«

»Wie könnte sie, da seit dem Mord mehr als eine Stunde vergangen sein mußte? Nein, das Blut war schon verkrustet.«

»Und Sie haben wirklich kein ungewöhnliches Geräusch im Haus gehört? Denken Sie gut nach!«

»Nein. Es war absolut still.«

»Ich nehme an, daß Sie einen leichten Schlaf haben.«

»Nein, habe ich nicht. Ich schlafe tief und fest, bis auf die Zeiten, zu denen der Patient mich braucht.« Sie verbesserte sich: »Brauchte.«

»Und wann war das?«

»Um drei Uhr, wie gesagt, aber heute habe ich verschlafen. Und dann wieder um sechs Uhr. Um vierundzwanzig Uhr sehe ich das letzte Mal nach ihm.«

»Sie mußten also nachts zweimal aufstehen. War das nicht sehr anstrengend?«

»Halb so schlimm. Ich konnte mich mittags hinlegen.«

»Trotzdem meine ich, daß zu einer solchen Pflege rund um die Uhr...« Er unterbrach sich. »Ich habe Sie doch wohl richtig verstanden?«

»Ja.«

»Ich meine – warum mußten Sie das allein machen? Geld, eine zweite oder eine dritte Kraft einzustellen, wäre ja doch wohl dagewesen.«

»Mein Mann ertrug keine fremden Menschen in seiner Nähe.«

»Nun gut. Lassen wir das. Wer, außer Ihrem Mann und Ihnen, wohnte sonst noch in diesem Haus?«

»Evelyn, seine Tochter, hat noch ein Zimmer hier, und Arthur, sein Sohn. Aber sie leben beide nicht in Rodenberg.«

»Und sonst?«

»Niemand. Frau Gärtner, Gerda Gärtner, die den Haushalt macht, geht nachmittags um vier. Die letzte Mahlzeit richte ich dann selber.«

»Und was hat es gestern gegeben?«

»Einen Teller entfettete Bouillon, Toastbrot mit wenig Butter und Diabetikermarmelade.«

»Hatte er denn auch Zucker?«

»Das nicht. Aber er war auf Schonkost gesetzt, auch um den Cholesterinspiegel niedrig zu halten.«

»Und wann hat er das zu sich genommen?«

»Um neunzehn Uhr.«

»Und danach nichts mehr?«

»Ein Glas Wein. Sollte er eigentlich auch nicht trinken, aber – nun ja – ein bißchen Lebensfreude war ihm doch zu gönnen.«

»War das Ihre eigene Entscheidung? Dem Patienten Alkohol zu geben, meine ich. Oder hat der Doktor Sie darin unterstützt?«

»Doktor Krantz wußte davon.«

»Na ja, ich denke, das wär's fürs erste.« Oberinspektor Ellmann machte eine Bewegung, als wollte er Notizbuch und Kugelschreiber einstecken, tat es dann aber doch nicht. »Wieviel Hausschlüssel gibt es?«

»Frau Gärtner und ich haben je einen, die beiden anderen sind bei Evelyn und Arthur.«

»Und was ist mit dem Ihres Mannes?«

»Das ist der, den ich benutze.«

»Haben Sie das Haus oft verlassen?«

»Nein.«

»Dann zeigen Sie mir mal bitte Ihren Schlüssel!«

»Wozu?« fragte sie erstaunt.

»Nun ja. Er könnte Ihnen abhanden gekommen sein.«

Lisa stand auf, zog eine große Tasche aus Segeltuch unter dem Bett hervor, in der sie Höschen und Strümpfe zum Wechseln, Taschentücher, Bürste, Kamm und allerlei persönlichen Krimskrams bewahrte. In einer Reißverschlußtasche an der Seie war ihr Schlüsselbund. »Hier ist er!« erklärte sie und legte ihn vor Oberinspektor Ellmann auf den Tisch. »Der andere ist der Autoschlüssel.«

Der Kriminalbeamte beäugte die Schlüssel, rührte sie aber nicht an. »Danke, Frau Hammer!« Er kritzelte noch etwas in sein Büchlein, steckte es dann samt Kugelschreiber ins Jackett.

»Sie haben mir ein ganzes Stück weitergeholfen.«

»Tatsächlich?« fragte sie skeptisch.

»Doch. Ich kann mir jetzt zumindest ein Bild von der Situation machen.« Er stand auf und ging auf die Tür zum Gartenzimmer zu. Kurz davor blieb er stehen und wandte sich um. »Sagen Sie, wie oft haben Sie das Auto eigentlich gefahren?«

»Hin und wieder.«

»Bei welchen Gelegenheiten?«

»Wenn ich zur Apotheke mußte.«

»Sonst nie?«

»Vielleicht doch. Das kann ich im Augenblick nicht mit Sicherheit sagen.«

»Danke, Frau Hammer.«

Lisa fühlte sich benommen; sie wußte nicht, was sie tun sollte. Die Haustür schlug zu. Wahrscheinlich hatte man den Toten schon fortgebracht. Aber aus dem Nebenzimmer waren noch, wenn auch unverständlich, Männerstimmen zu hören.

Es ging jetzt auf sechs Uhr zu, noch zu früh, um Evelyn und Arthur zu benachrichtigen. In einer Stunde würde Frau Gärtner eintreffen. Sie mußte es wohl zunächst erfahren.

Lisa entschied, in die Küche zu gehen und sich eine Tasse Kaffee zu kochen. Gerade war sie aufgestanden, als es an der Tür klopfte.

»Ja?« sagte sie müde.

Oberinspektor Ellmann trat ein, gefolgt von einem sehr großen schlanken Herrn, dessen glattes schwarzes, zurückgekämmtes Haar Geheimratsecken an beiden Seiten der Stirn freiließ.

»Staatsanwalt Goldberg«, stellte der Oberinspektor vor, »Frau Lisa Hammer.«

»Mein aufrichtiges Beileid, gnädige Frau«, sagte der Staatsanwalt und blickte sie aus dunklen Augen so aufmerksam an, als hoffte er, den Grund ihrer Seele erforschen zu können.

»Danke«, erwiderte sie spröde.

»Die Männer von der Spurensicherung sind fort, Frau Hammer. Sie können jetzt hinein.«

»Danke«, sagte sie wieder und kam sich wie ein Papagei vor, aber sie brachte nicht mehr die Kraft auf, liebenswürdig zu sein oder Konversation zu machen.

Die Herren zogen sich zurück. Lisa ging in die Küche und setzte die Kaffeemaschine in Gang. Die Küche war klein und sehr modern, erst nach der Erkrankung Bruno Hammers, dem Tod seiner ersten Frau und dem Weggang der Kinder eingebaut. Sie hatte ein Fenster zur Straße.

Während das kochende Wasser durch den Filter lief, konnte Lisa über den Vorgarten hinweg den Kriminalbeamten und den Staatsanwalt beobachten, wie sie noch einige Zeit auf dem Bürgersteig beisammen standen und miteinander sprachen. Dann verabschiedeten sie sich und gingen mit großen Schritten davon, wahrscheinlich zu ihren Autos, die sie bei ihrer Ankunft nicht direkt vor dem Haus hatten parken können. Der Streifenwagen war inzwischen verschwunden.

Gerda Gärtner war eine dicke Frau, die sich trotz ihres Übergewichts sehr behende bewegen konnte. Ihr rundes, fast faltenloses Gesicht täuschte eine Mütterlichkeit vor, die sie in Wahrheit nicht besaß. Ihr Mann war gestorben, ihre Kinder hatten sie verlassen, und sie lebte allein.

»Man muß sehen, wo man bleibt, wenn man sich wie ich allein durchs Leben schlagen muß«, war eine ihrer ständig wiederholten Redensarten.

Sie war zweiundfünfzig, trug das früh ergraute Haar blond gefärbt und arbeitete seit über zehn Jahren bei den Hammers.

Lisa brachte ihr die Nachricht vom Tod des Fabrikanten so schonend wie möglich bei.

»Na, das war ja vorauszusehen«, erwiderte sie unerschüttert, »daß der es nicht mehr lange machen würde.«

»Trotzdem ist es schlimm«, sagte Lisa.

»Für wen, bitte? Sie kommen endlich hier heraus und kriegen sicher 'ne Stange Geld, und vielleicht hat er mir ja sogar auch etwas hinterlassen, obwohl ich daran nicht recht glauben kann. Jedenfalls – eine Stelle wie die kriege ich alle Tage.« Mit Nachdruck stellte sie ihre Plastiktasche auf den Küchentisch.

»Die Situation ist nicht ganz so einfach. Herr Hammer ist keines natürlichen Todes gestorben.«

»Nun sagen Sie bloß, er hat sich umgebracht!«

»Das nicht, Frau Gärtner.«

Die Haushälterin riß die Augen auf. »Man hat ihn abgemurkst?«

»Er ist erstochen worden.«

»Von wem?«

»Das weiß man noch nicht.«

»Du lieber Himmel! Hoffentlich kriegen die es bald heraus. Sonst kriegen wir noch jede Menge Schwierigkeiten.«

»Nicht so schlimm, wenn man ein gutes Gewissen hat.«

»Das habe ich, und wie! Warum hätte ich ihn erledigen sollen? Mich hat er ja nicht schikanieren können, mich nicht!«

»Mich auch nicht, Frau Gärtner. Er hatte Schmerzen, und er war gereizt, und es ärgerte ihn, daß er so hilflos war. Aber ich bin ganz sicher, daß er mich gern gehabt hat.«

»Dazu hatte er ja auch allen Grund. Wo wäre er ohne Sie geblieben?«

»Ich werde die Kinder verständigen müssen.«

»Soll ich das für Sie tun? Ich mache es gerne.«

»Danke, Frau Gärtner. Sehr lieb von Ihnen. Aber das muß ich wohl selbst übernehmen.«

»Was wird jetzt mit dem Haushalt, Schwester... entschuldigen Sie... Frau Hammer? Wird er aufgelöst?«

»Ich habe keine Ahnung.«

»Sie werden doch nicht hier wohnen bleiben wollen, und die Evelyn schon gar nicht, und was den jungen Arthur betrifft...«

»Darüber brauchen wir uns jetzt noch nicht den Kopf zu zerbrechen«, fiel Lisa ihr ins Wort.

»Aber ich muß doch wissen...«

»Das verstehe ich ja. Aber im Moment bleibt Ihnen nichts anderes übrig als abzuwarten, wie Evelyn und Arthur sich entscheiden.«

»Bei Arthur bleibe ich auf keinen Fall. Der ist ein lieber Junge, aber so ein Leichtgewicht, und was Evelyn betrifft, die ist noch schlimmer als ihr alter Herr.«

Lisa zuckte die Achseln. »Lassen Sie es auf sich zukommen, Frau Gärtner! Wie Sie schon sagten – ich werde bestimmt nicht bleiben. Was sollte ich noch hier?«

»Wann wird die Testamentseröffnung sein?«

»Nach der Beerdigung, denke ich.«

»Sind Sie nicht schon sehr gespannt?«

»Nein, Frau Gärtner. Aber entschuldigen Sie mich jetzt, bitte. Ich muß die beiden anrufen.«

Eine halbe Stunde später steckte die Haushälterin den Kopf ins Krankenzimmer. »Die Polizei!« rief sie.

Lisa war gerade dabei, das Krankenbett abzuziehen. »Schon wieder?« fragte sie, eher verärgert als erschrokken.

»Zwei Männer«, berichtete Frau Gärtner, »sie haben einen Hausdurchsuchungsbefehl.«

»Na, dann sollen sie mal suchen.«

»Soll ich bei ihnen bleiben?«

»Keine Ahnung, ob das nötig ist. Fragen Sie sie!«

»Mach' ich!« Frau Gärtner zog den Kopf zurück.

Lisa hörte sie durch die halbgeöffnete Tür in der Diele mit den Männern reden, aber sie schenkte dem Gespräch keine Aufmerksamkeit. Auf dem Beitisch standen noch die Medikamente, die der Patient benötigt hatte; Lisa räumte sie in eine Schublade. Sie überlegte, ob sie nicht das Bett, das wie ein Fremdkörper in dem großen freundlichen Raum stand, mit Frau Gärtners Hilfe auf den Dachboden schaffen sollte, entschied sich dann aber dagegen. In Evelyns Augen könnte es möglicherweise so aussehen, als wollte sie sich als Herrin des Hauses aufspielen.

Die schweren Schritte der Polizisten und ihr Türenknallen machten sie nervös.

Frau Gärtner rief sie zum Frühstück in den kleinen Salon, wo sie auf dem weiß gedeckten Tisch Rührei und Speck servierte.

Lisa betrachtete die fettige gelbe Masse mit leichtem Ekel.

»Nun essen Sie schon!« drängte die Haushälterin.

»Ich kann nicht.«

»Das meinen Sie bloß. Sie müssen doch was im Magen haben, wenn die Sie in die Mangel nehmen.«

»Ich bin schon verhört worden.«

»Denken Sie etwa, damit hat's sich? Das war erst der Anfang.«

»Malen Sie den Teufel nicht an die Wand!« Lisa schenkte sich eine Tasse Kaffee ein, griff nach einer der frischen Semmeln und zerbrach sie. »Ich weiß, Sie haben es gut gemeint, Frau Gärtner. Aber bitte räumen Sie das Rührei weg!«

»Soll ich es etwa in den Mülleimer werfen? Nein, dann esse ich es lieber selber.« Frau Gärtner setzte sich zu ihr und fragte erst nachträglich: »Ich darf doch?«

Wortlos reichte Lisa ihr Messer und Gabel. Sie hatte nie die Gabe gehabt, die Chefin herauszukehren. Warum sollte sie es jetzt noch versuchen, wo ohnehin bald alles vorbei sein würde?

Die Haushälterin begann sogleich mit gutem Appetit

zu essen. »Wissen Sie, wonach die suchen?« fragte sie mit vollem Mund.

»Keine Ahnung.«

»Nach der Mordwaffe natürlich.«

»Haben sie Ihnen das gesagt?«

»War gar nicht nötig. Das versteht sich doch am Rande.«

»Leuchtet mir nicht ein. Warum sollte der Täter sie hier gelassen haben? Es wäre doch viel einfacher gewesen, sie mitzunehmen und sie dann später verschwinden zu lassen.«

»Sicherer vielleicht. Aber einfacher? Kommt darauf an, wie lang das Ding war, und natürlich triefte es von Blut.« Frau Gärtner schauderte theatralisch. »Huh, ich mag gar nicht daran denken.«

»Hauptsache, es schmeckt Ihnen trotzdem!«

»Sie brauchen gar nicht so sarkastisch zu sein, Schwester Lisa!«

»Frau Hammer«, verbesserte Lisa sanft.

»Von mir aus. Aber ist doch wahr: nicht jeder hat so Nerven aus Stahl wie Sie. Das habe ich immer schon gesagt.«

Später war Lisa gerade dabei, die Bibliothek aufzuräumen, als angeklopft wurde. Sie hob den Kopf, sagte aber nichts. Die angelehnte Tür wurde von der Diele her ganz geöffnet, und hintereinander traten zwei junge Polizisten in Zivil ein.

»Tut uns leid, daß wir Sie stören müssen«, sagte einer von ihnen.

»Hoffentlich haben Sie keine zu große Unordnung gemacht!« entgegnete Lisa.

»Wir haben alles, so gut es ging, an seinen Platz gestellt.«

»Sind Sie jetzt fertig?«

»Bis auf dieses Zimmer.«

»Hier werden Sie bestimmt nichts finden. Hier habe ich geschlafen.«

»Ja, das wissen wir«, sagte wieder der eine der beiden, ein untersetzter Mann mit krausem blondem Haar, der offensichtlich die Rolle des Sprechers übernommen hatte.

»Haben Sie sich auch den Keller vorgenommen?« fragte Lisa.

»Es gibt auch noch eine große Küche im Souterrain.«

»Haben wir. Alles bis auf die Mülltonnen. Die kommen zuletzt.«

»Und was ist mit dem Garten?«

»Der ist zu groß für uns zwei. Für den müssen wir uns Verstärkung holen.«

»Ja, dann tun Sie das doch!«

»Entschuldigen Sie, aber jetzt ist dieses Zimmer erst mal dran.«

»Aber es ist unmöglich, daß der Täter die Mordwaffe hier versteckt haben kann.«

»Wie kommen Sie auf Mordwaffe?«

»Was suchen Sie denn sonst?«

»Alles mögliche, Frau Hammer. Sie sind doch Frau Hammer, nicht wahr?«

»Ja.«

»Und ich bin Polizeihauptmeister Helmcke, und das ist mein Kollege Meierlein.«

»Ich kann nicht behaupten, daß mir Ihre Bekanntschaft angenehm wäre.«

»Das erwarten wir auch nicht, Frau Hammer, nur daß Sie uns nicht hindern, unsere Pflicht zu tun.«

»Ich kann nicht begreifen, für was das gut sein soll.«

»Das können Sie ruhig uns überlassen.« Helmcke deutete auf die Segeltuchtasche unter dem Bett. »Gehört die Ihnen?«

»Ja.«

»Würden Sie uns die mal aufmachen?«

Lisa dachte nicht daran, sich zu bücken. »Bedienen Sie sich!« sagte sie schneidend.

Meierlein holte die Tasche unter dem Bett hervor und zog den Reißverschluß auf.

Helmcke griff hinein und legte jedes einzelne Stück des Inhalts nacheinander auf den achteckigen Tisch. »Sieht so aus, als ob Sie abhauen wollten«, sagte er.

»Nein.«

»Wozu dann das ganze Zeug?«

»Wenn Sie sich einmal aufmerksam umsehen wollen, werden Sie feststellen, daß es hier weder einen Schrank noch eine Kommode gibt, in denen ich meine Sachen unterbringen könnte.«

»Sie behaupten also, daß Sie sozusagen aus dem Koffer gelebt haben?«

»Ja.«

»Und was ist mit Ihren Kleidern und so?«

»Die dürften Ihnen eigentlich nicht entgangen sein. Die hängen oben im Schlafzimmer.«

»Ach so.«

Lisa spürte, daß der Mann sich immer noch keinen rechten Reim auf die Zusammenhänge machen konnte, und sie fügte widerwillig hinzu: »Dort habe ich mich für gewöhnlich auch umgezogen und das anliegende Bad benutzt. Aber manchmal blieb keine Zeit hinaufzugehen, und für den Fall hatte ich die nötigsten Sachen in der Tasche.«

»Theoretisch haben Sie also oben und praktisch hier unten gelebt?«

»Das haben Sie sehr hübsch ausgedrückt.«

»Aber Sie haben hier ja noch nicht mal ein Radio, geschweige denn einen Fernseher.«

»Wußten Sie nicht, daß es Menschen gibt, die auch ohne existieren können?«

»Mir ist bisher, ehrlich gestanden, noch niemand begegnet.«

Jetzt hielt Lisa es doch für klüger einzulenken; sie begriff, daß sie unnötig herausfordernd gewesen war. »Wenn ich Musik hören oder fernsehen wollte, habe ich das mit meinem Mann zusammen getan. Im Gartenzimmer gibt es auch noch einen Plattenspieler und einen Videorecorder. An Unterhaltung war kein Mangel.«

»Aber Sie mußten sich immer nach den Wünschen Ihres Mannes richten.«

»So geht's den meisten Frauen.«

Meierlein hatte inzwischen begonnen, sehr systematisch eines der Bücherregale auszuräumen. Er nahm jedes einzelne Buch zur Hand und blätterte es durch, bevor er es auf den Tisch legte. Lisa nahm das abgezogene Bettzeug, das sie in den Überzug gestopft hatte, und wandte sich zur Tür.

»Bitte lassen Sie das da!« sagte Helmcke.

Ungläubig starrte sie von dem jungen Polizisten auf das Bettzeug, dann ließ sie es fallen. »Kann ich sonst noch etwas für Sie tun?«

»Ja, Frau Hammer. Bringen Sie uns eine Leiter oder schicken Sie uns Ihre Haushälterin damit!« Er blickte die hohen Bücherwände hinauf.

Lisa schoß es durch den Kopf, wie dumm und unnötig es war, ganz oben suchen zu wollen, denn wer auch immer was versteckt hatte, hätte auch mit Hilfe eines Stuhles nie zu den oberen Reihen langen können. Mit Mühe verkniff sie sich eine Bemerkung darüber und sagte statt dessen so freundlich es ihr möglich war: »Wird gemacht, Herr Polizeihauptmeister.«

Dann ging sie. Sie sagte sich, daß es keinen Zweck hatte, mit diesen Leuten zu streiten. Über kurz oder lang würde der Alptraum vorüber sein.

Noch am gleichen Abend war Evelyn aus München eingetroffen, wo sie seit Jahren Kunstgeschichte und Archäologie studierte. Sie fuhr in ihrem Cabriolet vor und hupte dreimal. Lisa öffnete ihr von innen die Garagentür. Sie trug ein schwarzes Wollkleid, das sie sich inzwischen gekauft hatte.

»Hui, die trauernde Witwe!« waren Evelyns erste Worte.

»Du wirst dir auch was Schwarzes kaufen müssen.«

Evelyn war ausgestiegen. Wie immer sah sie blendend aus mit ihrer Haut wie Milch und Blut, den strahlendblauen Augen und dem weizenblonden Haar. Sie war die erste in der Schulklasse gewesen, die einen Busen hatte, der sie zum erklärten Schwarm aller Jungen gemacht hatte. Inzwischen war sie für Lisas Geschmack ein wenig zu üppig geworden, aber unzweifelhaft flogen die Männer immer noch auf sie.

»Ich dachte, mein graues Kostüm tut's«, sagte sie und strich sich die Jacke glatt.

»Nicht hier in der Kleinstadt!« widersprach Lisa. »Schwarz wird dir fabelhaft stehen.«

»Na schön, wenn es denn sein muß, ziehe ich morgen los.« Sie öffnete den Kofferraum.

Lisa stand daneben, bereit ihr zu helfen, sah aber dann, daß Evelyn nur minimales Gepäck dabei hatte.

»Wird ja höchstens drei Tage dauern, oder?« fragte sie.

»Kommt darauf an, wann er für die Beerdigung freigegeben wird.«

»Du meinst, sie schneiden ihn auf?«

»Ja, sicher.«

»Daß er so ein Ende genommen hat! Ehrlich, ich halt's im Kopf nicht aus. Zugegeben, ich hätte ihn manchmal erschlagen können. Aber daß sich jemand nachts ins Haus schlecht und ihn im Schlaf meuchelt, das ist doch was ganz anderes. Hat die Polizei jemanden im Verdacht?«

»Mich, glaube ich.«

Evelyn lachte lauthals. »Das ist doch einfach lächerlich! Du bist der einzige Mensch, der wirklich an ihm gehangen hat. Sonst hättest du das alles unmöglich einstecken können.«

Die beiden Frauen waren inzwischen ins Haus gegangen und standen sich in der holzgetäfelten Diele gegenüber.

»Wie auch immer«, erklärte Lisa, »ich bin sicher, sie werden von selber darauf kommen. Da ich nichts getan habe, kann mir auch nichts passieren.«

Evelynn runzelte die glatte, hübsch gewölbte Stirn, glättete sie aber sogleich wieder, als sie sich der Untugend bewußt wurde. »Vielleicht solltest du dir trotzdem einen Rechtsanwalt nehmen.«

»Ach was. Das wäre hinausgeschmissenes Geld.«

»Ich nehme an, du erbst einen Batzen.«

»Versprochen hat er es mir jedenfalls.«

»Aber?«

»Er hat vor zwei Wochen den Notar kommen lassen. Vorher hatten wir eine dieser Szenen ... du weißt ja, wie unvernünftig er sein konnte, wenn es ihm sehr schlechtging.«

»Oder wenn er sich ausnahmsweise ein bißchen besser fühlte. O ja! Aber er kann dich nicht aus dem Testament gestrichen haben. Schließlich wart ihr verheiratet.«

»Auf dem Papier. Und du kennst ihn. Er war außerordentlich juristisch beschlagen.«

»Ja. Um einen faulen Trick nie verlegen.«

Lisa hielt es für besser, das Gespräch an diesem Punkt abzubrechen. »Möchtest du dich jetzt nicht frisch machen? Ich werde mich inzwischen ums Abendbrot kümmern.«

»Ja, ich ziehe mir was Bequemes an. Wir können ja noch die halbe Nacht durch kakeln.«

Zwar waren die beiden Frauen nie Freundinnen gewesen – allein Evelyns Reichtum und Lisas einfache Herkunft hätten genügt, das zu verhindern –, waren aber doch viele Jahre lang in dieselbe Klasse gegangen und hatten dieselben jungen Leute gekannt. So hatten sie tatsächlich Gesprächsstoff genug. Lisa erkundigte sich nach Evelyns Leben in der Großstadt und bekam zu hören, daß sie eine neue Liebe hatte, einen reichen, gutaussehenden Mann, Ex- und Importkaufmann, dessen einziger Fehler es war, verheiratet zu sein. Trotzdem kam die Rede natürlich auch immer wieder auf Bruno Hammer, seinen Tod und das Vorgehen der Polizei. Das war ein Thema, das Evelyn so faszinierte, daß sie gar nicht bemerkte, wie ungern Lisa darüber sprach. Sie saßen bei einer Flasche Wein im kleinen Salon zusammen, und es wurde spät.

Es war Lisa, die endlich zum Aufbruch drängte. »Verzeih mir, Evelyn«, sagte sie und gähnte herzhaft, »es war ein langer Tag für mich. Ich bin todmüde.«

»Du Ärmste! Daran habe ich gar nicht gedacht.«

Lisa stand auf. »Wenn du noch etwas trinken möchtest – du weißt ja, wo alles ist.«

»Nein, danke. Ich gehe nach oben. Wenn ich auch keine Ahnung habe, wie ich in diesem Haus schlafen soll.«

Lisa stellte die leere Flasche, die Gläser und ein Schälchen mit Gebäck auf ein Tablett. »Ich kann dir eine Tablette geben.«

»Da nehme ich mir doch lieber eine Flasche Whisky mit hoch.«

»Wenn du glaubst, daß es besser ist!« Lisa trug das Tablett in die Küche.

Evelyn folgte ihr. »Hast du denn keine Angst?«

»Wovor?«

»Na hör mal! In der vergangenen Nacht ist ein Mörder durchs Haus geschlichen. Ist dir das nicht unheimlich? Daß jemand jederzeit hier hereinkommen kann, ohne daß du es merkst?«

»Er wird nicht noch einmal kommen.«

»Wie kannst du dir da so sicher sein?«

»Er hat getan, was er tun wollte.«

»Du glaubst nicht daran, daß es den Mörder an den Tatort zurückzieht?«

»Keine Ahnung. Aber schön dumm müßte er sein, wenn er sich ziehen ließe.«

»Du hast vielleicht Nerven.«

»Ja, Nerven wie Drahtseile. Das hat mir heute schon jemand gesagt.«

Die beiden jungen Frauen saßen am nächsten Tag beim Mittagessen im sogenannten kleinen Salon, als es an der Haustür klingelte und wenig später Arthur Hammer ins Zimmer trat.

»Hallo, da bin ich«, sagte er zur Begrüßung. Er war ein schlanker junger Mann von zweiundzwanzig Jahren mit einem schmalen, gutgeschnittenen Gesicht und vollem Haar, das so auffallend weizenblond wie das seiner Schwester war. Aber seine Augen waren weder blau noch strahlend, sondern grau und verhangen. Er war mit einer gewissen saloppen Eleganz gekleidet.

»Warum kommst du erst jetzt?« fragte Evelyn. »Wir hatten dich gestern erwartet.«

»Meine Karre ist kaputt. Ich mußte den Zug nehmen.«

»Hauptsache, daß du da bist!« sagte Lisa und lächelte ihm zu, während sie aufstand; sie hatte den etwas schüchternen Jungen seit jeher gern gehabt. »Entschuldigt mich einen Augenblick. Ich will nur eben mit Frau Gärtner besprechen, was sie dir zu essen machen kann.«

»Danke. Nicht nötig. Ich habe am Bahnhof ein Paar Würstchen gegessen. Ich hab's der Gärtnerin schon gesagt.«

»Dann setz dich zu uns!« Lisa nahm wieder Platz und widmete sich dem Essen; es gab Lammkoteletts mit Gurkensalat.

»Du hattest schon wieder einen Unfall?« forschte Evelyn.

»Ach, alles halb so wild. Ich habe in der Tiefgarage den rechten Kotflügel aufgeschrammt.«

»Was hat dich dann daran gehindert, den Wagen zu nehmen?«

»Die Tatsache, daß ich ihn in der Werkstatt hatte, als Lisa anrief.« Er drehte einen der mit gestreifter Seide bezogenen Stühle um, setzte sich rittlings darauf und verzog das Gesicht zu einer mürrischen Grimasse. »Aber was soll das? Ist das etwa ein Verhör?«

»Nur eine Art Generalprobe. Du kannst dich darauf verlassen, daß du vernommen werden wirst.«

»Ist doch Wahnsinn! Nur ein völliger Schwachkopf könnte annehmen, ich wäre von Stuttgart hierhergefahren, hätte mich ins Haus geschlichen und Vater umgebracht!«

»Und wie kannst du sicher sein, daß es unter den Bullen keine Schwachköpfe gibt?«

»Auch wieder wahr«, sagte er nachgiebig.

»Wieso hast du übrigens geklingelt? Du hast doch einen Schlüssel.«

»Laß das Kotelett nicht kalt werden!« mahnte Lisa. »Ihr könnt das doch später alles noch durchsprechen.«

Evelyn schnitt sich einen Bissen ab und steckte ihn in den Mund. »Schmeckt wirklich gut. Kochen kann sie, die Gärtner.«

»Ich freu' mich, daß dir der Appetit nicht vergangen ist«, bemerkte Arthur nicht ohne Häme.

»Wie sollte er? Hast du etwa von mir erwartet, daß ich die tieftrauernde Hinterbliebene mime?«

»Immer noch besser als die Rolle des Untersuchungsrichters.«

Ohne sich beim Essen stören zu lassen, fuhr Evelyn fort: »Also – was ist mit deinem Schlüssel?«

»Ich dachte, ich hätte ihn dabei.« Er begann seine Taschen abzutasten. »Aber als ich ihn benutzen wollte, war er nicht da.«

»Aber du mußt doch wissen, ob du ihn eingesteckt hast oder nicht?«

»Nein. Weiß ich nicht. Im Gegensatz zu dir hat mich die ganze Geschichte sehr durcheinandergebracht.«

»Denk mal nach!«

Eine lange Pause entstand.

»Als du an Vaters Geburtstag hier warst, hattest du ihn noch«, versuchte Lisa ihm zu helfen.

»Ja, das stimmt. Aber seitdem habe ich ihn nicht mehr gesehen.« Unglücklich fügte er hinzu: »Wäre es schlimm, wenn ich ihn verloren hätte?«

»Hattest du ihn denn nicht an deinem Schlüsselbund?«

»Nein. Hatte ich nicht. Ich habe ihn ja höchstens zwei-, dreimal im Jahr gebraucht. Wozu wäre es gut gewesen, ihn dauernd mit mir herumzuschleppen?«

»Um ihn nicht zu verlieren, zum Beispiel.«

»Als wenn das nicht jedem passieren könnte.«

»Wo hast du ihn denn in Stuttgart aufbewahrt?«

»In meinem Schreibtisch. In der obersten Schublade.« Er schlug sich mit der flachen Hand auf die Stirn. »Jetzt erinnere ich mich wieder! Ich wollte ihn heute früh herausnehmen, und da war er nicht da. Aber ich hab's nicht weiter wichtig genommen. Als ich hier ankam, habe ich schon nicht mehr daran gedacht.«

»Weil du so durcheinander warst, nicht wahr?« fragte Evelyn spöttisch.

Arthur sprang auf. »Ja, und noch einmal ja! Unser Vater ist in seinem eigenen Haus ermordet worden. Für dich ist das kein Grund zur Aufregung, aber für mich! Ich fühle mich entsetzlich.«

»Schrei mich nicht so an, Kleiner! Du hast im Gegenteil allen Grund, mir dankbar zu sein.« Evelyn knabberte an ihrem Salat.

»Und warum, wenn ich fragen darf?«

»Weil es mir gelungen ist, mit dir eine glaubhafte Version des verschwundenen Schlüssels zu erarbeiten. Er war nicht mehr da, als du ihn in der Frühe einstecken wolltest. Alles andere würde ich der Polizei gegenüber weglassen.«

»Und warum?«

»Weil es dich entlasten würde, Arthur«, erklärte Lisa, »wenn du keinen Schlüssel hattest, konntest du auch nicht heimlich ins Haus.«

»Verflucht noch mal!« Arthur gab dem Stuhl, auf dem er zuvor gesessen hatte, einen unsanften Tritt. »Seid ihr denn alle übergeschnappt?«

»Du könntest ihn«, sagte Evelyn ruhig, »natürlich auch nachträglich weggeworfen oder verloren haben.«

Arthur stürmte aus dem Zimmer.

»Du bist reichlich hart zu ihm gewesen«, stellte Lisa fest.

»Zu seinem eigenen Besten. Er ist ein solcher Wirrkopf.«

»Und wenn er noch so dumm daherredet – niemand könnte auf den Gedanken kommen, ihn ernsthaft zu verdächtigen.«

»Und warum nicht? Du weißt, Vater hat ihn immer kurzgehalten, und es gehörte von jeher zu seinen größten Vergnügungen, ihn zusammenzustauchen.«

»Das habe ich nie so gesehen. Er war besorgt um seinen Sohn, er wollte ihn zu einem tüchtigen Menschen machen. Es wäre ihm weit lieber gewesen, ihn loben zu können, statt ihn ›zusammenzustauchen‹, wie du das nennst.«

»Ich bezweifle, ob Arthur das so empfunden hat.«

»Jedenfalls hat er es nie an Respekt fehlen lassen.«

»Respekt!« Evelyn lachte auf. »Unterwürfigkeit willst du wohl sagen.«

»Er hat sich in gewisser Weise um ihn gekümmert.

Wenn er zu Hause war, hat er oft stundenlang Schach mit ihm gespielt.«

»Und ihn gewinnen lassen.«

»Als wäre das notwendig gewesen! Du weißt genau, euer Vater war ihm haushoch überlegen, und nicht nur beim Schach.«

»Du willst es also so darstellen, als hätte eine nette Vater-Sohn-Beziehung bestanden?«

»Mit einem überaus erfolgreichen Vater, der entsprechend hohe Erwartungen in seinen Sohn setzt, muß es zwangsläufig zu Spannungen kommen. Daran ist gar nichts Ungewöhnliches. Aber Bruno hat ihn doch geliebt, und ich bin sicher, daß auch Arthur das gespürt hat.«

»Wie komisch!« Evelyn lachte. »Ich wußte gar nicht, daß du eine so romantische Ader hast!«

»Überhaupt nicht. Ich weiß, wovon ich spreche, denn ich hatte immerhin Gelegenheit, die beiden miteinander zu beobachten, während du dich ja so gut wie überhaupt nicht mehr hast zu Hause blicken lassen.« Evelyn schwieg und brummte dann:

»Willst du mir etwa einen Vorwurf daraus machen?«

»Dein Vater hat sehr darunter gelitten.«

»Am liebsten hätte er auch mich zur Krankenpflege eingeteilt.«

»Das mag schon sein. Aber du hättest dir ja auch wirklich keinen Zacken abgebrochen, wenn du mich wenigstens in den Sommerferien hin und wieder mal abgelöst hättest.«

»Sei mir dankbar, daß ich es nicht getan habe. Sonst hättest du nicht die große Aufopfernde spielen können.«

»Warum bist du nicht wenigstens im August zu seinem Geburtstag gekommen? Sag mir nicht, weil du da in den Staaten warst. Mit einigem guten Willen hättest du deine Reisetermine auch anders legen können.«

»Nur um mich von ihm maßregeln zu lassen?«

Lisa unterdrückte einen Seufzer. »Ist ja auch egal«, sagte sie, »jetzt ist es vorbei.«

»Gott sei Dank!«

»Auf alle Fälle solltest du Arthur dazu bringen, sich was Dunkles zuzulegen. Am besten fahrt ihr dazu nach Traunstein. Ich habe das auch getan. Es sei denn, es macht euch nichts aus, von allen Seiten auf den Fall hin angequatscht zu werden.«

»Daran hatte ich gar nicht gedacht.« Evelyn stand auf. »Danke für die Warnung. Du lieber Himmel, wie ich dieses Kleinstadtleben hasse!«

Evelyn und Arthur sollten an diesem Tag aber noch nicht dazu kommen, sich Trauerkleidung anzuschaffen. Frau Gärtner hatte den Tisch noch nicht abgedeckt, als Oberinspektor Ellmann in Begleitung eines jungen Assistenten erschien. Beide gaben sich sehr höflich und zuvorkommend. Lisa stellte ihnen die Bibliothek zur Verfügung. Sie war inzwischen umgeräumt. Das Bett war auf den Dachboden geschafft und statt dessen der schwere alte Schreibtisch aufgestellt worden, an dem Bruno Hammer früher zu Hause zu arbeiten pflegte. Dahinter stand sein hochlehniger Sessel. In ihm machte es sich Ellmann bequem. Sein Assistent richtete sich auf einem Stuhl daneben ein. Einer der beiden Ledersessel, die neben dem achteckigen Tisch gestanden hatten, wurde für die Zeugen vor den Schreibtisch plaziert.

Sie kamen alle an die Reihe, einer nach dem anderen. Zuerst wurde Evelyn vernommen, und sie verließ den Raum mit derselben strahlenden Selbstsicherheit, mit der sie hineingegangen war. Arthurs Vernehmung dauerte länger, und er kam danach mürrisch und verstört zum Vorschein, nicht bereit, ein Wort mit den anderen zu reden. Er ging sofort nach oben auf sein Zimmer und schloß sich ein. Frau Gärtner dagegen war geradezu aufgekratzt, als sie entlassen wurde. Sie genoß es ganz offen und ungeniert, einen Mordfall aus nächster Nähe miterleben zu können.

Lisa dagegen empfand die Vernehmung als qualvoll und versuchte sie abzublocken. »Ich weiß nicht, was Sie noch von mir wollen!« begann sie, während sie mit fest zusammengepreßten Knien dasaß. »Ich habe Ihnen alles gesagt, was ich weiß.«

»Vielleicht fällt Ihnen doch noch das eine oder andere ein.«

»Bestimmt nicht.«

»Dann bin ich auch zufrieden, wenn Sie Ihre erste Aussage bestätigen können. Diesmal wird mein Assistent sie mitstenografieren. Wir machen ein richtiges Protokoll, das Sie bitte morgen unterschreiben werden. Die anderen übrigens auch.« Oberinspektor Ellmann schob ihr ein offenes Zigarettenpäckchen hin.

»Danke, ich rauche nicht«, sagte sie steif.

»Es wird Ihnen aber doch hoffentlich nichts ausmachen, wenn ich mir eine anzünde.«

»Es würde wohl kaum was nutzen, wenn ich ›doch‹ sagte.«

Ellmann war schon dabeigewesen, eine Zigarette herauszunehmen; jetzt legte er Päckchen und Zigarette aus der Hand.

»Sie sind die Hausfrau.«

»Von mir aus: Rauchen Sie, wenn Sie es nicht lassen können!«

»Ich muß nicht.«

»Das glaube ich Ihnen ja. Vergessen Sie bitte meine dumme Bemerkung. Ich bin sonst gar nicht so.«

Ellmann zündete sich eine Zigarette an, erleichtert, wie es Lisa schien.

»Aber im Augenblick sind Sie...?« hakte er nach.

»Schockiert, verstört, gereizt.«

»Immerhin sind inzwischen mehr als vierundzwanzig

Stunden vergangen, seit Sie den Toten gefunden haben.«

»Und Sie meinen, das müßte genügen, um mich mit dem Mord abzufinden? Immerhin war er mein Mann.«

»Das bringt mich auf die Frage...« Ellmann nahm seine Brille ab und begann die Gläser mit einem Papiertaschentuch zu putzen. »... hatten Sie tatsächlich Geschlechtsverkehr?«

»Muß ich darauf antworten?«

»Warum nicht?«

»Weil es nichts mit der Sache zu tun hat.«

Ohne Brille, mit dem etwas verschwommenen hellen Blick des Kurzsichtigen, wirkte Ellmann weit harmloser. Aber seine Stimme klang sehr energisch, als er erklärte: »Das zu beurteilen überlassen Sie bitte mir.«

»Dazu möchte ich trotzdem nichts sagen.«

»Befürchten Sie, sich zu kompromittieren?«

»Aber wieso denn? Ich finde nur, das geht keinen Außenstehenden was an.«

»Sie geben aber zu, daß er schon sehr krank war, als Sie ihm das Ja-Wort gaben.«

»Ja.«

»So krank, daß er nicht einmal zum Standesamt fahren konnte und die Zeremonie hier im Haus durchgeführt werden mußte?«

»Wenn Sie es schon wissen, warum fragen Sie dann?«

Der Kriminaloberinspektor setzte seine Brille wieder auf, faltete das Papiertaschentuch säuberlich zusammen und steckte es ein. Die Vernehmung ging weiter. Die meisten Fragen waren die gleichen wie schon in der Mordnacht, und Lisa beantwortete sie ungeduldig und gereizt, aber ohne sich zu widersprechen. Besonders interessiert zeigte sich der Kriminalbeamte an der Tatsache, daß Lisa die Polizei erst eine Stunde nach Auffindung der Leiche alarmiert hatte. Lisa versuchte, ihm die Gründe noch einmal zu erklären.

Dem Kriminalbeamten leuchteten sie nicht ein. »Tut mir leid, Frau Hammer, aber das kann ich Ihnen so nicht abnehmen. Es liegt doch auf der Hand, daß man, wenn man einen vermeintlich Toten findet, zunächst den Herzschlag überprüft. Sie als Krankenschwester müßten das wissen.«

»Ich habe das eben nicht getan! Für mich war der Patient nicht vermeintlich, sondern offensichtlich tot.«

»Trotzdem, es gehört doch einfach zur Routine...« Ellmann nahm noch einen Zug aus seiner Zigarette, die in einem Schälchen gequalmt hatte, und drückte sie aus.

Hitzig fiel ihm Lisa ins Wort. »Seien Sie doch ehrlich! Wenn Sie zu einer Leiche geholt werden, nehmen Sie sich dann die Mühe, ihr Herz auszukultieren? Ich wette: nein. Sie wissen, wann Sie einen Toten vor sich haben, genau wie ich.«

Ellmann seufzte. »Na schön, lassen wir das vorerst einmal beiseite.«

»Warum ist das überhaupt so wichtig? Bilden Sie sich ein, Sie hätten den Täter fangen können, wenn ich den Mord sofort entdeckt hätte?«

»Ich bin es, der hier die Fragen stellt, Frau Hammer.«

»Ich habe längst alles gesagt, was ich weiß.«

»Mal etwas ganz anderes: Hatte Ihr Mann Feinde?«

Lisa dachte nach. »Ich glaube schon. Die Firma war ja fast ruiniert, als er und sein Bruder Albert sie vor dreißig Jahren übernahmen. Er hat sie dann wieder hochgebracht, und er war stolz darauf. Er mußte ganz sicher mit harten Bandagen kämpfen, und damit macht man sich Feinde.« Lisa lehnte sich etwas entspannter zurück. »Aber es ist unvorstellbar, daß ein Konkurrent, den er an die Wand gespielt hat, sich jetzt auf diese Weise gerächt haben könnte.«

»Albert Hammer lebt nicht mehr, nicht wahr?«

»Stimmt. Er war Junggeselle, und sein Anteil an der Firma fiel meinem Mann zu.«

»Wie war Bruno Hammer als Arbeitgeber? In der Fabrik, meine ich. Könnte er ungerechte Entlassungen durchgeführt haben?«

»Maßnahmen, die die Betroffenen als ungerecht empfunden haben? Ja, das ist durchaus möglich. Auch, daß jemand eine Wut auf ihn gehabt haben könnte. Aber das liegt doch alles schon so lange zurück. Seit mehr als fünf Jahren war war er nicht mehr fähig, die Firma zu betreten. Erst ging er nicht mehr jeden Tag hin, dann immer seltener, und schließlich war es ganz aus.«

»Haben Sie das miterlebt?«

»Nein. Damals war ich noch in der Ausbildung. Aber er hat oft davon gesprochen. Er hat unter dieser Entwicklung sehr gelitten.«

»Pflegte er Beziehungen privater Art?«

»Nicht mehr, seit ich im Haus bin.«

»Sie haben das unterbunden?«

»Anscheinend habe ich mich falsch ausgedrückt. Schon als ich ins Haus kam – damals als eine von drei Krankenschwestern –, hat er keine Anrufe mehr entgegengenommen und keine Besucher empfangen. Es gab auch nur recht wenig Menschen, die versuchten, zu ihm Kontakt zu halten.«

»Wer?«

»Freunde. Eine Frau.«

»Namen?«

»Ich erinnere mich nicht. Vielleicht wissen es seine Kinder. Der Apotheker Holbaum war darunter. Er hat übrigens bis zuletzt angerufen und sich nach seinem Befinden erkundigt, wenn ich mal längere Zeit nichts bei ihm abzuholen hatte.«

»Also ein guter Freund?«

»Den Eindruck hatte ich. Soviel ich weiß, gehörten er und Bruno zur gleichen Skatrunde. Herr Holbaum kann Ihnen auch sicher sagen, wer der Dritte im Bunde war.

Obgleich ich mir nicht vorstellen kann, daß das irgendwie weiterführen könnte.«

»Die Frau, von der Sie sprachen – könnte sie enttäuscht darüber sein, daß er sie hat fallenlassen?«

»Enttäuscht möglicherweise, aber nicht wütend. Er hat es ja nicht getan, um sie zu verletzen. Seine Krankheit hatte das mit sich gebracht.«

»Aber sie könnte sich möglicherweise eine Abfindung erhofft haben.«

»Davon weiß ich nichts. Ich habe nicht einmal eine Ahnung von der Art ihrer Beziehungen – ob es sich um ein Verhältnis gehandelt hat oder eine Freundschaft oder ob sogar Heiratspläne bestanden.«

»Nicht sehr ergiebig, Ihre Auskünfte.«

»Wie könnten sie es sein? Wir haben völlig zurückgezogen gelebt. Außer zu seinen Kindern und ganz am Rande zu Frau Gärtner hatte er überhaupt keine Kontakte.«

»Und Sie?«

»Ich hatte manchmal, sonntagmittags, wenn er schlief, kurze Besuche von meiner Mutter.«

»Sie haben also sozusagen wie eine Gefangene gelebt. Wie haben Sie das ertragen?«

»Ich war niemals eine Gefangene oder etwas Derartiges!« Lisa richtete sich wieder auf. »Ich habe meinen Mann freiwillig geheiratet und freiwillig gepflegt. Mein Leben hatte einen Sinn. Er brauchte mich, und er wußte meine Fürsorge und meine Gegenwart zu schätzen.«

»Andere Frauen in Ihrem Alter gehen tanzen, besuchen Parties, verreisen, ziehen kleine Kinder auf...«

»Damit sagen Sie mir nichts Neues. Ich hatte mich schon für ein anderes Leben entschieden, als ich Krankenschwester wurde.«

»Aber das Leben einer normalen Krankenschwester ist doch nicht so extrem. Sie hat ihre festgelegte Freizeit.«

»Die hatte ich auch. Nur, daß ich sie zusammen mit meinem Mann verbracht habe.«

»Wollen Sie nicht begreifen, auf was ich hinauswill?«

»Warum sagen Sie es mir nicht einfach?«

»Wie oft haben Sie sich seinen Tod gewünscht?«

»Wenn Sie damit unterstellen wollen, daß ich mit einem Dolch in der Hand auf ihn losgegangen wäre...«

»Das habe ich nicht. Ich will nur wissen, ob Sie sich nicht manchmal seinen Tod gewünscht haben.«

»Ja«, gab Lisa zu.

Ellmann wechselte einen raschen Blick mit seinem Assistenten.

»Aber das bedeutet doch nichts«, erklärte Lisa, »es gibt wohl kaum einen Menschen, der nicht bei dieser oder jener Gelegenheit einem Mitmenschen den Tod gewünscht hätte. Seien Sie ganz ehrlich, Herr Oberinspektor, haben Sie das etwa noch nie getan?«

Er zündete sich eine neue Zigarette an.

»Oh, ich weiß«, sagte Lisa, »Sie haben hier die Fragen zu stellen, nicht ich.«

»Sehr richtig.« Ellmann inhalierte tief und mußte husten. »Aber lassen wir das erst einmal beiseite!« sagte er, als er sich von seinem Anfall erholt hatte. »Was geschah eigentlich nach dem Ausscheiden Bruno Hammers mit der Firma?«

»Er ist niemals ausgeschieden. De facto ist er bis zu seinem letzten Atemzug der Chef geblieben.«

»Aber praktisch konnte er sich doch nicht mehr um seine Fabrik kümmern.«

»Er tat es, so gut er es vom Krankenbett aus konnte.«

»Wie das?«

»Sein Geschäftsführer mußte jeden Freitagnachmittag zu ihm kommen und ihm vom Geschäftsgang und allen besonderen Vorkommnissen berichten.«

»Das haben Sie bisher nicht erwähnt.«

»Sagen Sie das nicht so strafend. Es ist mir nicht eingefallen. Außerdem nahm ich an, Sie wären an privaten Kontakten interessiert.«

»Nein, an jedem, der ins Haus kam.«

»Das tat Herr Weigel – Ludwig Weigel.«

»Wie alt?«

»Um die Vierzig, schätze ich.«

»Und eine private Beziehung bestand Ihrer Meinung nach nicht?«

»Überhaupt nicht. Zwar fragte er mich meist, wenn er kam: ›Wie geht's dem alten Herrn heute?‹ – aber kaum aus Besorgnis oder Anteilnahme, sondern nur, weil er wissen wollte, wie die Laune war.«

»Die war wohl meist schlecht.«

»Je nachdem. Der Patient hatte auch gute Tage.«

»Kam es zwischen den beiden Herren zu Auseinandersetzungen?«

»Bei den Besprechungen war ich nicht anwesend.«

»Verstehen Sie mich richtig, Frau Hammer! Ich unterstelle nicht, daß Sie gelauscht haben könnten. Aber hier, in der Bibliothek, mußten Sie doch mitbekommen, wenn es nebenan laut wurde.«

»Ich benutzte die Gelegenheit, nach oben zu gehen, ein Bad zu nehmen und so weiter.«

»Immer?« fragte der Kriminaloberinspektor skeptisch.

»Es hat sich so eingespielt.«

»Bedeutet Herr Weigel Ihnen etwas?«

»Wie kommen Sie darauf?«

»Weil Sie ihn in Schutz nehmen.«

»Ich kann nichts bezeugen, was sich in meiner Abwesenheit abgespielt hat.«

»Nach Lage der Dinge muß es zwischen den beiden zu Auseinandersetzungen gekommen sein, und auch wenn Sie auf Ihr Zimmer gingen, ist es unmöglich, daß Sie nichts davon gemerkt haben. Sie werden ja wenigstens hie und da heruntergekommen sein, solange Weigel noch da war. Außerdem ist anzunehmen, daß der alte

Herr seinem Ärger Ihnen gegenüber Luft gemacht hat. Sie waren doch seine Vertraute.«

»Ja«, gab Lisa mit Überwindung zu.

»Warum haben Sie das nicht gleich gesagt?«

»Weil diese Spannungen nichts Besonderes waren. Sie ergaben sich ganz natürlicherweise aus der Situation. Sie haben bestimmt nichts mit dem Mord zu tun. Ich wollte keine Andeutungen in dieser Richtung machen, um Sie nicht auf eine falsche Fährte zu locken. Ludwig Weigel mit einem Dolch in der Hand ist für mich unvorstellbar.«

»Sie werden sehr beredt, wenn es um diesen Herrn geht.«

»Er ist ein sympathischer Mensch. Falls Sie ihn befragen sollten, werden Sie das selber feststellen.«

»Ein kleiner Flirt in Ehren also? Oder mehr?«

»Weder das eine noch das andere.«

»Sie schaden sich nicht, wenn Sie zugeben, daß Sie sich über seine Besuche gefreut haben.«

»Teils, teils.«

»Würden Sie uns bitte erklären, was das bedeuten soll?«

»Er hatte immer einen Witz auf Lager oder eine kleine Geschichte, um mich aufzuheitern. Das fand ich nett. Andererseits war mein Mann, wenn die Besprechung nicht nach Wunsch gelaufen war, besonders schwierig.«

»Wie äußerte sich das?«

»Ich konnte ihm dann nichts recht machen.«

Ellmann hüstelte. »Nun ja. Ich verstehe.« Er wandte sich seinem Assistenten zu, der eifrig auf seiner kleinen Stenomaschine getippt hatte. »Haben Sie alles mitbekommen, Franz?«

Der junge Mann grinste selbstgefällig. »Aber klar doch!«

»Kann ich jetzt gehen?« fragte Lisa.

»Ja, bitte, Frau Hammer. Ich erwarte Sie dann morgen auf der Polizeidirektion.«

Zwei Tage später wurde die Leiche Bruno Hammers freigegeben, ohne daß die Angehörigen erfuhren, was die Obduktion ergeben hatte.

Bei der Beerdigung war halb Rodenberg auf den Beinen. Sie fand nach dem Trauergottesdienst um drei Uhr nachmittags statt. Einige Geschäfte hatten eigens wegen dieses Ereignisses geschlossen. Die Bevölkerung strömte herbei, weil ein beträchtlicher Teil direkt oder indirekt von den Hammerwerken lebte. Anziehender für die meisten war aber wohl doch die Tatsache, daß der Firmenchef ermordet worden war. Man wollte mit eigenen Augen diejenigen sehen, die als Täter in Frage kamen, und beobachten, wie sie sich benahmen, wenn der schwere, mit Messingbeschlägen geschmückte Sarg in die Tiefe gesenkt wurde.

Lisa hatte das Gefühl, am Pranger zu stehen. Obwohl sie ungeschminkt, das Haar streng zurückgekämmt, in einem einfachen schwarzen Mantel so unauffällig wie nur möglich wirkte, war es ihr doch, als wären die mitleidigen, neidischen und mißtrauischen Blicke vor allem auf sie gerichtet.

Ihre Mutter, eine magere Frau, die sich sehr gerade hielt, empfand es genauso; sie legte mit einer ungewohnten Geste der Zärtlichkeit den Arm um ihre Schultern und flüsterte ihr zu: »Mach dir nichts draus!«

Arthur, der sich, für die Gelegenheit nicht ganz passend, einem schwarzen Lederdress gekauft hatte, hielt die Augen gesenkt und starrte unaufhörlich auf seine Schuhspitzen. Nur Evelyn schien sich nicht um die Woge der Feindseligkeit zu kümmern. In ihrem schwarzen Persianermantel, einem schwarzen Hütchen mit kokettem Schleier auf dem weizenblonden Haar wirkte sie sehr schick, und sie war sich dessen bewußt. Immer wieder zuckte um ihre rot geschminkten Lippen der Anflug eines selbstgefälligen Lächelns.

Der Pfarrer predigte lange. Er lobte die Großzügigkeit

des Verstorbenen und seine Tapferkeit im Leiden. Die Zeremonie dauerte endlos.

Als es darum ging, eine Schaufel Erde in die Grube zu werfen, ließ Lisa ihrer Stieftochter den Vortritt. Evelyn, auf hochhackigen Pumps, stolperte leicht, fing sich aber wieder. Sie drückte ihrem Bruder die Schaufel in die Hand. Der vollführte die vorgeschriebene Geste mit unbeteiligter Miene. Lisa mußte aufsteigende Tränen unterdrücken. Sie spürte, daß man es ihr nicht zugestand, am offenen Grab zu weinen; man würde es als Heuchelei auslegen. Dann nahm sie, neben den Geschwistern stehend, Kondolationen entgegen. Der Verstorbene schien mehr Freunde und Bekannte gehabt zu haben, als sie gedacht hatte. Fremde Gesichter tauchten vor ihr auf.

Doktor Krantz zog sie beiseite. »Es ist genug, Lisa! Kommen Sie mit mir, rasch!« Er legte ihr die Hand unter den Ellbogen und dirigierte sie auf Nebenwegen zum Ausgang.

Lisas Mutter folgte ihnen, Evelyn und Arthur kamen in einiger Entfernung nach. Lisa befürchtete, daß dieser Aufbruch wie eine Flucht wirken mußte. Aber sie ließ sich widerspruchslos von Doktor Krantz in sein Auto drücken. Ihre Mutter nahm auf dem Hintersitz Platz. Evelyn fuhr ihnen mit ihrem Bruder im eigenen Wagen nach.

Als sie vor der Villa in der Parkstraße ausstiegen, bemerkten sie, daß uniformierte Polizisten den kleinen Vorgarten durchsuchten.

»Ausgerechnet am Tag des Begräbnisses!« äußerte sich Doktor Krantz. »Sehr geschmackvoll!« Er hatte den beiden Frauen aus dem Auto geholfen.

Ohne den Männern Beachtung zu schenken, gingen sie auf das Haus zu. Evelyn fuhr ihr Auto in die offene Garage und schloß das Tor dann mit einem Knall.

Angesichts der Tatsache, daß Bruno Hammer keines natürlichen Todes gestorben war, fand das anschließende Totenmahl im kleinsten Kreise statt. Außer dem Arzt, dem Apotheker und Ludwig Weigel war niemand geladen. Dennoch hatte Frau Gärtner es sich nicht nehmen lassen, im Gartenzimmer ein kaltes Buffet aufzubauen. Doch niemand hatte Hunger. Die Stimmung war gedrückt.

Frau Gärtner reichte auf einem Silbertablett Gläser mit klarem Schnaps herum. »Bitte nehmen Sie doch! Das ist genau das, was Sie jetzt brauchen!«

Alle griffen zu, zögerten aber, bis auf Arthur, zu trinken.

Doktor Krantz hob sein Glas zu einem Toast. »Auf den lieben Verstorbenen!«

Evelyn lachte unfroh. »Welch passender Nachruf!«

Sie stießen miteinander an.

»Er war nicht ohne Güte«, beharrte der Doktor.

Lisa stimmte ihm zu. »Man muß ihn vor seiner Erkrankung gekannt haben.«

»Das haben wir doch wohl alle«, bemerkte Evelyn.

Sie überlegten und kamen zu dem Schluß, daß das stimmte. Keiner war unter ihnen, der Bruno Hammer nicht schon seit vielen Jahren gekannt hätte. Doktor Otto Krantz, klein und quirlig, mit früh ergrautem Haar und einem sorgfältig gestutzten Kinnbart, war von jeher sein Hausarzt gewesen, der Apotheker Siegfried Holbaum, groß und kräftig gebaut, war ein Freund und Skatbruder. Ludwig Weigel war als letzter zu ihm gestoßen. Aber auch er hatte schon vor der Erkrankung des Chefs in der Firma gearbeitet. Er war ein schlanker, großer Mann mit schwarzem Haar, klugen, braunen Augen und einer Römernase.

›Tatsächlich‹, dachte Lisa voller Unbehagen, ›kann nur einer von uns nach menschlichem Ermessen der Täter sein. Nur wir haben ihm nahe genug gestanden.‹ Sie erschauderte.

»Übrigens war es sehr klug von dir, Otto«, sagte der

Apotheker, »daß du die Damen in deinem Auto nach Hause gebracht hast. Um die schwarze Luxuslimousine hatten sich schon ein paar sehr unangenehme Typen geschart.«

»Wie nicht anders zu erwarten!« sagte der Arzt und rief nach der Haushälterin. »Geben Sie mir bitte noch einen Schnaps, Frau Gärtner!«

»Soll ich nicht den Champagner aufmachen?«

»Nein«, entschied Lisa, »bitte nicht. Es besteht kein Grund zu feiern.«

Evelyn nahm ihr schwarzes Hütchen vom Kopf und schüttelte die weizenblonden Locken. »Aber auch absolut kein Grund, Trübsal zu blasen. Jedenfalls nicht für mich.«

»Ziemlich kaltschnäuzig«, kommentierte der Doktor, der sie schon von Kindesbeinen an kannte.

»Jedenfalls bin ich keine Heuchlerin!« gab Evelyn zurück und drückte Frau Gärtner, die die Gläser noch einmal gefüllt hatte, Hut und Schleier in die Hand. »Und was die Luxuslimousine betrifft – ich fand die Idee, mit der vorzufahren, von Anfang an bescheuert.«

»Der Leiter des Begräbnisinstituts wollte es so«, verteidigte sich Lisa, »Chauffeur und schwarze Limousine gehören zum Service.«

»Mir hat er das nicht einreden können. Ich habe gewußt, warum ich mein eigenes Auto genommen habe.«

»Deine Mutter«, sagte Doktor Krantz, »wäre gar nicht fähig gewesen, selber zu chauffieren.«

»Mutter!« rief Evelyn spöttisch. »Ich höre wohl nicht recht! Mutter!«

»Reg dich nicht auf, Evelyn«, sagte Lisa matt, »bald bist du mich los.«

»Also doch ein Grund zu feiern!«

»Evelyn«, mahnte der Apotheker, »die Frau Ihres Vaters hat nahezu Übermenschliches für ihn getan.«

»Und wozu? Wenn ihr mich fragt: Er hätte schon seit

Jahren in eine Klinik gehört. Natürlich hätte ihm das nicht gepaßt, das ist mir schon klar. Aber dann wäre er wenigstens eines natürlichen Todes gestorben.«

»Wie kannst du da so sicher sein?« fragte Doktor Krantz.

»Na ja, er hat doch immer getönt – das mußt du am besten wissen, Onkel Doktor – ›Wenn ihr mich ins Krankenhaus steckt, gehe ich drauf!‹ – Wahrscheinlich war es ihm sogar ernst damit. Also hätte er gar nicht so lange gelebt – für irgend jemanden, wie es aussieht, zu lange.«

»Du redest zuviel!« tadelte Doktor Krantz.

»Na, jemand muß doch wohl den Mund aufmachen!«

»Nein, Evelyn«, sagte Lisa, »es wäre besser, du verhieltest dich ruhig.«

»Du hast mir überhaupt keine Vorschriften zu machen!« fuhr Evelyn sie an. »Dies hier ist mein Haus – oder wird es wenigstens bald werden. Ich bin es, die die Einladung gibt.«

Frau Gärtner kam mit einer Flasche Weißwein herein und zeigte Lisa das Etikett.

»Und dies«, fuhr Evelyn fort, »ist Wein aus dem Keller meines Vaters. Habe ich nicht recht, Arthur? Nun sag doch auch mal was!«

Arthur schwieg beharrlich.

»Nun schlagt endlich zu!« Evelyn trat zum Buffet und tat sich zwei Scheiben rosigen Hasenbraten, einen Löffel Preiselbeeren und Cumberlandsauce auf einen Teller, nahm eine Serviette und Besteck und ließ sich auf einem der Rattansessel nieder. Zögernd und lustlos bedienten sich auch die anderen, außer Lisa und Arthur. Alle fanden einen Platz, an dem sie essen, trinken oder auch nur die Beine ausruhen konnten.

Das Krankenbett war fortgeschafft und das Gartenzimmer wieder in seinen früheren Zustand zurückverwandelt worden. Es gab einen runden Tisch mit einer gelben Decke, vier Rattansessel mit bunten Polstern, zu denen Frau Gärtner vorsorglich die beiden Ledersessel aus der Bibliothek gestellt hatte. Das Licht der Herbstsonne fiel durch die gelben Vorhänge, die Frau Gärtner, als die Polizisten gekommen waren, vor die Fenstertüren gezogen hatte. Aber die Anwesenheit jener Männer war allen Beteiligten der Trauerfeier in jedem Moment bewußt, selbst Evelyn, wenn sie auch entschlossen war, sich nichts daraus zu machen.

»Das Ganze«, sagte der Apotheker, »man kann es drehen und wenden, wie man will, ist eine höchst betrübliche Angelegenheit.«

»Wir sollten Musik machen!« schlug Evelyn vor, stellte ihren Teller ab und sprang auf. »Keine Bange, Pop und Rock kommt natürlich nicht in Frage. Aber wie wäre es mit Jazz? Count Basie vielleicht?« Sie lief zum Plattenspieler.

In diesem Augenblick wurde von draußen an eine der Glasscheiben gepocht.

Alle zuckten zusammen.

»Da will einer rein«, stellte Evelyn fest.

Lisa stand auf, zog die Vorhänge vor der mittleren Fenstertür beiseite und öffnete sie.

Kriminaloberinspektor Ellmann stieg über die Schwelle; in der Hand hielt er einen durchsichtigen Plastiksack. »Entschuldigen Sie bitte die Störung«, sagte er, »aber dies hier...« Er hob den Sack leicht an »... schien mir doch wichtig genug, es Ihnen sofort zu zeigen.«

Alle starrten auf den Plastiksack, der einen etwa dreißig Zentimeter langen Gegenstand aus Metall enthielt.

»Was ist das?« wollte Evelyn wissen.

»Ich hoffe, einer von Ihnen kann es mir sagen.«

»Keine Ahnung!« erklärte Ludwig Weigel sofort. »Im Werk wird so etwas jedenfalls nicht benutzt.«

»Wenn ich es besser sehen könnte«, sagte der Apotheker, »wüßte ich vielleicht – kann man es nicht aus dem Sack herausnehmen?«

»Nein.«

»Wegen der Fingerabdrücke?« fragte Evelyn eifrig. »Es ist also die Mordwaffe?«

»Könnte schon sein.«

Der Oberinspektor wandte sich Lisa zu und hielt ihr den Plastiksack dicht vor die Augen. »Was halten Sie von diesem Gegenstand, Frau Hammer?«

»Er ist sehr spitz. Oben hat er zwei ösenartige Griffe. Es könnte sich um eine Schere handeln.« Sie sah Ellmann fragend an.

»Eine Gartenschere?«

»Benutzen Sie eine solche Schere?«

»Nein. Ich habe mit dem Garten ja gar nichts zu tun.«

»Wissen Sie, ob eine solche Schere irgendwo im Haus aufbewahrt wird? Oder wurde?«

»Nein. Danach müssen Sie Frau Gärtner fragen.«

Auf dieses Stichwort hin trat die Haushälterin ein. Es war offensichtlich, daß sie gelauscht hatte, wenn sie auch den Vorwand benutzte, nachschenken zu wollen. Sie brachte eine neue Flasche Wein mit.

»Gut, daß Sie kommen!« sagte Ellmann und hielt nun ihr den Sack hin. »Frau Hammer hält dieses Instrument für eine Gartenschere.«

»Ist es aber nicht!« erklärte die Haushälterin prompt. »Haben Sie denn noch nie eine Gartenschere gesehen? Mit dem Ding da könnte man nicht einmal den kleinsten Zweig abschneiden.«

»Es könnte ein ärztliches Instrument sein!« mischte sich der Doktor ein. »Solche spitzen Scheren werden bei Operationen verwendet.«

»Ein ärztliches Instrument? Daß ich nicht lache!« Mit einem Knall stellte Frau Gärtner die Weinflasche auf den Tisch. »Soll ich Ihnen mal sagen, was das ist? Eine Papierschere.«

»Da könnten Sie recht haben«, sagte der Kriminaloberinspektor.

»Und ob ich das habe! Die, die Herr Hammer hatte, sah ganz ähnlich aus.« Sie beugte sich so nahe an die Plastiktüte, daß sie sie fast mit der Nasenspitze berührte. »Vielleicht sogar genauso.«

»Interessant. Und wo ist diese Papierschere jetzt? Die des Verstorbenen, meine ich.«

»Die habe ich weggeräumt.«

»Wann?«

»Das kann ich Ihnen nicht mehr so genau sagen. Das liegt viele Jahre zurück. Damals war der Chef noch ganz gut beieinander, aber die Krankheit machte sich schon bemerkbar, und er ahnte, wohin das führen würde. ›Als Krüppel will ich nicht leben‹, sagte er immer wieder. Sie müssen sich doch daran erinnern, Herr Doktor! Wir hatten Angst, daß er sich etwas antun könnte. Deshalb haben Sie ihm die Schlaf- und Schmerztabletten immer abgezählt. Und Sie waren es auch, der mir gesagt hat: ›Schaffen Sie die Schere beiseite, Frau Gärtner! Ich kann das gefährliche Ding nicht mehr sehen!‹ – Es hat nämlich immer auf dem Schreibtisch des seligen Herrn in der Bibliothek gelegen.«

»Stimmt ja!« sagte der Doktor. »Jetzt erinnere ich mich.«

»Und wo haben Sie die Schere hingetan?«

»Ich habe sie in die Küche gebracht, in die alte Küche im Souterrain, die damals gerade aufgegeben worden war. Ich habe sie in eine Schublade der alten Kredenz gesteckt. Ganz nach hinten.«

»Hatte ich Ihnen nicht gesagt, Sie sollten sie wegwerfen?« fragte der Doktor.

»Aber sie war doch so ein gutes Stück! Und außerdem dachte ich, wenn der Chef sehr toben würde, könnte ich sie wieder vorholen. Getobt hat er dann ja auch, aber es waren noch die Handwerker im Haus, und so konnte er nicht sicher sein, daß ich sie genommen hatte. Er hat sich dann auch ziemlich rasch wieder beruhigt. Er hatte andere Sorgen, als sich wegen einer dummen Papierschere verrückt zu machen.«

»Holen Sie sie bitte!« sagte der Kriminaloberinspektor.

Die Haushälterin starrte ihn entgeistert an. »Was soll ich?«

»Die Papierschere holen, Frau Gärtner. Wenn das stimmt, was Sie uns erzählt haben, müßte sie ja immer noch an ihrem Platz liegen.«

»Mein Gott! Nach all den Jahren!« rief Frau Gärtner, verließ aber doch eilig das Zimmer.

»Wer von Ihnen hatte Zugang zur alten Küche?« fragte der Kriminalbeamte.

»Zu der hatte jeder Zugang!« erklärte Evelyn bereitwillig. »Der Eingang ist ja nicht verschlossen oder verbarrikadiert worden. Sie wurde nur einfach nicht mehr benutzt.«

»Überhaupt nicht?«

»Frau Gärtner bewahrt dort, glaube ich, Küchengeräte auf, die sie nur selten oder gar nicht mehr benutzt und für die in der neuen Küche kein Platz ist, Fässer zum Einlegen und so etwas, Weckgläser.«

»Wann waren Sie zuletzt in der alten Küche, Fräulein Hammer?«

»Ich kann mich beim besten Willen nicht erinnern. Das muß jedenfalls sehr lange her sein. Seit ich weggezogen bin, bestimmt nicht mehr.«

»Und Sie, Herr Hammer?«

Arthur zuckte schweigend die Achseln.

»Du hast dich mal sehr für sie interessiert, ungefähr ein Jahr vor deinem Abitur!« erinnerte Evelyn ihn. »Damals wolltest du einen Partykeller daraus machen. Aber dann ist doch nichts daraus geworden, weil Vater keinen Lärm im Haus haben wollte.«

Der Kriminalbeamte wandte sich Lisa zu. »Und was ist mit Ihnen, Frau Hammer?«

»Was soll mit mir sein?«

»Waren Sie öfter in der alten Küche?«

»Nur einmal, glaube ich. Mit Frau Gärtner. Sie hat mir nach der Hochzeit das ganze Haus gezeigt.«

»Sonst nie?«

»Beschwören könnte ich das nicht. Aber was hätte ich dort zu suchen?«

Die Haushälterin kam in das Gartenzimmer gestürmt; ihr rundes glattes Gesicht war vor Aufregung gerötet. »Sie ist weg!« rief sie.

Mitten im Raum verhielt sie den Schritt und blickte mit glitzernden Augen auf Lisa, um ihre Reaktion zu erleben.

Lisa begriff die Bedeutung dieser Entdeckung sofort, aber sie verzog keine Miene.

»Sie sprechen von der Papierschere?« vergewisserte sich der Kriminaloberinspektor.

»Wovon denn sonst?« gab Frau Gärtner zurück. »Sie ist nicht mehr dort, wo ich sie hingelegt hatte.«

»Sind Sie ganz sicher?«

»Aber ja! Ich habe nicht nur in die Schublade geschaut, wo ich sie versteckt hatte, sondern auch in alle anderen. Sie ist verschwunden!«

Jetzt öffnete Lisa den Mund. »Das beweist doch nur«, sagte sie, »daß der Täter Zugang zu diesem Haus hatte, und das wußten wir ohnehin.«

Der Kriminaloberinspektor hielt den Plastiksack mit der ominösen Papierschere demonstrativ hoch. »Aber welcher Außenstehende hätte Kenntnis davon haben können, daß in der alten Küche eine geeignete Tatwaffe verborgen war?«

»Jeder, der Gelegenheit hatte, dort herumzukramen«, entgegnete Lisa und biß sich auf die Lippen, als ihr bewußt wurde, daß sie sich zu verteidigen suchte.

Unerwartet kam ihr Evelyn zur Hilfe. »Lisa hat ganz recht! Jeder, der ins Haus konnte, konnte auch in die alte Küche. Ich wußte jedenfalls nichts von der Existenz dieser Schere.«

»Aber gerade Sie, Fräulein Hammer, hätten sie doch früher auf dem Schreibtisch Ihres Vaters sehen müssen.«

Evelyn krauste die Stirn, glättete sie aber gleich wieder. »Da muß ich erst mal scharf nachdenken. Ja, ich erinnere mich. Aber ich habe nie besonders auf das Ding geachtet. Es ist mir auch nicht aufgefallen, daß sie eines Tages verschwunden war. Ich habe niemals gefragt, was damit geschehen ist, nicht wahr, Frau Gärtner?«

»Stimmt, Evelyn. Das haben Sie nicht.«

Der Kriminaloberinspektor wandte sich an Arthur. »Und wenn ich nun um Ihre Stellungnahme bitten darf, Herr Hammer?«

Arthur zuckte die Achseln. »Ich kann überhaupt nichts dazu sagen.«

»Nichts?«

»Überhaupt nichts.«

»Das ist sehr wenig.«

Es war Arthur anzumerken, daß er sich am liebsten in Schweigen gehüllt hätte. Aber unter dem forschenden Blick des Kriminalbeamten überwand er sich dann doch noch zu einer näheren Erklärung.

»Ich kann mich nicht daran erinnern, daß mein Vater je so eine Schere hatte«, behauptete er, »noch daß er sie eines Tages nicht mehr hatte.«

»Sie scheinen ein auffallend schlechtes Gedächtnis zu haben, Herr Hammer!«

Arthur preßte die Lippen zusammen und vergrub die Hände tief in den Hosentaschen.

»Für das Verschwinden Ihres Hausschlüssels hatten Sie ja auch keine ausreichende Erklärung«, fuhr der Kriminalbeamte fort.

»Das weiß ich jetzt wieder.«

»Ja?«

»Ich hatte ihn schon nicht mehr, als ich das letzte Mal nach Stuttgart zurückkam.«

»Das fällt Ihnen reichlich spät ein.«

»Wahrscheinlich habe ich ihn irgendwo liegenlassen...«

»Auf deinem Zimmer war er jedenfalls nicht!« warf Frau Gärtner ein. »Das habe ich nach deiner Abreise gründlich aufgeräumt.«

»... oder ich habe ihn verloren oder er ist mir geklaut worden.«

»Arthur verlegt oder verliert dauernd irgendwelche Dinge«, erklärte Lisa, »seinen Ausweis, seinen Führerschein, seine Wagenpapiere. Das ist eine Spezialität von ihm.«

»Er ist ein Wirrkopf«, fügte Evelyn hinzu, »das weiß jeder von uns.«

Der Kriminaloberinspektor nahm einen nach dem anderen ins Visier, bevor er sich zum Rückzug entschloß. »Na, das wär's dann wohl für heute«, sagte er, »ich will Sie nicht länger stören.«

Evelyn schenkte ihm ein breites Lächeln. »Ungeheuer rücksichtsvoll von Ihnen, Herr Ellmann! Ihr Takt ist wahrhaftig umwerfend.«

Der Kriminaloberinspektor ließ sich nicht provozieren, sondern zog sich nach einem kurzen Gruß auf dem gleichen Weg zurück, auf dem er gekommen war.

»Und jetzt, Frau Gärtner«, rief Evelyn, »her mit dem Champagner! Vater ist tot, und die Polizei sucht unter uns den Mörder! Wenn das kein Grund zum Feiern ist!«

Lisa entschuldigte sich und ging auf ihr Zimmer. Sie streifte ihre Pumps ab, zog das schwarze Kleid aus und legte sich auf ihr Bett. Von unten hörte sie gedämpft die Stimmen der Trauergäste, die allmählich immer lauter und vergnügter wurden. Sie fühlte sich sehr allein.

Die Testamentseröffnung war für den nächsten Vormittag um elf Uhr angesetzt.

Lisa traf pünktlich ein, in ihrer Begleitung, Arthur, immer noch in schwarzem Leder. Sie selber hatte ihr Kleid mit einem weißen Kragen aufgehellt, der ihr etwas Schulmädchenhaftes gab. Ein Referendar führte sie beide in ein Sitzungszimmer, einen nicht sehr großen, düsteren Raum mit brauner Tapete und grünen Vorhängen. An der Kopfseite stand ein schwerer Schreibtisch, hinter ihm ein breiter Sessel, vor ihm drei schmalere. In der Mitte saß, prächtig aufgeputzt, einen schwarzen Topfhut auf dem blonden, wohlfrisierten Haar, Frau Gärtner, die sich für den Tag freigenommen hatte. Sie drehte sich zu den Eintretenden um und strahlte sie an. »Na endlich!« sagte sie in unverhohlener Ungeduld.

Weder Lisa noch Arthur fanden es der Mühe wert, sie darauf hinzuweisen, daß es gerade erst elf Uhr geworden war. Sie grüßten nur höflich.

Frau Gärtner tippte auf den Sessel neben sich und forderte Lisa auf, Platz zu nehmen.

Aber Lisa schüttelte ihren Kopf. »Nein, danke. Lieber nicht.«

Hinter den Sesseln war noch eine Reihe Stühle aufgestellt, wohl eigens für diese Testamentseröffnung. Dorthin setzte sich Lisa, und Arthur folgte ihrem Beispiel.

Wenig später traf der Apotheker ein und wählte, nachdem er alle begrüßt hatte, den Stuhl neben Lisa. »Na, wie fühlen wir uns heute?« fragte er besorgt.

»Danke, gut«, entgegnete Lisa; sie wußte, daß sie, dunkle Schatten unter den grauen Augen, schlecht aussah, wollte aber kein Mitleid.

Der Apotheker ließ sich nicht täuschen. »Falls Sie ein Schlafmittel brauchen ...«

»Nein, danke!« unterbrach Lisa ihn, spürte, daß sie zu schroff gewesen war, und fügte entschuldigend hinzu: »Ich steh's auch so durch.«

»Möchte bloß wissen, warum dieser Notar nicht endlich erscheint!« beschwerte sich Frau Gärtner.

»Er wartet sicher, bis wir alle beisammen sind«, erklärte der Apotheker.

»Typisch Evelyn! Die wird noch zu ihrer eigenen Hochzeit zu spät kommen.«

Alle waren etwas überrascht, als Ludwig Weigel hereingelassen wurde.

Aber nur Frau Gärtner sprach es aus. »Na so was! Wußte gar nicht, daß Sie auch erben würden.«

Er rieb sich, leicht verlegen, die Hände. »Ich auch nicht, Frau Gärtner. Wahrscheinlich verdanke ich es meiner Eigenschaft als Geschäftsführer der Hammer-Werke, daß man mich hinzugezogen hat.«

»Na, dann lassen wir uns überraschen.« Frau Gärtner klopfte wieder auf den Sessel neben sich. »Setzen Sie sich!«

Aber auch Ludwig Weigel war es offensichtlich unbehaglich, sich in die erste Reihe zu plazieren. »Ich stehe lieber«, behauptete er und nahm an der Rückwand Aufstellung.

Frau Gärtner wandte sich zu den anderen um. »Na, dann wären wir wohl vollständig«, sagte sie und mit einem tiefen Seufzer: »Bis auf das gnädige Fräulein, versteht sich!«

Lisa versuchte sich einzureden, daß überhaupt kein Grund bestand, nervös zu werden. Obwohl ihr Mann ein überaus schwieriger und unberechenbarer Mensch gewesen war, konnte sie ihm doch nicht zutrauen, daß er sie in seinem Testament völlig übergangen hätte – und selbst wenn, als Krankenschwester würde sie immer irgendwo unterkommen. Vielleicht konnte sie sogar auch ohne Geld, nur mit Bafög, das erstrebte Medizinstudium beginnen.

Aber trotz dieser vernünftigen Überlegungen wuchs ihre Unruhe. Sie spürte, daß es den anderen Anwesenden nicht besser erging. Selbst der durchaus wohlhabende Apotheker, dem eine mögliche Erbschaft kaum etwas bedeuten konnte, veränderte dauernd die Stellung. Die Haushälterin wetzte auf ihrem Sessel hin und her. Arthur behielt die Pose ein, die er zu Beginn gewählt hatte – übergeschlagene Beine, Hände in die Jackentaschen vergraben –, aber Lisa glaubte zu spürten, wie angespannt seine Nerven waren. Die Wartezeit zermürbte alle. Eine Unterhaltung wollte nicht aufkommen.

Erst eine Viertelstunde nach elf platzte Evelyn herein, sehr elegant in einem blauen Kostüm und weißer Seidenbluse. »Ich hoffe, ich komme nicht...«, rief sie, unterbrach sich dann aber mitten im Satz, als sie entdecken mußte, daß der Sessel hinter dem Schreibtisch leer war. »Wieso ist der Notar noch nicht da?«

Niemand hatte Lust, ihr eine Erklärung zu geben.

Evelyn hielt es nun doch für angebracht, sich zu entschuldigen. »Ich konnte keinen Parkplatz finden.«

»Man fährt eben rechtzeitig los«, entgegnete Frau Gärtner tadelnd.

»Bin ich ja, aber...« Wieder brachte Evelyn ihren Satz nicht zu Ende. »Wann geht der Zirkus hier denn endlich los?«

Aber da trat auch schon der Notar Alfons Hieber ein, ein gewichtiger Mann in gutsitzendem schwarzem Anzug, weißem Hemd und silbergrauer Krawatte. Würdevoll nahm er hinter dem Schreibtisch Platz.

Auch Evelyn setzte sich rasch und schlug ihre langen Beine übereinander, wobei sie es geschickt so einrichtete, daß eines ihrer schönen Knie zur Geltung kam.

Alle starrten gespannt auf das Schriftstück, das der Notar vor sich hingelegt hatte.

Aber er schlug es nicht sogleich auf, sondern begann damit, in wohlgesetzten Worten seiner Erschütterung über den, wie er es nannte, tragischen Tod Bruno Hammers und seinem Mitgefühl für die so jäh Hinterbliebenen Ausdruck zu verleihen. Dann blickte er einen nach dem anderen aufmerksam an und erklärte: »Darf ich Sie jetzt bitten, sich auszuweisen!«

»Aber mich kennen Sie doch!« protestierte Evelyn.

»Die Identifizierung ist eine reine Formsache, Fräulein Hammer«, erwiderte der Notar milde.

Sie sprang als erste auf, kramte, schon am Schreibtisch stehend, ihren Personalausweis heraus und legte ihn dem Notar vor. Um ihren vollen Mund zuckte ein ironisches Lächeln. Frau Gärtner folgte ihr, den Ausweis schon in der Hand. Danach trat der Apotheker Holbaum vor, dann Lisa und endlich Ludwig Weigel, der sich anschließend neben Evelyn setzte.

Arthur war aufgestanden und fuhr suchend in seine Taschen. »Ich finde nichts«, erklärte er achselzuckend.

»Ich denke, wir können es dabei belassen, Arthur«, sagte der Notar gnädig.

Arthur setzte sich erleichtert.

»Nun zum Testament des Verstorbenen!« fuhr der Notar fort. »Es ist aufgesetzt am fünfzehnten August dieses Jahres, unterschrieben in meinem Beisein am einundzwanzigsten. Ich bestätige, daß der Erblasser bei voller geistiger Gesundheit war. Wenn ich es Ihnen jetzt vorlesen darf...«

»Nur zu!« sagte Evelyn halblaut.

Aber der Notar hatte es doch gehört und warf ihr einen tadelnden Blick zu. Dann endlich schlug er das Schriftstück auf und las: »Mein Letzter Wille. Ich, Bruno Hammer, bestimme nach reiflicher Überlegung und im Vollbesitz meiner geistigen Kräfte meine geliebte Frau Elisabeth Hammer, geborene Hopf zur Haupterbin.«

»Nein!« rief Evelyn. »Unmöglich!«

Frau Gärtner drehte sich zu Lisa um und sagte vernehmlich: »Hast du Worte!«

Lisa fühlte sich, als wäre sie durch einen Schlag vor den Kopf betäubt. Sie blieb regungslos.

»Ich bitte, mich nicht zu unterbrechen!« mahnte der Notar. Er räusperte sich und fuhr fort: »Ihr soll das Haus und das Grundstück Parkstraße zwölf gehören, auf das meinem Sohn Arthur Hammer das Wohnrecht eingeräumt wird, und zwar bis zum Zeitpunkt seiner Verheiratung.«

Evelyn konnte nicht länger an sich halten; sie sprang auf: »Und was bekomme ich?«

»Beruhigen Sie sich, Fräulein Hammer, Sie werden es gleich erfahren!«

»Erwarten Sie, daß ich es ruhig hinnehme, daß man mir mein Erbe stiehlt?«

»Niemand hat Ihnen etwas gestohlen!«

»O doch! Ich weiß es! Sie... sie...« Evelyn drehte sich um und zeigte auf Lisa. »... sie hat gegen mich bei meinem Vater intrigiert! Sie hat ihn dahin gebracht, ein so idiotisches Testament zu unterschreiben... und als sie ihn so weit hatte, hat sie ihn umgebracht!« Evelyns blaue Augen funkelten vor Erregung.

»Diese Behauptung«, erklärte der Notar gelassen, »kann Ihnen eine Verleumdungsklage einbringen.«

»Ich lasse mir nicht den Mund verbieten«, schrie Evelyn außer sich, »nicht von Ihnen und von niemandem!«

Ludwig Weigel war aufgestanden, er legte Evelyn die Hände auf die Schultern und versuchte sie auf ihren Sessel zu drücken. »Wir sollten uns lieber das Testament bis zu Ende anhören, Fräulein Hammer!«

»Ich habe genug gehört!«

»Aber wir anderen nicht. Bitte nehmen Sie doch Rücksicht!« Er blickte sie beschwörend an.

Widerwillig gab sie nach und setze sich. »Ich werde dieses gottverdammte Testament anfechten. Das weiß ich jetzt schon.«

Der Notar wartete, bis vollständige Ruhe eingetreten war, um dann fortzufahren: »Ferner soll meine geliebte Frau fünfzig Prozent meines Vermögens, bestehend aus

Bargeld, Grundstücken und Anteilen an meiner Firma ›Gebrüder Hammer‹ erben. Meinem Sohn Arthur gehen dreißig Prozent an diesen Werten zu, wobei ich hoffe, daß er einen vernünftigen Gebrauch davon machen wird.«

Arthur atmete hörbar auf.

Der Notar las weiter:

»Meine Tochter Evelyn setze ich hiermit auf ihr Pflichtteil. Sie hat mich in den Jahren meiner Krankheit sträflich vernachlässigt. Ich räume ein, daß ich wohl mitschuldig an diesem krassen Egoismus bin, weil ich sie in ihrer Kindheit zu sehr vergöttert habe. Das macht aber die Kränkung, die mir durch ihre Lieblosigkeit widerfahren ist, nicht wett. Deshalb bestimme ich, daß sie sich mit zehn Prozent der vorhandenen Vermögenswerte begnügen soll.«

»Zehn Prozent!« wiederholte Evelyn erschüttert. »Ich glaub', ich träume!«

»Der Erblasser hat ja wohl die Gründe, die ihn zur Schmälerung Ihres Erbes veranlaßt hat, sehr deutlich erklärt«, sagte der Notar.

»Ich denke nicht daran, das einfach hinzunehmen!«

»Natürlich können Sie das Testament anfechten, Fräulein Hammer, aber aus meiner juristischen Erfahrung heraus mache ich Sie darauf aufmerksam, daß Sie wohl kaum Erfolg damit haben werden.« Nach einer kleinen Pause fügte er hinzu: »Falls Sie die Vorwürfe Ihres Herrn Vaters nicht widerlegen können.«

»Das kann sie nicht!« stellte Frau Gärtner fest. »Sie hat sich ja letzte Zeit überhaupt nicht mehr blicken lassen, und geschrieben hat sie auch nur, wenn sie Geld brauchte.«

»Woher wollen Sie das wissen?« fauchte Evelyn die Haushälterin an. »Halten Sie doch den Mund!«

Lisa hatte sich endlich wieder gefaßt. »Evelyn«, sagte sie mit bebender Stimme, »das Testament kann natürlich so nicht stehenbleiben. Wir werden uns gütlich einigen.«

»Gütlich?« schrie Evelyn. »Das könnte dir so passen! Ich bring' dich vor Gericht!«

»Aber, Evelyn! Ich brauche das Haus doch gar nicht. Was soll ich damit?«

»Aber daß du dir die halbe Firma gekrallt hast, das paßt dir in den Kram!«

»Ich werde auf alles verzichten.«

»Das wirst du müssen, ob du willst oder nicht. Es wäre noch schöner, wenn eine Mörderin ihr Opfer beerben würde!«

»Bitte, keine voreiligen Entschlüsse, Frau Hammer!« mahnte der Notar. »Beraten Sie sich mit einem Rechtsanwalt!« Er schlug mit der flachen Hand auf das vor ihm liegende Testament. »Dies ist die letzte, wohlüberlegte Verfügung Ihres Mannes. Ich denke, wir alle sollten seinen Willen nicht außer acht lassen.«

»Er muß verrückt gewesen sein, als er das aufgesetzt hat!« behauptete Evelyn. »Vielleicht hat er auch unter Drogen gestanden. Der da...« Mit einer Kopfbewegung zu Lisa hin »... traue ich inzwischen alles zu.«

Jetzt stand auch Lisa auf. »Ich kann mir das von dir nicht bieten lassen!«

»Frech werden auch noch?«

»Bitte reiß dich zusammen. Wir werden uns nachher in Ruhe zusammensetzen...«

»Du meinst, du brauchst bloß zu zahlen und dann halte ich den Mund? Das hast du aber auch nur geträumt. Bisher habe ich – dußlig, wie ich bin – versucht, dich zu entlasten. Damit ist es jetzt aus und vorbei. Jetzt lege ich die Karten offen auf den Tisch.«

»Ich möchte doch bitten, meine Damen, Ihre Auseinandersetzung auf einen anderen Zeitpunkt zu verschieben. Lassen Sie mich zu einem Ende kommen.«

»Ohne mich!« Evelyn steuerte auf die Tür zu. »Von

mir aus können Sie sich den blöden Wisch sonstwohin stecken, verehrter Herr Hieber!« Sie rauschte hinaus.

Lisa wäre ihr am liebsten gefolgt. Aber sie begriff, wie gewaltig die Enttäuschung gewesen war, die Evelyn erlitten hatte, und daß sie sich in einem Zustand befand, in dem man nicht mit ihr reden konnte.

Also setzte sie sich wieder. Aber die Worte des Notars rauschten nur an ihr vorbei, ohne daß sie ihren Inhalt erfassen konnte.

Erst später erfuhr sie, daß Ludwig Weigel zehn Prozent des Firmenvermögens geerbt hatte, mit der Auflage, die Geschäftsleitung fortzuführen, Apotheker Holbaum die kostbaren Jagdgewehre des Verstorbenen und Gerda Gärtner ein Legat über fünftausend Mark.

Nachdem Notar Hieber die Sitzung beendet hatte, blieben die Erben noch unschlüssig im Raum stehen.

»Ich gratuliere, Frau Hammer!« sagte Ludwig Weigel herzlich.

»Niemand hat dieses Glück mehr verdient als Sie!« fügte der Apotheker hinzu.

»Glück nennen Sie das?« fragte Lisa mit einem schwachen Lächeln.

»Ich nicht!« erklärte Frau Gärtner neidvoll. »Sie haben das ganz schön gedeichselt!«

»Ich habe nichts davon gewußt!« verteidigte sich Lisa.

»Wer's glaubt, wird selig«, erwiderte die Haushälterin.

»Werden Sie nicht unverschämt!« wies Ludwig Weigel sie zurecht.

»Ich und unverschämt!« entrüstete sich Frau Gärtner. »Viel zu bescheiden bin ich! Zehn Jahre lang habe ich dem alten Herrn treu gedient, jeden Pfennig zweimal umgedreht, obwohl ich mich leicht hätte bereichern können. Niemand hätt's ja bemerkt. Und was ist der Dank dafür? Läppische fünftausend Mark!«

»Ein hübsches Sümmchen, liebe Frau!« hielt Ludwig Weigel ihr vor. »Umsonst haben Sie ja auch nicht gearbeitet.«

»Für einen Hungerlohn, wenn Sie's genau wissen wollen. Aber jetzt habe ich's satt. Ich kündige hiermit, damit Sie's wissen, Schwester. Von nun an können Sie Ihren Dreck alleine putzen.«

»Dann wünsche ich Ihnen alles Gute für die Zukunft, Frau Gärtner!« sagte Lisa versöhnlich zu ihr. »Sie werden uns fehlen.«

»Das können Sie laut sagen!« Frau Gärtner übersah Lisas ausgestreckte Hand und wandte sich schroff ab. »Viel Spaß!« Wie eine beleidigte Fürstin rauschte sie davon.

»Was mag die sich wohl erwartet haben?« fragte der Apotheker kopfschüttelnd.

»Offensichtlich mehr«, sagte Ludwig Weigel.

»Aber wieso eigentlich?« fragte Lisa. »Niemand hat ihr je irgendwelche Versprechungen gemacht. Sie ist gut bezahlt worden, und ich habe ihr nie auf die Finger geschaut, schon um des lieben Friedens willen. Wir sind auch immer ganz gut miteinander zurechtgekommen.«

»Jetzt sieht sie in Ihnen eine Feindin«, stellte der Apotheker fest.

»Ich verstehe das nicht.«

»Weil sie der Meinung ist, daß Ihnen das Erbe nicht zusteht, Frau Hammer!« sagte Ludwig Weigel. »Apropos Erbe: Wir müssen darüber noch sprechen!«

Arthur, der bisher schweigend, die Hände in den Taschen, dabeigestanden war, meldete sich jetzt zu Wort. »Fährst du mich bitte nach Hause, Lisa?«

»Mit Ihnen muß ich auch reden, Arthur! Wir sollten ins Werk fahren.« Ludwig Weigel warf einen Blick auf seine Armbanduhr. »Nein, ich habe eine bessere Idee. Essen wir zusammen!«

»Eigentlich möchte ich lieber...«, begann Lisa.

Ludwig Weigel ließ sie nicht aussprechen. »Es ist wichtig, Frau Hammer! Ich will es so schnell wie möglich hinter mich bringen.«

Zögernd erklärte Lisa sich einverstanden; nichts lag ihr im Augenblick weniger am Herzen als eine geschäftliche Besprechung.

Zusammen verließen sie das Haus.

Unten wollte der Apotheker sich verabschieden.

»Ach, kommen Sie doch mit, Herr Holbaum!« bat Lisa.

»Ich würde nur stören.«

»Wir haben doch keine Geheimnisse vor Ihnen.«

Es war dem Apotheker anzumerken, daß er gerne dabeigeblieben wäre. Aber da Ludwig Weigel der Aufforderung nicht zustimmte, trennte er sich von ihnen. »Wenn Sie wollen, Lisa«, sagte er, »können Sie mir ein andermal ja alles erzählen.«

Lisa sah ihm nach, wie er mit weit ausholenden Schritten davonging, ein großer, kräftiger Mann, der sogar von hinten noch vertrauenswürdig aussah. »Er ist wirklich nett«, sagte sie, »er ist der einzige Freund, den ich habe.«

»Nicht der einzige, Lisa«, stellte Ludwig Weigel richtig, »ich bin ja auch noch da.«

Unwillkürlich sah Lisa ihren Stiefsohn an. Aber Arthur blieb stumm und wich ihrem Blick aus.

Ludwig Weigel schlug vor, ins ›Chez Annabelle‹ zu gehen, das einzige französische Restaurant in Rodenberg, das nur abends gut besucht war. »Da werden wir ungestört sein«, meinte er.

Lisa war einverstanden, und sie überquerten den Rathausplatz. Arthur trottete hinter ihnen her.

Ludwig Weigel war im ›Chez Annabelle‹ bekannt, und der Kellner führte sie beflissen zu einem abseits gelegenen Tisch. Wenn er über die Familie Hammer und den Mordfall Bescheid wußte, ließ er es sich doch nicht anmerken.

Die anderen Gäste jedoch, vorwiegend Geschäftsleute, verfolgten ihren Einzug neugierig und steckten dann die Köpfe zusammen. Lisa war das bewußt, und sie hielt sich sehr gerade. Ludwig Weigel gab sich charmant und unbekümmert, Arthur behielt seine gewohnt mürrische und unbeteiligte Miene bei.

Die Speisekarte war reizvoll genug, aber Lisa, die keinen Hunger hatte, entschied sich nur für einen Salat nicoise. Ludwig Weigel und Arthur wählten ein Entrecote mit Beilagen.

»Und dazu«, erklärte Ludwig Weigel, »trinken wir ein Glas Wein, ja?«

Lisa lehnte ab. »Gut gemeint«, sagte sie, »aber ich trinke mittags nie.«

»Heute ist ja auch kein gewöhnlicher Tag«, erwiderte er, »ein Schluck Wein kann Ihnen nur guttun, Lisa!« Er bestellte eine Flasche trockenen Weißwein. Als der Kellner gegangen war, wandte er sich ihr wieder zu. »Ich darf doch ›Lisa‹ zu Ihnen sagen? Wir werden viel miteinander zu tun haben.«

»Lieber nicht!« wehrte sie ab.

Er war zu selbstbewußt, um über diese Bemerkung gekränkt zu sein, aber er reagierte doch sehr erstaunt. »Wie darf ich das verstehen?«

»Ich halte es für besser, wenn wir jeden Anflug von Vertraulichkeit vermeiden.«

»Sie vertrauen mir nicht?«

»Doch, Ludwig...«, sie verbesserte sich sofort: »Herr Weigel. Es ist nur so...«, sie suchte nach den richtigen Worten, »... die Polizei hat mir ohnehin unterstellt, daß es eine gewisse Beziehung zwischen uns geben könnte.«

»Wahnsinn!«

»Ja, es ist absurd. Aber sie suchen natürlich nach einem Motiv für den Mord.«

»Es ist idiotisch, Sie zu verdächtigen!« erklärte er mit ungewöhnlicher Heftigkeit.

»Vorerst wohl nicht nur mich.« Lisa zog, ohne ihn anzusehen, mit der Gabel Spuren über das helle Tischtuch.

»Sie müssen sofort einen Rechtsanwalt nehmen!«

»Wozu? Dann würde es nur so aussehen, als wenn ich mich tatsächlich schuldig fühlte.«

»Sie können sich allein nicht wehren, Lisa... pardon, Frau Hammer! Weder Evelyn noch Frau Gärtner ist zu trauen. Die sind imstande, Verdachtsmomente gegen Sie zusammenzutragen.«

»Mag schon sein. Aber ernsthaft können sie mir doch nichts anhaben, da ich es nicht gewesen bin.«

»Schon allein die Tatsache, daß der Chef Sie als Haupterbin eingesetzt hat, spricht gegen Sie.«

»Dieses Erbe werde ich gar nicht antreten. Mit Notar Hieber wollte ich mich nicht streiten. Aber ich bin sicher, es gibt eine Möglichkeit, es auszuschlagen.«

»Das sollten Sie sich dreimal überlegen!«

Jetzt sah sie ihm in die Augen. »Habe ich bereits getan.«

Während der Kellner an den Tisch trat und Wein einschenkte, schwiegen sie.

Dann wandte sich Arthur überraschend an Ludwig Weigel. »Wenn Lisa das Erbe doch ausschlägt – wer kriegt es dann?«

»Sie, Arthur, nehme ich an, da Ihre Schwester ja ausdrücklich aufs Pflichtteil gesetzt worden ist.« Er sah Lisa an. »Sie können also Evelyn gar nicht versöhnen, indem Sie das Erbe ausschlagen. Evelyn würde nichts davon haben.«

»Aber ich will es nicht!«

»Ich verstehe dich, Lisa«, sagte Arthur, »aber du hast es doch verdient.«

»Ich hätte es vielleicht verdient, wenn dein Vater noch fünf Jahre länger gelebt hätte. Damit hatte er ja auch wohl gerechnet. Dann hätte ich ihm wirklich meine ganze Jugend geopfert. Aber so!«

Ludwig Weigel hob sein Glas. »Nehmen wir erst mal einen Schluck!«

Sie tranken. Arthur zog ein zerknülltes Päckchen und ein Feuerzeug aus seiner Jackentasche und zündete sich eine Zigarette an. Er wollte seine Rauchutensilien schon wieder fortstecken, als er sich besann und Lisa das Päckchen hinhielt. »Magst du?«

Sie zögerte. »Ausnahmsweise, ja«, entschied sie dann und nahm sich eine Zigarette.

Er gab ihr Feuer.

»Bevor Sie sich entscheiden«, sagte Ludwig Weigel, »sollten Sie erst einmal wissen, aus was Ihr Erbe besteht. Wahrscheinlich werden Sie enttäuscht sein. Auf dem Papier ist das Werk mehrere Millionen wert. Aber ich bezweifle stark, daß es sich verkaufen ließe.«

»Warum auch?« Arthur stieß Rauch durch die Nase aus.

»Um rentabel arbeiten zu können, müßten die Maschinen auf Elektronik umgestellt werden. Aber dazu fehlt das Geld. Deshalb habe ich den Chef immer wieder gebeten, einen stillen Teilhaber in die Firma zu holen, einen großen Bankkredit aufzunehmen oder mit einer Münchner Firma zu fusionieren. Er hat das stur abgelehnt. Das war einer unserer Streitpunkte.«

»Es müßte aber jetzt geschehen?«

»Unbedingt. Wenn wir einfach so weitermachen, können wir uns zwar noch einige Jahre über Wasser halten – wenn wir Glück haben, aber nicht auf Dauer.«

»Dann tun Sie bitte, was Sie für richtig halten.«

»Danke, Arthur«, sagte Ludwig Weigel sichtlich erleichtert, »sind Sie der gleichen Meinung, Frau Hammer?«

»Meine Stellungnahme kennen Sie.«

»Wenn du das Erbe tatsächlich nicht annimmst, Lisa,

würde ich dir natürlich dein Medizinstudium finanzieren. Das ließe sich doch machen, Herr Weigel?«

»Ohne weiteres. So viel, daß Sie beide – und auch ich – gut leben können, wirft die Firma alle Male noch ab. Ich hoffe nur, Evelyn wird nicht darauf bestehen, ihren Anteil in bar ausbezahlt zu bekommen. Eine größere Summe kann ich nicht auf den Tisch legen – nicht, bevor das Werk saniert ist.«

Lisa sah von einem der beiden Männer zum anderen. Sie hatte in der Frühe nichts als eine Tasse Kaffee zu sich genommen. Jetzt machte der Wein auf nüchternen Magen sie ein wenig schwindelig. Dennoch war es ihr, als sähe sie plötzlich klarer. Wenn es wirklich so schlecht um die Firma stand, dann mußte der plötzliche Tod des Chefs seinem Geschäftsführer ausgesprochen willkommen sein. Die Bereitwilligkeit, mit der Arthur das ganze Erbe an sich nahm, machte auch ihn ihr plötzlich verdächtig. Bisher war er mit seinem knappen Gehalt als Auszubildender im dritten Jahr und dem Zuschuß, den ihm sein Vater gegeben hatten, nie ausgekommen. Ludwig Weigel würde, wenn Arthur seine Entscheidungen nur guthieß, bestimmt sehr viel großzügiger sein.

»Ich glaube, ich sollte mir doch einen Rechtsanwalt nehmen«, sagte sie und drückte die Zigarette aus.

Ludwig Weigel und Arthur blickten sie an, als wäre sie plötzlich eine Fremde geworden.

Als Lisa und Arthur nach Hause kamen, war Evelyn nicht da. Ihr Cabriolet stand nicht mehr in der Garage, und ihr Zimmer war leer. Eine Nachricht hatte sie nicht hinterlassen.

Lisa machte sich keine Sorgen, daß Evelyn etwas zugestoßen sein könnte, aber ihr Verschwinden beunruhigte sie. Sie versuchte, mit Arthur darüber zu sprechen. »Wo kann sie nur sein?«

»Ist doch egal«, gab er kurz angebunden zurück.

»Aber wir müssen mit ihr sprechen.«

»Ich nicht.«

Lisa zerbrach sich den Kopf. Es war ziemlich ausgeschlossen, daß sie Rodenberg verlassen hatte, bevor die Ermittlungen abgeschlossen waren. Sich einfach davonzumachen wäre ihr zwar zuzutrauen gewesen, aber doch nicht, bevor sie ihre finanziellen Angelegenheiten mit Ludwig Weigel geregelt hatte.

Daß sie zu einer Freundin gezogen war, war unwahrscheinlich, denn so gut stand sie sich mit keiner Rodenbergerin mehr. Naheliegender war, daß sie sich in einem Hotel oder einer Pension ein Zimmer genommen hatte. Lisa wollte nicht hinter ihr hertelefonieren, weil das dem Klatsch neue Nahrung gegeben hätte. Also entschloß sie sich, bei der Polizei anzurufen. Erst am späten Nachmittag erreichte sie Kriminaloberinspektor Ellmann.

»Meine Stieftochter hat ihr Elternhaus verlassen«, erzählte sie ihm.

»Ja, ich weiß«, erwiderte er gelassen.

Lisa ahnte, daß Evelyn – vielleicht sogar gleich nach der Testamentseröffnung – zu ihm gelaufen war, um sie anzuschwärzen. Aber danach konnte sie nicht fragen. »Sicher haben Sie ihre Adresse«, sagte sie nur.

»Ja.«

»Bitte geben Sie sie mir! Ich muß mit ihr reden.«

»Ich glaube nicht, daß Fräulein Hammer an einem Gespräch mit Ihnen gelegen ist.«

»Aber mir!«

»Na schön, Sie hätten es ja auch ohne mich herausgebracht. Sie ist im ›Rodenberger Hof‹ abgestiegen.«

Lisa bedankte sich und wollte auflegen.

»Augenblick noch, Frau Hammer!« sagte Ellmann rasch. »Es haben sich noch ein paar Fragen ergeben. Ich erwarte Sie morgen früh in meinem Büro. Ich hoffe, neun Uhr ist Ihnen recht.«

»Wann immer Sie wollen.«

Lisa sagte es mit fester Stimme. Aber innerlich zitterte sie. Würde dieser Wahnsinn denn nie ein Ende nehmen?

Lisa war es nicht gewohnt, sonderlich beachtet zu werden. Sie selber hatte sich stets als unscheinbar empfunden. In der Teenagerzeit hatte sie dem mit grellem Make-up abhelfen wollen, hatte dies aber längst wieder aufgegeben. Deshalb war es für sie besonders peinigend, daß sich, kaum, daß sie die Halle des Hotels betreten hatte, alle Blicke auf sie wendeten. Ein Paar, das eben noch ins Gespräch vertieft gewesen war, verstummte. Ein älterer Herr ließ seine Zeitung sinken und starrte sie an. Eine Gruppe von Geschäftsleuten gab sich Mühe, nicht allzu auffällig zu ihr hinzusehen, aber sie begannen zu flüstern.

Obwohl Lisa nicht verstehen konnte, was die Männer zueinander sagten, ahnte sie es doch. ›Ist sie das nicht?‹ – ›Doch, sie ist es.‹ – ›Ich bin sicher!‹ – ›Ob sie den Alten tatsächlich umgebracht hat?‹ – ›Zuzutrauen wär's ihr.‹

Der Tod ihres Mannes hatte ihr Leben verändert und sie zur Zielscheibe öffentlicher Neugier werden lassen. Sie fragte sich, ob sie je wieder ein normales, völlig privates Leben würde führen können, selbst wenn der Fall geklärt worden war. Ihr war elend zumute.

Trotzdem ging sie mit sehr geradem Rücken und hoch erhobenem Kopf auf den Empfang zu. Der Jüngling hinter dem Tresen war verlegener als sie und stotterte, als sie nach ihrer Stieftochter fragte. Sie erfuhr, daß Evelyn sich in der Bar aufhielt.

Lisa hatte geplant, die andere unter vier Augen zu sprechen. Dazu ergab sich jetzt nach Lage der Dinge keine Möglichkeit. Flüchtig erwog sie, den Rückzug anzutreten, zwang sich dann aber doch weiterzumachen.

Das Licht in der Bar war sehr gedämpft. Lisa brauchte Zeit, ihre Augen daran zu gewöhnen, und auch dann erkannte sie Evelyn nicht sofort. Es lag wohl auch daran, daß sie das Mädchen allein vermutet hatte und nicht in einen Flirt mit einem nicht mehr jungen, aber gutaussehenden Mann vertieft, wie es tatsächlich der Fall war. Sie saß auf einem der hohen Hocker, die Beine, wie es ihre Art war, übereinander geschlagen, so daß ihre schönen Knie zur Geltung kamen, und lachte gurrend.

Wieder geriet Lisa in Versuchung, sich auf der Stelle umzudrehen und zu gehen. Aber dann überwand sie sich doch und trat an die Bar. »Evelyn«, sagte sie bittend.

So leise sie gesprochen hatte, wirkte das Wort doch wie ein Alarm. Beide Köpfe – Evelyns und der ihres Gesprächspartners – fuhren zu ihr herum. Der Mann fixierte sie mit unverhohlener Belustigung, Evelyn mit kaltem Haß.

»Du?« zischte sie. »Du wagst es?«

»Wir müssen miteinander reden«, mahnte Lisa.

»Verschwinde!« fauchte Evelyn.

Auch die anderen Barbesucher waren jetzt auf die beiden Frauen aufmerksam geworden.

»Bitte, Evelyn! Du willst doch keinen Skandal.«

»Hau ab!« Evelyn kehrte Lisa den Rücken zu.

»Ich werde erst gehen, wenn du mich angehört hast«, erklärte Lisa mit fester Stimme.

Der Mann neben Evelyn nahm sein Glas und schwang sich vom Hocker. »Ich glaube, es ist besser, ich lasse die Damen jetzt allein«, sagte er mit einem zynischen Grinsen.

»Suchen wir uns lieber einen ruhigen Platz!« bestimmte Lisa, nahm Evelyns Glas und bestellte beim Keeper: »Für mich das gleiche!« Sie steuerte auf einen freien Tisch zu.

Wenn ihre Stieftochter ihr jetzt nicht gefolgt wäre, hätte sie aufgeben müssen. Aber Evelyn kam ihr nach.

Sie setzte sich zu Lisa an den Tisch. »Dein Glück, daß ich hier mit jemandem verabredet bin«, sagte sie, nahm einen Schluck und steckte sich eine Zigarette an.

»Es geht um das Testament.«

»Du hast Vater nicht bezirzt, du hast nichts davon gewußt, daß er dich zur Haupterbin eingesetzt hat, du willst das Geld gar nicht – bla, bla, bla, all dieses Gefasel kannst du dir sparen!«

»Nein, ich muß dir etwas ganz anderes klarmachen: Wenn ich das Erbe ausschlage, kassiert Arthur alles. Das behauptet jedenfalls Ludwig Weigel, und er wird es wohl wissen.«

»Was?« Evelyn starrte sie aus weit aufgerissenen Augen an.

»Deshalb müssen wir versuchen, eine andere Lösung zu finden.«

»Was für eine?«

»Das weiß ich selbst noch nicht. Wir müssen gemeinsam darüber nachdenken, einen guten Anwalt konsultieren.«

»Du willst mich nur irremachen!« Evelyn inhalierte tief und stieß eine Wolke Rauch aus. »Arthur würde niemals alles an sich reißen wollen.«

»Das ist sein gutes Recht, und er ist nur zu bereit dazu.«

»Verdammte Scheiße!« fluchte Evelyn ganz und gar nicht damenhaft.

»Ja, es ist eine durch und durch ungute Situation!« stimmte Lisa ihr zu. »Deshalb sollten wir alle Emotionen beiseite lassen, uns alle drei an einen Tisch setzen und vernünftig miteinander reden.«

Der Kellner brachte ihr ein Glas, Lisa nippte daran und stellte fest, daß es Gin Tonic war.

»Evelyn«, sagte sie beschwörend, »wir waren zwar nie wirkliche Freundinnen, aber bisher sind wir doch immer miteinander ausgekommen. Wir dürfen uns doch nicht durch Brunos Testament auseinanderbringen lassen. Ich will die Firma gar nicht, habe sie nie gewollt. Und du bildest dir doch nicht etwa ein, daß mir was an dem Haus liegt?«

Aber Evelyn hörte ihr nicht mehr zu; sie blickte an ihr vorbei und rief halblaut: »Da ist er ja schon!«

»Wer?«

Evelyn winkte zum Eingang des Barraums hinüber. »Peter Milz.«

Lisa zuckte zusammen, als hätte sie einen Schlag erhalten.

Peter Milz trat an ihren Tisch, ein breitschultriger Mann, Ende Zwanzig, mit kurzgeschnittenem blonden Haar. Sein kräftiger Körper steckte in einem dunklen Anzug, den er offensichtlich nur selten trug; Ärmel und Hosenbeine waren zu kurz, und die Jacke spannte ihm um die Schultern.

Verlegen lächelnd verbeugte er sich vor Evelyn und wagte sogar die ungeschickte Andeutung eines Handkusses. Dann erst gewahrte er Lisa, und seine Gesichtsmuskeln verkrampften sich.

»Euch muß ich ja nicht erst miteinander bekannt machen«, sagte Evelyn mit boshaftem Lächeln.

Lisa und Peter blickten sich an, beide voller Unbehagen, das jedoch jeder anders empfand. Sie waren ein Paar gewesen, bevor Lisa sich für Bruno Hammer entschieden hatte.

»Dir geht's jetzt verdammt dreckig, wie?« fragte Peter endlich.

»Nicht gerade gut«, gab Lisa zu.

»Hast du dir selber zuzuschreiben.«

Lisa stand auf. »Danke für deine teilnahmsvollen Worte. Einfühlungsvermögen war ja schon immer deine Stärke.«

»Du willst schon gehen?« fragte Evelyn mit gespielter Überraschung. »Du hast ja noch kaum was getrunken.«

»Ich denke, Peter kann meinen Drink übernehmen.« Sie wandte sich ihm zu. »Es macht dir doch nichts aus?«

Er zuckte nur die Achseln.

Kriminaloberinspektor Ellmann empfing Lisa am nächsten Morgen in seinem Büro, das ihr inzwischen schon vertraut war, ein Zimmer mit kahlen Wänden, die nur von einem Kalender der Raiffeisenbanken geschmückt waren, einem Fenster, einem Schreibtisch mit Telefon, Computer und Aschenbecher. Außer Ellmann war noch ein anderer, jüngerer Beamter anwesend, den sie nicht kannte und der ihr auch nicht vorgestellt wurde. Ellmann begrüßte sie nicht unfreundlich, und sie nahm, die Knie fest zusammengepreßt, ihm gegenüber Platz. Der junge Beamte, der bei ihrem Eintritt aufgestanden war, ließ sich an der Schmalseite des Schreibtisches nieder.

»Dann darf ich Ihnen wohl gratulieren, Frau Hammer«, eröffnete der Kriminaloberinspektor das Gespräch und zündete sich eine Zigarette an.

Lisa verstand, daß er auf die Testamentseröffnung anspielte, und sie sah keinen Grund ihm gegenüber darauf einzugehen. »Danke«, sagte sie nur kurz.

»Es war für Sie wohl keine Überraschung, daß der Verstorbene Sie als Haupterbin eingesetzt hat?«

»Doch«, erklärte Lisa.

»Wollen Sie behaupten, Sie hätten es nicht gewußt?«

»Ich hatte keine Ahnung.«

»Obwohl der Notar zweimal in Ihrem Haus war?«

»Ich habe seinen Besuch nur einmal mitbekommen. Das andere Mal muß ich wohl in der Stadt gewesen sein.«

»Trotzdem.« Der Kriminaloberinspektor inhalierte tief. »Sie müssen sich doch etwas dabei gedacht haben.«

»Nein.« Nach kurzem Zögern fügte sie hinzu: »Ich befürchtete eher, mein Mann könnte mein Erbteil gemindert haben.«

»Wieso das?«

»Bevor der Notar kam – ich weiß das genaue Datum nicht mehr, aber es muß Ende August gewesen sein – war mein Mann sehr schlecht auf mich zu sprechen.«

»Aus welchem Grund?«

»Er fühlte sich miserabel.«

»Und er gab Ihnen die Schuld daran?«

»Natürlich wußte er, daß es nicht meine Schuld war. Aber außer mir war ja niemand da, an dem er seine schlechte Laune hätte auslassen können.«

»War er nicht tief getroffen, als seine Tochter an seinem Geburtstag nicht auftauchte? Soviel ich weiß, hat sie ihn nicht einmal angerufen, sondern ihm aus diesem Anlaß nur ein Telegramm geschickt.«

»Er war verärgert über sie, ja. Aber das war bei ihm eher ein Dauerzustand. Er fühlte sich von ihr vernachlässigt. Mit ihrem Erscheinen an seinem Geburtstag hatte er, glaube ich, gar nicht mehr gerechnet. Es hätte ihn überrascht.«

»Aber er hat Ihnen gegenüber doch bestimmt geäußert, daß er sie auf ihr Pflichtteil setzen würde?«

»Sehr oft sogar. So oft daß ich es gar nicht ernst genommen habe.«

»Sie nahmen es auch nicht zum Anlaß, Fräulein Hammer zu warnen?« Er drückte seine Zigarette aus.

»Immer, wenn sie anrief, habe ich sie gedrängt, sich mehr um ihren Vater zu kümmern.«

»Aber auf den drohenden Verlust ihres Erbteils haben Sie sie nicht hingewiesen?«

»Nein. Ich hielt es für ausgeschlossen, daß sich mein Mann zu dieser Art Strafe wirklich durchringen könnte. Evelyn war ja immer sein Lieblingskind gewesen.«

»Soll das heißen, er schätzte sie mehr als seinen Sohn?«

»Arthur hatte nicht die Fähigkeit, ihm schön zu tun, wie sie es konnte, wenn sie mal da war. Aber wie Sie sicher wissen, hat sie sich über ein Jahr nicht mehr bei ihm blicken lassen.«

»Halten Sie es für möglich, daß sie ihm seine Heirat verübelt hat?«

»Warum sollte sie?«

»Das ist in der Regel der Fall, wenn ein Vater zum zweitenmal heiratet, noch dazu, wenn er sich für eine Frau entscheidet, die nicht älter als seine eigene Tochter ist.«

»Das ist ausgeschlossen. Evelyn wußte genau, daß er mich nur geheiratet hat, um sicher zu sein, daß ich ihn bis zum Ende pflegen würde.«

»War das so klar?« Er griff wieder zu seinen Zigaretten.

»Ja.«

»Könnte sie nicht trotzdem das Gefühl gehabt haben, daß Sie sie aus seinem Herzen verdrängt haben?«

Lisa hatte bisher alle Fragen Schlag auf Schlag beantwortet; jetzt aber wurde es ihr zu viel. »Warum erkundigen Sie sich nicht bei Evelyn?« protestierte sie.

»Das habe ich getan.«

»Und sie hat behauptet...?« Lisa zog hörbar die Luft ein. »Das ist der Gipfel! Es wäre ihr doch ein leichtes gewesen, ihrem Vater wieder näherzukommen. Sie hätte sich nur entschließen müssen, wenigstens für kurze Zeit seine Betreuung zu übernehmen. Ich habe sie oft genug darum gebeten. Das hätte mir nämlich die Möglichkeit gegeben, auch einmal Urlaub zu machen.«

»Fräulein Hammer ist keine Krankenschwester.«

»Das brauchen Sie mir nicht zu sagen! Aber ich glaube, es gibt genügend Frauen, die ihren kranken Mann, ihr Kind oder auch ihre Eltern unter Anleitung eines Arztes pflegen, ohne es je gelernt zu haben.«

»Das haben Sie sicher auch Ihrem Mann klargemacht.«

»Nein, das habe ich nicht getan. Es hätte ihn nur aufgeregt. Ich war im Gegenteil immer bemüht, ihn bei guter Laune zu halten.«

»Aber Sie haben es ihm gegenüber durchblicken lassen.«

»Wie können Sie so etwas behaupten?« Lisa wurde langsam wütend und konnte sich nur noch mühsam beherrschen. »Ich habe sie immer in Schutz genommen, alle nur möglichen Ausreden für ihr Verhalten erfunden, auch wenn das zuletzt nicht mehr ganz einfach war.«

»Also doch.«

Lisa sprang auf. »Was soll das heißen?«

»Zuletzt«, erklärte der Kriminaloberinspektor bedachtsam, »haben Sie Ihrem Mann dann doch darin zugestimmt, daß das Benehmen seiner Tochter ihm gegenüber schändlich wäre.«

»Nein! Das ist nicht wahr! Wie können Sie mir so etwas unterstellen?«

»Es wäre doch nur menschlich.«

»Sie können Arthur fragen! Er war ja bei Brunos Geburtstag dabei. Er kann Ihnen erzählen, wie ich Evelyn verteidigt habe. Ich habe ihm eingeredet, daß ihre Reise in die Staaten eine einmalige Angelegenheit wäre und daß sie über Weihnachten bestimmt nach Hause käme.«

»Hat er Ihnen das geglaubt?«

»Zumindest ließ er sich beschwichtigen.« Lisa machte einen Schritt in Richtung Tür.

»Setzen Sie sich wieder!« forderte der Kriminaloberinspektor sie auf. »Wir sind noch nicht fertig.«

Es blieb Lisa nichts anderes übrig, als wieder Platz zu nehmen; sie fühlte sich erschöpft.

Der Kriminaloberinspektor merkte es. »Wollen Sie vielleicht ein Glas Wasser?« Mit einer Kopfbewegung auf den jungen Mann an seiner Seite fügte er hinzu: »Wagner kann Ihnen auch eine Tasse Kaffee bringen.«

»Nein, danke!« gab Lisa scharf zurück. »Ich habe nicht

die Absicht, dieses Verhör in ein Picknick ausarten zu lassen.«

Ellmann räusperte sich. »Dann wollen wir uns an die Tatsachen halten. Tatsache ist, daß der Verstorbene Sie zur Haupterbin bestimmt und seine Tochter auf ihr Pflichtteil gesetzt hat.«

Lisa preßte die Lippen zusammen; sie sah keinen Grund, sich zu dieser Feststellung zu äußern.

»Wir können unterstellen, daß er sich dazu entschlossen hat, um erstens seine Tochter zu strafen und zweitens Sie zu belohnen.« Er zählte die beiden Punkte an seinen fleischigen Fingern ab. »Gehen wir da konform?«

»Ich weiß nicht, warum er es getan hat, und Sie können es noch weniger wissen!« widersprach Lisa. »Sie haben ihn ja nicht einmal gekannt.«

»Sie haben uns vorhin erzählt, Frau Hammer, daß der Verstorbene Sie geheiratet hat, um Ihrer Pflege sicher zu sein. Ist das wenigstens richtig?«

»Ja.«

»Er wollte Ihnen durch diese Heirat seine Dankbarkeit und seine Anerkennung aussprechen. Kann man das so sagen?«

»So ähnlich, ja.«

»Dann können wir wohl annehmen, daß es die gleichen Motive waren, die ihn dazu bewegt haben, Sie als Haupterbin einzusetzen?«

»Das ist nicht auszuschließen«, gab Lisa zu.

»Sehr gut!« äußerte Kriminaloberinspektor Ellmann zufrieden. »Dann liegt es doch auf der Hand, daß er es Ihnen sofort gesagt hat.«

»Das hat er aber nicht.«

»Was für einen Sinn ergibt es denn, wenn Sie von diesem Beweis seiner Anerkennung erst nach seinem Tod erfahren würden?«

»Ich weiß es nicht.«

»Nach seinem Tod brauchte er Sie ja nicht mehr.«

»Sie sind so verdammt logisch, aber im Leben geht nicht alles logisch zu.«

»Wollen Sie damit andeuten, daß der Verstorbene kein logisch denkender Mann war?«

»Im Geschäftlichen war er das wahrscheinlich, sonst hätte er es nicht so weit gebracht, wenn ihm auch zuletzt wohl doch der Überblick gefehlt hat.«

»Aber im Privaten?«

»War er es nicht. Sonst hätte er ja nicht immer seinen Zorn über seine Schmerzen und seinen elenden Zustand an mir ausgelassen, obwohl er sehr wohl gewußt hat, daß ich nicht dafür verantwortlich war.«

»Ist es möglich, daß er sich Ihnen gegenüber schuldbewußt gefühlt hat?«

»Er war mir dankbar, ja. Aber so weit waren wir ja schon.« Lisa wurde ungeduldig. »Aber dieses ganze Gerede bringt uns doch keinen Schritt weiter.«

»Sie leugnen also nach wie vor, von der Abänderung des Testamentes gewußt zu haben?«

»Ja.«

»Tut mir leid, aber das kann ich Ihnen nicht glauben.«

»Dann sehe ich nicht ein, warum ich Ihre Fragen noch länger beantworten soll!« Lisa erhob sich wieder.

»Wir werden so lange miteinander reden, bis Sie sich entschließen, die Wahrheit zu sagen.«

»Aber genau das tue ich doch die ganze Zeit! Was spielt es überhaupt für eine Rolle, ob ich von dem Testament gewußt habe oder nicht? Sie bilden sich doch wohl nicht ein, ich hätte ihn erstochen, nur um an das Erbe zu kommen?«

Kriminaloberinspektor Ellmann antwortete nicht.

Es dauerte einige Sekunden, bis sie die Bedeutung dieses Schweigens begriff. »Aber das kann doch nicht Ihr Ernst sein!« flüsterte sie dann. »Sie denken, ich hätte... oh, mein Gott!« Die Knie gaben unter ihr nach, und sie sank auf ihren Stuhl zurück.

»Ein Glas Wasser?«

Lisa schüttelte den Kopf. Sie hätte gern getrunken, aber etwas in ihr sträubte sich dagegen, von einem Menschen, der ihr eine solche Ungeheuerlichkeit zutraute, eine Gefälligkeit anzunehmen.

»Wagner«, sagte der Kriminaloberinspektor zu seinem Assistenten, »machen Sie mal das Fenster auf.«

Der junge Mann folgte diesem Befehl und setzte sich wieder.

Tatsächlich tat die frische Luft, die danach in den Raum drang und die Papiere auf dem Schreibtisch rascheln ließ, Lisa wohl.

»Ich war nicht nur seine Frau, ich war auch als Krankenschwester für seinen Gesundheitszustand verantwortlich. Wie hätte ich etwas so Verbrecherisches tun können?«

»Das ist eine Frage, die sich nach jeder Untat stellt«, gab der Kriminalbeamte ungerührt zurück.

Lisas Gedanken arbeiteten fieberhaft. »Sie unterstellen mir also, daß ich von der Neufassung des Testamentes gewußt habe.«

»So ist es.« Ellmann zündete sich eine Zigarette an.

»Aber die Änderung des Testamentes betraf ja nicht nur mich, sondern auch und vor allem Evelyn. Wenn Sie annehmen, daß er mich davon unterrichtet hätte, warum dann nicht auch Evelyn? Er wollte sie doch damit strafen oder sich an ihr rächen, das haben Sie selbst gesagt. Davon hätte er doch nur zu Lebzeiten etwas gehabt.«

»Es gibt genügend Menschen, denen es Spaß macht, sich die Gesichter der enttäuschten Erben nach dem Tod vorzustellen.«

»Aber auch die der freudig Überraschten! Das müssen Sie dann doch auch zugeben!«

Ellmann hatte einige Male tief inhaliert. Jetzt drückte er mit einer heftigen Bewegung die Zigarette in dem übervollen Aschenbecher aus. »Lassen wir es also dabei bewenden.« Drohend fügte er hinzu: »Vorerst.«

Lisa atmete auf. »Kann ich dann gehen?«

»Ja. Aber ich muß Sie darauf aufmerksam machen, daß Sie die Stadt nicht zu verlassen haben.«

Wagner stand auf und öffnete ihr die Tür. In seinen Augen las sie eine Spur von Mitgefühl. Aber das konnte ihr kein Trost sein.

Als Lisa das Hammersche Haus in der Parkstraße betrat, kam ihr aus der geöffneten Küchentür Essensduft entgegen.

Arthur stand am Herd. »Ich mache mir Gemüsesuppe warm«, erklärte er.

»Entschuldige, daß ich nicht gekocht habe, aber...«

»Du warst bei der Polizei. Ich weiß schon.«

»Es war so schlimm wie nie. Er hat mich direkt bezichtigt, den Mord begangen zu haben!«

»Mach dir nichts draus! Die versuchen es mit allen Tricks.«

»Bei dir auch?«

»Worauf du Gift nehmen kannst.«

»Aber du warst doch in Stuttgart.«

»Das müßte ich erst mal beweisen können.«

Lisa ließ sich auf einen Stuhl sinken. »Ach, Arthur!«

Er warf ihr einen seltsamen Blick zu. »Du kannst übrigens mitessen. Es reicht für zwei.«

Die häusliche Atmosphäre, die Gegenwart des jungen Mannes, der so gelassen am Herd stand, ließen den Alptraum des Verhörs verblassen. Nur zu gern glaubte Lisa, daß Ellmann sie tatsächlich nur ins Bockshorn hatte jagen wollen. Dennoch fühlte sie sich noch schwach und ließ es zu, daß Arthur für sie beide im kleinen Salon den Tisch deckte. Er stellte auch zwei Gläser hin und holte eine Flasche Wein aus dem Kühlschrank.

»Du bist lieb«, sagte sie, als sie sich setzte.

»Ehrensache. Wir beide müssen jetzt doch zusammenhalten«, erwiderte er mit einem schiefen Grinsen.

Sie trank ihr Glas in einem Zug leer und fühlte, wie wieder Farbe in ihre Wangen stieg.

»Übrigens«, erzählte Arthur, »die Gärtnerin war hier. Sie hat ihre Klamotten abgeholt und mir ihren Schlüssel gegeben. Also wäre dieses Problem erledigt.«

»Ach, Arthur, wie lange wird es noch dauern?«

»Das möchte ich auch gern wissen. In Stuttgart werden sie nicht erbaut sein, daß ich hier noch rumhängen muß. Wahrscheinlich ziehen sie mir die Zeit vom Urlaub ab.« Er schenkte ihr nach. Obwohl Arthur gesprächiger war als gewöhnlich und deutlich bemüht, Lisa aufzurichten, verlief die Mahlzeit doch recht schweigsam. Beide hatten keine Lust, über das Thema zu sprechen, das allein sie bewegte, und Belanglosigkeiten wollten ihnen auch nicht einfallen.

»Was hast du heute vor?« fragte Lisa endlich.

Er zuckte die Schultern. »Was schon?«

Es wurde ihr klar, daß er nicht Verbindung mit seinen alten Freunden aufnehmen konnte, wenn er sich nicht in den Mittelpunkt ungesunder Neugier stellen wollte. »Entschuldige bitte! Das war eine blöde Frage.«

Er half ihr noch, den Tisch abzudecken, dann ging er auf sein Zimmer.

Lisa untersuchte den Inhalt des Kühlschranks und stellte eine Liste der Lebensmittel auf, die in den nächsten Tagen gebraucht werden würden. Aber wer sollte einkaufen? Lisa, anders als Evelyn, wagte es nicht, sich unbekümmert in der Stadt sehen zu lassen. Wahrscheinlich würde sie ihre Mutter darum bitten müssen. Sie konnte sie aber erst am späten Nachmittag zu Hause erreichen. Wie gerne hätte Lisa sie selber aufgesucht, hätte sich bei einer Tasse Kaffee und einem Stück selbstgebackenem Kuchen von ihr verwöhnen und trösten lassen!

Aber so, wie die Dinge lagen, hätte sie wohl nur ihre eigene Angst auf sie übertragen. Es hatte keinen Sinn, die Mutter zu beunruhigen.

Was sollte sie jetzt mit sich anfangen? Es wäre nötig gewesen, die Sachen des Verstorbenen zusammenzupacken, um sie von einer Wohltätigkeitsorganisation abholen zu lassen. Aber ehe die polizeiliche Untersuchung nicht abgeschlossen war, schien ihr das noch zu früh.

Besser als herumzutrödeln, war es auf alle Fälle, etwas Nützliches zu tun. Lisa entschloß sich, das Haus zu putzen. Da Frau Gärtner nun nicht mehr kommen würde, mußte sie ihre Pflichten übernehmen. Wenn sie jeden Tag eines der Zimmer vornahm, würde sie es in vierzehn Tagen leicht schaffen.

Bei dieser Vorstellung stutzte Lisa. In vierzehn Tagen! Was würde dann sein? Würde sie das Haus dann immer noch nicht verlassen haben? Sie wollte doch fort, endlich ihr Medizinstudium beginnen. Wenn es auch in diesem Jahr schon zu spät für das Einschreiben war, so wollte sie sich doch so bald wie möglich wenigstens mit den Vorbereitungen befassen.

Sie schüttelte den Gedanken ab. Ihre Situation war nicht danach, sich mit der Zukunft zu beschäftigen. Solange sie in diesem Haus lebte, mußte sie es in Ordnung halten. Entschlossen ging sie auf ihr Zimmer, zog sich das dunkle Wollkleid aus und wechselte es gegen einen ihrer weißen Schwesternkittel. Um die Haare band sie sich ein buntes Tuch. Dann ging sie wieder hinunter und räumte als erstes das Gartenzimmer auf, das immer noch Spuren der letzten Party zeigte. Danach stellte sie den Staubsauger an und fuhr damit über den Teppich.

Als ein Mann dunkel gegen das Licht in der offenen Gartentür auftauchte, schrak zu sammen. Dann erst erkannte sie Kriminaloberinspektor Ellmann.

Sie stellte den Staubsauger ab. »Ach, Sie sind's!«

»Ich hatte vergeblich geläutet.«

»Ich habe es überhört.«

»Um die Wahrheit zu sagen: Ich hatte befürchtet, Sie wären schon über alle Berge.«

»Weit wäre ich da wohl nicht gekommen.« Dann fiel ihr etwas anderes ein. »Aber Ihnen hätte das wohl gepaßt. Ein Fluchtversuch wäre einem Schuldbekenntnis gleichgekommen, nicht wahr?«

»Sie sind sehr scharfsinnig.« Der Kriminaloberinspektor trat ein.

Erst jetzt bemerkte Lisa, daß er nicht allein war. Eine junge Frau folgte ihm. Sie trug ein beiges Kostüm und hielt einen ledernen Aktenkoffer in der Hand.

Ellmann stellte sie vor. »Frau Kriminalinspektorin Lauterwies.«

Die Beamtin war nicht älter als Lisa und sowohl eleganter als auch hübscher. Sie hatte große braune Augen, einen dunklen Lockenkopf und war geschickt geschminkt. Lisa kam sich dagegen äußerst unscheinbar vor, und unwillkürlich nahm sie rasch das Tuch ab.

Ellmann musterte sie unbarmherzig. »Trauer schon überwunden, sehe ich.«

»Irrtum!« erwiderte Lisa. »Aber auch in einem Trauerfall kann man seine Umgebung nicht verdrecken lassen.«

»Da haben Sie natürlich recht«, gab er zu.

»Sie möchten mit mir sprechen?« Sie sah sich in dem Raum mit den verschobenen Möbeln um. »Aber hier ist es ungemütlich.« Als ihr das herausgerutscht war, schimpfte sie sich selber eine dumme Gans: gemütlich oder ungemütlich – als ob das wichtig wäre!

»Gehen wir in die Bibliothek«, schlug Ellmann vor. Zielbewußt ging er auf die entsprechende Tür zu und öffnete sie, ließ aber dann doch Frau Lauterwies und Lisa den Vortritt.

Mit großer Selbstverständlichkeit nahm er auf dem hochlehnigen Sessel hinter dem Schreibtisch Platz, an dessen Schmalseite die Beamtin sich auf einen Stuhl setzte; Lisa blieb stehen. Er zündete sich eine Zigarette an. Lisa holte ihm eine kleine Porzellanschale, die auf dem niedrigen achteckigen Tisch gestanden hatte. Es kam ihr dumm vor, ihn zu bedienen, aber sie hielt ihn für durchaus fähig, die Asche auf den Teppich zu schnippen und die Glut auf der Schreibtischplatte auszudrücken.

Er bedankte sich mit einem Kopfnicken. »Machen wir's kurz!« sagte er dann und gab der Kriminalinspektorin einen Wink.

Sie nahm den Aktenkoffer auf, stellte ihn auf den Schreibtisch und öffnete ihn. In einer durchsichtigen Plastikfolie lag ein Paar Turnschuhe, weiß, mit blauen Streifen.

»Frau Hammer«, fragte Ellmann, »gehören diese Schuhe Ihnen? Sie brauchen diese Frage nicht zu beantworten, wenn Sie befürchten, sich dadurch zu belasten. Vielleicht möchten Sie sich erst mit Ihrem Anwalt beraten.«

»Nein. Ich habe keinen.«

»Also – was ist mit diesen Schuhen?«

»Es sind ganz gewöhnliche Treter. Ich bin sicher, daß es Tausende dieser Art gibt.«

»Besitzen Sie ein solches Paar?«

»Ja. Aber ich könnte sie nicht identifizieren. Meine haben kein besonderes Merkmal. Es bestand ja kein Grund, sie zu markieren.«

»Wozu haben Sie Ihre Schuhe benutzt?«

»Um im Garten spazierenzugehen.«

Kriminaloberinspektor Ellmann runzelte die Stirn. »Bisher haben Sie nie erwähnt, daß dies Ihre Gewohnheit war.«

»Danach hat mich ja auch niemand gefragt.«

»Es ist schwer vorstellbar, daß Sie die Zeit dazu hatten.«

»Sie werden lachen, ich habe sie mir genommen. Es war ja wichtig, daß ich gesund blieb. Das hat mein Mann auch eingesehen. Der Mensch braucht Bewegung.«

»In einer früheren Aussage haben Sie behauptet, daß Sie im Garten nichts zu tun hatten.«

»Das stimmt auch. Ich mußte mich nicht um die Pflege kümmern, Rasen mähen, Unkraut jäten oder so. Das besagt aber nicht, daß ich nie drin gewesen wäre.«

Jetzt mischte Frau Lauterwies sich ein. »Wollen Sie sich nicht doch lieber setzen, Frau Hammer?«

Zu Ellmann gewandt fügte sie hinzu: »Es scheint ja doch länger zu dauern.«

»Von mir aus«, sagte er, deutlich verärgert über die Störung.

Frau Lauterwies nahm es gelassen hin.

»Danke«, sagte Lisa, »Ich kann genausogut stehen.«

Ellmann drückte seine Zigarette aus, um sich sogleich wieder eine neue anzuzünden. »Erzählen Sie mal von Ihren Spaziergängen, Frau Hammer.«

»Eigentlich waren es gar keine. Eher Dauerläufe. Ich bin um die Rasenfläche getrabt, immer rundum.«

»Sie haben sich dabei auf dem Weg gehalten?«

»Ja.«

»Nicht etwa auch mal im Gebüsch gestöbert?«

»Wozu hätte ich das tun sollen?«

»Haben Sie es getan – ja oder nein?«

»Nein.«

»Wie erklären Sie sich dann, daß Gartenerde an den Sohlen klebt? Der Weg ist ja mit Kies bestreut.«

»Dann sind es bestimmt nicht meine Schuhe.«

Ellmann inhalierte tief und mußte husten, was ihn ein wenig aus der Fassung brachte. »Dann sagen Sie uns doch bitte, wo Ihre Schuhe jetzt sind?«

»Auf der Terrasse.«

Mit einer dramatischen Bewegung wies Kriminaloberinspektor auf die Schuhe in der Plastikfolie. »Dort haben wir diese hier her!«

»Das kann nicht sein!«

»Wir haben sie zur Untersuchung ins Labor geschickt. Dort hat man die Gartenerde entdeckt, die genau jener unter dem Haselnußstrauch entspricht, wo wir die Mordwaffe gefunden haben.«

Lisa wollte protestieren, aber mehr als ein Krächzlaut kam nicht aus ihrer Kehle. Der Boden schien unter ihren Füßen zu schwanken, das Zimmer drehte sich um sie, dann wurde ihr schwarz vor Augen.

Als sie wieder zu sich kam, lag sie auf dem Teppichboden. Ihre Füße hatte man durch einen Stoß Kissen erhöht, Frau Lauterwies hockte neben ihr und hielt ihr eine Flasche mit Riechsalz unter die Nase. Ihre braunen Augen blickten sehr besorgt.

Lisa rang sich ein Lächeln ab. »Ich hätte mich doch setzen sollen! In letzter Zeit... ich weiß selber nicht, was mit mir los ist.«

»Machen Sie es sich doch nicht so schwer, Frau Hammer!« rief die junge Beamtin freundlich.

»Ich? Mir? Das sollten Sie Ellmann sagen!«

»Auf die Dauer halten Sie ja doch nicht durch.«

»Ich muß es.«

»Ringen Sie sich zu einem Geständnis durch! Glauben Sie mir, Sie werden sich unendlich erleichtert fühlen.«

Erst jetzt begriff Lisa, worauf die andere von Anfang an hinauswollte. »Sie halten mich für schuldig!« rief sie entsetzt und richtete sich auf.

»Langsam, langsam«, mahnte die Lauterwies, »Sie werden sonst schwindlig.«

»Ich habe es nicht getan! Ich schwöre bei allem, was mir heilig ist – ich bin keine Mörderin!«

Jetzt schob sich Kriminaloberinspektor Ellmann ins

Bild, und obwohl er tatsächlich nicht sehr groß war, wirkte er von unten gesehen wie ein drohender Riese. »Da haben Sie es, Irene«, sagte er, »auf die weiche Tour erreicht man bei der gar nichts.«

Seine blankpolierten schwarzen Schuhe rückten so nahe in Lisas Blickfeld, daß sie Angst bekam, er könnte sie treten.

»Nicht!« schrie sie und klammerte sich an Irene Lauterwies. »Bitte nicht!«

Die junge Beamtin hielt sie umschlungen. »Nur keine Aufregung! Niemand tut Ihnen was. Jetzt wollen wir mal langsam, ganz langsam und vorsichtig versuchen aufzustehen, ja?«

Auch als sie schon wieder auf die Beine gekommen war, wagte Lisa nicht, die Kriminalinspektorin loszulassen, aus Angst, den Halt zu verlieren. Sie wurde zu einem der Sessel geführt und sanft hineingedrückt.

Sie fühlte sich immer noch benommen. Als Frau Lauterwies sie allein ließ, kam sie sich noch verlorener vor. Sie sah in Ellmann jetzt nicht mehr den Beamten, dessen Aufgabe es war, einen Mordfall aufzuklären, sondern er war für sie zu einem Feind geworden, den sie fürchten mußte.

Die Kriminalinspektorin kam mit einem Glas Wasser zurück, gab Lisa eine rosa Pille und sagte: »Schlucken Sie das!«

Lisa gehorchte und leerte durstig das Glas. Danach saß sie da, die Hände im Schoß, und versuchte zu begreifen, wie es dazu gekommen war, daß alles sich gegen sie verschworen hatte. Die Kriminalbeamten waren ins Nebenzimmer gegangen und unterhielten sich im Flüsterton. Sie hätten ihre Stimmen nicht so sehr dämpfen müssen, denn Lisa achtete ohnehin nicht darauf, was sie sagten. Sie war zu sehr mit sich selber beschäftigt.

Dann kam Frau Lauterwies zurück. »Geht es Ihnen jetzt besser?«

Lisa schrak zusammen: »Ich weiß nicht. Doch. Ja.«

»Dann gehen wir jetzt zusammen nach oben, damit Sie sich umziehen können.«

»Warum?«

»Sie werden uns begleiten müssen.«

»Ich bin verhaftet?«

»Nein.«

»Aber dann...«

»Noch nicht, Frau Hammer. Bitte, kommen Sie!«

Lisa erhob sich und ging der anderen voraus in die Diele. Sie fühlte sich wie eine Schlafwandlerin. Alles erschien ihr ganz unwirklich. Nebeneinander stiegen die beiden Frauen die Treppe hinauf.

Vor ihrem Schlafzimmer blieb Lisa stehen. »Hier ist es!« erklärte sie. »Ich bin gleich wieder da.«

»Nein, nein! Ich werde bei Ihnen bleiben.«

Eine Spur ihrer alten Widerstandskraft wurde in Lisa wach. »Fürchten Sie etwa, ich könnte aus dem Fenster springen?«

Diese Frage beantwortete die Kriminalinspektorin nicht. »Ich bin für Sie verantwortlich, Frau Hammer«, sagte sie nur gelassen.

Sie folgte Lisa auch ins Bad hinein und beobachtete, wie sie sich die Hände und die Achselhöhlen wusch. Lisa zog sich ihr graues Kleid über den Kopf und bürstete sich vor dem Spiegel ihr glanzloses Haar. Ihre Augen waren tief in die Höhlen gesunken, und ihr schmaler Mund wirkte blutleer in dem blassen Gesicht.

»Das wär's dann wohl«, sagte sie, »meine Handtasche und mein Mantel sind unten.«

»Sie sollten sich ein paar Sachen für die Nacht mitnehmen.«

»Sie wollen mich dabehalten?«

»Schon möglich.«

»Aber das können Sie doch nicht so einfach machen!«

»Doch, Frau Hammer.« Mit einem Anflug von Kameradschaftlichkeit fügte sie hinzu: »Der Kriminalober wird sich jetzt um einen Haftbefehl bemühen. Nach Lage der Dinge wird er ihn wohl auch bekommen. Selbst wenn nicht, wird er Sie heute nicht mehr gehen lassen.«

»Er wird mich einsperren, um mich mürbe zu machen«, sagte Lisa voller Bitterkeit.

»Sehen Sie die Situation doch realistisch! Es ist durchaus auch möglich, daß der Richter darauf besteht, Sie sofort wieder auf freien Fuß zu setzen. Aber darauf würde ich mich an Ihrer Stelle nicht verlassen. Es ist in jedem Fall besser, wenn man das Nötigste bei sich hat.« Sie zuckte die Achseln. »Aber die Entscheidung liegt natürlich ganz bei Ihnen.«

Also begann Lisa, ihre alte Leinentasche zu packen, die drei Jahre lang unter der Notliege in der Bibliothek gestanden hatte. Das ging rasch genug. Darin hatte sie ja Übung. »Darf ich mich von meinem Stiefsohn verabschieden?« fragte sie.

Statt zu antworten, warf die Kriminalbeamtin einen ostentativen Blick auf ihre Armbanduhr.

»Ich mache es ganz kurz. Er muß doch wenigstens wissen...«

»Na gut.«

Arthur öffnete nicht sofort, und als er es dann endlich tat, hatte er verquollene Augen und zerzaustes Haar. Er hatte offensichtlich am hellen Tag geschlafen.

»Ich muß zu einer Vernehmung«, erklärte Lisa, »wahrscheinlich komme ich nicht mehr nach Hause.«

»Du bist verhaftet?« fragte er, nicht sonderlich überrascht.

»Noch nicht. Bitte verständige meine Mutter und Ludwig Weigel! Auf dem Küchentisch liegt ein Einkaufszettel...«

Die Kriminalinspektorin schnitt ihr das Wort ab. »Das genügt. Gehen wir.«

»Nimm's nicht zu schwer, Lisa!« sagte Arthur rasch. »Es geht alles vorüber.«

Noch während Lisa ihren Mantel anzog, grübelte sie über diese Worte nach. Sie erschienen ihr unnatürlich. Hätte es nicht auf der Hand gelegen, statt dessen zu sagen: »Es wird sich alles aufklären?«

Aber dann schüttelte sie den Gedanken daran ab. Arthur war noch nie sehr genau in der Wahl seiner Worte gewesen. Es wäre dumm, einem nur so dahingesagten Satz irgendeine Bedeutung beizumessen.

In der Polizeiinspektion ging Lisas Vernehmung weiter. Aber sie wurde zu ihrer Erleichterung nicht mehr von Ellmann durchgeführt, den sie inzwischen haßte, wenn auch in seinem ihr nur zu bekannten Büro. Irene Lauterwies saß jetzt hinter Ellmanns Schreibtisch, hatte die alten Protokolle vor sich liegen und stellte die alten Fragen. Trotz allem war die junge Frau Lisa in gewisser Weise sympathisch, und sie setzte noch einmal alles daran, sie von ihrer Schuldlosigkeit zu überzeugen. Aber sie konnte ja immer nur auf die gleichen Fragen die gleichen Antworten geben, und allmählich wurde ihr bewußt, wie sehr sie gegen sie sprachen. Aber immerhin verhielt sich Irene Lauterwies sachlich, ja, fast freundlich ihr gegenüber. Sie legte Pausen ein und ließ ihr heißen süßen Tee und belegte Brote zur Stärkung bringen.

Gegen zehn Uhr klappte sie den Ordner zu. »Wenn alles so stimmt, wie Sie es darstellen...«

Mit müdem Aufbegehren fiel Lisa ihr ins Wort: »Ich habe nichts als die Wahrheit gesagt!«

»... dann möchte ich nicht in Ihrer Haut stecken.«

»Wer möchte das schon?«

»Ich hätte Ihnen so gern geholfen.«

»Indem Sie mich zu einem Geständnis gebracht hätten, nicht wahr?« fragte Lisa erschöpft.

»Sie würden sich dann sehr viel besser fühlen.«

»Im Augenblick vielleicht. Aber später würde ich wie ein Idiot und ein Schwächling vor mir selber dastehen, weil ich mich zu etwas bekannt hätte, was ich nicht getan habe.«

»Schade«, sagte die Polizeiinspektorin und stand auf.

Lisa folgte ihrem Beispiel. »Kann ich jetzt nach Hause gehen?«

»Rechnen Sie immer noch damit?«

»Warum nicht? Ein Haftbefehl ist ja bisher noch nicht ausgesprochen worden.«

»Nein. Deshalb werden Sie auch nicht ins Gefängnis überführt, sondern Sie werden hier in einer Zelle übernachten.«

»Zusammen mit ein paar Betrunkenen?« Lisa erschauerte. »Jetzt wollte ich wirklich, ich hätte einen Anwalt.«

»Warum nehmen Sie sich nicht einen?«

»Weil ich keinen kenne.«

»Schlagen wir doch einmal im Branchenverzeichnis nach. Heute nacht wird Sie zwar niemand hier herausholen könen, aber es wäre ganz gut, wenn Sie morgen früh einen Beistand hätten.« Frau Lauterwies zog die Schreibtischschublade auf, holte einen schmalen gelben Band heraus und begann zublättern. »Allzuviel gute Strafverteidiger haben wir hier nicht. Wenn Sie lieber einen aus München kommen lassen wollen – der Fall an sich ist ja interessant genug.«

»Ich will einen, der an meine Schuldlosigkeit glaubt!«

»Ein bißchen viel verlangt. Hier – Doktor Adam.«

»Kennen Sie ihn? Wie ist er?«

»Ein sehr gewiefter alter Herr, dem nichts Menschliches fremd ist.«

»Sehen Sie doch bitte mal unter Z nach.«

Frau Lauterwies hob den Kopf. »Warum?«

»Weil der mit dem letzten Buchstaben wahrscheinlich die wenigsten Klienten hat.«

Frau Lauterwies lachte und zeigte weiße, etwas unregelmäßige Zähne – Lisa hatte sie bisher noch nie lachen hören, und es hatte ja auch wahrhaftig kein Anlaß dazu bestanden.

»Möglicherweise könnten Sie recht haben. Ganz schön gerissen.« Sie fuhr mit dem Zeigefinger die Zeilen hinunter. »Zumbruch P. – kenne ich nicht. Wird wohl noch nicht lange zugelassen sein. Wollen Sie es wirklich mit dem versuchen?«

»Ja. Falls ich ihn jetzt überhaupt noch erreichen kann.«

Frau Lauterwies setzte sich wieder und sagte, während sie schon wählte: »Sie können ihn ja immer noch ablehnen, falls er Ihnen nicht paßt.« Am anderen Ende der Leitung meldete sich jemand, und sie reichte Lisa, die immer noch stand, wortlos den Hörer. »Herr Zumbruch?« vergewisserte sich Lisa. »Hier spricht Lisa Hammer. Ich werde bezichtigt, meinen Mann ermordet zu haben, habe es aber wirklich nicht getan.«

»Ich habe über den Fall gelesen.« Er hatte eine tiefe sympathische Stimme.

»Es spricht eine Menge gegen mich. Könnten Sie trotzdem versuchen, mir zu glauben.«

»Gerade deshalb. Ja.«

»Gott sei Dank!« sagte Lisa aus tiefstem Herzen.

»Wo sind Sie jetzt?«

»Auf der Polizei.«

»Ich komme sofort.«

Frau Lauterwies schüttelte den Kopf.

»Das wird keinen Sinn haben«, sagte Lisa, »aber morgen früh.«

»Neun Uhr«, soufflierte die Lauterwies.

Als Lisa den Hörer auflegte, fühlte sie sich ein wenig erleichtert. »Danke, Frau Lauterwies!« sagte sie. »Das war sehr nett von Ihnen.«

»Ich bin nicht Ihre Feindin, auch wenn ich Sie für die Mörderin halten muß. Ich bin überzeugt, daß nur höchste Verzweiflung Sie zu dieser Tat getrieben hat. Sie waren zu lange das Opfer eines entsetzlichen Tyrannen.«

Lisa verbrachte die Nacht nicht, wie sie befürchtet hatte, mit Betrunkenen, sondern allein in einer ruhigen Zelle. Obwohl sie vom Gang aus einzusehen war, zog sie ihr Kleid aus, damit es nicht zerknitterte, und einen Schlafanzug an. Nachdem sie eines ihrer sauberen Frottiertücher über das Kopfende gebreitet hatte, streckte sie sich auf der harten Matratze aus und schlief nahezu umgehend ein.

Am nächsten Morgen führte sie ein junger Polizist zu einem Waschraum, wo sie Gelegenheit hatte, ihre Unterwäsche zu wechseln und sich frisch zu machen, während er die Tür von außen bewachte. Später trank sie den Kaffee, den man ihr brachte, und zwang sich dazu, das dicke, mit Margarine bestrichene Brot zu essen. Sie wollte nicht noch einmal einen Schwächeanfall riskieren.

Das Zimmer, in das sie später geführt wurde, war größer als das Büro, in dem sie bisher vernommen worden war, aber ganz ähnlich ausgestattet. Kriminaloberinspektor Ellmann war anwesend und einer seiner Assistenten und auch der Rechtsanwalt Paul Zumbruch, der sofort auf sie zuging und ihr die Hand schüttelte. Ellmann las den Haftbefehl und seine Begründung vor.

Paul Zumbruch erklärte, daß er seine Klientin sprechen müßte, noch bevor sie ins Gefängnis überführt würde.

Ellmann sagte, mit einem Blick auf seine Armbanduhr: »Ich gebe Ihnen eine halbe Stunde.«

»Das genügt mir nicht. Sie wissen sehr gut, daß Sie meine Klientin schon sehr viel eher hätten veranlassen sollen, sich einen Rechtsbeistand zu nehmen. Dann hätte ich sie bei ihren Aussagen beraten und mich mit dem Fall vertraut machen können.«

Ellmann nahm seine Plastikbrille ab und begann, sie umständlich mit einem Papiertaschentuch blank zu reiben. »Dazu bestand kein Anlaß«, behauptete er.

»O doch! Seit dem Moment, in dem Sie in ihr die Hauptverdächtige sahen. Ich werde das eventuell vor Gericht zur Sprache bringen.«

Ellmann setzte seine Brille wieder auf, faltete das Papiertaschentuch zusammen und steckte es weg. »Also gut«, sagte er, »reden Sie mit ihr. Solange Sie wollen.« Er verabschiedete sich brüsk. Sein Assistent führte Lisa und ihren Rechtsanwalt in ein kleines Zimmer, in dem es nur einen Tisch und zwei Stühle gab. Das Fenster war nicht geputzt, aber bunte Plakate schmückten die grau gewordenen Wände. Sie setzten sich einander gegenüber.

»Das haben Sie sehr gut gemacht«, sagte Lisa.

Paul Zumbruch hatte ein markantes Gesicht, eine gerade Nase, einen festen Mund und kluge, braune Augen. Er war glatt rasiert und trug sein volles, braunes Haar uneitel geschnitten.

»Warum«, fragte er, »haben Sie sich tatsächlich nicht viel eher um einen Anwalt bemüht?«

»Weil ich mir nicht vorstellen konnte, daß man mich verdächtigen, schon gar nicht, daß man mich anklagen würde.«

»Das war ein Fehler.«

»Ich fürchte, ich habe mehr als einen Fehler gemacht«, gab sie zu und erzählte die ganze Geschichte.

Er hörte aufmerksam zu und stellte nur dann Zwischenfragen, wenn es unbedingt notwendig war.

Es tat ihr gut, sich jemandem mitzuteilen, der zumindest guten Willens war, ihr zu glauben. »Was halten Sie davon?« fragte sie, als sie geendet hatte.

»Es wird schwer sein, Sie da herauszuboxen.«

»Sie glauben mir nicht?«

»Im Gegenteil. Ich bin überzeugt, daß Sie die Wahrheit sagen. Niemand könnte so hirnrissige Aussagen machen, wenn sie nicht der Wahrheit entsprächen.«

»Wie meinen Sie das?«

»Das müßte Ihnen doch wenigstens jetzt, im Nachhinein, klar sein. Sie haben eine Stunde neben dem Toten gesessen, bevor Sie die Polizei alarmiert haben.«

»Bevor ich gemerkt habe, daß er ermordet worden ist«, berichtigte sie ihn hitzig.

»Aber das hätten Sie der Polizei doch nicht auf die Nase binden müssen. Man hätte schwerlich die Todesstunde so genau festlegen können. Und warum haben Sie so felsenfest behauptet, kein Geräusch gehört zu haben? Wie konnten Sie sich dessen überhaupt so sicher sein?«

»Ich war es eben.«

»Dadurch haben Sie selber in dem Kriminaler – Ellmann heißt er, nicht wahr? – die Überzeugung geweckt oder auch bestätigt, daß nur Sie und Ihr Mann in der fraglichen Nacht im Haus waren. Es ist ziemlich unwahrscheinlich, daß Sie einen so festen Schlaf hatten, das Eindringen eines Fremden völlig zu überhören.«

»So war es aber! Wenn Sie mir nicht glauben...«

»Doch. Das tue ich ja. Ich stelle bloß fest, daß Sie selber die Indizien geschaffen haben, die gegen Sie sprechen.«

»Ich habe einfach die Wahrheit gesagt. Was hätte ich denn sonst tun sollen?«

»Nachdenken, bevor Sie aussagten! Besser noch: den Mund halten, bevor Sie sich nicht mit einem Rechtsanwalt besprochen hatten.«

Sie funkelte ihn an. »Danke für den guten Rat! Das nächste Mal, wenn ich in einen Mordfall verwickelt werde, will ich mich danach richten.«

Er lächelte nicht. »Ich fürchte, wenn Sie in diesem Ton auch mit Herrn Ellmann gesprochen haben, hätten Sie es nicht falscher anfangen können.«

»Was soll verkehrt daran sein?« fragte sie aufsässig.

»Meine liebe Frau Hammer, Sie sind doch kein Kind mehr! Sollten Sie wirklich nicht wissen, wie man sich Feinde macht und wie man Freunde gewinnt?«

Darauf wußte sie nichts zu sagen.

»Sie wissen es nicht?« hakte er nach.

»Nein«, mußte sie gestehen, »darauf habe ich nie geachtet. Ich habe immer gedacht, entweder mag man mich oder nicht.«

»Also sind Sie doch noch ein ganz kleines Mädchen.«

Seine Überlegenheit in Verbindung mit seinem guten Aussehen, sein Benehmen, das ihr gönnerhaft erschien, irritierten sie. »Wie gut, daß sich endlich jemand erbarmt, mir Manieren beizubringen«, sagte sie.

»Wir werden zusammen in die Arena treten müssen, und ich will Erfolg haben. Sie sind nicht dumm. Also haben Sie inzwischen doch auch erkannt, daß die Tatsachen gegen Sie sprechen. Sie pochen auf Ihre Schuldlosigkeit. Das ist immerhin verständlich. Aber das erlaubt Ihnen nicht, wie ein Biest aufzutreten, dem die Geschworenen alles zutrauen.«

»Ich bin wie ich bin. Ich habe keinen Grund mich zu verstellen.«

»O doch! Den besten, den es geben kann: Ihre Freiheit.«

Sekundenlang saß sie ganz still da, die Knie fest zusammengepreßt, wie es ihre Art war, die Hände im

Schoß verkrampft. Dann sagte sie betroffen: »Ich habe also alles falsch gemacht?«

»Das kann man wohl sagen«, bestätigte er gelassen.

»Und was soll ich jetzt tun?«

»Ihre törichten und belastenden Aussagen können Sie nachträglich nicht mehr ändern. Das würde Ihnen niemand abnehmen. Aber Sie können in die Rolle einer liebenswerten Frau schlüpfen.«

»Tut mir leid, ich bin keine Schauspielerin.«

»Aber Sie sind doch ein liebenswerter Mensch. Sie haben Ihren Mann jahrelang aufopfernd gepflegt, und er hat große Stücke auf Sie gehalten, nicht wahr?«

Sie nickte stumm.

»Selbst wenn Sie das ganz einfach als Ihre Pflicht angesehen hätten...«

»Das war es ja auch!«

Er ließ sich nicht unterbrechen. »... wäre das eine bemerkenswerte Leistung gewesen, die nur sehr, sehr wenige Menschen erbringen würden. Warum sind Sie nicht stolz auf sich?«

»Jetzt verstehe ich Sie überhaupt nicht mehr.«

»Ich versuche Ihnen klarzumachen, daß Sie keinen Grund haben, dauernd um sich zu hauen. Ellmann gegenüber war das die total falsche Taktik.«

»Ich wußte nicht, daß ich eine Taktik brauchte, um meine Schuldlosigkeit zu beweisen.«

»Schon wieder!« stellte er fest. »Daß Sie den Kriminalbeamten angefahren haben, kann ich schließlich noch verstehen. Aber warum mich? Begreifen Sie denn nicht, daß ich Ihnen doch nur helfen will? Daß ich der einzige bin, der Ihnen vielleicht noch helfen kann?«

»Entschuldigen Sie«, bat sie mit Überwindung.

»Glauben Sie nur nicht, daß Sie mich kränken oder verletzen können! Dazu habe ich ein viel zu dickes Fell. Es geht hier nicht um mich, sondern nur um Sie, Frau Hammer! Sie müssen lernen, einen guten Eindruck zu machen, auch wenn es Ihnen verdammt schwerfällt.«

»Das habe ich noch nie gekonnt«, gestand sie.

»Sie waren ja auch noch nie in einer vergleichbaren Situation. Auch wenn die Todesstrafe abgeschafft ist – es geht buchstäblich um Kopf und Kragen. Wenn man Sie für zwanzig Jahre hinter Gitter steckt, ist Ihr Leben vertan.«

»Das ist unmöglich.«

»Daß man Sie verurteilt?«

»Ja. Es ist unmöglich, daß jemand hier bei uns verurteilt wird, der nichts verbrochen hat.«

»Seien Sie doch bitte nicht so naiv! Sie haben sich selber in ein Netz von Indizien verstrickt, indem Sie eine Reihe zwar den Tatsachen entsprechender, aber völlig gedankenloser Aussagen gemacht haben. Diese Aussagen sprechen gegen Sie. Nicht Ihr ärgster Feind hätte Sie so hereinlegen können, wie Sie es selber getan haben. Sie können sich jetzt nur noch retten, indem Sie sich so geben, wie Sie sind: als ein allzu aufrichtiges, allzu naives, liebenswertes Opfer.«

»So habe ich mich selbst noch nie gesehen.«

»Dann wird es höchste Zeit, daß Sie jetzt damit anfangen. Jede freche Antwort, jede ausfällige Bemerkung, jede Trotzreaktion wird vor Gericht gegen Sie sprechen.«

»Ich dachte immer, das wichtigste wäre, daß man sich an die Wahrheit hält.«

»Haben Sie noch nicht kapiert, daß in Ihrem Fall die Wahrheit eine Schlinge ist, in der Sie sich selber gefangen haben?«

Lisa schwieg.

»Haben Sie übrigens auch, was das Testament betrifft, die reine Wahrheit gesagt? Haben Sie wirklich nichts von der Änderung zu Ihren Gunsten gewußt?«

»Das Testament«, erklärte sie, »spielt überhaupt keine Rolle. Ich will das Erbe ohnehin nicht antreten.«

Er bekam große Augen. »Soll das heißen, daß Sie das Erbe ausschlagen wollen?«

»Ja«, bestätigte sie.

»Das wäre das Dümmste, was Sie machen können. Es würde den Eindruck erwecken, daß Sie ein schlechtes Gewissen hätten.«

»Aber was soll ich mit dem Haus, der Firma und alldem?«

»Darüber können Sie später nachdenken. Falls wir Sie wirklich freibekommen und Sie Ihr Erbe antreten können. Bis zum Ausgang des Prozesses ist natürlich alles beschlagnahmt. Danach können Sie es von mir aus der Heilsarmee spenden.«

»Aber es steht mir doch nicht zu.«

»Doch tut es das. Schon allein aus dem Grund, weil der Erblasser es so bestimmt hat. Deshalb noch einmal meine Frage: Haben Sie nichts davon gewußt?«

»Natürlich nicht.«

»So natürlich ist das durchaus nicht. Warum hätte Ihr Mann es Ihnen gegenüber verschweigen sollen?«

»Um mich nicht in Versuchung zu führen, ihn umzubringen.«

Der junge Rechtsanwalt riß die Augen noch weiter auf.

»Nun ja«, fügte sie hinzu, »für die paar tausend Mark, die er mir bisher versprochen hatte, hätte es sich nicht gelohnt. Aber das Haupterbe stellt doch einen beträchtlichen Wert da, auch wenn man es nicht sofort zu barer Münze machen kann.«

»Frau Hammer, Sie sind unverbesserlich! Wie können Sie nur so gedankenlos daherreden?«

»Aber es ist doch wahr! Ich meine, es liegt auf der Hand, daß er es mir deshalb nicht gesagt hat.«

»Aber Sie hätten es doch herausbekommen können. Sie hätten nur zu horchen brauchen...«

»Das habe ich nicht getan. Ich habe nichts von der

Änderung des Testaments gewußt, und ich habe meinen Mann nicht getötet. Wie oft soll ich das noch sagen?«

»Wie können Sie dann solche Spekulationen anstellen? Wie können Sie dann andeuten, daß Ihr Mann Ihnen zugetraut hätte, daß Sie ihn umbringen?«

»Er war ein sehr mißtrauischer Mensch.«

»Aber Ihnen zumindest muß er doch vertraut haben.«

»Nicht unbedingt. Er war auf mich angewiesen, das stimmt. Allein diese Tatsache ärgerte ihn. Er achtete immer darauf, welche Medizin ich ihm gab, wollte bei jedem Medikament wissen, wofür es gut war.«

»Soll das heißen, er lebte in der Angst, Sie könnten ihn vergiften?«

»Ja.«

Paul Zumbruch atmete tief durch. »Frau Hammer, es ist gut, daß Sie das hier und heute zur Sprache gebracht haben. Ich als Ihr Anwalt darf und muß auch Ihre Hintergedanken kennen. Doch ich bitte Sie inständig und zu Ihrem eigenen Besten: Erwähnen Sie diesen Verdacht keinem anderen gegenüber. Sie würden sich dadurch in ein ganz schlechtes Licht rücken.«

»Das verstehe ich nicht. Es ist doch absolut nicht ungewöhnlich, daß ein Patient sich seinem Arzt und seinem Pfleger ausgeliefert fühlt und ihnen deshalb mißtraut.«

»Haben Sie das auch bei der Polizei gesagt?«

Lisa dachte nach. »Nein«, sagte sie dann, »es hat sich nicht ergeben.«

»Seien Sie froh darüber! Es ist möglich, daß der Untersuchungsrichter etwas Ähnliches unterstellen wird. Wenn er das tut, leugnen Sie es ab. Behaupten Sie, das volle Vertrauen Ihres Mannes besessen zu haben, und gehen Sie nicht davon ab. Auf keinen Fall dürfen Sie von sich aus eine solche Vermutung äußern.«

»Aber aus welchem Grund hätte er mir dann sonst

verschwiegen, daß er mich zur Haupterbin gemacht hatte?«

»Darüber kann man nur Vermutungen anstellen, erfahren werden wir es nie. Es ist nicht Ihre Aufgabe, sich darüber den Kopf zu zerbrechen. Überlassen Sie das den anderen. Zwischen Ihnen und Ihrem Mann hat ein volles Vertrauensverhältnis bestanden. Verstehen Sie mich? Prägen Sie sich das ganz fest ein und bleiben Sie dabei, was immer man Ihnen sagt oder wonach man Sie fragt. Lassen Sie sich nicht aufs Glatteis führen. Sie bewegen sich ohnehin auf gefährlichem Boden.«

»Ich verstehe nicht, was es mir schaden kann, wenn ich zugebe...«

»Geben Sie überhaupt nichts zu, Frau Hammer, nichts, was man Ihnen nicht einwandfrei beweisen kann! Sie haben schon genügend Dummheiten gemacht.«

»Sie scheinen mich für eine Idiotin zu halten.«

»In gewisser Hinsicht sind Sie das auch. Wenn ich nur an die Geschichte mit den Turnschuhen denke. Warum haben Sie nur bestritten, sich bei Ihren Spaziergängen je vom Weg entfernt zu haben?«

»Weil es die Wahrheit ist.«

»Wenn Sie das nur in der Schwebe gelassen hätten!«

»Was hätte ich denn im Unterholz zu suchen gehabt?«

»Überhaupt keine Fantasie, wie? Sie hätten schauen können, ob die Haselnüsse schon reif waren, einen Strauß Blätter pflücken.«

»Darauf wäre ich nie gekommen.«

»Das hätte Ihnen auch gar nicht einzufallen brauchen. Es hätte schon genügt, wenn Sie erklärt hätten, auch abseits der Wege gestöbert zu haben.«

»Also gut. Wenn Sie meinen. Dann werde ich das beim nächstenmal tun.«

»Nur ja nicht! Dafür ist es zu spät. Halten Sie sich möglichst buchstabengetreu an Ihre ersten Aussagen. Fügen Sie kein Wort hinzu, und nehmen Sie keins zurück. Werden Sie das können?«

Sie zuckte die Achseln. »Es ist ja nicht schwer, bei der Wahrheit zu bleiben. Wenn ich nur nicht lügen muß.«

»Das verlangt niemand von Ihnen. Aber bitte antworten Sie nicht unüberlegt und wie aus der Pistole geschossen. Denken Sie nach, bevor Sie reden! Belasten Sie sich nicht noch zusätzlich. Es ist möglich, daß man Ihnen Fallen stellen wird.«

»Ich werde schon aufpassen.«

»Na, hoffentlich. Ich denke, wir wollen es für heute gut sein lassen. Wir werden noch häufig miteinander sprechen müssen.« Er seufzte ohne Theatralik. »Ich gebe zu, wohl ist mir nicht bei diesem Fall.«

»Sie brauchen ihn ja nicht zu übernehmen.«

»Schon wieder kratzbürstig, wie? Begreifen Sie denn immer noch nicht, daß Sie auf Hilfe angewiesen sind?«

»Ich bin unschuldig.«

»Ja, das weiß ich. Wenn Sie nur ein Quentchen Schuld oder Mitschuld an der Tat hätten, könnten Ihre Aussagen nicht so idiotisch ausgefallen sein. Bitte, verzeihen Sie mir meine Grobheit. Aber mich hat selten etwas so aufgeregt wie Ihr Verhalten.«

»Wenigstens glauben Sie mir.«

»Das macht die Sache auch nicht besser. Kann ich sonst etwas für Sie tun? Haben Sie irgendeinen Wunsch? Ich werde Sie so bald wie möglich aufsuchen.«

»Könnten Sie mir ein paar Lehrbücher der Medizin mitbringen? Wenn das alles ausgestanden ist, will ich Medizin studieren.«

Er öffnete den Mund, als wollte er etwas sagen, vermied dann aber eine Bemerkung.

»Sehr taktvoll von Ihnen, Herr Rechtsanwalt«, erklärte Lisa, »mich nicht darauf hinzuweisen, daß es auch schiefgehen kann. Aber falls das eintreten sollte, wüßte ich nicht einmal, wovon ich Ihr Honorar zahlen sollte.« Sie duckte sich unter seinem Blick. »Verzeihen Sie! Ich wollte nicht zynisch sein. Das wird nie wieder vorkommen. Ich verspreche es Ihnen.«

Es machte Lisa keine Schwierigkeiten, sich in das Gefängnisleben einzufügen. Der geregelte Tagesablauf kam dem ihr eigenen Ordnungssinn entgegen. Die Zweierzelle, in der sie – vorerst allein – verwahrt wurde, war spärlich eingerichtet, aber gerade deshalb leicht sauberzuhalten. Sie hätte sich eine Tischdecke oder eine Vase bringen lassen dürfen, aber sie dachte nicht daran, es sich gemütlich zu machen. Sie wollte es sich ständig vor Augen halten, daß dieser Aufenthalt nur vorübergehend war.

Da sie in der Freistunde nicht laufen, sondern nur in mäßigem Tempo gehen durfte, machte sie zum Ausgleich regelmäßig Gymnastik.

Ihre Mutter besuchte sie, sooft es möglich war. Sie war sehr besorgt und schien in den letzten Monaten rapide gealtert. Obwohl sie sich bemühte, sich hoffnungsvoll zu zeigen, war es im Gegenteil Lisa, die sie aufrichten und beruhigen mußte.

»Da ich nichts getan habe, kann mir auch nichts passieren, Mutter«, sagte sie immer wieder.

»Ach, meine arme Lisa! Glaubst du denn immer noch, daß es gerecht auf dieser Welt zugeht?«

»Nicht grundsätzlich. Aber vor einem deutschen Gericht bestimmt!«

Die Mutter pflegte ihr frisches Obst mitzubringen, das Lisa sehr willkommen war. Ansonsten begnügte sie sich mit der normalen Kost, obwohl sie sich als Untersuchungsgefangene auch privat hätte verpflegen lassen können. Nur wenn ihr das Obst ausging, bat sie eine der Wärterinnen, ihr etwas zu besorgen. Diese Frauen verhielten sich zwar nicht unfreundlich, aber doch zurückhaltend ihr gegenüber. Das war Lisa ganz recht so.

Auch Ludwig Weigel erschien einmal. Er erklärte ihr, daß die Erbteilung bis zur Klärung des Falles auf Eis gelegt worden war, was Lisa ohnehin schon wußte. Es tat ihr wohl, daß er in ihrer Verdächtigung einen schweren und bedauerlichen Irrtum sah. Er behauptete auch, daß sie ihm lieber als Brunos Kinder als Haupterbin wäre. »Die würden beide aus der Firma nur herausholen wollen, was nur eben herauszuholen ist. Sie sind dagegen eine vernünftige Frau, mit der sich reden läßt.« Er erzählte, daß er sehr vielversprechende Verhandlungen mit einem Münchner Unternehmen aufgenommen hätte. »Ich werde versuchen, die Sache bis zu Ihrer Entlassung unterschriftsreif zu machen. Hat man Ihnen gesagt, wie lange das noch dauern kann?«

Aber das wußte Lisa ebensowenig wie er.

Ihr Rechtsanwalt suchte sie zweimal in der Woche auf. Er brachte ihr nicht nur die medizinischen Bücher mit, um die sie ihn gebeten hatte, sondern auch Biographien und Unterhaltungsromane. Besonders freute sie sich über ein mit Batterie betriebenes Radio, das sie benutzen durfte, nachdem ein fachkundiger Aufseher es erst gründlich auseinandergenommen, untersucht und wieder zusammengesetzt hatte. Abends, nach dem frühen Lichtlöschen, stellte sie es ein und hörte leise Musik.

»Wenn wir nur einen Hinweis hätten, wer es getan haben könnte!« sagte Zumbruch einmal. »Ein Motiv hatten sowohl Arthur als auch Evelyn.«

»Aber die waren es beide nicht. Völlig ausgeschlossen, genausowenig wie die Haushälterin. Die ist zwar ein harter Besen, aber zu einem Mord bestimmt nicht fähig.«

»Es muß jemand gewesen sein, der sich gut in dem Haus ausgekannt hat.«

»Und einen Schlüssel besaß.«

»Das mit dem Schlüssel ist gar nicht so entscheidend. Halb Rodenberg hätte sich einen Zweitschlüssel beschaffen können.«

»Früher«, sagte Lisa nachdenklich, »als seine erste Frau noch lebte, hatten die Hammers oft Gäste. Da Sie gerade von halb Rodenberg sprachen – alles, was Rang und Namen oder auch nur einiges Geld hatte, ist in dem Haus ein und aus gegangen.«

»Dann könnte es ein später Racheackt gewesen sein.«

»Das halte ich am ehesten für möglich.«

»Hat Ihr Mann von seiner Vergangenheit erzählt?«

»Ja. Wenn es ihm einigermaßen gutging. Aber er hat sie nur im Licht seiner Tüchtigkeit und Großzügigkeit gesehen. Spannungen ließ er ganz unerwähnt. Obwohl es zum Beispiel mit seiner Frau bestimmt dazu gekommen sein muß. Ich habe sie noch gekannt. Sie war eine sehr elegante und anspruchsvolle Frau und bestimmt kein sanftes Lämmchen.«

»An was ist sie eigentlich gestorben?«

»Das habe ich nie genau erfahren. Man munkelte, daß es Selbstmord war.«

»Vielleicht bringt uns das weiter, aber, du lieber Himmel, ich bin ja kein Detektiv.«

»Vielleicht sollten wir einen engagieren!« schlug Lisa vor.

»In einer kleinen Stadt wie Rodenberg? Wo jeder jeden kennt und ein Fremder sofort auffallen würde?«

Lisa mußte ihm zustimmen. »Vielleicht sollten Sie mit Herrn Holbaum sprechen, dem Apotheker. Er war der älteste Freund meines Mannes.«

»Das werde ich tun!« versprach Paul Zumbruch.

Aber bei seinem nächsten Besuch mußte er bekennen, daß bei diesem Gespräch nichts herausgekommen war. Siegfried Holbaum hatte sich zwar sehr kooperativ gezeigt, aber brauchbare Hinweise hatte er nicht geben können. Es hatte sich bestätigt, daß Bruno Hammer nach dem Tod seiner ersten Frau – vielleicht auch schon vorher – ein Verhältnis mit einer gewissen Isolde Hurda gehabt hatte, einer angesehenen Designerin aus München. Diese Dame war wütend und gekränkt gewesen, da er sie mit Rücksicht auf seine heranwachsenden Kinder nicht hatte heiraten wollen. Nach den Worten des Apothekers hatte sie ein leidenschaftliches Naturell, und es gab heftige Szenen, die zum Ende der Beziehungen führten. Aber als Täterin kam sie nicht in Frage, weil sie schon einige Jahre zuvor gestorben war.

»Eine abgehalfterte Geliebte, die sich nachts einschleicht, um blutige Rache zu nehmen – das wäre mir ohnehin zu romantisch erschienen«, sagte Lisa.

»Immerhin hätten wir damit einige Verwirrung stiften können«, meinte der Rechtsanwalt.

»Mir läge sehr viel mehr an endgültiger Klarheit.«

»Sie sind eine so kluge Frau. Warum bloß haben Sie Ihren Verstand nicht bei Ihren Aussagen benutzt?«

»Das ist ein Thema, das wir schon zu oft erörtert haben.«

»Wie kommen die Vernehmungen voran?«

Lisa dachte nach. »Im Grunde genommen gar nicht. Doktor Meerkatz fallen keine neuen Fragen ein, und auf die alten kann ich ja immer nur die alten Antworten geben.«

Zweimal in der Woche wurde Lisa im grünen Kastenwagen zusammen mit anderen Untersuchungshäftlingen aus dem Gefängnis in die Stadt gebracht. Der ersten Vernehmung hatte sie beklommen entgegengesehen, aber inzwischen empfand sie sie fast als angenehme Abwechslung.

Doktor Meerkatz, der Untersuchungsrichter, war ein sehr gepflegter Mann mit schmalem Schädel, langfingrigen Händen und einer in Gold gefaßten Brille, ein ruhiger, erfahrener Jurist. Nie versuchte er, sie in die Enge zu treiben, einzuschüchtern oder gar zu bedrohen. Die immer und immer wiederholten Einzelheiten jener Geschehnisse in der Mordnacht nahmen ihnen ihren Schrecken. Dennoch verlor Lisa bei der Vernehmung manchmal die Geduld, der Untersuchungsrichter nie.

»Fassen wir es noch einmal zusammen!« schlug er vor. »Sie waren in der Mordnacht allein mit dem Opfer im Haus.«

»Abgesehen vom Mörder«, warf Lisa ein.

»Auf den Sie jedenfalls keinen Hinweis geben können. Sie haben seine Anwesenheit weder gehört noch gespürt. Sie hatten Zugang zu jener Papierschere. Es war ja Ihr Haus, in dem Sie zusammen mit Ihrem Mann lebten. Niemand wird Ihnen abnehmen, daß Sie sich dort nicht ausgekannt haben. Erst eine Stunde, nachdem Sie den Toten fanden, haben Sie die Polizei verständigt. Sie hatten also reichlich Zeit, in Ihre Turnschuhe zu schlüpfen und die Schere im hintersten Winkel des Gartens in den Boden zu bohren, so daß sie nur mit Hilfe eines Detektors gefunden werden konnte.«

Lisa konnte nicht länger an sich halten. »Aber warum hätte ich so etwas Dummes tun sollen? Ich hätte doch auch Zeit und Gelegenheit gehabt, die Schere mit Alkohol gründlich sauberzumachen und sie an ihren alten Platz zurückzulegen.«

»Warum Sie so und nicht anders gehandelt haben, werden Sie uns, hoffe ich, sehr bald erzählen«, entgegnete er kühl.

»Wie oft soll ich Ihnen noch sagen, daß ich es nicht getan habe?«

»Nicht mehr allzu oft. Sie strapazieren meine Geduld, Frau Hammer. Unterbrechen Sie mich bitte nicht wieder, sondern hören Sie sich meine Darlegung des Falles an. Sie haben ausgesagt, daß Sie besagte Schuhe niemals bei anderer Gelegenheit abseits der Wege getragen haben und Sie sind auch bei allen späteren Befragungen bei dieser Aussage geblieben – aber es sind Spuren von Erde an den Schuhsolhlen gefunden worden, die beweisen, daß Sie sich gerade in jenem Winkel des Gartens zu schaffen gemacht haben, in dem die Schere gefunden wurde. Alles, aber auch alles, weist darauf hin, daß Sie...«, Doktor Meerkatz stach mit seinem schlanken Zeigefinger in Richtung Lisas Brust, »... genau Sie die Mörderin sind.«

Resigniert zuckte sie die Achseln.

»Und Sie haben ein Motiv!« fuhr der Untersuchungsrichter fort. »Auch wenn wir die Frage einmal beiseite lassen, ob Sie von der Änderung des Testaments zu Ihren Gunsten gewußt haben oder nicht. Jahrelang hatten Sie die Strapazen der Krankenpflege ertragen, die unablässigen Ansprüche des Patienten, seine Wutausbrüche, seine Beschimpfungen. In jener Nacht waren Sie an dem Punkt angekommen, wo es nicht mehr weiterging – nicht so wie bisher. Ich glaube, jedes Gericht wird für Ihre Situation Verständnis haben. Was im ersten Augenblick wie ein feiger, hinterhältiger Mord aussieht, war eine Verzweiflungstat.« Er sah Lisa erwartungsvoll an.

Sie begriff, daß er ihr eine goldene Brücke bauen wollte, aber da sie diese Brücke nicht betreten konnte und es sinnlos fand, einmal mehr ihre Schuldlosigkeit zu beteuern, ließ sie ihn weiterreden und schwieg dazu.

»Zwar könnte man einwenden, daß Sie den Patienten und das Haus einfach hätten verlassen können. Ein paar tausend Mark hatten Sie ja immerhin auf der hohen Kante. Aber dann wären die Opfer, die Sie für ein – na, sagen wir mal – ein bißchen Wohlhabenheit, eine Absicherung Ihres weiteren Lebensweges auf sich genommen hatten, vergebens gewesen. Auch das ist durchaus verständlich, wenn Sie auch jetzt, im Nachhinein, über Ihre Handlungsweise entsetzt sein mögen. Warum sagen Sie nichts?«

»Ich höre Ihnen zu, wie Sie es verlangt haben.«

»Aus welchem Grund haben Sie nicht einfach Ihre Sachen gepackt und sind gegangen? Niemand hätte Sie zurückhalten können.«

»Ich bin Krankenschwester, ich war für meinen Patienten verantwortlich. Niemals ist mir auch nur der Gedanke gekommen, mich aus dem Staub zu machen und ihn, völlig hilflos wie er war, zurückzulassen.«

»Sehr gut!« Doktor Meerkatz, der die Vernehmungsprotokolle auf seinem wuchtigen Schreibtisch vor sich liegen hatte, machte sich mit einem goldenen – oder zumindest golden schimmernden – Kugelschreiber eine Notiz. »Lieber wollten Sie ihn von seinen Leiden erlösen. Das verstärkt das Motiv.«

Lisa atmete tief durch. »Herr Richter«, sagte sie, »wenn ich meinen Mann wirklich hätte töten wollen, wäre mir doch sicher eine andere, eine ausgeklügeltere Methode eingefallen, als ihm eine Schere in die Brust zu rammen. Haben Sie auch daran gedacht?«

Er blickte hoch. »Selbstverständlich. Sie hätten ihm die Überdosis eines Medikaments geben können. Aber das hätte dem behandelnden Arzt auffallen können, und das wollten Sie nicht riskieren.«

Lisa wollte schon entgegnen, daß Doktor Krantz auch dann wahrscheinlich den Totenschein ausgestellt haben würde. Aber da sie den Arzt nicht belasten wollte, hielt sie lieber den Mund.

»Ich bin sicher«, sagte der Untersuchungsrichter, »daß die gewonnenen Einblicke dem Staatsanwalt genügen werden, die Anklage gegen Sie zu erheben.« Er legte den Kugelschreiber beiseite. »Aber natürlich wird es ein reiner Indizienprozeß werden, und so etwas ist nicht angenehm, für keinen der Beteiligten.« Er blickte sie beschwörend an. »Sie sollten sich entschließen, uns zu helfen.«

»Ihres Seelenfriedens willen?«

»Nein. Des Ihren.«

»Bei allem, Herr Richter«, sagte Lisa, »haben Sie mich in Ihr Konzept nicht einberechnet. Es ist Ihnen überhaupt nicht aufgefallen, daß ich, auch wenn alle Indizien gegen mich sprechen, zu einer solchen Tat nicht fähig wäre. Sie wäre mir völlig persönlichkeitsfremd.«

»Sie geben also zu, daß die Indizien gegen Sie sprechen?«

»Das ist nicht zu übersehen.«

»Aber Sie erinnern sich nicht, die Tat begangen zu haben?«

»Wie könnte ich mich an etwas erinnern, das ich nicht getan habe?«

»Ihre Fragestellung ist verkehrt. Haben Sie niemals davon gehört, daß ein Mensch, der völlig außer sich eine ihm, wie Sie so schön sagten, persönlichkeitsfremde Handlung vollbringt, später nichts mehr davon weiß, ja sogar das Gedächtnis verliert?«

»Doch, so etwas habe ich schon gelesen. Aber mein Gedächtnis ist völlig intakt.«

»Ich halte es nicht für ausgeschlossen, daß Sie den Tathergang und die nachfolgenden Handlungen – eine knappe Stunde also – verdrängt haben. Ich werde Sie, Ihr Einverständnis vorausgesetzt, in eine psychiatrische Klinik einweisen.«

»Und wenn ich das nicht will?«

»Sie können die Zusammenarbeit mit den Ärzten verweigern. Aber dadurch würden Sie sich nur belasten.« Fast schmeichelnd fügte er hinzu. »Es müßte Ihnen doch auch daran gelegen sein, die Wahrheit zu erfahren, und die psychiatrische Untersuchung bietet dazu eine Möglichkeit, wie ich hoffe.«

In der Nacht nach dieser letzten Vernehmung schlief Lisa schlecht. Bisher hatte das Bewußtsein ihrer Schuldlosigkeit sie aufrechterhalten. Aber diesen Panzer hatte Doktor Meerkatz durchbrochen.

War es möglich, daß sie die Tat begangen und die Erinnerung daran verdrängt hatte? Dann müßte es in der Stunde geschehen sein, bevor sie den Toten gefunden hatte.

Unruhig wälzte sich Lisa auf dem harten Lager. Durch das vergitterte Fenster fiel ein Streifen Mondlicht auf die kahle Wand.

Bisher war sie davon überzeugt gewesen, tief und fest geschlafen zu haben. Aber es war Vollmond gewesen, und in ihrer Pubertät hatte sie in dieser Phase zum Schlafwandeln geneigt. Ihre Mutter hatte es ihr erzählt. Sie selber hatte von den nächtlichen Vorgängen nie etwas gewußt. Zwar hatte sie keine sonderbaren und ausgefallenen Handlungen begangen, aber sie war immerhin aus dem Bett gestiegen und auf den Küchenbalkon hinausgegangen.

Es stimmt ja, daß das Verhalten des Patienten sie oft bis zur Weißglut gereizt und sie ihre ganze Kraft gebraucht hatte, um nicht die Beherrschung zu verlieren. Konnte ihr Unterbewußtsein sie zu der schrecklichen Tat verführt haben?

Lisa glaubte es geradezu vor sich zu sehen, wie sie die Papierschere erhoben und sie dem schlafenden Mann ins Herz gestoßen hatte.

Aber sie hatte diese Schere ja gar nicht zur Hand gehabt, ja, sie hatte nicht einmal etwas von ihrer Existenz gewußt. Dessen war sie ganz sicher. Nein, es war undenkbar, daß sie erst das Haus nach einem potentiellen

Mordinstrument durchstöbert und es später im Garten versteckt hatte, wobei sie noch zuvor die Schuhe gewechselt hatte. Warum das überhaupt? Um keinen Schmutz ins Haus zu bringen? Nichts hätte in dieser Situation unwesentlicher sein können.

Wenn sie diese Reihe von Handlungen tatsächlich ausgeführt hätte, müßte sie komplett verrückt gewesen sein. Aber das war sie nicht. Sie war bei klarem Verstand, und das würde sich bei der psychiatrischen Untersuchung auch erweisen.

Als der Mond weitergewandert war und die Zelle finster wurde, schlief sie endlich ein.

Wenige Tage später forderte eine der Aufseherinnen Lisa auf, ihre Sachen zu packen. »Sie werden in eine psychiatrische Klinik verlegt«, erklärte sie.

»Wegen des Gutachtens? Kann man das denn nicht auch hier machen?«

»Wahrscheinlich nicht gründlich genug«, war die knappe Antwort.

Lisa hatte den Eindruck, daß die Frau es gar nicht ungern sähe, wenn sie für immer in einer Anstalt verschwände.

Die Fahrt zur Klinik verbrachte Lisa auf dem Rücksitz eines Polizeiwagens. Der Fahrer und die Polizeibeamtin, die sie begleitete, scherzten und plauderten miteinander, ohne von Lisa Notiz zu nehmen. Beide rauchten stark. Als sie die Einfahrt zu dem Gebäudekomplex der Klinik passiert hatten, stieg die Beamtin aus und forderte Lisa auf, ihrem Beispiel zu folgen. Sie nestelte ein Paar Handschellen von ihrem Gürtel.

Lisa wehrte sich. »Ist das denn nötig?«

Die Beamtin wechselte einen Blick mit dem Fahrer, der ihr ein Zeichen gab. »Na, denn nicht!« sagte sie. »Kommen Sie!« Sie packte Lisa unsanft beim Oberarm und bugsierte sie rasch, die Schellen sichtbar in der anderen Hand, die Stufen hinauf und zur Aufnahme. Hinter dem Schalter saß ein hagerer Mann in weißem Kittel mit randloser Brille, der nicht einmal aufschaute, als sie hereinkamen.

Die Polizeibeamtin grüßte ihn. »Ich habe diese Person hier einzuliefern«, erklärte sie. »Lisa Hammer. Aus der Untersuchungshaft.« Sie nahm Lisas Begleitblatt aus einer schmalen schwarzen Aktentasche und schob es ihm zu.

Er überflog die Angaben. Dann drückte er auf eine Taste. »Moment noch. Die Oberschwester kommt gleich.« Gleichgültig widmete er sich wieder seiner Schreibarbeit.

»Ich hab's eilig«, erklärte die Polizeibeamtin.

Der Mann am Empfangsschalter reagierte nicht darauf.

Etwa zehn Minuten passierte gar nichts, und Lisa freute sich über die steigende Nervosität ihrer Begleiterin. Ihr selber machte es nichts aus, daß sie warten mußte.

Dann erschien eine vollbusige Frau in blauem Baumwollkleid, steif gestärkter weißer Schürze und einer Schwesternhaube auf dem glatt zurückgebürsteten blonden Haar. In ihren flachen Schuhen schien sie auf dem blankpolierten Linoleumboden fast zu gleiten. »Willkommen, Frau Hammer«, sagte sie und streckte Lisa die Hand entgegen, »ich bin Schwester Hilde.«

Der Polizeibeamtin mißfiel dieser freundliche Empfang. »Die Person sitzt wegen Mordverdachts«, sagte sie, »sie ist zur psychiatrischen Beobachtung eingewiesen.«

»Ich weiß, ich weiß!« sagte die Oberschwester ungerührt. »Haben Sie die Begleitpapiere abgegeben?«

»Ja.«

»Dann ist es in Ordnung.« Sie wandte sich an Lisa. »Gehen wir, meine Liebe.«

Lisa war überrascht, ja, fast aus der Fassung gebracht. Sie folgte der Oberschwester durch Gänge und über Treppen hinauf, die sich in nichts vom Inneren eines gewöhnlichen Krankenhauses unterschieden.

»Sie sind eine Kollegin, nicht wahr?« fragte die Oberschwester unterwegs.

Lisa bejahte.

»Manche Leute machen uns das Leben schon sehr schwer«, äußerte die Oberschwester ominös.

Lisa konnte es kaum glauben, aber es hatte den Anschein, daß die Frau auf ihrer Seite stand.

Endlich öffnete sie eine Tür zu einem geräumigen, hübsch eingerichteten Zimmer. »Hier sind wir!« erklärte sie. »Ich hoffe, daß Sie sich bei uns wohl fühlen.«

Was Lisa am meisten verblüffte, war, daß die Fenster, die den Blick zu einem Park freigaben, unvergittert waren. Es verschlug ihr fast die Sprache. »Aber ich...«, stammelte sie und wußte nicht weiter.

»Hier sind Sie Patientin, meine Liebe, und kein Untersuchungshäftling.«

»Ja, aber...«

»Sie werden uns schon nicht davonlaufen. Die Ausgänge werden natürlich überwacht.«

»Und was soll ich jetzt tun?« fragte Lisa und kam sich ziemlich dumm vor.

»Machen Sie es sich bequem, richten Sie sich häuslich ein. Ich denke, ein paar Tage werden Sie schon bei uns bleiben.« Die Oberschwester öffnete eine schmale Nebentür. »Wenn ich an Ihrer Stelle wäre, würde ich erst einmal ein Bad nehmen. Dazu haben Sie im Gefängnis wohl kaum Gelegenheit.«

Lisa betrachtete das einfache, weißgekachelte Badezimmer wie eine Oase in der Wüste. »Das ist ja sagenhaft!«

»Ich dachte mir, daß es Sie freuen würde.«

»Was heißt freuen? Ich bin überwältigt!«

»Lassen Sie sich Zeit! Entspannen Sie sich. Professor Krüger wird sich wahrscheinlich erst am Nachmittag um Sie kümmern. Jetzt ist er noch auf Visite.«

»Ich danke Ihnen, Oberschwester!« sagte Lisa mit großer Wärme.

»Sagen Sie einfach Hilde zu mir, Lisa.«

»Danke, Hilde.«

Die Oberschwester schenkte ihr noch ein Lächeln, bevor sie sie allein ließ.

Lisa wartete, bis sie sicher war, daß die Oberschwester sich entfernt hatte. Dann versuchte sie die Tür zum Gang zu öffnen. Sie war tatsächlich unverschlossen. Man schien großes Vertrauen in sie zu setzen. So hatte sie sich den Aufenthalt in einer psychiatrischen Anstalt nicht vorgestellt.

Aber dann erwachte ihr natürliches Mißtrauen. Hinter diesem fast herzlichen Empfang, dem Angebot von Bequemlichkeit und scheinbarer Freiheit mußte eine bestimmte Taktik stecken. Man wollte sie wohl in Sicherheit wiegen, um sie zum reden zu bringen. Sie nahm sich vor, auf der Hut zu sein. Doch dann dachte sie: ›Quatsch! Ich habe ja nichts zu verbergen!‹ – Sie beschloß, ihre Zeit als Patientin einfach zu genießen.

Professor Klaus Krüger war ein sehr schlanker, alter Herr, dessen weißes Haar in eindrucksvollem Gegensatz zu seiner gesunden braunen Gesichtsfarbe stand. Seine hellblauen, schon ein wenig getrübten Augen waren von zahlreichen Lachfalten umgeben. Er empfing Lisa an der Tür seines Sprechzimmers und führte sie an seinem Schreibtisch vorbei in eine Sitzecke, wo er sie bat, Platz zu nehmen. Sein weißer Kittel sprang noch weiter auf, als er sich setzte. Darunter kamen ein blaues Sweatshirt und eine graue Flanellhose zum Vorschein.

»Dann wollen wir uns mal ein wenig unterhalten, ja?« begann er das Gespräch.

»Gern«, sagte Lisa; sie hatte ein Bad genommen, sich die Haare gewaschen und ausgeruht und fühlte sich ausgesprochen wohl.

»Verraten Sie mir erst mal, wie Sie heißen!«

»Wissen Sie das denn nicht?« fragte Lisa verdutzt.

Der Professor lächelte. »Das ist eine Routinefrage. Ich weiß es natürlich, aber ich will feststellen, wie weit Sie über sich informiert sind.«

»Sie halten es für möglich, daß ich geistig völlig weggetreten bin?«

»So etwas habe ich schon sehr häufig erlebt.«

»Wenn Sie das denken, muß ich Sie enttäuschen. Ich heiße Lisa Hammer, geborene Hopf, habe zuletzt in Rodenberg gewohnt, Parkstraße zwölf, und sitze zur Zeit in Untersuchungshaft... nein, das stimmt nicht genau, im Augenblick bin ich ja hier in der Klinik.«

»Sehr schön. Und wie alt sind Sie?«

»Fünfundzwanzig.«

»Das ist auch sehr gut.«

»Was soll daran gut sein?«

»Es ist so, daß gestörte Patienten meist nicht ihr Alter, sondern nur ihr Geburtsdatum nennen können.«

»Dann bin ich also nicht gestört?«

»Möchten Sie es denn sein?«

»Die Frage verstehe ich nicht.«

»Denken Sie gut nach!«

»Sie meinen, ob ich wünsche, daß mein Verteidiger auf Unzurechnungsfähigkeit plädiert?«

»Sehr gut formuliert.«

»Nein, das will ich nicht. Ich habe die Tat nicht begangen.«

»Sind Sie ganz sicher?«

»Ja!« Dann fügte sie ehrlich hinzu: »Obwohl mir schon einmal Zweifel gekommen sind.« Sie erzählte von ihrer

Schlafwandelei in der Jugend und auch, warum sie sich eine solche Kette von Handlungen nicht vorstellen konnte.

»Sehr interessant«, sagte der Professor, »aber ich merke, daß ich vor Ihnen auf der Hut sein muß.«

»Wieso das?«

»Sie bestimmen den Verlauf unseres Gesprächs. Ich wollte mich mit Ihnen nur ganz allgemein unterhalten. Damit wir uns erst mal kennenlernen. So ist es bei uns üblich.«

»Ja, dann tun wir das doch.« Lisa lächelte. »Je länger sich die Unterhaltung hinzieht, desto besser. Ich möchte so lange wie irgend möglich in meinem schönen Zimmer mit Bad bleiben.«

Der Professor gab ihr Lächeln zurück. »Das ist die richtige Einstellung.« Er führte das Gespräch fort, wobei er sich bewußt an allgemeine Themen hielt. Er sprach mit ihr über das Wetter des vergangenen Sommers, über das Fernsehen und über die letzten Wahlen. Es wurde ein ganz entspanntes, fast vergnügtes Plaudern daraus. Aber Lisa merkte doch, daß er über ihren Geisteszustand Klarheit gewinnen wollte.

Nach einer guten Stunde machte er Schluß.

»Nicht verrückt, wie?« fragte Lisa.

»Nein«, stimmte der Professor ihr zu, »Sie sind sogar eine ausgesprochen vernünftige Frau. Aber das besagt nicht unbedingt, daß Sie geistig völlig gesund sind.«

»Nicht?«

»Es gibt Krankheiten, die sich nicht an der Oberfläche zeigen, sondern in der Tiefe verborgen sind.«

»Ich will Gewißheit!« erklärte Lisa heftig.

Professor Krüger lächelte nicht. »Wir auch«, sagte er.

Am nächsten Morgen wurde Lisa zum Augenarzt der Klinik geführt. Er war ein Mann Anfang Vierzig, hatte schütteres Haar, das er sorgfältig frisiert trug, damit es voller wirkte. Zuerst untersuchte er Lisas Augen.

Lisa ließ die durchaus nicht schmerzhafte Prozedur ruhig über sich ergehen, fragte dann aber doch: »Wozu soll das gut sein?«

»Warum wollen Sie das wissen?«

»Ich will Medizin studieren. Es interessiert mich.«

Er legte den Augenspiegel beiseite. »Wenn sich im Augenhintergrund im Bereich der Papille Stauungserscheinungen gezeigt hätten, hätte das auf einen Hirndruck schließen lassen.«

»Papille – das ist der Sehnervkopf.«

»Genau. Jetzt schauen Sie mal durch dieses Periskop. Ich möchte feststellen, ob ein Ausfall des Gesichtsfeldes besteht. Ein Druck auf den Sehnerv könnte einen Teilausfall der optischen Wahrnehmung bewirkt haben.«

»Sie rechnen also mit einem Hirntumor?« fragte Lisa erstaunt.

»Im Gegenteil. Wir wollen sicher sein, daß ein Tumor auszuschließen ist.«

»Und ist er es?«

»Von meinem Standpunkt aus ja. Aber ich schicke Sie jetzt weiter zum Facharzt für Hals, Nase, Ohren. Dann werden wir weitersehen.«

Vor der nächsten Untersuchung mußte Lisa eine halbe Stunde warten. Aber das machte ihr nichts aus. Sie hatte eines ihrer Lehrbücher dabei. Dann trat eine Anstaltsinsassin aus der Praxis ein, eine junge Frau noch, die von einer Wärterin begleitet wurde. Sie war unförmig dick und grinste Lisa breit an. Zum erstenmal wurde ihr bewußt, was es bedeuten könnte, den Rest des Lebens oder doch die nächsten Jahre unter Geistesgestörten verbringen zu müssen, und sie erschauderte.

Der Spezialist war ein alter, brummiger Mann, der dröhnend laut sprach – vielleicht, weil er es häufig mit Schwerhörigen zu tun hatte, vielleicht aber auch, weil sein eigenes Gehör nicht mehr gut war. Er prüfte Lisas Gleichgewichtssinn und ihre Ohren. Lisa stellte ihm keine Fragen, da sie sich inzwischen darüber klargeworden war, daß es auch hier darum ging, einen Druck auf ihr Hirn festzustellen oder auszuschließen.

Am Nachmittag dann aber, als sie wieder Professor Krüger gegenübersaß, wollte sie doch wissen, wie es zu dem Verdacht auf einen Hirntumor gekommen war.

»Nun, er wäre eine gute Erklärung für ein persönlichkeitsfremdes Verhalten. Allerdings hat er sich leider bis jetzt nicht bestätigt.«

»Warum leider?«

»Sie wären dann schuldunfähig.«

»Sie glauben trotz allem, daß ich es getan habe?«

»Was heißt hier ›trotz allem‹ und was ›glauben‹? Ich glaube gar nichts, und mir steht auch kein Urteil zu. Meine Aufgabe besteht nur darin herauszufinden, ob Sie geistig gesund sind oder nicht.«

»Also machen wir weiter.«

»Ja, das werden wir.«

Es blieb aber auch diesmal bei einer ganz allgemeinen Unterhaltung, die allerdings immer anspruchsvoller wurde. Lisa mußte sich anstrengen, den Ausführungen des Professors zu folgen und die richtigen Antworten zu finden. Doch sie hatte wie seinerzeit in der Schule das Gefühl, eine Musterschülerin zu ein. Als der Professor ihr am nächsten Tag sagte, daß es jetzt darum ging, ein paar Aufgaben zu lösen, war sie, in der Gewißheit sich zu bewähren, mit Begeisterung dabei. Um so enttäuschter war sie über die Art dieser Aufgaben.

»Ich lese Ihnen jetzt mal einen Satz vor«, sagte er, »und Sie werden versuchen, ihn mir nachzusprechen.«

Lisa nickte.

Der Professor schlug ein in Wachstuch gebundenes Buch auf. »Der Schnellzug aus Oberitalien«, las er, »der um zehn Uhr vormittags an der Schweizer Grenze ankommen sollte, mußte wegen eines Fehlers der Heizanlage einen langen Aufenthalt hinnehmen. Die Reisenden konnten mit einem Triebwagen zur nächsten Station gebracht werden.«

»Aber das ist ja idiotisch!« rief Lisa.

»Das kommt Ihnen nur so vor. Sprechen Sie mir den Satz bitte nach – oder soll ich ihn noch einmal lesen?«

»Nein, danke. Ich versuch's schon.« Tatsächlich gelang es ihr, den Satz fast fehlerfrei wiederzugeben. »Aber wozu soll das gut sein?«

»Zur Prüfung Ihrer wissensunabhängigen Merkfähigkeit. Übrigens habe ich da noch ein paar viel schönere Geschichten. Passen Sie auf!« Er las, sehr langsam und deutlich: »Während der Mittagszeit übersetzte ein einbeiniger Invalide die Straße, knapp nachdem ein Lastwagen mit zwei Anhängern mit großen Fässern darauf an ihm vorbeigefahren ist, und stieß mit einer etwa fünfzigjährigen Radfahrerin so unglücklich zusammen, daß sie vom Rad stürzte, aber keine Verletzungen hatte, während er sich das zweite Bein brach.«

»Das ist doch absolut unlogisch!« protestierte Lisa. »Was hat der Lastwagen mit dem Zusammenstoß zu tun? Und wie kann ein Einbeiniger sich das zweite Bein brechen?«

»Der Witz der Sache ist, daß in diese Sätze möglichst viele Details gestopft werden, oft auch unzusammenhängende und unlogische. Das macht es schwerer, sie wiederzugeben.«

Diesmal bat Lisa den Professor, den Satz noch einmal vorzulesen, und wiederholte ihn dann fehlerfrei.

So ging es noch eine Weile weiter. Lisa kam sich vor, wie eine Schwachsinnige behandelt zu werden, und sie sagte es auch.

Der Professor ging nicht darauf ein. »Nun, Ihre Merkfähigkeit scheint genauso in Ordnung zu sein wie Ihr logisches Denken«, sagte er nur, »es besteht wirklich kein

Hinweis auf einen geistigen Defekt. Morgen werden wir mal miteinander rechnen, ja?«

»Das war nie meine Stärke.«

»Meine auch nicht«, gab er freundlich zu. »Was mich augenblicklich beschäftigt, ist die Frage, ob wir nicht doch ein EEG machen sollen.«

»Ein Elektro-Encephalogramm?«

»Sieh an, sieh an. Sie kennen sich ja sehr gut aus.«

»Ich bin Krankenschwester.«

»Das habe ich nicht vergessen, Frau Hammer. Bisher gibt es bei Ihnen kein Anzeichen auf eine Erkrankung des Gehirns. Vielleicht sollten wir uns das EEG also schenken.«

»Mir wäre es lieber, wenn es gemacht würde.« Mit einem schwachen Lächeln fügte sie hinzu: »Es tut ja nicht weh.«

Lisa wußte, wie in der Theorie eine Elektro-Encephalographie funktionierte; das hatte sie in ihrer Ausbildung gelernt. Es werden Gehirnströme gemessen und Kurven aufgezeichnet, aus denen sich ersehen läßt, ob das Gehirn normal funktioniert. Abweichungen von der Normalkurve lassen eine Erkrankung erkennen, meist auch die Seite und den Ort, an dem die Schädigung vorliegt.

Das Verfahren hatte also für sie nichts Unheimliches an sich.

Trotzdem war sie überrascht, als sie in einen Raum geführt wurde, der wie mit Silber tapeziert wirkte. Dann erinnerte sie sich, daß die Apparatur sehr empfindlich war. Jedes andere elektrische Gerät im Haus würde Störungen hervorrufen. Deshalb war der Raum mit Alufolie isoliert worden.

Die Ärztin, eine Frau Doktor Leukner, die Lisa empfing, war jung und munter, trug einen elegant geschnittenen weißen Kittel, hatte auffallend blondes Haar und war geschminkt. »Na, dann wollen wir mal zur Dauerwelle schreiten!« rief sie vergnügt.

Lisa sah sie an; sie war etwas verblüfft über den lockeren Ton.

Die Ärztin lachte. »Einige unserer Patienten nennen das so. Andere sprechen vom Hirnspion.«

»Und wie funktioniert das Ding wirklich?«

»Ach ja, Sie sind Krankenschwester.«

»Ich will Medizin studieren.«

»Im Knast?« Die Ärztin lachte wieder. »Nehmen Sie es mir nicht übel!« sagte sie dann. »Mein Mundwerk geht manchmal mit mir durch.«

»Das passiert mir auch nur zu oft!« gab Lisa zu. »Aber würden Sie mir bitte erklären...«

»Höchst einfach. Sie lassen sich jetzt in diesem bequemen und angenehmen Ruhesessel nieder, und ich bringe an Ihrem Kopf ein paar Elektroden an. Zwölf, denke ich, werden genügen. Von denen gehen Leitungen aus, die zu dieser Kugel führen, die da über Ihnen schwebt. In der werden sie zusammengefaßt und verlaufen über weitere Kabel zu dem Apparat.« Noch während die Ärztin das erzählte, hatte sie damit begonnen, die Elektroden an Lisas Kopf zu befestigen.

»Und wo werden die Kurven sichtbar?«

»Über den Tisch läuft ein Kohlepapier, wie auf einem Fließband. Darauf trägt sich die Kurve selbstätig ein.«

»Interessant.«

»Ja. Ist es. Wenn aber tatsächlich Verdacht auf einen Tumor bestünde – was bei Ihnen ja, soviel ich weiß, nicht der Fall ist –, müßte man auch noch röntgen.«

»Aber damit kann man doch nur Veränderungen des knöchernen Schädels entdecken.«

»Früher war das so. Aber inzwischen kann man auch die Körperhöhlen sichtbar machen, indem man, etwa in die Halsschlagader, ein Kontrastmittel spritzt.« Frau Doktor Leukner hatte die Elektroden befestigt und trat jetzt hinter den Apparat, um einige Schalter zu betätigen. »Das Kontrastmittel durchläuft sämtliche Hirngefäße, und dieser Vorgang wird durch eine Reihe von Röntgenaufnahmen sichtbar gemacht. Das Ganze nennt man Artereographie.«

»Läuft das Band schon?« fragte Lisa.

»Es beginnt gerade.«

»Und wie sieht es aus?«

»Kann ich jetzt noch nicht sagen.«

»Darf ich es nachher auch sehen?«

»Sie möchten unbedingt wissen, was in Ihrem Kopf vorgeht?«

»Ja.«

»Die Kurve würde Ihnen überhaupt nichts sagen. Nur ein Fachmann kann etwas damit anfangen. Ich werde sie nicht einmal allein beurteilen, sondern Professor Krüger zuziehen.«

»Immer diese Geheimniskrämerei der Ärzte.«

Frau Doktor Leukner lachte. »Warten Sie mal ab, bis Sie selber eine Ärztin sind. Falls Sie es je schaffen sollten. Aber halten Sie mich bitte nicht für zynisch. Ich wünsche es Ihnen von Herzen.«

Bei ihrer nächsten Sitzung bei Professor Krüger erfuhr Lisa, daß die Kurve ihrer Hirnströme völlig normal ausgefallen war.

»Ich war auch gar nicht aufgeregt«, sagte Lisa.

»Das hat damit nichts zu tun. Nervosität läßt bisweilen das Herz schneller schlagen und beschleunigt den Kreislauf. Das Gehirn wird nicht davon tangiert.« Er sah Lisa aufmerksam, fast mitleidig an. »Tja, was machen wir nun mit Ihnen?«

»Sie wollten mir eine Rechenaufgabe stellen.«

»Stimmt. Obwohl ich mir nicht mehr viel davon verspreche.«

»Warum nicht?«

»Weil ich den Eindruck gewonnen habe, daß Sie eine geistig völlig gesunde Person sind. Aber sei's drum. Versuchen wir es.« Er trat hinter seinen Schreibtisch und zog aus der Schublade einen Stoß Formblätter. »Setzen Sie sich am besten hier hin, mir gegenüber!«

Lisa nahm vor dem Schreibtisch Platz.

Der Professor reichte ihr eines der Formblätter, auf das Kolonnen von einstelligen Zahlen gedruckt waren.

Sie überflog den Vordruck. »Ich kann kein System in der Anordnung erkennen.«

»Das sollen Sie auch nicht. Hier, nehmen Sie diesen Bleistift und addieren Sie jeweils drei Zahlen, machen Sie einen Strich darunter und schreiben Sie das Ergebnis hin. Ich schaue währenddessen auf die Uhr.«

»Aber das kann ja eine Ewigkeit dauern!«

»Nein. Höchstens eine Stunde. Also los!«

Obwohl Lisa das Zusammenzählen einfacher Zahlen, als absolut sinnlos empfand, arbeitete sie sich geduldig durch die Kolonnen. Der Professor hatte seine Taschenuhr vor sich hingelegt und machte genau nach Ablauf jeder Minute einen blauen Haken. Lisa brauchte nicht mehr als vierzig Minuten, dann war sie fertig.

»Na, bravo«, sagte der Professor und sah sich das Blatt an, »das war Rekordzeit.«

»Hat das was zu besagen?«

»Das Tempo nicht so sehr, aber die Tatsache, daß Sie so gleichmäßig und ohne Ermüdungserscheinungen durchgearbeitet haben.«

»Es war ja nicht anstrengend, sondern nur verdammt langweilig.«

»Ja, ich weiß. Deshalb deklariere ich auch manchen Patienten gegenüber die Aufgabe als Geduldsprobe. Eins steht für mich fest: Ihrem Hirn fehlt nichts. Falls Sie den Mord begangen haben, dann mit wachem Verstand.«

»Das ist ganz ausgeschlossen.«

»Wir müssen den Versuch machen, auf den Grund Ihrer Seele zu dringen.«

»Rohrschachtests und so etwas?«

»Ja, das auch. Aber es wird Ihnen auch nicht erspart bleiben, über sich selber zu reden.«

»Ach, du lieber Himmel! Wenn Sie wüßten, wie ich von der Polizei und vom Untersuchungsrichter ausgequetscht worden bin! Es gibt nichts, was ich nicht schon gesagt habe.«

»Das glaube ich Ihnen gerne. Aber es war nicht an die richtige Adresse gerichtet. Vielleicht kann ich mehr damit anfangen. Wir müssen bei Ihrer Kindheit beginnen, ganz weit zurückgehen, Ihre allerersten Erlebnisse wachrufen.«

»Wenn es denn sein muß.«

»Es muß.«

»Aber es hat doch keinen Sinn nach Entschuldigungsgründen oder Erklärungen für eine Tat zu suchen, die ich nicht begangen habe!«

»Wir werden sehen«, war alles, was Professor Krüger zu Lisas Protest zu sagen hatte.

Lisas körperliche Untersuchungen waren mit dem EEG abgeschlossen. Jetzt setzte sich der junge Doktor Ringer morgens mit ihr zusammen und ließ sie Tests machen, mit denen ihre Intelliganz, ihre Fantasie und ihre Gemütslage geprüft wurden. Ihr fiel das leicht, und sie fand es sogar vergnüglich. Natürlich mogelte sie dabei. Wenn ihr zum Beispiel ein Bild gezeigt wurde, auf dem der Eindruck erweckt wurde, daß eine Frau ein Kind aus dem Fenster werfen wollte, sagte sie: »Das Kind hat sich auf das Fensterbrett gewagt. Es ist im Begriff zu stürzen. Die Mutter kann es gerade noch festhalten.«

Doktor Ringer gab sich mit diesen Antworten zufrieden und machte sich eifrig Notizen. Wenn sie farbige

Klecksereien zu deuten hatte, die ihr auf Anhieb unheimlich erschienen, fand sie doch immer eine verharmlosende Erklärung.

Die nachmittäglichen Sitzungen bei Professor Krüger waren anstrengender und ermüdender. Lisa war es nicht gewohnt, über sich zu reden. Erst seit dem Mord an ihrem Mann war sie überhaupt in die Situation gekommen, Rede und Antwort stehen zu müssen. Sie gab sich zwar Mühe, mitzuarbeiten, aber es kam nicht viel zutage.

Als Kind hatte sie ihren Vater, der ihr als warmherziger, empfindsamer Mensch erschienen war, sehr geliebt und hatte unter seiner Erkrankung und seinem frühen Tod gelitten. Schon damals hatte sie sich vorgenommen, einen Beruf zu ergreifen, in dem sie Leidenden helfen konnte. Zu der Mutter, die von Natur aus kühl und nach dem Tod ihres Mannes wie erstarrt gewesen war, hatte sie kein so gutes Verhältnis gehabt. Es hatten keine Spannungen bestanden, die zu Auseinandersetzungen geführt hätten. Aber innerlich hatte Lisa gegen den dumpfen Pessimismus ihrer Mutter rebelliert.

Bruno Hammer hatte sie schon als Kind bewundert. In ihrer Jungmädchenzeit hatte sie für ihn geschwärmt. Auf Grund seiner gesellschaftlichen Stellung und seines Reichtums war er für sie unerreichbar gewesen. Erst seine Erkrankung hatte ihr die Möglichkeit gegeben, in seine Nähe zu kommen. Sie war begeistert gewesen, ihn pflegen zu dürfen, und glücklich darüber, daß er sie den anderen Pflegerinnen vorzog. Die Tatsache, daß er sich entschloß, sie zu heiraten, hatte ihr ein neues Selbstwertgefühl gegeben.

Unter Altersgenossen war sie nie besonders beliebt gewesen, hatte sich auch nicht darum bemüht. Sie hatte weder musische noch sportliche Talente und konnte sich niemals unbefangen geben. Sie hatte sich durch das erfahrene Leid sehr viel reifer gefühlt als die anderen und die Rolle des Mauerblümchens klaglos hingenommen.

Dies alles kramte sie aus ihrem Gedächtnis, schilderte Details und gab Beispiele an, war aber selber nicht mit sich zufrieden.

Professor Krüger war es auch nicht. »Wenn Sie nur mehr aus sich herausgehen könnten, Frau Hammer!« sagte er eines Tages seufzend.

»Ich tue, was ich kann.«

»Das weiß ich. Aber es ist zu wenig. Ich zerbreche mir den Kopf, wie ich Sie auflockern könnte. Gewöhnlich unterhalte ich mich mit meinen Patienten Auge in Auge. Aber in Ihrem Fall wäre es vielleicht besser, die klassische psychiatrische Position herbeizuführen.«

Lisa verstand sofort. »Ich auf der Couch und Sie aus meinem Gesichtsfeld? Nein, ich glaube, das würde mir auch nichts nutzen.«

Professor Krüger strich sich über sein silbrig schimmerndes Haar. »Es gäbe da eine Möglichkeit. Ich könnte Ihnen eine Spritze geben.«

»Ein Wahrheitsserum?«

»So etwas gibt es nicht. Aber ein Medikament, das Ihnen die Hemmungen nimmt. Sodium Penthatol.«

»Nie gehört.«

»Es ist völlig ungefährlich und hat keine Nachwirkungen – na ja, abgesehen von einer starken Müdigkeit, wenn die Wirkung nachläßt, und vorübergehende Kopfschmerzen.«

»Warum haben wir es denn nicht schon längst damit versucht?«

»Aussagen unter Einwirkungen dieses Medikaments werden vor Gericht nicht anerkannt. Ich könnte sie also in meinem Gutachten nicht benutzen.«

»Machen wir es trotzdem. Es wäre mir ja auch wichtig, über mich selber Bescheid zu wissen.«

Vor der nächsten Sitzung bekam Lisa ihre Spritze. Zunächst spürte sie überhaupt keine Wirkung, später überkam sie ein Gefühl der Leichtigkeit. Es war fast wie ein

Schwips, nur daß sie keinerlei Sprachschwierigkeiten hatte. Es sprudelte aus ihr heraus.

Ihre ersten, recht späten Kontakte mit Männern: Sie war achtzehn Jahre alt gewesen, als sie sich zum erstenmal mit einem Jungen eingelassen hatte. Es war auf einer Klassenfahrt gewesen. Sie war nicht verliebt gewesen, sondern hatte es nur getan, weil es sich so ergeben hatte. Obwohl sie sich nichts davon versprochen hatte, war es doch ein enttäuschendes Erlebnis gewesen. Sie war zu dem Ergebnis gekommen, daß sie sexuelle Beziehungen nicht brauchte.

Als sie zwanzig war, hatte sich ein junger Mann um sie bemüht. Peter. Er war vier Jahre älter als sie und Elektroinstallateur. Er hatte ihr gut gefallen, aber vor allem hatte sie es beeindruckt, daß er sich wirklich etwas aus ihr zu machen schien. Es hatte ihr Spaß gemacht, sich zum Essen, ins Kino und zum Tanzen ausführen zu lassen. Sie hatte auch ganz gern mit ihm geschmust. Aber den Geschlechtsverkehr hatte sie so lange hinausgezögert, wie es irgend möglich war. Aber schließlich sah sie sich vor der Wahl, ihn laufenzulassen oder ihm nachzugeben. Im Bett erschien er ihr grob, aber sie ließ es sich nicht anmerken. Sie war sich bewußt, daß sie keine Maßstäbe hatte. Er dagegen schien von ihrem Zusammensein tief befriedigt zu sein.

Aber ihr fiel dann auch auf, daß sie wenig miteinander zu reden hatten. Er nahm es als selbstverständlich an, daß ihr Beruf nur ein Übergang bis zur Ehe war und daß sie ihn heiraten würde. Sie ließ ihn lange bei dieser Überzeugung, wahrscheinlich viel zu lange, wie sie später einsah. Aus Feigheit. Sie wußte, daß es zu endlosen Streitereien kommen würde, wenn sie ihren Standpunkt klarstellte. Sie wollte ihre ohnehin nicht einfache Beziehung nicht dadurch belasten.

Als sie dann die Teilpflege ihres späteren Mannes übernahm, hatte sie immer weniger Zeit für ihn. Sie war froh darüber gewesen und hatte versucht, die Geschichte sozusagen im Sande verlaufen zu lassen.

Aber das war ihr nicht gelungen. Peter hatte ihr Szenen gemacht. Er war eifersüchtig auf den alten Herrn gewesen.

»Ohne Grund?« warf Professor Krüger ein.

»Nein«, gab Lisa zu, »er bedeutete mir mehr als Peter. Er war ja eine viel stärkere Persönlichkeit. Aber das konnte ich Peter nicht klarmachen, ohne ihn zu beleidigen. In erster Linie war er ja in seiner Eitelkeit verletzt, weil ich mich ihm entzog. Gerade deshalb war ich auch froh, daß Bruno mich heiraten wollte. Das gab mir den Anlaß, endlich mit Peter Schluß zu machen. Er dachte, ich hätte es nur auf das Geld meines Mannes abgesehen.«

»Aber das hatten Sie nicht?«

»Überhaupt nicht.«

»Fühlten Sie sich auch sexuell zu Ihrem Mann hingezogen?«

»Nein. Er war ja sehr krank.«

»Es ist zu keiner sexuellen Beziehung gekommen?«

»Doch. So weit und so lange es möglich war.«

»Und was haben Sie dabei empfunden?«

»Für mich war es schön, ihm eine Freude zu machen.«

»Das ist sehr wenig.«

»Es war sehr wenig.«

Am Ende der Sitzung sagte Lisa: »Nun habe ich aber geredet wie ein Wasserfall! Hat es Sie weitergebracht?«

»Kaum. Um die Tiefen Ihrer Seele auszuloten, würde es wohl Monate brauchen.«

»Oh, fein! Ich bleibe gerne.«

»Leider haben wir keine Zeit mehr zur Verfügung. Sie müssen in die U-Haft zurück.«

Lisas Gesicht spiegelte ihre Enttäuschung, aber sie sagte nichts.

»Ich werde versuchen, Sie noch übers Wochenende dazubehalten.«

»Vielen Dank, Herr Professor.« Lisa stand auf. »Danke für alles. Sie waren alle so nett zu mir.«

»Im Gegensatz zu den Juristen und Polizisten wissen wir, daß man die Menschen nicht in die Guten und die Bösen aufteilen kann. In jedem von uns ist etwas von beidem, und jedem kann es passieren, daß das Böse die Oberhand gewinnt.«

Das war deutlich genug. Lisa brauchte nicht nachzufragen, ob er ihr den Mord, nachdem er so viel über sie erfahren hatte, tatsächlich noch zutraute. Ihn von ihrer Schuldlosigkeit zu überzeugen, sah sie keine Möglichkeit.

Aber vielleicht kam es darauf auch gar nicht an.

Am vierundzwanzigsten November erhob der Staatsanwalt Anklage gegen Lisa Hammer, geb. Hopf, wegen vorsätzlichen Mordes an ihrem Ehemann. Der Prozeß wurde für die zweite Hälfte des Januar vor dem Schwurgericht in Traunstein anberaumt.

»Es tut mir leid, Frau Hammer«, sagte Rechtsanwalt Zumbruch, als sie sich wieder einmal in dem kleinen Sprechzimmer im Gefängnis gegenübersaßen, »aber da war nichts zu machen. Der Staatsanwalt hält die Indizien für ausreichend.«

»Das hätte ich mir denken können«, erklärte Lisa resigniert.

»Ich habe wirklich alles versucht...« Zumbruch ließ den Satz in der Schwebe.

»Aber das weiß ich doch, Herr Rechtsanwalt! Wahrscheinlich werde ich auch über die Feiertage keinen Urlaub bekommen, nicht wahr?«

»Wie die Dinge stehen – sicher nicht.«

»Macht nichts. Es wäre sowieso ein trauriges Fest geworden, zum erstenmal ohne meinen Mann.«

»Fehlt er Ihnen wirklich?«

»Ja, natürlich. Wir waren ja jahrelang Tag und Nacht zusammen.«

»Aber Sie haben doch selber zugegeben, daß er ausgesprochen schwierig war.«

»Trotzdem.«

Er blickte sie aus seinen klugen, grauen Augen sehr nachdenklich an. »Ich wünschte mir, daß ich eine Frau wie Sie an meiner Seite hätte, wenn ich mal alt und klapprig werde.«

»Dann heiraten Sie eine Krankenschwester!«

Sie lachten beide, und die Stimmung lockerte sich auf.

»Jedenfalls bleibt uns Zeit genug, eine Verteidigungslinie aufzubauen und festzulegen, wie und was ich aussagen soll«, meinte Lisa.

»Sie werden überhaupt nicht aussagen«, erklärte er überraschend.

»Nicht?« fragte sie erstaunt.

»Ich habe mir das gründlich überlegt. Natürlich wird es die Geschworenen nicht gerade günstig stimmen, wenn Sie von Ihrem Recht der Aussageverweigerung Gebrauch machen. Aber noch gefährlicher wäre es, Sie reden zu lassen.«

»Halten Sie mich etwa für dumm?«

»Nein. Aber Sie sind impulsiv. Ihnen entschlüpft zu leicht eine Antwort, die man als aggressiv oder zynisch deuten könnte.«

»Ich würde mich sehr zusammennehmen.«

»Auch das würde für die Geschworenen spürbar werden. Nein, es ist besser, Sie sagen zur Person aus und hüllen sich ansonsten in Schweigen.«

»Hoffentlich trauen Sie mir wenigstens zu, das richtige Gesicht aufzusetzen.«

»Auch das wird gar nicht einfach sein. Wenn Sie allzu gefaßt wirken, wird man Sie für kaltblütig halten, und wenn Sie sich erregen, könnte man Ihnen ein schlechtes Gewissen unterstellen.«

»Du lieber Himmel! Wenn man Sie so anhört, könnte man glauben, man müßte Schauspielerin sein, um eine gute Figur auf der Anklagebank zu machen.«

»Das ist gar nicht zu sehr daneben getippt.«

Etwas hatte der Aufenthalt in der psychiatrischen Klinik Lisa gebracht: Sie war sich jetzt sicher, den Mord nicht in einem Anfall von Schizophrenie begangen zu haben. Da sie es aber bei klarem Verstand nicht getan hatte, mußte ihre Schuldlosigkeit vor Gericht ans Licht kommen. Das redete sie sich wieder und wieder ein und setzte ihre ganze Kraft daran, gelassen zu bleiben.

Doch konnte sie nicht verhindern, daß sie manchmal in den langen Nächten die Furcht überfiel, trotz ihres guten Gewissens verurteilt zu werden. Diese Vorstellung war qualvoll, und oft war sie nahe daran, von ihrer Pritsche aufzuspringen, mit den Fäusten gegen die Tür zu hämmern und zu schreien: »Laßt mich hier raus! Ich bin unschuldig!«

Vielleicht hätte ihr das sogar Erleichterung gebracht, aber sie unterließ es, weil es sinnlos gewesen wäre.

Kurz vor Weihnachten wurde eine neue Untersuchungsgefangene in Lisas Zelle einquartiert. Sie war um die dreißig, wirkte freundlich und hatte blondgefärbtes Haar, das von den Wurzeln über einen Zentimeter lang die natürliche dunkle Farbe zeigte. Ihre Jeans waren abgewetzt, und auch ihr rosa Pullover hatte schon bessere Tage gesehen.

»Ich bin Edith«, sagte sie, als sie ihren Seesack auf die freie Pritsche warf, »wer du bist, brauchst du mir nicht zu sagen. Du bist in deutschen Landen weit bekannt.«

Reporter und Kameraleute hatten Lisa aufgelauert, als sie die Klinik verlassen hatte; auch jetzt noch schauderte es sie, wenn sie sich daran erinnerte. »Kann ich mir denken«, sagte sie nur und senkte die Augen wieder auf ihr Lehrbuch der Anatomie.

»Hoffentlich störe ich dich nicht.« Edith zog ihre Stiefeletten aus und tauschte sie gegen Pantoffeln.

»Nein, wieso denn? Es ist doch ganz nett, Gesellschaft zu haben, besonders über die Feiertage.«

»Spielst du Gin Rummy?«

»Ja, schon. Bloß habe ich keine Karten.«

»Aber ich!« Triumphierend zog Edith einen dicken Pack angeschmuddelter Spielkarten aus ihrem Seesack. »Wollen wir?«

»Nicht gerade jetzt. Vielleicht heute abend.« Lisa vertiefte sich wieder in ihre Lektüre.

»Neugierig bist du nicht.«

»Stimmt.«

»Interessiert es dich überhaupt nicht, weswegen die mich geschnappt haben?«

»Du wirst es mir bestimmt erzählen«, sagte Lisa, wurde sich dann aber bewußt, daß sie sich zu abweisend verhielt, und fügte hinzu: »Also sag's schon!«

»Ladendiebstahl.«

»Hör auf! Wegen so was wird man doch nicht eingesperrt.«

»Ich bin nicht nur einmal erwischt worden.«

»Schön dumm von dir. Trotzdem – das kann doch kein Grund sein, dich in U-Haft zu stecken.«

Edith zuckte die Achseln. »Ich bin ohne festen Wohnsitz.«

Jetzt wurde Lisa gegen ihren Willen interessiert. »Soll das heißen, du schläfst auf der Straße?«

»Selten. Aber es kommt schon mal vor. Ansonsten: mal hier, mal dort.«

»Aber das ist doch kein Zustand.«

»Da hast du recht. Deshalb bin ich auch ganz froh, daß man mich eingeknastet hat.«

»Du hast vielleicht Nerven.«

»Von Haus aus, weißt du, war ich ein ganz bürgerliches Mädchen. Habe nach dem Abitur sogar begonnen, Betriebswirtschaft zu studieren. Aber dann verliebte ich mich in einen tollen Hecht, der mich auf seine Reisen mitnahm. Nach London, nach Kairo, nach Taiwan. Überall hin. Natürlich ließ ich da mein Studium sausen. Ich hatte ein wirklich schönes Leben. Bis er aufflog. Er war Waffenschieber. Das hatte ich gar nicht gewußt.«

»Und dann?«

»Ging's bergab. Ich wurde abgeschoben – es war in Paris, wo er hochgenommen worden war. Für mein Studium hatte ich keinen Nerv mehr. Meine Eltern waren inzwischen gestorben und an meine Brüder mochte ich mich nicht wenden. Aber immerhin hatte ich noch Klamotten und einigen Schmuck. Es fiel mir nicht schwer, einen anderen Kerl aufzureißen. Nicht, was du jetzt denkst. Auf die Straße bin ich nicht gegangen.«

»Aber du hast von Männern gelebt?«

»Tut das nicht jede Frau? Auf die eine oder andere Weise?«

»Das kann ich nicht beurteilen.«

»Ist aber so. Hast du was zu rauchen?«

»Leider nicht.«

Edith fischte ein zerdrücktes, angebrochenes Zigarettenpäckchen aus dem Seesack und hielt es Lisa nach einer Sekunde des Zögerns hin. »Bedien dich.«

Lisa schüttelte den Kopf. »Nein, danke.«

»Um so besser.« Edith steckte sich eine Zigarette mit einem Wegwerffeuerzeug an und paffte.

Lisa sah sich nach einem Aschenbecher um. Sie stand auf, ging zum Waschbecken, machte ihre Seifenschale frei und stellte sie vor Edith auf den Tisch.

»Nett von dir.«

»Ich möchte bloß nicht deine Stummel und deine Asche zusammenkehren müssen.«

Edith lachte. »So schlimm bin ich gar nicht. Abgesehen von dem Schlamassel, in den ich geraten bin, ist mit mir alles in Ordnung.«

»Gut zu wissen.«

»Wahrscheinlich wäre es das Vernünftigste gewesen zu heiraten. Aber vernünftig war ich eben nicht. Keiner der Typen, die ich nach Ivo kennenlernte – Ivo Mirkowitsch, das war besagter Waffenhändler – konnte ihm das Wasser reichen. Das ließ ich die Typen dummerweise auch spüren. Und später – na, da wollte mich keiner mehr auf Dauer. Seit mein letzter mich aus der Wohnung geworfen hat, sitze ich auf der Straße.«

»Du tust mir schrecklich leid«, sagte Lisa ehrlich.

»Ich mir manchmal auch, das kannst du mir glauben.« Edith inhalierte tief. »Aber was soll's? Irgendwie wird's schon weitergehen.«

»Zumindest hast du jetzt einige Zeit, dir zu überlegen, was du in Zukunft mit dir anfangen willst.« Lisa vertiefte sich wieder in ihr Buch.

Edith streckte den Arm aus und tippte dagegen, so daß sie den Titel lesen konnte. »›Die menschliche Anatomie‹ – was ist daran so interessant?«

»Wenn ich hier rauskomme, will ich Medizin studieren.«

»Dann bist du doch längst zu alt für so was.«

»Aber wieso denn? Ich bin fünfundzwanzig.«

»Wenn du rauskommst, meine ich«, sagte Edith bedeutungsschwer, nahm noch einen letzten Zug aus der Zigarette und drückte sie dann in der Seifenschale aus.

»Ich bin sicher, daß sich im Prozeß meine Schuldlosigkeit erweisen wird.«

Edith hob die dunklen Augenbrauen. »Tatsächlich?«

»Unbedingt.«

»Und ich hatte gedacht...« Edith brach ab. »Na, lassen wir das. Erzähl mir mal, wie es war.«

»Das werde ich. Wenn es auch nicht unbedingt das Thema ist, das mich antörnt. Aber jetzt laß mich bitte lernen.« Mit einer Kopfbewegung zum Regal fügte sie hinzu: »Du kannst dir einen Krimi von mir nehmen.«

Bis zum Essenfassen ließ Edith sie in Ruhe. Aber Lisa gelang es nicht, sich auf den Lehrstoff zu konzentrieren. In ihr war der Verdacht aufgekommen, daß man Edith zu ihr in die Zelle gesteckt hatte, um sie auszuhorchen. Vielleicht war sie nicht einmal eine echte Untersuchungsgefangene, sondern eine Beamtin, die sich auf Schlampe zurechtgemacht hatte. Das war ein ausgesprochen ungutes Gefühl.

Es dauerte eine Weile, bis sie sich zu der Einsicht durchgerungen hatte, daß sie von der anderen – egal, ob sie die war, die sie zu sein vorgab, oder nicht – im Grunde nichts zu fürchten hatte. Sie hatte ja nichts zu verbergen. Es mußte doch eher eine Beruhigung für sie sein, daß der Justiz die Indizien gegen sie nicht ausreichend erschienen, so daß sie einen gemeinen Trick anwendeten, um sie dahin zu bringen, sich selber zu belasten. Bereitwillig und ohne sich weiter drängen zu lassen, berichtete sie Edith noch am gleichen Tag alles, was sie über den Mordfall wußte und wie es dazu gekommen war, daß man ihr die Tat in die Schuhe zu schieben suchte.

Edith hörte sich alles anscheinend mit großem Mitgefühl an. Aber Lisas Verdacht erhärtete sich, als Edith in den nächsten Wochen immer wieder auf dieses Thema zurückkam.

»Du kennst meine Geschichte doch jetzt von A bis Z!« erklärte sie und hatte Mühe, ihr Mißtrauen zu verbergen. »Können wir nicht endlich von etwas anderem sprechen?«

Edith machte einen Rückzieher. »Na schön. Wenn du meinst«, fing aber bald schon wieder davon an.

In der Nacht des Heiligen Abends, an dem beide in etwas wehmutsvoller Stimmung gewesen waren, weckte Edith sie sogar mitten in der Nacht.

»Was ist denn?« fragte Lisa verschlafen.

Edith hatte sie bei den Schultern gepackt, schüttelte sie und rief ihren Namen.

»Brennt's wo?«

»Du hast im Traum geschrien!«

»Wirklich?«

»Du mußt einen Alptraum gehabt haben.«

Lisa rieb sich die Augen. »Kann mich nicht erinnern.«

»Aber es war so. Du hast mich furchtbar erschreckt.«

»Tut mir leid. Aber jetzt laß uns weiterschlafen, ja?«

Edith zog sie in ihre Arme. »Lisa, es wäre besser, du würdest mir endlich erzählen, was dich bedrückt. Allein wirst du doch nicht damit fertig.«

»Natürlich habe ich Angst vor dem Prozeß«, gestand Lisa.

»Man wird dich überführen.«

»Warum sagst du so was?« Lisa versuchte, sich aus Ediths Umarmung zu befreien.

»Weil du dir über deine Situation klarwerden mußt. Es hilft dir nicht weiter, alle Welt zu belügen. Sei wenigstens zu mir offen.«

»Laß mich los!« Jetzt stieß Lisa die andere gewaltsam von sich. »Du bist ja verrückt.«

»Ich habe selber viel durchgemacht, Lisa, und ich verstehe dich.«

»Nein! Denn sonst würdest du mir meinen Schlaf gönnen.«

»Es hilft nichts, die Augen vor der Wahrheit zu schließen.«

»Du kennst die Wahrheit. Ich habe sie dir mehr als einmal erzählt.«

»Die ganze Wahrheit?«

»Es gibt keine halbe. Und laß mich jetzt endlich zufrieden!« Lisa drehte sich zur Seite und wandte der anderen den Rücken zu.

Edith gab nicht auf, sondern bedrängte sie weiter mit Fragen.

Aber Lisa sagte kein einziges Wort mehr.

Am nächsten Morgen stellte Lisa die andere zur Rede. »Sag mal, was hast du dir bei diesem Überfall heute nacht eigentlich gedacht?«

»Ich wollte dir helfen.«

»Wie denn? Würdest du mir das bitte erklären.«

»Lisa, begreifst du denn nicht – selbst wenn du freigesprochen würdest – kein Mensch kann mit einem solchen entsetzlichen Geheimnis leben.«

»Du hast mir also nie geglaubt«, stellte Lisa fest.

»Ich habe es versucht«, behauptete Edith.

»Das nehme ich dir nicht ab. Im Gegenteil: Du wolltest irgendwelche Einzelheiten herauskitzeln, mit denen du mich hättest belasten können. Warum? Was habe ich dir getan?«

»Nichts.« Edith schlug die Augen nieder.

»Hat man dir irgendwelche Vorteile versprochen, wenn du hilfst, mich fertigzumachen?«

»Lisa, ich bitte dich, du siehst das ganz falsch.«

»Dann stell es richtig.«

»Mit einem so uneinsichtigen Menschen, wie du es bist, kann man einfach nicht reden.«

»Na schön. Dann lassen wir es eben.« Lisa wandte sich wieder ihrem Lehrbuch der Anatomie zu. Aber anstatt zu lernen, zerbrach sie sich den Kopf darüber, ob ihr nicht vielleicht doch eine Andeutung entschlüpft sein könnte, die gegen sie sprach. Aber es wollte ihr nichts einfallen.

Edith redete nicht mehr mit ihr. Das machte Lisa nichts aus. Aber es war ein höchst unangenehmes Gefühl, zusammen mit einem Spitzel eingesperrt zu sein.

Lisa atmete auf, als Edith noch am gleichen Tag verlegt wurde.

Am frühen Morgen des achtzehnten Januar wurde Lisa aus dem Gefängnis in das Gerichtsgebäude nach Traunstein überführt. Es war ein eiskalter Tag, und sie fror in ihrem abgetragenen Wintermantel. Sie hatte sich längst einen neuen kaufen wollen, es aber immer wieder hinausgeschoben.

Als sie das Polizeiauto verließ, stürzte sich eine Meute von Fotografen und Kameramännern auf sie. Die junge Beamtin, die sie begleitete, schützte sie, so gut sie konnte, und schob sie rasch in das Gebäude hinein. Auch auf dem Gang und im Treppenhaus warteten Jorunalisten. Lisa hob die Hände vor das Gesicht und ließ sich von ihrer Begleiterin in die Zelle dirigieren.

Trotz ihrer großen Selbstbeherrschung war Lisa den Tränen nahe.

»Sie dürfen jetzt nicht die Fassung verlieren!« mahnte die Beamtin.

»Aber das ist doch entsetzlich! Bin ich denn Freiwild?«

»Im Gerichtssaal darf jedenfalls nicht fotografiert werden.«

Lisa lächelte mit zitternden Lippen. »Ein schwacher Trost.«

In der Zelle war es eng und stickig. Die Beamtin half Lisa aus ihrem Mantel. Darunter trug sie ein einfaches, mattblaues Wollkleid, das Paul Zumbruch für sie aus ihrer Garderobe ausgesucht hatte. Er hatte gemeint, wenn sie etwas Schwarzes anzöge, könnte das wie Heuchelei wirken.

»Soll ich uns einen Kaffee bestellen?« fragte die junge Beamtin. »Es bleibt uns sicher noch Zeit dazu.«

»Fangen die denn ohne mich an?«

»Bei den juristischen Präliminarien brauchen Sie nicht dabeizusein.«

Die Beamtin steckte den Kopf zur Tür hinaus und bat einen Justizangestellten um Kaffee, der wenig später in zwei Plastikbechern gebracht wurde. Die beiden Frauen saßen sich an dem einfachen, rechteckigen Tisch gegenüber und tranken.

»Na, stark ist er nicht, aber wenigstens heiß«, sagte die Beamtin nach dem ersten Schluck.

»Auch nicht schlechter als in der U-Haft.«

Die Beamtin schob Lisa eine Zigarettenschachtel über den Tisch zu. Als Lisa dankend ablehnte, machte sie zuerst Anstalten, sich selber eine Zigarette anzustecken, entschloß sich dann aber, darauf zu verzichten.

Die Zeit zog sich quälend hin. Es war schon zehn Uhr vorbei, als Lisa endlich aufgerufen wurde. Die Beamtin führte sie durch eine Seitentür in den Saal des Schwurgerichts. Lisa hielt die Augen gesenkt, aber sie war sich bewußt, daß der große Raum voll besetzt war. Wahrscheinlich war halb Rodenberg da, um mitzuerleben, wie ihr der Prozeß gemacht wurde.

Der Richter bat sie um Angaben zu ihrer Person und ihrem Lebenslauf. Für sein Amt war er erstaunlich jung, jedenfalls wirkte er so, kaum älter als dreißig Jahre, ein Mann mit einem runden, freundlichen Gesicht und krausem Blondhaar.

Lisa zwang sich, ihm in die Augen zu sehen, während sie, stehend, über sich berichtete. Sie sprach mit klarer, zuweilen bebender Stimme. Es gab nichts in ihrem bisherigen Leben, dessen sie sich schämen mußte. Sie erklärte mit einfachen Worten, warum sie den so viel älteren, kranken Bruno Hammer geheiratet hatte. »Er brauchte mich, so war es, und für mich war es ein gutes Gefühl, von einem Menschen wirklich gebraucht zu werden.«

»Aber es ist doch eine Tatsache, daß er Sie schlecht behandelt hat?«

»Nein, das hat er nicht. Er lehnte sich gegen sein Schicksal auf, gegen seine Schmerzen, seine Hilflosigkeit. Auch wenn er mich beschimpfte, meinte er nicht wirklich mich. So habe ich es jedenfalls verstanden.«

»Wollen Sie uns jetzt erzählen, was in der Nacht seines Todes geschah?«

»Nein, Herr Richter. Das will ich nicht. Ich habe das alles schon zu oft gesagt. Ich mache von meinem Recht Gebrauch, die Aussage zu verweigern.«

»Sie werden aber doch verstehen, daß die Geschworenen eine Schilderung der Vorgänge aus Ihrem Munde hören möchten.«

»Ja. Aber es ist ja so, daß ich über den Mord gar nichts weiß.«

Der Richter hob die farblosen Augenbrauen. »Sie sprechen von Mord?«

»Ja. Wie kann das Erstechen eines wehrlosen, bettlägrigen Menschen anders genannt werden?«

»Es könnte sich um eine Tötung im Affekt gehandelt haben.«

»Von juristischen Spitzfindigkeiten verstehe ich gar nichts. In meinen Augen war es Mord.« Lisa setzte sich.

»Mehr haben Sie uns also nicht zu sagen?«

»Nein, Herr Vorsitzender.«

Kriminaloberinspektor Ellmann wurde aufgerufen. Er war offensichtlich der Hauptbelastungszeuge. Der Staatsanwalt – es war nicht Goldberg, der Lisa zur Tatnacht verhört hatte, sondern ein älterer grauhaariger Herr – holte alle Einzelheiten, die gegen Lisa sprachen, aus ihm heraus. Lisa beobachtete währenddessen die Geschworenen und sah, daß sie beeindruckt waren.

Als die Vernehmung durch den Staatsanwalt beendet war, schaltete Rechtsanwalt Zumbruch sich ein.

»Die Angeklagte hat also von sich aus zugegeben, daß sie die Polizei erst eine Stunde nach Auffindung der Leiche benachrichtigt hat?«

»Ja.«

»Wäre das zu beweisen gewesen, wenn sie es verschwiegen hätte?«

»Nach Analyse des Mageninhalts läßt sich das Ableben eines Menschen sehr genau bestimmen.«

»Wie genau? Auf die Minute?«

»Nein.«

»Auf eine Stunde?«

Ellmann zögerte.

»Nun sagen Sie schon!«

»Etwa auf zwei Stunden!«

»Und ist es richtig, daß die Angeklagte ihm die letzte Mahlzeit bereitet hat?«

»Das hat sie jedenfalls erklärt.«

»Wäre es ihr dann nicht möglich gewesen, ihm diese letzte Mahlzeit nach Belieben eine Stunde früher oder später zu servieren, um die tatsächliche Stunde des Ablebens zu verschleiern?«

Der Richter griff ein. »Herr Rechtsanwalt, wir wollen uns hier doch nicht mit Hypothesen, sondern mit Tatsachen befassen!«

»Es kommt mir nur darauf an zu beweisen, daß die Angeklagte sich mit ihrer Aussage über die Todeszeit ganz unnötig selber belastet hat. Hat sie auch eine Erklärung darüber abgegeben, Herr Zeuge?«

»Sie behauptet, nicht gleich erkannt zu haben, daß er erstochen wurde.«

»Sie nahm also an, er sei eines natürlichen Todes gestorben?«

»Ja.«

»Und was hat sie in der Stunde nach der Auffindung der Leiche bis zur Verständigung der Polizei getan?«

»Nichts.«

»Das scheint mir ein bißchen wenig. Irgendeine Erklärung wird sie doch abgegeben haben.«

»Sie hat gesagt, daß sie den Arzt nicht mitten in der Nacht aus dem Bett reißen wollte.«

»Das ist nur wieder etwas, was sie nicht getan hat. Aber wie hat sie diese Stunde verbracht?«

»Sie hat die Papierschere im hinteren Gartenwinkel in die Erde gesteckt.«

»Das ist nun auch eine Hypothese, für die es keinen Beweis gibt. Fingerabdrücke sind ja an der Tatwaffe nicht gefunden worden, und um das zu tun, hätte sie keine Stunde gebraucht, sondern maximal zehn Minuten. Stimmen Sie in diesem Punkt mit mir überein?«

»Das Anziehen der Turnschuhe und das Vergraben der Schere würde doch wohl zwanzig Minuten gedauert haben.«

»Das wäre möglich«, gab der Rechtsanwalt zu, »aber dann blieben immer noch vierzig Minuten, für die es keine Erklärung gibt.«

»Sie wird sich bei der Tat mit Blut bespritzt und ihren Kittel beseitigt haben.«

»Haben Sie den Kittel gefunden?«

»Nein. Sie hatte ja Zeit genug, ihn wirklich gut zu verstecken.«

»War der Tote mit Blut bespritzt?«

»Nein. Aber sie könnte ihn gesäubert haben.«

»Sie haben für Ihre Vermutung also keinerlei Beweise.« Der Rechtsanwalt wandte sich an die Geschworenen. »Meine Damen und Herren, die Tatwaffe liegt vor Ihnen. Betrachten Sie sie. Es handelt sich um eine ungewöhnlich scharfe, ungewöhlich spitze Papierschere, die direkt ins Herz gedrungen ist, so daß nur ganz wenig Blut zum Austritt kam. Wir sollten wohl zur Erhärtung dieses Punktes einen Gerichtsmediziner hinzuziehen.«

»Der Antrag wird abgelehnt«, erklärte der Richter, »an der Beschaffenheit der Wunde besteht kein Zweifel.«

»Also vergessen wir den blutigen Kittel, den es nie gegeben hat! Wenden wir uns wieder den Tatsachen zu. Was hat die Angeklagte getan, während sie neben der Leiche ihres verstorbenen Mannes saß? Es ist schade, daß wir sie selber nicht fragen können, aber es ist in Ihrem Vernehmungsprotokoll festgehalten. Also, Herr Kriminaloberinspektor, versuchen Sie sich zu erinnern!«

Mit sichtlicher Überwindung sagte Ellmann: »Sie hat getrauert.« Die Aussage abschwächend, fügte er im gleichen Atemzug hinzu: »Jedenfalls hat sie das behauptet.«

Damit war seine Vernehmung beendet. Lisa spürte, daß die Verteidigung zumindest an Boden gewonnen hatte.

Frau Gerda Gärtner, die Haushälterin, war die nächste Zeugin. Sie erzählte ausschweifend und genüßlich, wie schlecht der Verstorbene seine Frau behandelt und wie oft sie Tränen in ihren Augen gesehen hatte. »Es mußte einfach zu einer Katastrophe kommen«, erklärte sie, »aber daß so etwas Entsetzliches passieren konnte, habe ich natürlich nicht vorausgesehen.«

»Hat die Angeklagte von der Existenz der Papierschere gewußt?« fragte der Staatsanwalt.

»Wie soll sie es nicht gewußt haben? Sie war ja die Hausfrau.«

»Hat die Angeklagte sich jemals bei Ihnen über das Verhalten ihres Mannes beschwert?«

»Hat sie nicht. Sie hat alles in sich hineingefressen. Gerade deshalb mußte es doch passieren.«

»Haben Sie von den Besuchen des Notars gewußt?«

»Aber sicher. Ich habe ihn beide Male hereingelassen.«

»Haben Sie und die Angeklagte darüber geredet?«

»Nein.«

»Aber das war doch interessant. Es lag doch auf der Hand, daß es sich um eine Abänderung des Testaments handelte.«

»So privat war die Angeklagte mit mir nicht, ziemlich hochnäsig, wenn Sie verstehen, was ich meine. Wie Krankenschwestern nun mal sind. Sie halten sich für was Besseres als unsereins.«

Im Gerichtssaal kam Gelächter auf.

»Aber Sie haben ausgesagt, Sie seien sicher, daß die Angeklagte von der Änderung des Testaments gewußt habe?«

»Bin ich auch! Also das war so. Ich habe sie gefragt, ob sie gespannt auf das Testament ist, das war nach dem Mord. Da hat sie ganz kalt gesagt: ›Nein.‹ Das kann doch nur heißen...«

Der Staatsanwalt schnitt ihr das Wort ab. »Keine weiteren Fragen an die Zeugin.«

Rechtsanwalt Zumbruch knüpfte an den letzten Punkt der Vernehmung an. »›Nein‹ hat die Angeklagte auf Ihre Frage hin gesagt? Nicht etwa: ›Nein, ich kenne den Inhalt des Testaments‹?«

»Nur eben: ›Nein.‹ Da wußte ich Bescheid.«

»Hätte dieses ›Nein‹ nicht auch heißen können: ›Ich habe im Augenblick andere Sorgen‹?«

»Herr Rechtsanwalt«, griff der Richter ein, »das ist eine Frage, die die Frau Zeugin unmöglich beantworten kann.«

»Ich wollte nur deutlich machen, daß diese knappe Verneinung im Grunde gar nichts besagt.«

»Das haben wir verstanden.«

Rechtsanwalt Zumbruch wandte sich wieder Frau Gärtner zu. »Sie haben eben gesagt: ›Die Angeklagte war ja die Hausfrau‹.«

»Das war sie ja auch.«

»Inwieweit hat sie sich denn um den Haushalt gekümmert?«

Frau Gärtner schwieg; sie schien die Frage nicht verstanden zu haben.

»Hat sie den Speiseplan bestimmt?« hakte der Rechtsanwalt nach.

»Das war nicht nötig. Ich wußte schon, was gekocht werden mußte. Ich habe ja auch eingekauft.«

»Hat sie angeordnet, die Fenster zu putzen? Oder die Teppiche zu klopfen?«

»Mit so etwas hätte sie mir nur kommen sollen! Ich war ja länger im Haus als sie!«

»Wenn ich Sie recht verstanden habe, hat sich Frau Hammer um den Haushalt gar nicht gekümmert. Sie hatte es ja auch nicht nötig, weil ihr eine so tüchtige Fachkraft wie Sie zur Seite stand.«

»Sie hat ihm das Abendessen gemacht.«

»Für das Sie die Vorbereitungen trafen.«

Wieder schwieg Frau Gärtner; sie fühlte sich nicht befragt.

»Stimmt das, Frau Gärtner?«

»Ja.«

»Dann werden Sie mir also zugeben, daß Frau Hammer nicht so sehr als Hausfrau, sondern eher als Krankenschwester und Gesellschafterin ihres Mannes fungierte.«

»Wenn Sie das so sehen. Im Haus hat sie jedenfalls keinen Finger gerührt. Nur soviel, daß sie sich das Bett gemacht hat.«

»Wie können Sie dann so sicher sein, daß sie von der Existenz der Papierschere wußte?«

»Weil sie gestöbert hat.«

Lisa sah die Frau fassungslos an.

»Würden Sie uns das bitte näher erklären!«

»Also, das war so. Wenn ich morgens kam, war oft was im Haus verändert. Auch in den Zimmern, in denen sie eigentlich gar nichts zu suchen hatte. Ein Kissen war nicht am Platz, eine Decke verrutscht. Lauter solche Sachen.«

»Haben Sie mit Ihrer Chefin darüber gesprochen?«

»Nein. Es war ja nicht weiter wichtig.«

»Haben Sie sie ein einziges Mal aus der stillgelegten Küche heraufkommen sehen?«

»Natürlich nicht. Es war ja immer Nacht, wenn sie gestöbert hat.«

»Haben Sie auch Veränderungen in besagter stillgelegter Küche festgestellt?«

Frau Gärtner zögerte. »Ja«, sagte sie dann, »doch.«
»Können Sie das auf Ihren Eid nehmen?«
Frau Gärtners großes rundes Gesicht rötete sich, und sie begann nervös an ihrer eleganten Handtasche zu fingern. »Lieber nicht«, brachte sie endlich heraus.
»Ich nehme aber doch an, daß Sie die Wahrheit gesagt haben.«
»Ja. Schon.«
»Aber Sie sind sich nicht sicher, ob Sie sich das mit dem ›Stöbern‹ nur eingebildet haben?«
»Sie ist eben schlau. Sie hat sich nie erwischen lassen.«
»Das heißt also, daß sich Ihre Behauptungen nur auf eine Vermutung stützen?«
»Ich hatte immer so das Gefühl.«
»Was wir hier brauchen, sind keine Gefühle, sondern Tatsachen.«
»Beschwören kann ich es nicht.«
Die Zeugin wurde unbeeidigt entlassen.
Lisa hatte das Gefühl, daß es Frau Gärtner gelungen war, sie in ein schlechtes Licht zu stellen.
Dann kam Doktor Otto Krantz, sehr lebendig und mit festen Schritten. Auf die Fragen des Staatsanwalts beschrieb er zunächst die Krankheit des Verstorbenen sehr detailliert und in medizinischen Fachausdrücken, die sicher kaum die Hälfte der Geschworenen richtig verstand. Lisa stellte er das allerbeste Zeugnis aus. In seinen Augen war sie die tüchtigste, geduldigste und aufopferndste Krankenschwester, die er in seiner langjährigen Praxis kennengelernt hatte.
»Trotzdem hat sie es nicht für nötig gehalten, Sie sofort zu benachrichtigen, als sie die Leiche fand«, argumentierte der Staatsanwalt.
»Warum hätte sie das tun sollen? Ich kann keine Toten erwecken, und das wußte sie ja.«
»Hätte ihr nicht sofort der Verdacht kommen müssen,

daß es bei diesem überraschenden Tod nicht mit rechten Dingen zugegangen sein konnte?«

»Absolut nicht. Das Herz des Patienten war durch die schlechte Durchblutung wie auch die zahlreichen Medikamente, die er einnehmen mußte, schwer geschädigt.«

»So daß sein Tod stündlich eintreten konnte?«

»Ja«, erklärte Doktor Krantz, ohne mit der Wimper zu zucken.

»Darf ich Sie daran erinnern, daß Sie Ihrem Patienten bei der Polizei noch einige Jahre Lebenserwartung eingeräumt haben?«

»Dann habe ich mich falsch ausgedrückt, oder es ist schlecht protokolliert worden. Im günstigsten Fall hätte er noch einige Jahre leben können, das stimmt, aber es hätte mich absolut nicht gewundert, wenn er schon vor Monaten gestorben wäre.«

»Sie hätten also ohne weiteres den Totenschein ausgestellt?«

»Ohne eine Obduktion zu verlangen. Absolut.«

»Sie haben den Verstorbenen viele Jahre behandelt. Wie gut kannten Sie ihn?«

»Sehr gut. Ich kann ohne Übertreibung sagen, daß wir befreundet waren.«

»Dann wissen Sie auch über seine Beziehungen zu der Angeklagten Bescheid.«

»Aber sicher. Er hat mir oft gesagt, daß es ein Geschenk für ihn war, sie um sich zu haben. Sie ist einfühlend und intelligent, und er war dankbar, daß er mit ihr reden konnte. Er schätzte es, daß sie ihn mit Achtung behandelte und nicht wie einen Entmündigten, nur weil er körperlich hinfällig war.«

»Trotzdem hat er sie schlecht behandelt.«

»Absolut nicht. Schlecht behandelt? Nein. Er konnte ganz schön grob werden, mir gegenüber auch. Jähzornig war er immer gewesen.«

»Und wie reagierte sie darauf?«

»So wie ich. Wir wußten beide, daß wir es mit einem schwerkranken, von Schmerzen geplagten Patienten zu tun hatten, von dem wir nicht verlangen konnten, daß er jedes Wort auf die Goldwaage legte.«

»Wie oft haben Sie den Patienten gesehen?«

»Regelmäßig habe ich einmal in der Woche Visite gemacht, manchmal auch öfter, je nachdem, wie es nötig war.«

»Dann können Sie Ihre Einstellung doch nicht mit der der Angeklagten vergleichen.«

»Daß ich Krankenschwester bin, habe ich nie behauptet.«

Für diese Aussage erntete er einige Lacher.

»Aber ich weiß, daß das Verhältnis zwischen der Angeklagten und dem Verstorbenen auf gegenseitiger Achtung gegründet war. Sie ist eine sehr starke Frau, die sich so leicht nicht umwerfen läßt. Nie habe ich an ihr auch nur die geringste Ungeduld bemerkt, nie hat sie sich beklagt oder auch nur angedeutet, daß ihr die Pflege zuviel wurde. Sie mußte ja Tag und Nacht für ihn dasein.«

»Haben Sie das als eine vernünftige Regelung angesehen?«

»Nein. Aber wenn ich auch nur andeutete, daß er wenigstens noch eine zweite Kraft hinzuziehen sollte, fuhr er aus der Haut. Also habe ich den Mund gehalten.«

»Auch der Angeklagten gegenüber?«

»Nein. Aber sie sagte daraufhin nur: ›Sie wissen, daß er das nicht will. Machen Sie sich keine Sorgen. Ich schaffe das schon.‹ So in der Art.«

»Sie hat ihn also völlig von der Umwelt abgekapselt?«

»Was für eine Idee! Das ist ja absurd. Seine Krankheit war es, die ihn isoliert hat, nicht seine Pflegerin. Wenn sie ihre Arbeit mit zwei weiteren Pflegerinnen geteilt hätte, hätte sie doch eine viel bessere Position ihm gegenüber gehabt, weil er sie mochte, die anderen nicht.«

»Und Sie sind nie auf den Gedanken gekommen, daß diese ganze Aufopferung nur darauf hinzielte, an das große Geld zu kommen?«

»Mir ist bekannt, daß Menschen sich für Geld viel zumuten – aber so etwas doch nicht!«

»Erbschleicher hat es zu allen Zeiten gegeben.«

»Schwester Lisa – pardon, Frau Hammer – gehört mit Sicherheit nicht in diese Kategorie.«

Er schenkte Lisa ein ermunterndes, ja fast fröhliches Lächeln, bevor er den Gerichtssaal verließ. Offensichtlich hatte er keine Zeit, dem Prozeß als Beobachter beizuwohnen.

In der Mittagspause wurde Lisa und ihrer Begleiterin eine in einer Thermoskanne heiß gehaltene Bouillon mit Leberknödeln gebracht. Paul Zumbruch hatte das veranlaßt.

Lisa hatte keinen Hunger.

Aber die junge Beamtin – sie hieß Frau Remminger und benahm sich zu Lisa sehr nett und kameradschaftlich –, die die Suppe auf Teller verteilt hatte, redete ihr gut zu: »Sie müssen essen, Frau Hammer! Sie wollen doch nicht riskieren, daß Sie bei unpassendster Gelegenheit in Ohnmacht fallen? Das könnte gegen Sie sprechen.«

Also zwang sich Lisa, ihre Suppe auszulöffeln, und trank danach noch eine Tasse Kaffee. Diesmal nahm sie auch eine Zigarette an, nicht weil sie Lust darauf hatte, sondern weil sie merkte, daß Frau Remminger darauf brannte zu rauchen.

Ein Justizangestellter ließ den Rechtsanwalt herein. Es war sehr eng in dem kleinen, stickigen Raum, und Frau Remminger erbot sich, während des Gesprächs draußen auf dem Gang zu warten. Lisa und Paul Zumbruch wechselten einige Worte über die bisherigen Vernehmungen, und er versicherte ihr, daß alles gut gelaufen sei.

»Als nächster Zeuge wird Arthur Hammer aufgerufen werden.«

»Der wird mich bestimmt nicht reinreißen.«

In Paul Zumbruchs wache graue Augen trat ein Ausdruck des Erstaunens. »Ja, könnte er das denn?«

»Natürlich nicht. Ich wollte eigentlich nur sagen, daß er nicht versuchen wird, mich zu belasten.«

»Wieder einmal Ihre unbedachte Spontaneität! Ich habe schon gewußt, warum ich Sie nicht aussagen lasse.«

»Tut mir leid. Was ist mit Evelyn?«

»Sie hat sich als Zeugin der Anklage angeboten. Aber ich glaube kaum, daß der Staatsanwalt sie vernehmen wird. Es steht ja fest, daß sie länger als ein Jahr vor der Tat weder Sie noch ihren Vater gesehen hat.«

»Sie würde so viel Dreck gegen mich ausschütten wie irgend möglich.«

»Aber da das Gericht weiß, daß sie sich nicht um ihren Vater gekümmert hat und deshalb auf ihr Pflichtteil gesetzt worden ist, würde das nur auf sie zurückfallen.«

Wie der Rechtsanwalt vorausgesagt hatte, war der Zeuge des Nachmittags Arthur Hammer. Zu Lisas Verblüffung trat er in einem korrekten, sehr konservativen dunkelgrauen Anzug mit hellgrauer Seidenkrawatte auf. Er stand ihm gut zu seinem weizenblonden Haar, aber ohne seine gewohnte, mehr saloppe Eleganz wirkte er wie verkleidet.

Nachdem er seine Angaben zur Person gemacht hatte fragte der Staatsanwalt ihn: »Wie war das Verhältnis zu Ihrem Vater?«

»Meins?« fragte Arthur ein wenig töricht und tippte sich auf die Brust.

»Ja.«

»Ich schätzte ihn. Er war eine Persönlichkeit. Er hatte ja auch was auf die Beine gestellt.«

»Nach Sohnesliebe klingt das gerade nicht.«

»Daß man seinen Vater liebt, ist doch selbstverständlich«, war die naive Antwort.

»Und wie stand Ihr Vater zu Ihnen?«

»Er liebte mich natürlich auch, wenn Sie das wissen wollen. Ich war ja sein einziger Sohn. Ich habe ihn übrigens besucht, sooft ich konnte.«

»Dann können Sie uns sicher etwas über das Verhältnis zwischen dem Verstorbenen und der Angeklagten aussagen?«

»Er war sehr froh, daß er sie hatte.«

»Aber er behandelte sie schlecht.«

»Er war ungeduldig, jähzornig.«

»Und sie ließ das über sich ergehen.«

»Was hätte sie denn anderes tun können?«

»Nun, ein Patient ist doch in hohem Maße auf seine Pflegerin angewiesen. Hat sie ihn das spüren lassen?«

»Also, wenn ich dort war, nicht.«

»Wie standen Sie zu der Angeklagten?«

»Neutral.«

»Das müssen Sie uns schon näher erklären.«

»Ich hatte nichts gegen sie.«

»Aber Sie mochten sie nicht?«

»Das wäre zuviel gesagt.«

Lisa staunte und warf unwillkürlich einen fragenden Blick zu ihrem Rechtsanwalt. Sie hatte immer geglaubt, daß Arthur sie gern gehabt hatte. Er mußte doch auch bemerkt haben, daß sie stets bemüht gewesen war, ihm den Aufenthalt in seinem Elternhaus so angenehm wie möglich zu machen.

»Sie war mir ganz einfach egal«, fügte Arthur hinzu.

»Sie waren ihr also nicht im mindesten dankbar, daß sie die Pflege Ihres Vaters übernommen hatte?«

Arthur zuckte die Schultern. »Warum sollte ich? Hätte sie es nicht getan, wäre er eben in eine Klinik gekommen!«

»Es bestand also gar kein Grund für den Einsatz der Angeklagten?«

»Von ihr aus gesehen schon. Er hatte ja versprochen, ihr einen Batzen Geld zu hinterlassen!«

»Was ist in Ihren Augen ein ›Batzen‹?«

»Es sollte genug sein, um ihr ein Medizinstudium zu finanzieren.«

»Waren Sie damit einversanden?«

»Mich hat ja niemand gefragt.«

»Ich frage Sie jetzt: Hielten Sie das für eine vernünftige und angemessene Lösung?«

»Nein. Die Betreuung in einer Klinik wäre unter dem Strich wohl billiger gekommen.« Nach einer kurzen Pause fügte er hinzu: »Und sie hätte mit Bafög gleich studieren können, anstatt sich so abzurackern.«

»Haben Sie das der Angeklagten gegenüber geäußert?«

»Ja. Sie sagte, daß sie das auch schon überlegt hätte. Daß sie manchmal Angst hätte, nach Vaters Tod schon zu alt für ein Studium zu sein. Aber so, wie die Dinge lägen, könnte sie ihn nicht mehr im Stich lassen.«

Lisa konnte sich nur wundern, sie erinnerte sich nicht daran, je ein solches Gespräch mit ihrem Stiefsohn geführt zu haben.

»So wie die Dinge liegen?« wiederholte der Staatsanwalt. »Was wollen Sie damit sagen?«

»Nun, dummerweise hatte sie ihn ja geheiratet.«

»Und warum hat sie das getan?«

»Liegt doch auf der Hand. Sie wollte die Sicherheit haben, daß sie auch wirklich an das Geld kam, und er wollte es ihr unmöglich machen, daß sie ihm den Kram vor die Füße schmiß.«

»Hatten Sie je den Eindruck, daß die Angeklagte darauf hinarbeitete, mehr als die versprochene Summe zu bekommen?«

»Ich habe mich oft darüber gewundert, daß sie so zukkersüß zu ihm war. Aber was dahintersteckte, habe ich erst bei der Testamentseröffnung begriffen.«

»Danke. Keine Fragen mehr an den Zeugen.« Der Staatsanwalt trocknete sich mit einem blütenweißen Taschentuch imaginäre Schweißtropfen von der hohen Stirn und setzte sich.

Arthur wandte sich sichtlich erleichtert ab.

Rechtsanwalt Paul Zumbruch sprang auf. »Moment, Herr Hammer, Sie sind noch nicht fertig.«

»Was wollen Sie denn noch von mir?«

»Nur die Beantwortung einiger Fragen. Sie haben dem Herrn Staatsanwalt gegenüber behauptet, daß Ihr leidender Vater genausogut oder sogar sehr viel besser in einer Klinik untergebracht gewesen wäre.«

»Das stimmt ja auch.«

»War Ihre Schwester auch dieser Meinung?«

»Ja.«

»Warum ist diese Einweisung in eine Klinik dann nicht erfolgt?«

»Vater sträubte sich dagegen.«

»Der Verstorbene wollte es also auf keinen Fall?«

»Ja.«

»Und wie äußerte sich Doktor Krantz, der behandelnde Arzt, zu diesem Problem?«

»Er stellte sich natürlich auf Vaters Seite.«

»Wieso ›natürlich‹?«

»Na, Vater war immerhin Privatpatient.«

Ein Raunen ging durch den Gerichtssaal.

Arthur begriff, daß er zu weit gegangen war. »Ich will nicht behaupten, daß er Vater nur aus reiner Geldgier nicht aus seinen Fängen gelassen hätte.«

»Was hat er denn als Grund angegeben? Wir können ihn selber noch jederzeit befragen.«

»Er hat behauptet, Vater würde in einer Klinik in kürzester Zeit sterben.«

»Haben Sie ihm das nicht geglaubt? Oder war es Ihnen gar gleichgültig?«

»Wir haben das Doktor Krantz nicht abgenommen.«

»Obwohl Sie wußten, was für ein exzentrischer Patient Ihr Vater war?«

»In einer Klinik hätte er sich schon fügen müssen.«

»Erlauben Sie mir, daß ich das bezweifle, Herr Hammer! Wie verstanden Sie sich übrigens mit Ihrem Vater?«

»Das habe ich schon dem Herrn Staatsanwalt erklärt.«

Rechtsanwalt Zumbruch blickte in seine Notizen. »Sie sagten, daß er ungeduldig und jähzornig gewesen wäre.« Er hob den Kopf und blickte sehr direkt in Arthurs leicht verhangene Augen. »War er schon immer so oder erst seit seiner Erkrankung?«

»Ich weiß nicht.« Arthur zögerte, dann setzte er hinzu: »Durch seine Krankheit hat sich das wohl noch verschärft.«

»Sie haben also schon als Kind unter seinem, na, sagen wir mal, herrischen Wesen gelitten.«

»Das habe ich nie behauptet.«

»Also erst als Heranwachsender?«

Arthur protestierte. »Sie legen mir da etwas in den Mund!«

»Wollen Sie behaupten, daß Sie im Leben des Verstorbenen die große Ausnahme waren? Daß er sich Ihnen gegenüber langmütig und beherrscht zeigte?«

Mit deutlichem Widerstreben sagte Arthur: »Nein.«

»Wie war es also wirklich?«

»Mein Vater hackte gern auf mir herum«, gab Arthur mit leiser Stimme zu.

»Bitte lauter Herr Zeuge!« rief der Richter.

»Er warf mir mangelnden Ehrgeiz vor.«

»Das Zusammensein mit ihm war also kein Honiglekken«, stellte der Rechtsanwalt fest, »trotzdem haben Sie ihn immer wieder besucht.«

»Er war schließlich mein Vater.«

»Wollen Sie damit sagen, daß Sie finanziell von ihm abhängig waren?«

»Das auch.«

Lisa wurde bewußt, daß Arthur vor Gericht einen denkbar schlechten Eindruck machte, und er tat ihr fast leid. Aus den Augenwinkeln beobachtete sie das Publikum. Einige Rodenberger stießen sich an und flüsterten miteinander. Die Reporter schrieben eifrig mit.

»Nun zu Ihrem angeblich verlorenen Hausschlüssel...«, begann der Rechtsanwalt.

»Ich habe ihn wirklich verloren – oder er ist mir geklaut worden!«

»Sie haben zu diesem Punkt etwas verwirrende Aussagen gemacht. Wann, tatsächlich, haben Sie den Verlust bemerkt?«

»Das weiß ich jetzt wieder ganz genau! Als ich ihn zu Hause – ich meine, in meiner Bude in Stuttgart – aus der Tasche nehmen und in meine Schreibtischschublade legen wollte.«

»Das war nach Ihrem letzten Besuch in Rodenberg?«

»Ja.«

»Also im August vergangenen Jahres?«

»Ja.«

»Aber Sie haben es nicht für nötig gehalten, Ihre Stiefmutter deswegen anzurufen oder ihr zu schreiben?«

»Es war doch nicht so wichtig.«

»Sie haben es ihr auch bei späteren Telefonaten nicht mitgeteilt?«

»Da habe ich schon nicht mehr daran gedacht.«

»Sie sind – oder Sie waren – sich also nicht darüber im klaren, daß ein Hausschlüssel ein wichtiges Instrument ist?«

»Ich brauchte ihn ja fast nie. Nur wenn ich sehr spät nach Hause kam. Seit ich nicht mehr in Rodenberg wohne, ist das nicht mehr vorgekommen.«

»Aber für die Bewohner Ihres Elternhauses – für Ihren Vater, Ihre Stiefmutter, ja, auch für die Haushälterin – war er um so wichtiger. Halten sie es für angenehm, in einem Haus zu leben, in das ein Fremder unbemerkt hereinspazieren kann?«

»An so etwas habe ich gar nicht gedacht.«

Der Rechtsanwalt brach die Vernehmung ab. »Danke, ich habe keine weiteren Fragen.«

Der Staatsanwalt und der Richter besprachen noch kurz, ob Arthur Hammer vereidigt werden sollte, nahmen dann aber davon Abstand. Nach einem Blick auf seine schöne alte Taschenuhr, die er umständlich unter dem Talar herauszog, verkündete der Richter, daß die Beweisaufnahme für heute beendet sei und am nächsten Morgen wieder aufgenommen wrüde. Alle im Saal erhoben sich.

Ein Fotoreporter nahm die Gelegenheit wahr, Lisa zu blitzen. Ihr Rechtsanwalt trat rasch auf ihn zu, um sich das zu verbitten. Lisa und Frau Remminger verließen indes eilig den Raum.

In der Hoffnung, daß die Journalisten sich verziehen würden, blieben sie noch eine halbe Stunde in der Zelle. Die Beamtin rauchte eine Zigarette.

Paul Zumbruch wurde zu ihnen hereingelassen. Er hatte seinen Talar abgelegt. »Sinnlos, länger zu warten«, sagte er, »Die Meute verzieht sich nicht. Bringen wir es hinter uns.«

Gemeinsam verließen sie das Gebäude durch eine Hintertür. Der Rechtsanwalt und die Beamtin schützten Lisa, so gut es gehen wollte, vor dem Blitzlichtgewitter der Fotografen.

Auf der Rückfahrt ins Gefängnis sagte die Beamtin: »Es sieht gar nicht so schlecht für Sie aus, Frau Hammer.«

Lisa hatte keine Lust, wieder einmal ihre Schuldlosigkeit zu beteuern. »Werden Sie mich auch morgen begleiten?« fragte sie statt dessen.

»Mal sehen, was sich machen läßt.«

»Bitte«, sagte Lisa, die in den letzten Wochen mit Polizistinnen aller Kategorien zu tun gehabt hatte, inständig.

Frau Remminger verstand, was in ihr vorging. »Ja«, sagte sie, »ich werde es mit Ihnen durchstehen.«

An diesem Abend kam Lisa ihre luftige Gefängniszelle wie ein Zufluchtsort vor.

Zu Lisas Überraschung trat am nächsten Morgen dann doch noch der Gerichtsmediziner als Zeuge auf. Sie wußte nicht, wer das veranlaßt hatte, der Staatsanwalt oder Paul Zumbruch.

Der Pathologe war ein untersetzter Mann mit kahlem, offensichtlich rasiertem Kopf, kohlschwarzen Augen und einer gelblichen Haut, die einen Leberschaden vermuten ließ. Auf Befragung des Staatsanwalts erklärte er, die Leiche seziert zu haben und dabei außer den bekannten Merkmalen einer Polyarthritis chronica – Destruktion der Gelenke, Luxationen, starke Ulnarabduktion der Finger im Grundgelenk – auch eine fortgeschrittene Erkrankung der Herzkranzgefäße festgestellt zu haben.

Der Staatsanwalt war mehr an der Todesursache interessiert.

»Stich mit einem scharfen, spitzen Gegenstand, der genau in die linke Herzkammer getroffen und den sofortigen Exitus herbeigeführt hat.«

»Um einen solchen – na, drücken wir es mal volkstümlich aus – Treffer zu erzielen, sind medizinische Kenntnisse wohl eine Voraussetzung.«

»Nicht unbedingt.«

Der Staatsanwalt hob die Augenbrauen. »Nicht?«

»Jeder Laie kann sich anhand einer Abbildung im Lexikon darüber informieren, wo das Herz liegt, und jeder Fleischhauer weiß es.«

»Aber nicht jeder besitzt – sagen wir mal – den Mut, einen solchen Stich mit absoluter Sicherheit auszuführen.«

»Das nicht«, gab der Gerichtsmediziner zu.

»Erfordert er Kraft?«

»Nicht sehr viel, da er glatt zwischen der dritten und vierten unteren Rippe durchgestoßen wurde.«

»Wäre ein Kind zu einer solchen Tat fähig?«

Der Gerichtsmediziner strich sich über den kahlen Kopf. »Das nicht.«

»Eine Frau?«

»Ja.«

Dann war der Rechtsanwalt mit der Befragung an der Reihe.

»Halten Sie es für wahrscheinlich, Herr Doktor, daß eine Frau die Tat ausgeführt hat?«

»Nein.«

»Würden Sie uns das bitte näher erklären?«

»Eine solche Tat ist atypisch für eine Frau. Frauen greifen zu subtileren Mitteln, wenn sie jemanden loswerden wollen, zum Beispiel zu Gift. Gewalt wenden sie nur an, wenn sie aufs äußerste gereizt werden, und dann schlagen sie blindlings zu, mit einem schweren Gegenstand, den sie gerade zur Hand haben. Das wenigstens sind unsere Erfahrungen.«

»Danke, Herr Doktor!« Der Rechtsanwalt setzte sich.

»Aber ich habe noch ein paar Fragen an den Zeugen«, meldete sich der Vertreter der Anklage zu Wort.

»Bitte«, sagte der Richter mit einer ausholenden Handbewegung.

»Sie haben eben behauptet, daß ein gezielter Stich ins Herz atypisch für eine Frau sei?«

»Ja, das ist auch so.«

»Gibt es nicht immer die berühmte Ausnahme, die die Regel bestätigt?«

»In einem solchen Fall nicht.«

»Wie können Sie da so sicher sein?«

»Ich stütze mich auf meine Erfahrung. Ich bin seit fünfundzwanzig Jahren Gerichtsmediziner.«

»Und wie lange werden Sie im Amt bleiben?«

»Weitere fünfzehn Jahre. Falls meine Gesundheit es zuläßt.«

»Und Sie sind sicher, daß Sie in der vor Ihnen liegenden Zeit keine neuen Erfahrungen mehr sammeln werden?«

Diesmal hatte der Staatsanwalt die Lacher auf seiner Seite.

»Das natürlich nicht«, versuchte der Pathologe sich zu verteidigen, »aber...«

Der Staatsanwalt schnitt ihm das Wort ab. »Keine weiteren Fragen.«

Der Gerichtsmediziner wurde nicht vereidigt, weil er sich schon zuvor in einem anderen Prozeß durch einen Gutachtereid für das ganze Jahr verpflichtet hatte.

Der Auftritt des nächsten Zeugen bedeutete für Lisa eine Überraschung, ja fast einen Schock. Es war Peter Milz. In seinen dunklen Feiertagsanzug gezwängt, versuchte er, sich großspurig zu geben, wurde aber unsicher, als er die allgemeine Aufmerksamkeit auf sich gerichtet fühlte.

Lisa warf ihrem Anwalt einen fragenden Blick zu. Der zuckte die Achseln.

Peter Milz mußte zunächst die üblichen Auskünfte zur Person abgeben. Dann fragte der Staatsanwalt: »Wie gut kennen Sie die Angeklagte?«

»Sehr gut. Wir sind fast drei Jahre miteinander gegangen, wie man so sagt.«

»Wenn ich Sie recht verstehe, hatten Sie sexuellen Kontakt.«

»Ja.«

»Auch noch nach der Verehelichung der Angeklagten?«

»Nein, da nicht mehr. Sie sagte zu mir: ›Du mußt jetzt ganz vernünftig sein, Peter, sonst machst du mir alles kaputt.‹«

»Das bezog sich auf ihre Ehe?«

»Auf ihren Plan, den Alten zu beerben.«

»Wissen Sie genau, daß ein solcher Plan bestand?«

»Natürlich. Das war doch der Grund, weshalb sie ihn geheiratet hat.«

»Das hat sie Ihnen ausdrücklich gesagt?«

»Das wußten wir doch beide. Darüber mußte nicht gesprochen werden.«

»Haben Sie nicht versucht, der Angeklagten von diesem Vorhaben abzuraten?«

»Und wie ich das getan habe! Aber sie war völlig verbohrt und wollte nicht auf mich hören.«

»Aber Sie müssen doch einen gewissen Einfluß auf die Angeklagte gehabt haben.«

»Wegen unserer Beziehung? Nein, Herr Staatsanwalt. Im Bett war sie ein kalter Fisch, und hoch hinaus hat sie schon immer gewollt. Ich habe sie gewarnt. ›Lisa‹, habe ich gesagt, ›der Alte kann noch wer weiß wie lange leben. Das hältst du nicht durch.‹ Da hat sie so ganz komisch gelächelt und gemeint: ›Mach dir bloß keine Sorgen! Wenn es hart auf hart geht – ich bin's ja, die die Medikamente hat.‹«

»Das können Sie beschwören?«

»Ja. Warum denn nicht?«

»Sie sind sich also ganz sicher, daß die Angeklagte schon als sie die Ehe einging, vorausgeplant hat, den Tod ihres Mannes notfalls zu beschleunigen?«

»Genau.«

Der Staatsanwalt machte eine bedeutungsvolle Pause, damit diese Behauptung sich im Bewußtsein der Geschworenen festsetzen konnte.

Dann fragte er: »Waren Sie jemals im Haus des Verstorbenen?«

»Mehrmals. Ich habe die Angeklagte besucht, als sie dort nur als Pflegerin war.«

»Ist es auch dort zwischen Ihnen zu sexuellen Kontakten gekommen?«

»Nicht richtig. Die Angeklagte wollte mich immer so schnell wie möglich aus dem Weg haben.«

»Haben Sie ihr das übelgenommen?«

»Ja. Schon. Schließlich liebte sie mich. Sie hätte mich auch geheiratet, wenn sie nicht die Chance gehabt hätte, an das große Geld zu kommen.«

Nach einigen weiteren Fragen gab sich der Staatsanwalt mit der Aussage des Zeugen zufrieden.

Jetzt war Lisas Anwalt an der Reihe. »Ihr Verhältnis zu der Angeklagten scheint reichlich zwiespältig gewesen zu sein, Herr Zeuge!« eröffnete er die Vernehmung. »Sie haben sie uns als eine kalte, ehrgeizige, geldgierige Frau geschildert. Andererseits wollen Sie sie geliebt und ihr sogar die Ehe versprochen haben. Wo ist da die Logik?«

Peter Milz zuckte die breiten Schultern. »Wie das eben so ist. Die Liebe fällt eben manchmal auf einen Misthaufen.«

Das Publikum amüsierte sich hörbar.

»Wann wollen Sie denn erkannt haben, daß die Angeklagte – na, sagen wir mal – nicht viel wert war?«

»Irgendwie geahnt habe ich das von Anfang an. Aber als sie dann so weit ging, sich von dem Alten heiraten zu lassen, da wurde es bei mir zappenduster.«

»Dennoch haben Sie bis zuletzt versucht, sie davon abzuhalten?«

»Ja.«

»Warum?«

»Weil ich nicht wollte, daß sie sich in ihr Unglück stürzt.«

»Sehr edel von Ihnen. Aber war es nicht doch so, daß Sie eifersüchtig waren?«

»Auf den alten...?« Peter stockte, und man merkte,

daß er ein sehr respektloses Wort unterdrückte »... Mann? Da müßte ich ja verrückt gewesen sein.«

»Gerade weil Sie gesund, jung und gut aussehend sind, muß es doch Ihre Eitelkeit verletzt haben, daß Ihre Freundin sich für den anderen entschied.«

»Wegen dem Geld.«

»War es wirklich nur des Geldes wegen? War der alte Mann nicht klüger, gebildeter, belesener als Sie? Eine stärkere Persönlichkeit?«

»Etwas in der Art hat sie mir vorgefaselt«, gab Peter Milz zu.

»Sie könnte doch so empfunden haben, gerade weil ihr an Sex nichts lag, wie Sie selber behauptet haben.« Der Anwalt blätterte in seinen Notizen. »›Im Bett ein kalter Fisch‹, haben Sie wörtlich gesagt.«

»Das kann ich nur unterschreiben.«

»Dann kommt noch etwas hinzu. Sie, Herr Zeuge, machen den Eindruck eines Mannes, der Freunde hat, wahrscheinlich einem Verein angehört, auch bei den Mädchen beliebt ist.«

»Das kann man schon sagen.«

»Sie brauchten die Angeklagte also nicht eigentlich, ihr verstorbener Mann dagegen sehr.«

»Gebraucht hätte ich sie auch.«

»Zu was?«

»Fürs Bett natürlich. Die geilen Weiber liegen mir nämlich nicht. Fürs Kinderkriegen und später fürs Geschäft.«

»Haben Sie nie in Betracht gezogen, daß ihr das zu wenig sein könnte?«

»Jede Frau muß froh sein, wenn sie jemanden findet, der's ehrlich mit ihr meint.«

Damit war die Vernehmung des Zeugen Milz beendet. Auch er wurde nicht vereidigt, wohl weil er gefühlsmäßig zu stark verstrickt war, als daß er die Dinge objektiv hätte sehen können.

Nach ihm wurde noch der Apotheker Holbaum gehört, der natürlich nichts von der Tat wußte, aber ein unerschütterlich guter Leumundszeuge für Lisa war. Mit seiner Aussage ging der zweite Prozeßtag zu Ende.

Am dritten Tag trat Professor Klaus Krüger vor Gericht.

Lisa wurde bewußt, daß er seine gesunde braune Gesichtsfarbe wohl der Sonnenbank verdankte, also auch nicht frei von menschlicher Eitelkeit war.

Jedenfalls sah er blendend aus mit seinem schneeweißen Haar, schlank und groß, mit Flanellhose und Tweedjacke lässig und teuer gekleidet. Er legte seinen Eid ab, bevor er das in seiner Klinik erstellte psychiatrische Gutachten verlas.

»Die Probandin ist geistig und körperlich völlig gesund, wenn auch eine gewisse Angespanntheit nicht zu übersehen war, die aber wohl von ihrer Situation her zu verstehen ist. Sie verfügt über einen sehr hohen Intelligenzquotienten, ist aufnahmefähig und aufgeschlossen. Auch ihr praktisches Denken ist gut ausgebildet. Sie neigt zu einer gewissen Aggressivität, die wohl auf einen Minderwertigkeitskomplex zurückzuführen ist. Unter einer zur Schau getragenen, aber auch tatsächlich vorhandenen Warmherzigkeit verbirgt sich Härte, allerdings nicht über das Maß hinaus, wie es in ihrem Berufsleben üblich ist. Im Falle einer Verurteilung muß die Angeklagte als voll schuldfähig bezeichnet werden.«

Der Staatsanwalt wollte wissen, welche Untersuchungen im einzelnen durchgeführt worden waren.

Professor Krüger berichtete darüber mit unverhohlener Selbstzufriedenheit. Mit den Worten: »Sie werden zugeben, daß wir äußerst gründlich vorgegangen sind«, beendete er seinen Vortrag.

»Sie bestätigen der Angeklagten eine gewisse Aggressivität. Könnte diese Aggressivität sich in einem Mordanschlag geäußert haben?«

»So weit möchte ich eigentlich nicht gehen. Eine spontane Tat läge eher im Naturell der Angeklagten.«

»Uns ist von verschiedenen Personen immer wieder geschildert worden, daß die Angeklagte sich von dem Mordopfer beleidigen und schikanieren lassen mußte. Mußte sie da nicht an einen Punkt kommen, wo sie es nicht länger wegstecken konnte?«

»Daß sie zur Tatwaffe griff? Sehr unwahrscheinlich. Es hätte ja schon genügt, wenn sie sich verbal – mit einem wortreichen Gefühlsausbruch – Luft gemacht hätte. Niemand konnte sie ja zwingen, stumm zu dulden.«

»Kann es nicht auch sein, daß sie den Patienten häufig beschimpfte, sozusagen zurückschlug, ohne daß es ihr die ersehnte Erleichterung verschaffte?«

Rechtsanwalt Zumbruch erhob Einspruch. »Das ist eine völlig unbegründete Unterstellung. Kein einziger Zeuge hat auch nur eine Andeutung darüber gemacht, daß sich die Angeklagte gewehrt hätte.«

Der Staatsanwalt widersprach. »Was aber doch nicht bedeuten muß, daß sie es nicht getan hat. Einen alten Mann, einen Ehemann, einen Patienten beschimpfen, ist ja nicht gerade eine Handlung, die man vor Zeugen ausführt.«

»Alles spricht dagegen, daß die Angeklagte den Verstorbenen je schlecht behandelt hat! Ich erinnere an den Zeugen Hammer, der ihr Benehmen seinem Vater gegenüber als ›zuckersüß‹ bezeichnet hat, weiter an die Tatsache, daß sie im Testament zur Haupterbin eingesetzt worden ist!«

Der Richter griff ein: »Aber, aber, meine Herren, das führt doch zu nichts. Sie vergeuden nur die Zeit des Herrn Gutachters. Bitte, fahren Sie in der Befragung des Zeugen fort, Herr Staatsanwalt! Allerdings möchte ich vorschlagen, daß Sie die Theorie, die Angeklagte habe das Mordopfer schon vor der Tat verbal gequält, fallenlassen. Sie ist durch nichts zu begründen.«

Der Staatsanwalt räusperte sich. »Angenommen, Herr Professor, die Tatwaffe wäre nicht erst in der Mordnacht herbeigeschafft worden – was ja auch durch nichts bewiesen ist, die Angeklagte kann sie ja sehr viel früher an sich genommen haben, vielleicht sogar zu einem ganz harmlosen Zweck – also angenommen, sie hatte die Mordwaffe zur Hand: Könnte sie dann spontan den tödlichen Stoß getan haben?«

»Niemand kann in einen anderen Menschen völlig hineinsehen.«

»Sie halten es also nicht für ausgeschlossen?«

»Ja.«

Ein Raunen ging durch die Zuhörerschaft.

»Danke, Herr Professor«, sagte der Staatsanwalt, »das war es, was ich wissen wollte.«

Rechtsanwalt Zumbruch trat vor. »Herr Professor, die Angeklagte ist Krankenschwester und verfügte über einen nicht unbeträchtlichen Vorrat an Medikamenten. Wenn sie tatsächlich die Absicht gehabt hätte, den Patienten loszuwerden, wäre es da nicht viel naheliegender gewesen, ihn durch eine Überdosis zu töten?«

»Nein, denn das hätte eine vernünftige Überlegung vorausgesetzt.«

»Zu der die Angeklagte aber im Moment der Tat nicht fähig war?«

»Ja.«

»Das heißt aber doch, daß sie im Moment der Tat nicht voll zurechnungsfähig gewesen sein kann.«

»So ist es.«

»In Ihrem Gutachten haben Sie die Angeklagte als voll schuldfähig bezeichnet.«

Professor Krüger strich sich über sein silberweißes Haar; es war spürbar, daß er mit einem Anflug von Verlegenheit kämpfte. »Als ich es abfaßte, war ich mit den

Fakten des Falles nicht hinlänglich vertraut«, räumte er ein.

»Jetzt, da Sie die Fakten kennen, gestehen Sie der Angeklagten im Fall einer Verurteilung verminderte Zurechnungsfähigkeit zu.«

»So ist es.«

Der Richter erklärte die Beweisaufnahme als abgeschlossen.

In der Mittagspause erklärte Frau Remminger: »Sie dürfen mit Ihrem Anwalt zufrieden sein. Er ist ein schönes Stück weitergekommen.«

»Wie meinen Sie das?«

»Sie werden schon sehen. Nach Lage der Dinge kann der Staatsanwalt die Anklage des Mordes nicht aufrechterhalten. Er wird Sie nur noch wegen Totschlags belangen können.«

»Ist das nicht schlimm genug?«

»Halb so schlimm, Frau Hammer. Totschlag bei verminderter Zurechnungsfähigkeit bringt höchstens zehn bis zwölf Jahre, von denen Sie auch nur die Hälfte absitzen müssen.«

»Wirklich bezaubernde Aussichten!«

Am Nachmittag hielt der Staatsanwalt seinen Schlußvortrag. Tatsächlich ließ er die Anklage wegen Mordes fallen, erklärte Lisa aber des Totschlags für schuldig. Er führte noch einmal alles auf, was für ihre Täterschaft sprach: die Zeit, die vergangen war, bis sie die Polizei verständigt hatte, die Tatsache, daß sie allein mit dem Opfer im Haus gewesen und Zugang zu der Tatwaffe gehabt hatte, die Erdspuren an ihren Turnschuhen.

»Ihr Hauptmotiv hat nicht darin bestanden, endlich an das große Geld zu kommen, wie einige der Zeugen unterstellt haben, sondern sie konnte es nicht länger ertragen, erniedrigt und gedemütigt zu werden, anstatt Dankbarkeit zu empfangen. Sie stach ohne zu überlegen in einem Moment verminderter Zurechnungsfähigkeit zu. Als sie erkannte, was sie getan hatte, war sie verstört. Das erklärt auch die geraume Zeit, die sie verstreichen ließ, bevor sie die Polizei verständigte. Um die Papierschere zu säubern und sie an ihren alten Platz in der aufgelassenen Küche zurückzulegen, hätte es nur wenige Minuten gebraucht. Aber die Angeklagte war von ihrer eigenen Tat verwirrt und betroffen. Sie war unfähig, klar zu denken. Deshalb belastete sie sich weiter schwer, indem sie ihre Turnschuhe anzog – eine rein gewohnheitsmäßige Handlung – und die Tatwaffe in das Erdreich im hinteren Bezirk des Garten steckte. Durch ihre Verzögerung sind auch ihre nachfolgenden Aussagen bei der polizeilichen Vernehmung zu erklären, mit denen sie sich selber schwer belastete, die Angabe, daß sie den Tod schon eine Stunde zuvor entdeckt hatte, und die Erklärung, sie habe zuvor keinerlei befremdliche Geräusche im Haus gehört.

Wäre sie bei Sinnen gewesen, hätte sie leicht falsche Spuren legen können. Aber sie war es eben nicht. Demnach gibt es gegen eine geplante Tat keinerlei Beweismittel. Sie geschah aus einem Affektstau heraus. Dennoch ist und bleibt sie ein abscheuliches und verdammenswürdiges Verbrechen. Die Angeklagte hat einen Menschen, noch dazu einen hilflosen, ihr anvertrauten Kranken ums Leben gebracht. Daß sie sich im nachhinein nicht zu der Tat bekennt, kein Geständnis ablegt, keine Reue zeigt, macht ihre Tat noch verwerflicher. Deshalb kann, bei Hinzuziehung aller Milderungsgründe, das Strafmaß nicht zu niedrig angesetzt werden. Ich beantrage zwölf Jahre Haft.«

Der Staatsanwalt setzte sich mit selbstzufriedener Miene.

Lisas ohnehin bleiches Gesicht erblaßte noch eine Spur mehr.

Frau Remminger drückte ihr unauffällig die Hand. »Ganz ruhig bleiben!« flüsterte sie.

Rechtsanwalt Zumbruch erhob sich. »Hohes Gericht«, rief er, »meine Damen und Herren, ich habe Stunden und Stunden mit der Angeklagten geredet, und Sie dürfen mir glauben: Sie ist unschuldig! Sie ist aggressiv, das stimmt, sie ist kein weiches, willfähriges Mädchen, aber sie hat den Mord, den der Herr Staatsanwalt mit Recht verwerflich und verdammenswert nennt, nicht begangen. Sie wäre auf Grund ihres Charakters und ihrer Persönlichkeitsstruktur zu einer solchen Tat einfach nicht fähig. Der Herr Staatsanwalt hat darauf hingewiesen, daß sie sich mit ihren Aussagen nach der Tat selbst belastet hat. Er erklärt das mit ihrer Verstörtheit. Aber ist das glaubwürdig? Professor Krüger hat der Angeklagten einen ungewöhnlich hohen Intelligenzquotienten bestätigt. Aber niemals hat ein Gewaltverbrecher dümmer nach einer Tat reagiert als sie – wenn sie sie denn begangen hätte. Die Identifizierung ihrer Turnschuhe geschah Tage später, erst nach der Testamentseröffnung, nachdem sie alle Belastungen mit großer Gefaßtheit ertragen hatte. Wenn sie die Täterin gewesen wäre, warum hat sie dann nicht angegeben: ›Ja, ich habe mich des öfteren im Garten bei den Büschen aufgehalten‹? Wer hätte ihr das Gegenteil beweisen können? Statt dessen versteifte sie sich auf die Behauptung: ›Nein, ich habe mich stets auf den Kieswegen gehalten.‹ Dies wäre eine Aussage von großer Dummheit, falls sie die Täterin gewese wäre. Aber sie war es nicht. Sie hat die Wahrheit gesagt, nichts als die Wahrheit, im Vertrauen darauf, daß ihre Schuldlosigkeit ans Licht kommen müßte. Nicht eine Verwirrung nach der Tat, sondern ihr reines Gewissen hat sie in diese Situation gebracht.

Hohes Gericht, wir alle wissen – und es ist von keinem der Zeugen bestritten worden –, daß die Angeklagte ihren Mann aufopferungsvoll und mit größtem persönlichen Einsatz gepflegt und die Launen des Schwerkranken mit Geduld und Liebe ertragen hat. Soll jetzt die Quittung dafür sein, daß wir ihr einen Totschlag anlasten? Weil wir, die schwächer sind als sie, uns nicht vorstellen können, daß sie die Kraft aufbrachte, ihr gewiß schweres Schicksal zu ertragen? Die Angeklagte ist schuldlos am Tod ihres Mannes und Patienten, das ist meine feste Überzeugung.

Wer dann aber ist der Täter? Wir wissen es nicht, und auch die Polizei hat ihn nicht gefaßt, sie hat sich – auch das muß gesagt werden – nicht genügend bemüht, den wahrhaft Schuldigen zu finden, weil sich ihr die Angeklagte, die sich nur auf den Schutz ihres reinen Gewissens verließ, als Verdächtige geradezu anbot.

Tatsächlich aber ist sie nicht die Täterin, sondern das Opfer einer Intrige geworden. Hohes Gericht, die Anklage geht davon aus, daß sie sich in der Mordnacht mit ihrem Mann allein im Haus befunden habe. Aber wo ist der Beweis dafür? Nirgends. Das Haus war zu keiner Zeit überwacht, es gab keine Alarmanlage – aber es gab einen verlorenen Hausschlüssel, einen in Rodenberg verlorenen Hausschlüssel. Die Haushälterin hat ausgesagt, sie hätte den Eindruck gehabt, daß nachts im Haus ›gestöbert‹ worden sei. Ich gebe zu, ich habe diese Aussage belächelt. Die Angeklagte hat mir versichert, niemals ein Zimmer betreten zu haben, in dem sie nichts zu suchen hatte und wo hätte sie auch nach einem nahezu zwanzigstündigen Arbeitstag die Zeit und die Energie dazu hernehmen sollen? Ferner hat die Angeklagte schon bei ihrer ersten Vernehmung glaubhaft gemacht, einen tiefen Schlaf zu haben, so daß sie sich in den wenigen Stunden, die ihr dafür blieben, völlig regenerieren konnte.

Wie können wir dann aber ausschließen, daß nicht

nur in der Mordnacht, sondern viele Nächte davor, ein Fremder durch das Haus schlich, sich mit den Gegebenheiten vertraut machte, die Papierschere fand und den Mordplan schmiedete? Das Opfer stand unter Barbituraten, die Angeklagte hatte einen gesunden, natürlichen Schlaf – wer hätte einen Dritten daran hindern können, nachts einzudringen?

Bitte, Hohes Gericht, meine Damen und Herren, nehmen Sie das nicht als eine verblasene Theorie, sondern als das, was es wirklich ist: eine Tatsache. Da die Angeklagte die Tat, derer sie beschuldigt ist, nicht begangen hat, muß es ein Außenstehender gewesen sein. Wir wissen nicht, wer er war und welche Gründe ihn dazu veranlaßt haben – der Anschlag kann gegen das Opfer gerichtet sein, genauso gut aber auch gegen die Angeklagte – aber es muß ihn geben.

Mein letztes Wort, Hohes Gericht: Die Angeklagte ist nicht die Täterin. Deshalb beantrage ich Freispruch wegen erwiesener Unschuld.«

Der Richter wandte sich dem Staatsanwalt zu: »Haben Sie noch etwas zu sagen?«

»Ja, und zwar: Ich habe geradezu darauf gewartet, daß uns die Mär mit dem großen Unbekannten aufgetischt würde. Aber Tatsache ist und bleibt: Die Angeklagte war mit dem Mordopfer allein. Tiefer Schlaf hin, tiefer Schlaf her – die Erfahrung lehrt, daß jeder Mensch spürt, wenn sich ein Fremder nachts in seiner Wohnung herumtreibt. Die Angeklagte hatte Zugang zur Tatwaffe, und sie hatte nicht nur ein Motiv, sondern ein ganzes Bündel von Motiven, das Tatopfer zu töten. Die mit Erde beschmutzten Turnschuhe sind der letzte Beweis für ihre Tat. Warum sie selber zugegeben hat, unter normalen Umständen niemals Gartenerde mit ihnen betreten zu haben, sei dahingestellt – sei es aus Naivität, sei es aus Raffinesse. Die Angeklagte ist überführt und muß entsprechend bestraft werden. Ich bleibe bei meinem ohnehin milden Antrag: zwölf Jahre Freiheitsentzug.« Mit einer dramatischen Geste schlug er seine Robe zusammen und nahm Platz.

»Angeklagte«, sagte der Richter, »Sie haben das letzte Wort. Haben Sie uns noch etwas zu sagen?«

Zögernd, mit einem fragenden Blick zu ihrem Rechtsanwalt, stand Lisa auf. »Ich war es nicht«, sagte sie, »ich war es wirklich nicht. Welchen Grund hätte ich denn haben sollen? Ich hatte meinen Mann ja lieb, und daß er mich häufig beschimpft hat, machte mir nichts aus. Ich habe es nicht so persönlich genommen. Ich wußte ja, daß er nicht eigentlich mich meinte, sondern sich gegen sein Schicksal auflehnte. Sein Schicksal zu verfluchen, ergibt nun einmal wenig Sinn. Es ist völlig gefühllos und läßt sich auch nicht einschüchtern. Nur deshalb nahm er mich aufs Korn. Aber ich wußte, daß er es nicht so meinte, sondern mir in seinem Herzen dankbar war. Nie, niemals hätte ich es über mich gebracht, ihn zu töten. Ich bin schuldlos.«

Der Richter erklärte die Verhandlung für geschlossen. »Das Urteil ergeht morgen.«

Als Lisa das Gerichtsgebäude verließ, war wieder die Meute der Reporter da.

Diesmal klickten nicht nur die Auslöser der Kameras, zuckten die Blitzlichter auf, sondern wurde sie auch noch mit Fragen bestürmt. »Glauben Sie an einen Freispruch?« – »Wie stellen Sie sich Ihre Zukunft vor?« – »Wer hat Ihnen, Ihrer Meinung nach, diese Falle gestellt?«

Lisa gab keine Antwort. Frau Remminger und Paul Zumbruch schirmten sie ab, so gut sie konnten, und bugsierten sie in das Polizeiauto hinein. Ein Zeitungsmann ließ sich nicht davon abhalten, noch in das Innere des Wagens zu knipsen. Dieses Bild, Lisas Profil mit dem schwachen Kinn und den fest zusammengepreßten Lippen, das etwas Bedrohliches an sich hatte, sollte dann durch die gesamte Weltpresse gehen.

Paul Zumbruch begleitete sie ins Gefängnis zurück. »Die Dinge stehen gut, Frau Hammer«, behauptete er, »machen Sie sich keine Sorgen!«

»Das sagt sich leicht«, erwiderte sie.

Die Nacht vor der Urteilsverkündung sollte die längste ihres Lebens werden.

Frau Remminger hatte ihr beim Abschied ein Schlafmittel angeboten. Lisa hatte es abgelehnt. Nachträglich bereute sie es. Sie hatte geglaubt, den Kampf ohne Chemie durchstehen zu können. Jetzt erkannte sie, daß sie sich überschätzt hatte. Aber nach Mitternacht noch eine Vollzugsbeamtin zu alarmieren, widerstand ihr. Sie wollte weder spöttische noch mitleidige Bemerkungen hören und schon gar keine Anspielungen auf ihr Gewissen. So zwang sie sich denn, da an Schlaf nicht zu denken war, ganz ruhig dazuliegen und sich zu entspannen.

Doch am nächsten Morgen fühlte sie sich wie gerädert und wußte, daß sie, dunkle Ringe unter den Augen, wie ein Gespenst aussah. Gegen den Rat ihres Anwalts zog sie das schwarze Kleid an, das sie sich zur Beerdigung gekauft hatte. Ihr war einfach danach zumute.

Kaum daß sie in Begleitung Frau Remmingers in der winzigen Zelle im Gerichtsgebäude Platz genommen hatte, ließ ein Justizangestellter einen ihr unbekannten jungen Mann herein.

»Feuerbach«, stellte er sich vor, »Achim Feuerbach. Ich bin von der Presse.« Er nannte den Namen eines gewissen Magazins.

»Hören Sie«, protestierte Frau Remminger, »Sie können jetzt nicht mit der Angeklagten sprechen!«

»O doch.« Achim Feuerbach hielt ihr ein amtliches Papier unter die Nase. »Ich habe eine Genehmigung.«

»Ich will nicht mit Ihnen reden«, erklärte Lisa energisch.

»Das wäre sehr dumm von Ihnen!« erwiderte der Journalist munter. »Bis jetzt haben Sie die ganze Presse gegen sich. Es wird Zeit, daß auch einmal eine positive Stimme für Sie laut wird.«

»Und woher soll ich wissen, daß Sie positiv über mich schreiben werden?«

»Sehen Sie mich doch nur an! Sehe ich wie ein Unmensch aus?« Achim Feuerbach hatte ein freundliches Vollmondgesicht, auf der Nase eine übergroße Hornbrille, die ihm einen eulenhaften Ausdruck gab, und trug das braune Haar so lang, daß es ihm bis auf die Schultern fiel – wahrscheinlich zum Ausgleich für seine ausgeprägte Stirnglatze.

»Ich glaube nicht, daß Menschen, die Böses schreiben, wie Bösewichter aussehen müssen«, sagte Lisa.

Feuerbach lachte. »Gut gesagt. Das könnte von mir sein. Muß ich mir merken.«

Frau Remminger stand auf. »Da Sie nun mal angefangen haben, miteinander zu reden, kann ich Sie wohl allein lassen!«

»Bitte, bitte, nicht!« flehte Lisa.

»Aber Kindchen, Sie müssen doch einsehen, daß die Zelle für drei Personen zu eng ist. Mir geht die Luft aus.«

»Sie haben wirklich nichts von mir zu befürchten, Frau Hammer!« versicherte der Journalist treuherzig. »Eher im Gegenteil.« Er nahm auf dem frei gewordenen Stuhl Platz.

»Ich lasse Ihnen einen Kaffee hereinbringen«, versprach die Beamtin und entschwand.

»Nette Frau«, stelte Achim Feuerbach fest.

»Ja, das ist sie«, stimmte Lisa zu.

»Sie macht es Ihnen leichter, wie?«

»Ja.«

»Schöner Schlamassel, in den Sie da hineingeraten sind.«

Lisa schwieg.

»Es ist mir natürlich klar«, fuhr der Jorunalist fort,

»daß Sie mehr als dutzend- und aberdutzendmal nach dem Tathergang und so weiter gefragt worden sind. Damit will ich Sie jetzt auch gar nicht belästigen. Ich habe einen ganz anderen Vorschlag: Verkaufen Sie uns Ihre Geschichte!«

»Ich denke nicht daran! Ich werde froh sein, wenn ich aus dem Mittelpunkt des öffentlichen Interesses heraus bin.«

»Das dürfte Ihnen so oder so nicht leicht gelingen.«

»Ich werde einfach verschwinden.«

»Und wenn Sie verurteilt werden? Einsitzen müssen?«

»Rechnen Sie damit?«

»Sie etwa nicht?«

»Ich bin unschuldig, und ich kann mir nicht vorstellen...«

Feuerbach schnitt ihr das Wort ab. »Gerade das ist es ja, was Sie unseren Lesern erzählen sollen! Sie werden viel, viel Zeit haben, und es wird Ihnen sicher guttun, sich alles von der Seele zu reden. Keine Angst: Aufschreiben werde natürlich ich es!«

Ein uniformierter Justizbeamter brachte zwei Pappbecher mit Kaffee herein und stellte sie wortlos zwischen sie auf den Tisch. Wortlos zog er sich wieder zurück.

»Sie werden froh sein, wenn ich Sie häufig besuche«, fuhr Feuerbach fort, »denn das werde ich ja müssen, um die Geschichte zusammenzukriegen. Die Zeit im Knast vergeht verdammt langsam. Sie werden jede Abwechslung genießen.«

»Noch ist das Urteil nicht gesprochen.«

Unwillkürlich blickte Feuerbach auf das Zifferblatt seiner Armbanduhr. »Lange kann es nicht mehr dauern. Vor der Mittagszeit würde ich sagen.« Er sah wieder Lisa an. »Nennen Sie mir nur einen einzigen vernünftigen Grund, warum Sie sich nicht die Zeit damit vertreiben wollen, Ihre Memoiren zu schreiben? So was interessiert nun mal das Publikum.«

»Weil ich vergessen will.«

»Das werden Sie nie im Leben.«

»Jedenfalls will ich es versuchen. Ich will vergessen und vergessen werden.«

»Ein löblicher Vorsatz. Vielleicht klappt's sogar damit, wenn Sie wirklich freikommen. Aber wenn nicht?«

»Man kann mich nicht für etwas verurteilen, was ich nicht getan habe.«

»Nun seien Sie doch nicht so verdammt starrsinnig! Ich verstehe ja, daß Sie auf einen Freispruch hoffen. Aber Sie müssen die andere Möglichkeit doch wenigstens in Erwägung ziehen. Wenn Sie verdonnert werden, dann ist auch das Erbe futsch. Womit wollen Sie dann Ihren Rechtsanwalt bezahlen?«

Lisa nippte nachdenklich an ihrem Kaffee. »Haben Sie mit ihm darüber gesprochen?«

»Ja. Natürlich. Ich sehe nicht, was falsch daran sein soll.«

»Er hat mir kein Wort davon gesagt.«

»Na, selbstverständlich nicht. Weil er Sie nicht verunsichern will. Sie sollen so lang wie möglich glauben, daß alles gutgehen wird.«

Lisa kämpfte eine Sekunde mit dem Impuls, ihm den Kaffee in das muntere Vollmondgesicht zu schütten. »Sie sind wirklich ganz reizend«, sagte sie dann, »so richtig nett und menschenfreundlich.«

»Ich bin es nur gewohnt, die Dinge realistisch zu sehen. Das gehört zu meinem Beruf.«

»Und sie dann gewaltig aufzubauschen, damit eine Sensation daraus wird.«

»Auch das, wenn es sein muß. Aber Ihr Fall ist eine Sensation! Es nutzt Ihnen gar nichts, den Kopf in den Sand zu stecken. Unsichtbar machen können Sie sich nicht. Warum setzen Sie sich denn nicht zur Wehr?«

»Allmählich«, sagte Lisa, »gehen Sie mir auf den Geist.«

Der Journalist lachte. »Ein offenes Wort. Ich sehe schon, unsere Zusammenarbeit wird hervorragend klappen. Warum nur weigern Sie sich, eine so kluge Frau wie Sie, sich Ihre Situation klarzumachen? Falls Sie verdonnert werden – die Betonung liegt auf ›falls‹, denn ich möchte weder Ihre Gefühle verletzen noch Ihre Hoffnungen zerstören –, im Falle des Falles also werden Sie ohne Geld dastehen. Das bißchen, was Sie sich zur Seite gelegt haben – ich nehme an, daß Sie das getan haben –, werden Sie anstandshalber Ihrem Rechtsanwalt geben müssen. Wenn Sie dann eines Tages wieder rauskommen, werden Sie kaum einen Pfennig haben. Das, was man im Gefängnis verdient, ist nicht eben üppig. Es reicht gerade für die Kleinigkeiten, die man dringend braucht. Aber Sie werden dann ja immer noch jung sein, ein neues Leben anfangen wollen. Dazu braucht man Geld, Geld und noch einmal Geld.«

»Ich werd's mir überlegen.«

»Das klingt schon besser. Aber wozu noch lange überlegen? Sie kriegen das Geld ja geradezu geschenkt.« Er öffnete seine abgenutzte Aktentasche. »Ich habe einen Vertrag dabei. Sie brauchen nur zu unterschreiben.«

»Nein«, sagte Lisa.

»Aber warum denn nicht? Lesen Sie ihn doch. Es geht darin erst mal darum, daß Sie uns die Rechte an Ihrer Geschichte exklusiv überlassen. Darüber hinaus verpflichten Sie sich zu gar nichts. Weder dazu, sie zu erzählen, noch gar, sie selber zu schreiben.«

»Nein.« Plötzlich verlor Lisa die Nerven. »Ja, begreifen Sie denn nicht, daß mir jetzt nicht der Kopf danach steht, einen Vertrag durchzulesen? Möglichst noch auf das Kleingedruckte zu achten?« schrie sie. »Was für ein Mensch sind Sie denn? Wie wollen Sie über Menschen für Menschen schreiben, wenn Sie nichts, aber auch gar nichts von Menschen verstehen?«

Sie war so laut geworden, daß man sie bis auf den Gang hinaus gehört hatte.

Frau Remminger steckte den Kopf in die Zelle. »Gibt's was?«

»Herr Feuerbach will gehen!« sagte Lisa, immer noch heftig erregt.

Der Journalist protestierte. »Aber das stimmt gar nicht, ich möchte noch ...«

»Verschwinden Sie!« rief Lisa. »Lassen Sie mich allein! Ich will nichts mit Ihnen zu tun haben.«

Feuerbach schob den Vertrag wieder in seine Aktentasche. »Aber wer wird denn gleich so grob sein«, sagte er onkelhaft, um seine Niederlage zu kaschieren.

»Nun machen Sie schon!« drängte Frau Remminger. »Ich nehme an, Sie haben Ihr Sprüchlein aufgesagt, und jetzt Schluß damit.«

Der Journalist stand auf. »Nichts für ungut, Frau Hammer«, erklärte er grinsend, »angesichts der Umstände ist Ihre Erregung begreiflich. Wir sprechen uns ein ander Mal.«

»Das haben Sie aber auch nur geträumt«, erwiderte Lisa aufgebracht.

Die Zeit in der stickigen, kleinen Zelle verging qualvoll langsam. Lisa war bemüht, sich zusammenzunehmen, aber ihre Nervosität wuchs von Minute zu Minute. Endlich, es war schon kurz vor zwölf, verkündete ein Justizbeamter, daß die Urteilsverkündung bevorstand.

Lisa hatte kaum Platz genommen, als der Richter und die Geschworenen den Gerichtssaal betraten. Alle Anwesenden erhoben sich. Es wurde atemlos still in dem großen Saal. Die Spannung, verbunden mit einer gewissen Feierlichkeit, war fast körperlich spürbar.

Der Richter, ein Blatt Papier in der Hand, von dem er jedoch nicht ablas, verkündete: »Im Namen des Volkes ergeht folgendes Urteil: Die Angeklagte ist von dem Vorwurf, ihren Gatten, den Fabrikanten Bruno Hammer, getötet zu haben, freigesprochen.«

Ein hörbares Aufatmen ging durch den Raum. Protestrufe wurden laut. Lisa war wie betäubt.

»Ich bitte um Ruhe!« sagte der Richter. »Notfalls werde ich den Saal räumen lassen.«

Da niemand sich das Urteil entgehen lassen wolle, verstummten die Rufe.

»Nach gründlichen und gewissenhaften Überlegungen«, fuhr der Richter fort, »ist das Gericht zu der Überzeugung gekommen, daß die Angeklagte die Tat zwar begangen haben könnte. Sie hat ohne Zweifel ein starkes Motiv für das Tötungsdelikt gehabt, auch die Gelegenheit. Sie wäre der Tat wohl auch fähig gewesen, doch ist es nicht gelungen, einen hinreichenden Beweis dafür zu erbringen. Demnach kann sie, nach dem Grundsatz in dubio pro reo, im Zweifelsfall für den Angeklagten, nicht verurteilt werden. Die Angeklagte ist sofort auf freien Fuß zu setzen. Für die erlittene Untersuchungshaft steht ihr eine Entschädigung zu. Die schriftliche Urteilsbegründung folgt.«

Jetzt war die Menge nicht mehr zu bremsen. »Das nennt man nun Recht!« wurde geschrien. »Freispruch für eine Mörderin! Der gehört der Kopf ab!« – »Die Kleinen hängt man, die Großen läßt man laufen!« – »Und bloß, weil sie Geld hat!«

In dem Geschrei ging die Stimme des Staatsanwalts unter, der sich Revision vorbehielt.

Frau Remminger nahm Lisa mit einer mütterlichen Bewegung in die Arme.

Im Hinausgehen hörten sie einen Mann rufen: »Aber wenn sie es nun wirklich nicht gewesen ist?«

Er wurde von den anderen niedergeschrien.

Fast gleichzeitig mit ihnen wurde Rechtsanwalt Zumbruch vom Gang her in die Zelle gelassen. »Fort hier!«

bestimmte er. »So schnell wie möglich. Solange die Presseleute noch damit beschäftigt sind, ihre Berichte durchzugeben.«

Er, Frau Remminger und eine Schar Polizisten schirmten Lisa gegen die Journalisten ab und schützten sie vor der aufgebrachten Menge.

Als sie endlich sicher im Fond seines Autos saß, fragte sie verstört: »Warum sind die denn alle gegen mich?«

»Machen Sie sich nichts daraus, Lisa! Die werden sich auch wieder beruhigen.«

»Nichts hatte ich mir so sehr ersehnt, wie einen Freispruch und jetzt...« Ihre Stimme brach.

»Tut mir leid, Lisa, aber ›erwiesene Unschuld‹ war nicht zu erreichen.«

Bis in die Parkstraße war der Tumult nicht gedrungen. Das alte Haus hinter dem Vorgarten wirkte vornehm und ruhig wie immer. Paul Zumbruch bremste neben der Garagenausfahrt, stieg aus und öffnete Lisa die Tür.

»Sie lassen mich doch jetzt nicht allein?« fragte sie schüchtern.

»Ihre Mutter erwartet Sie drinnen.«

»Trotzdem. Ich...«

»Natürlich bleibe ich bei Ihnen, wenn Sie es wünschen.«

»Danke, Herr Anwalt! Was hätte ich denn ohne Sie bloß gemacht.«

Er lächelte ihr beruhigend zu. »Nennen Sie mich Paul! Der offizielle Teil unserer Beziehungen ist jetzt beendet.«

»Danke, Paul«, sagte sie, schon im Davonlaufen.

Während sie zum Haus eilte, stellte der Anwalt den Motor ab und verschloß das Auto.

Die Haustür öffnete sich, noch bevor Lisa sie erreichte.

»Du bist wieder frei?« sagte ihre Mutter zur Begrüßung. »Ich kann es kaum glauben.«

»Aber ich war's ja nicht, Mutter! Wie oft soll ich dir das noch sagen.«

»Darauf kommt's nicht an. Wenn einen die Justiz erst mal in ihren Fingern hat...«

»Hör auf mit deinen alten Orakeln!« Lisa umarmte die Mutter flüchtig. »Für meinen Fall treffen sie ja nicht zu.«

»Ich habe nur was Kaltes zum Essen gerichtet. Wenn du nicht freigekommen wärst...«

Lisa fiel ihr ins Wort. »Ich kann's mir schon denken! Dann hättest du den Aufschnitt wieder eingepackt und mitgenommen.«

»Was ist daran falsch? Man muß doch praktisch denken.«

Paul Zumbruch war nach Lisa hereingekommen und schloß die Tür hinter sich.

Lisa wandte sich ihm zu. »Würde es Ihnen was ausmachen, wenn ich jetzt ganz schnell in die Badewanne spränge? Wir essen dann nachher zusammen.«

»Mit Vergnügen.«

Auf halber Treppe drehte Lisa sich um. »Arthur und Evelyn sind nicht hier?«

Frau Hopf schüttelte den Kopf.

»Das ist jetzt Ihr Haus, Lisa«, sagte der Rechtsanwalt, »daran werden Sie sich gewöhnen müssen.«

»Oh, nein! Ich habe ganz andere Pläne.«

Später, bei Brot, Butter, Aufschnitt und einer Tasse starkem Kaffee, besprachen sie praktische Dinge. Der Anwalt erbot sich, Lisas Habseligkeiten aus dem Gefängnis abzuholen und ihr zu bringen. Er wollte für sie auch den Antrag auf Entschädigung stellen.

»Und ist sie jetzt wirklich frei?« versuchte Frau Hopf sich wieder und wieder zu vergewissern. »Wird der Staatsanwalt sich denn mit dem Urteil zufriedengeben?«

Weder Lisa noch ihr Anwalt hatten das Herz, ihr zu erklären, wie der Freispruch zustande gekommen war. Beide waren, ohne daß sie sich darüber abgesprochen hatten, der Meinung, das würde sie noch früh genug erfahren.

»Der Staatsanwalt kann nur dann Revision erheben«, erklärte Paul Zumbruch, »wenn im Prozeß schwerwiegende Formfehler vorgefallen sind. Oder wenn ganz neue Beweise auftauchen. Aber ich denke nicht, daß er das tun wird. Er wird froh sein, daß er den Proezß hinter sich hat. Es war nicht angenehm für ihn, sich auf schludrig zusammengetragene Beweise stützen zu müssen.«

»Jetzt bist du also frei und reich dazu, Kind!«

»Ach, Mutter.«

Das Telefon klingelte. Lisa bat den Anwalt, das Gespräch entgegenzunehmen.

»Ein Herr Feuerbach will Sie sprechen!« verkündete er.

Lisa schüttelte energisch den Kopf. »Nein!«

Noch mehrmals an diesem Nachmittag mußte der Anwalt Presseleute abwimmeln. Dazu kamen Anrufe, von deren Inhalt er ihr nichts erzählte. »Sagen Sie der Mördersau, sie soll sich nicht zu früh freuen. Wir werden es ihr schon geben.«

Lisa ahnte in etwa, was vor sich ging, wenn der Anwalt rasch und wortlos auflegte.

»Daß so viele Leute dich auf einmal sprechen wollen«, sagte die Mutter erstaunt. »Du warst doch sonst nie so beliebt.«

»Ihre Tochter ist jetzt eine Berühmtheit«, erklärte er, »und sie wird es noch einige Zeit bleiben. Damit müssen Sie sich abfinden.«

Journalisten fanden sich auch auf der Straße ein, belagerten das Haus und klingelten an der Tür. Obwohl sich niemand der Anwesenden sehen ließ, gaben sie bis zum Einbruch der Dämmerung nicht auf. Sie drangen sogar in den Garten ein, so daß Frau Hopf sich gezwungen sah, mit Hilfe von Paul Zumbruch alle Vorhänge zuzuziehen.

Endlich wurde es ruhiger, und sie glaubten schon, es überstanden zu haben, als es dreimal rhythmisch an der Haustür klingelte. Sie rührten sich nicht.

Erst als die Klingel beharrlich weiter ertönte, meinte Lisa: »Das könnte Ludwig Weigel sein.«

Mit einem vorsichtigen Blick durchs Küchenfenster stellte Frau Hopf fest, daß er es tatsächlich war, und ließ ihn rasch herein.

Ohne seinen Mantel auszuziehen, begrüßte er Lisa und gratulierte erst ihr herzlich, danach dem Anwalt. »Es treiben sich Gestalten im Garten herum«, sagte er, »wissen Sie das?«

»Presseleute«, sagte Zubmruch.

»Vielleicht auch nicht. Sie sollten um Polizeischutz bitten, Lisa!«

»Ich fürchte«, sgte der Anwalt, »die hiesige Polizei wird ihr nicht gerade freundlich gesonnen sein. Das Urteil war für die Ermittlungsbehörde eine gewaltige Blamage.«

»Dann müssen wir selbst etwas unternehmen!« erklärte Ludwig Weigel energisch. »Kommen Sie, Zumbruch, vertreiben wir die Figuren! Das Gartentor müßte doch abzuschließen sein?«

»Ja«, sagte Lisa, »ich hole den Schlüssel!« Sie fand ihn an einem Bord in der Küche und brachte ihn in die Diele. »Aber man kann trotzdem über das schmiedeeiserne Gitter steigen. Es ist ja nicht zur Verteidigung gedacht.«

»Ist noch Platz in der Garage?« wollte Weigel wissen.

»Wahrscheinlich steht nur mein Auto darin«, antwortete Lisa.

»Sehr gut. Dann fahre ich erst mal meinen Wagen herein. Das Tor läßt sich sicher von innen öffnen. Bitte, Herr Zumbruch, tun Sie das dann für mich. Sie, Lisa, suchen mal, ob Sie eine Taschenlampe finden.« Er öffnete seinen Aktenkoffer, den er auf einem Sessel in der Diele abgestellt hatte. »Eine für mich habe ich mitgebracht.«

Lisa sah ihn bewundernd an. Seine Umsicht und Fürsorge imponierten ihr. Für einen guten Geschäftsmann hatte sie ihn immer gehalten, ihm aber nicht zugetraut, daß er in einer solchen Situation die Initiative ergreifen würde. Er schien sie fast zu genießen. Seine dunklen Augen funkelten, und seine Römernase wirkte ausgeprägter denn je.

Als die Männer ihre Aktion abgeschlosen hatten, bedankte Lisa sich mit großer Wärme.

»Ich werde auf alle Fälle die Polizei verständigen!« erklärte Weigel. »Hier sind Sie nicht sicher, Lisa, und Ihre Mutter ist es auch nicht.« Er ließ sich nicht davon abbringen, das nächste Polizeirevier anzurufen. »Entgegenkommend klangen die wirklich nicht«, sagte er, nachdem er aufgelegt hatte.

»Ich lasse Sie nur sehr ungern allein, Lisa«, sagte Paul Zumbruch zögernd.

»Bitte, bleiben Sie doch noch! Sie müssen mir helfen, die Verträge durchzusehen. Sie haben doch die Verträge mitgebracht, Ludwig?«

Die nächste halbe Stunde verging damit, daß Lisa und Paul Zumbruch die Fusionsverträge zwischen ›Gebrüder Hammer‹ und einem solventen Münchner Maschinenbauunternehmen durchsahen und Ludwig Weigel die nötigen Erklärungen abgab. Währenddessen kochte Frau Hopf Eier, um die Reste vom Mittagsmahl für das Abendessen aufzubessern, und deckte den Tisch im kleinen Salon. Als Lisa ihre Unterschriften gegeben hatte, setzte man sich dort zusammen. Hunger hatte niemand so recht, aber der Wein, den Frau Hopf aus dem Keller geholt hatte, tat allen gut.

»Ich fürchte, Lisa«, sagte Ludwig Weigel in eine Stimmung hinein, die sich gerade zu entspannen begann, »Sie können hier in Rodenberg nicht bleiben.«

»Will ich ja auch gar nicht. Sie wissen, ich habe seit langem vor, in München zu studieren.«

»Sehr schön. Aber verplempern Sie nicht Ihre Zeit damit, den Haushalt aufzulösen und was dergleichen Dinge mehr sind. Das werden ich und Ihr Anwalt erledigen. Packen Sie nur das Notwendigste, und fahren Sie gleich morgen früh los. Ihre Mutter nehmen Sie am besten gleich mit.«

»Mich?« rief Frau Hopf. »Was soll ich in München? Ich bin doch hier in Rodenberg zu Hause.«

»Sie waren es. Nach dem, was passiert ist, werden Sie hier Ihres Lebens nicht mehr froh werden.«

»Das sähe ja nach Flucht aus!« protestierte Lisa.

»Es ist eine Flucht«, erklärte Weigel sehr ernst.

»Ich bin unschuldig, man hat mich freigesprochen...«

Ludwig Weigel legte ihr die Hand auf den Arm. »Bitte, Lisa, keine Haarspaltereien! Tun Sie, was ich Ihnen rate!«

»Weigel hat leider recht«, stimmte Paul Zumbruch zu.

»Ich weiß nicht einmal, wo ich unterkommen soll«, wandte Lisa ein.

»Und ich muß doch arbeiten, um Geld zu verdienen!« sagte Frau Hopf. »In meinem Alter finde ich keine neue Stellung.«

Ludwig Weigel tat diese Argumente mit einer ausdrucksvollen Handbewegung ab. »Das sind zweitrangige Probleme. Ein Hotelzimmer wird sich schon auftreiben lassen, und arbeiten brauchen Sie jetzt nicht mehr, Frau Hopf. Ihre Tochter wird für Sie sorgen.«

Sie berieten noch eine Weile hin und her. Eine zweite Flasche Wein wurde geöffnet. Die Herren konnten sich nicht entschließen, Lisa und ihre Mutter allein zu lassen.

»Wenn Sie nichts dagegen haben«, erklärte Ludwig Weigel endlich, »werde ich heute hier übernachten.«

»Das wäre mir sogar sehr lieb«, sagte Lisa, »Betten gibt's ja genug.«

Ludwig Weigel widersprach. »Nein, ich werde in der Diele kampieren.«

»Dann bleibe ich auch«, entschied sich Paul Zumbruch.

Lisa rang sich ein Lächeln ab. »Jetzt übertreibt ihr aber beide.«

Sie hatte kaum ausgesprochen, als es gewaltig knallte, zwei- oder dreimal hintereinander ohrenbetäubend. Eine Sekunde saßen die vier am Tisch wie erstarrt.

Dann sprang Lisa auf. »Das war im Haus!« rief sie und wollte aus dem Salon stürzen.

Ludwig Weigel war schneller; er packte sie und hielt sie zurück. »Sie bleiben, wo Sie sind! Wir machen das!« Er und Zumbruch spurteten los.

Lisa und ihre Mutter saßen sich gegenüber und starrten sich angstvoll an.

»Das waren Explosionen«, sagte Lisa endlich.

»Es klang danach.«

»Aber wir können hier doch nicht einfach sitzen wie hypnotisierte Kaninchen!« rief Lisa. »Wir müssen etwas tun!«

»Was willst du da schon machen?«

»Den Männern helfen.«

»Das wollen sie ja gar nicht.«

»Es ist nicht fair! Es ist einfach nicht fair!«

»Wann wirst du endlich lernen, daß es nicht gerecht auf der Welt zugeht?«

Es dauerte mehr als zwanzig Minuten, bis die Männer zurück waren, beide rauchgeschwärzt. Paul Zumbruch htte eine Wunde auf der Wange, und Ludwig Weigels gewöhnlich glatt anliegendes, schwarzes Haar war zerrauft.

»Was war das?« rief Lisa.

»Keine Fragen jetzt!« bestimmte Ludwig Weigel. »Folgen Sie mir in die Garage! Sie auch, Frau Hopf! Wir fahren los.« Er hatte sich schon umgedreht und den kleinen Salon verlassen. »Zumbruch kann der Polizei alles erklären, falls sie denn endlich eintreffen sollte.«

Lisa schluckte ihre Einwände hinunter und eilte ihm nach. Frau Hopf folgte ihnen. In der Garage öffnete Weigel zuerst die Hintertüren seiner Limousine und ließ die Frauen einsteigen, dann das Garagentor und zuletzt das Tor der Ausfahrt. Er brauchte kaum eine Minute dazu. Dann setzte er sich ans Steuer, betätigte die Zündung und gab Gas.

Im Vorbeifahren bemerkte Lisa mit Entsetzen, daß Paul Zumbruchs Auto lichterloh brannte. Sie hoffte, daß ihre Mutter, die auf der anderen Seite saß, es nicht gesehen hatte.

Ludwig Weigel drosselte das Tempo. »Bei einer Geschwindigkeitsübertretung«, erklärte er mit bitterer Ironie, »würde die Polizei bestimmt zur Stelle sein.«

Erst jetzt, da sie die Parkstraße schon weit hinter sich gelassen hatten, hörten sie ein Martinshorn und die Sirenen eines Feuerwehrwagens.

»Was ist passiert?« wollte Lisa wissen.

»Es sind Bomben geworfen worden, Handgranaten, vielleicht Molotowcocktails, was weiß ich. Jedenfalls müssen mehrere Personen beteiligt gewesen sein. Eine ist ins Gartenzimmer geflogen, hat aber nur den Vorhang in Brand gesetzt. In der Küche sah es schon schlimmer aus. Der Boden und der Herd sind zerstört.«

»Und Zumbruchs Auto?«

»Da war nichts mehr zu retten. Der Tank ist explodiert.«

»So eine verdammte Gemeinheit!«

»Regen Sie sich nicht auf, Lisa! Es hat ja nur Sachschaden gegeben. Sie und Ihre Mutter sind unverletzt. Das ist die Hauptsache.«

»Ja, glauben Sie denn, jemand wollte mir etwas antun?«

Diese Frage beantwortete Ludwig Weigel nicht. Frau Hopf begann zu weinen, und Lisa ergriff ihre Hand und versuchte sie zu beruhigen.

Ludwig Weigel fuhr in die Tiefgarage eines modernen Wohngebäudes ein. »Leider muß ich erst noch zu mir«, erklärte er, »so kann ich mich nirgends sehen lassen.«

Er half den Damen aus dem Auto, und sie fuhren im Lift in den oberen Stock hinauf. Im Gang begegnete ihnen ein Mann, der jedoch offensichtlich betrunken war und Lisa nicht erkannte. Ludwig Weigel grüßte flüchtig und schob Lisa und ihre Mutter rasch in die Diele seines Apartments hinein. Er knipste alle Lichter an und führte sie in einen überraschend großen Wohnraum, der elegant und behaglich ausgestattet war, mit breiten Couchen, bequemen Sesseln, niedrigen Tischen und echten Orientteppichen.

»Natürlich können Sie auch hier schlafen«, sagte er, während er sich gedankenvoll umblickte, »aber es ist doch sicherer, Sie verschwinden noch heute nacht.« Aus einer Hausbar nahm er eine Flasche Whisky, Gläser und Eiswürfel; er schenkte Lisa und Frau Hopf ein, ohne sie erst nach ihren Wünschen zu fragen. »Ich hätte auch einen Schluck nötig, aber ich muß ja noch fahren. Machen Sie es sich bequem. Es dauert nur ein paar Minuten.« Er ließ sie allein.

Lisa nahm in einem bequemen Sessel Platz. Ihre Mutter setzte sich auf die Kante einer Couch; ihre Augen waren gerötet und ihr Gesicht von Kummer gezeichnet. Lisa fühlte sich mitschuldig an ihrem Elend und wußte nicht, wie sie sie trösten sollte. Andererseits fühlte sie sich jedoch auch selber im Stich gelassen. Sie hätte sich eine Mutter gewünscht, die ihr Halt gegeben hätte.

Der Whisky tat seine Wirkung, er wärmte sie von innen, und allmählich begann sie sich besser zu fühlen. Auf dem Tisch vor ihr stand eine aus Silber gehämmerte Zigarettendose. Sie öffnete sie, nahm eine Zigarette heraus und zündete sie mit einem schweren Tischfeuerzeug an.

»Seit wann rauchst du?« fragte ihre Mutter prompt.

»Gewöhnlich nicht. Aber du wirst zugeben, daß dies eine Ausnahmesituation ist.«

Sie hatte ihre Zigarette kaum aufgeraucht, als Ludwig Weigel auf der Schwelle erschien. In einem anderen Anzug, einem sauberen weißen Hemd, das schwarze Haar glatt zurückgekämmt, wirkte er frisch und unternehmungslustig. Die Frauen erhoben sich, ohne daß er sie dazu auffordern mußte. Im Vorbeigehen schnappte er sich in der Diele vom Garderobenständer einen Mantel, und sie traten den Rückweg in die Garage an. Diesmal begegneten sie niemandem. Lisa setzte sich neben ihn auf den Vordersitz, und er versuchte nicht, sie davon abzuhalten.

Erst als sie das Stadtgebiet schon verlassen hatten, fragte Lisa ihn, wohin er sie bringen wollte.

»Nach München in ein Hotel, genauer gesagt, in den ›Bayerischen Hof‹. Man kennt mich dort.«

»Aber wir haben nicht einmal Gepäck!«

»Heute nacht muß es so gehen. Morgen im Laufe des Tages bringe ich Ihnen alles, was Sie brauchen.«

»Sie tun so viel für mich, Ludwig.«

Er sah sie nicht an, aber um seine Lippen zuckte ein leichtes Lächeln. »Schließlich sind Sie jetzt die Chefin.« Nach einer Weile fuhr er fort: »Ich weiß, wie schrecklich das alles für Sie ist, Lisa, und Sie haben es wirklich nicht verdient. Halten Sie sich nur immer vor Augen, daß dies kein Dauerzustand sein kann. Sie werden nicht ewig auf der Flucht sein müssen. Es wird vorübergehen. Schlimmer kann es nicht kommen, nur besser.«

»Ich hatte mir den Tag meiner Freilassung so nicht vorgestellt.«

Dazu sagte er nichts, und Lisa wurde es klar, daß er auf einen derartigen Angriff vorbereitet gewesen war. Ganz kurz kam ihr sogar der Verdacht, daß er den Bombenangriff selbst inszeniert haben könnte. Aber sie schämte sich dieses Gedankens sogleich. Was hätte er davon gehabt, sie in die Flucht zu treiben? Er mußte ja wissen, daß sie nichts von der Firma verstand und auch nichts darüber lernen wollte, so daß er keinerlei Schwierigkeiten von ihr zu erwarten hatte. Es war niederträchtig von ihr, ausgerechnet ihn zu verdächtigen, der sich ihrer so tatkräftig annahm.

»Schlechtigkeit steckt an«, sagte sie aus ihren Gedanken heraus.

Er warf ihr einen kurzen Seitenblick zu. »Das würde ich so nicht sagen. Schlechte Gedanken hat jeder von uns, schlechte Gedanken und böse Wünsche. Aber sie in die Tat umzusetzen, da gehört etwas anderes dazu, das Sie nicht haben, Lisa: verbrecherische Energie, Triebhaftigkeit, übersteigerter Egoismus, Labilität oder Dummheit.«

»Sie scheinen sich mit dem Problem befaßt zu haben.«

»Natürlich habe ich das, Lisa. Weil es Ihr Problem war. Ich habe es nie in Betracht gezogen, daß Sie Bruno Hammer getötet haben könnten.«

»Wieso sind Sie eigentlich nicht als Zeuge benannt worden?«

»Weil Ihr Anwalt befürchtete, ich würde Sie so feurig entlasten, daß man ein zusätzliches Tatmotiv daraus schmieden könnte. Er war sehr erleichtert, daß die Staatsanwaltschaft nichts von mir wissen wollte.«

Sie fuhren inzwischen mit erhöhtem Tempo auf der Autobahn durch die Nacht. Frau Hopf hatte sich auf dem Rücksitz in den Schlaf geweint.

»Ich glaube schon, Sie hätten den richtigen Ton gefunden«, meinte Lisa.

»Ich hätte es versucht, wenn ich Ihnen damit hätte helfen können. Aber es gibt Untertöne, die man nur schwer beherrschen kann, und ich war wegen der ganzen Sache zu aufgebracht. Bin es übrigens noch.«

Lisa legte ganz kurz ihre Hand auf seine, die das Steuer hielt. »Danke, Ludwig.«

»Die liebe Evelyn wollte übrigens unbedingt in den

Zeugenstand. Sie wollte sogar als Nebenklägerin auftreten. Aber das konnte ich ihr ausreden. Bei einem Freispruch hätte sie für das Honorar Ihres Anwalts aufkommen müssen, und das wollte sie denn doch nicht riskieren. So hat sie sich denn darauf beschränkt, die halbe Stadt gegen Sie aufzuhetzen.«

»War sie denn in Rodenberg?«

»Das hat sie sich nicht nehmen lassen. Zur Feier Ihrer Verurteilung wollte sie eine Riesenparty geben.«

»Ein hübscher Einfall!«

»Kann man wohl sagen.«

Es tat Lisa gut, mit einem Menschen über ihren Fall zu sprechen, der voll auf ihrer Seite stand. Es kam ihr vor, als würde sie langsam Abstand zu dem Geschehen gewinnen.

Als die ersten Lichter Münchens vor ihnen auftauchten, glaubte sie, daß Rodenberg und die Vergangenheit nun endlich hinter ihr lägen. In der Großstadt wollte sie ein neues Leben beginnen.

Nachdem sie die Tür ihres Doppelzimmers hinter sich abgeschlossen hatte – auf den Rat Ludwig Weigels hin hatten sie sich als Frau Hopf und Tochter in das Hotelregister eingetragen – fühlten sie sich in Sicherheit. Trotz der überstandenen Ereignisse verbrachten sie eine ruhige Nacht und schliefen traumlos. Am nächsten Morgen schien die Welt ihren Schrecken für sie verloren zu haben. Lisa trat ans Fenster und sah, daß dicke Schneeflokken auf die Stadt niederfielen. Auch das nahmen sie als gutes Zeichen.

Nacheinander benutzten sie das Bad und machten sich so gut zurecht, wie es ohne Schminkutensilien eben gehen wollte. Immerhin hatte Weigel dafür gesorgt, daß sie Kämme, Zahnbürsten und Zahnpasta im Bad vorgefunden hatten. Beide Frauen hatten jetzt das Bedürfnis nach einer Tasse Kaffee. Aber als sie sich schon entschlossen hatten, in das Frühstückszimmer hinunterzugehen, kamen ihnen Bedenken.

Frau Hopf deutete sie als erste an. »Ich weiß nicht, ob das richtig ist, Lisa«, sagte sie.

Lisa dachte zwar genauso, wollte es aber nicht zugeben. »Soll ich mich etwa von nun an mein ganzes Leben verstecken?« fragte sie böse.

»Das nicht. Ich meine nur, es wäre doch besser zu warten, bis Weigel da ist oder dein Anwalt.«

Lisa tat, als gäbe sie nur der Mutter zuliebe nach, dabei war ihr selber schon recht schwummrig bei dem Gedanken gewesen, einen Saal zu betreten und sich den Blicken fremder Menschen auszusetzen. »Na schön«, sagte sie, »dann bestelle ich uns eben ein Frühstück nach oben.« Sie ließ sich telefonisch mit dem Zimmerservice verbinden.

Einige Minuten vergingen, dann wurde geklopft.

Lisa ging zur Tür und fragte vorsichtshalber: »Wer ist da?«

»Ich bringe das Frühstück«, erklärte eine junge Stimme.

Lisa schloß auf, öffnete die Tür einen Spaltbreit, sah den Kellner, der ein breites Tablett balancierte. Sie öffnete die Tür weit, um es ihm abzunehmen – im gleichen Augenblick wurde der Kellner von hinten zur Seite geschoben, so unsanft, daß er ins Stolpern und das Tablett in eine Schieflage geriet. Er konnte gerade noch mit der freien Hand die Kanne festhalten. Tassen, Teller, Sahnekännchen, Zuckerdose und das Toastkörbchen gerieten bedenklich ins Schwanken. Unwillkürlich war Lisa zurückgewichen, weil sie befürchten mußte, daß der Kaffee sich über sie ergießen könnte.

Am Kellner vorbei stürmte eine junge Frau in den Raum, riß eine kleine Kamera hoch und knipste mehrmals mit Blitzlicht Lisas verdutztes, erschrockenes Gesicht und das ihrer fassungslosen Mutter.

»Was fällt Ihnen ein?« rief Lisa empört. »Verschwinden Sie, aber auf der Stelle!«

Die Reporterin lächelte sie entwaffnend an. »Ist ja schon vorbei«, sagte sie und verstaute ihre Kamera in einer Lederhülle, die sie an einem Riemen über der Schulter trug, »und hat auch gar nicht weh getan.«

»Wo soll ich decken?« fragte der Kellner.

»Stellen Sie das Tablett ab!« befahl Lisa. »Irgendwohin. Von mir aus aufs Bett. Und dann verschwinden Sie. Alle beide.«

Der Kellner setzte seine Fracht auf einem der niedrigen Tischchen ab und verzog sich, ohne auf ein Trinkgeld zu warten. Die Reporterin blieb. Lisa hielt ihr schwungvoll die Tür auf, bis ihr bewußt wurde, daß draußen womöglich noch weitere Journalisten lauern könnten. Dann schloß sie sie schleunigst.

»So ist's recht!« sagte die Reporterin munter. »Es ist ein schwerer Fehler, sich mit der Presse anzulegen, Frau Hammer. Ich weiß, man ist übel mit Ihnen umgesprungen. Aber es gibt unter uns durchaus auch Menschen, die auf Ihrer Seite stehen. Zu denen gehöre ich zufällig.« Sie verriegelte die Tür mit einer Selbstverständlichkeit, als ob ihr der Raum gehörte. Dann streifte sie ihre Pelzjacke ab. »Sie erlauben doch?« fragte sie nachträglich. »Es ist verdammt heiß hier drinnen.«

Lisa fühlte sich einer solchen Dreistigkeit gegenüber hilflos. »Wie haben Sie mich überhaupt gefunden?«

»Das war wirklich kein Kunststück.« Die Reporterin ließ ihre Jacke lässig auf den Teppich fallen. »Frau Hopf und Tochter – eine sehr naive Tarnung. Die lieben Kollegen werden bestimmt bald hier sein. Nur diesmal bin ich ihnen um eine Nasenlänge voraus.« Sie warf sich in einen der Sessel. »Trinken Sie jetzt erst mal Ihren Kaffee. Wir haben massenhaft Zeit.«

Frau Hopf machte sich daran, das Geschirr vom Tablett zu räumen, während Lisa die junge Frau betrachtete und sie als Mensch wahrnahm. Eigentlich wirkte sie recht nett, mußte sie sich zugeben, mit ihren blitzblauen Augen und dem ansonsten eher unhübschen schmalen Gesicht. Gekleidet war sie mit einem übergroßen, offensichtlich handgestrickten Pullover, abgewetzten Jeans und hochhackigen Stiefeletten.

»Was haben Sie bloß für einen Beruf!« sagte Lisa.

»Ja, das frage ich mich manchmal auch«, gab die andere unbekümmert zu, »aber Spaß macht er eben auch, und er ist wichtig. Was wäre eine Demokratie ohne Presse?«

»Darüber möchte ich mit Ihnen jetzt wirklich nicht diskutieren.«

»Was ich Ihnen nicht verdenken kann. Übrigens, ruppig wie ich nun mal bin, habe ich vergessen, mich vorzustellen. Ich heiße Kate Braun, eigentlich Kati, aber ich habe Kate daraus gemacht, geschrieben Kate, gesprochen Kät, klingt besser, wie?«

Lisa ließ sich in den Sessel ihr gegenüber nieder. »Wenn sich Ihr Nachname *Brown* buchstabiert, paßt's unbedingt.«

Kate lachte. »Nein, so weit habe ich mich nun doch nicht verstiegen. Einfach Braun wie braun.«

Frau Hopf hatte Kaffee eingeschenkt und brachte Lisa eine Tasse. Dann zog sie sich selber mit ihrer Tasse in den entferntesten Winkel des sehr großen Raumes zurück, als wolle sie damit dokumentieren, wie wenig sie mit der ganzen Angelegenheit zu tun hatte. Wieder einmal mehr hätte Lisa sich eine Mutter gewünscht, die ihr zur Seite stand.

»Sie müssen alle Hotels abgeklappert haben«, meinte Lisa, immer noch erstaunt darüber, daß man sie so schnell gefunden hatte.

»Durchaus nicht!« erklärte die Reporterin. »Nachdem ich herausgefunden hatte, daß es Ihr Geschäftsführer war, der Sie weggebracht hatte – er besitzt weder ein

Landhaus noch eine Hütte am See –, lag es auf der Hand, daß er Sie nach München fahren würde. Es war mitten in der Nacht. Ohne Gepäck und ohne Papiere hätte er Sie in einem kleinen Hotel nicht unterbringen können. Außerdem hätte Gefahr bestanden, daß man Sie sofort erkannt hätte. Daraus zog ich den Schluß, daß er Sie in dem Hotel einmieten würde, wo er selber zu übernachten pflegt, wenn er in München zu tun hat, und das ist der ›Bayerische Hof‹.«

»Das wußten Sie?«

»Aber sicher. Ich hatte meine Recherchen schon vor Prozeßbeginn gemacht. Der Herr ist doch eine interessante Figur. Schade, daß er nicht als Zeuge aufgetreten ist. Warum eigentlich nicht?«

»Keine Ahnung.« Lisa hatte ihre Tasse mit kleinen Schlucken geleert; sie stand auf, um sich nachzuschenken.

»Jetzt erzählen Sie mir mal, was in der vergangenen Nacht passiert ist!« bat die Reporterin.

»Das wissen Sie doch sicher längst.«

»Stimmt. Es kam über den Ticker. Aber ich will es aus Ihrem Mund hören, Frau Hammer!«

Lisa hatte sich wieder gesetzt.

»Zieren Sie sich doch nicht!« drängte die Reporterin. »Sie haben doch nichts zu verlieren. Sie können nur an Sympathie gewinnen.«

»Mir liegt nichts an Sympathie. Man soll mich nur endlich in Ruhe lassen.«

»Die Hoffnung können Sie aufstecken. Es wird Jahre dauern, bevor Gras über diese Sache gewachsen ist. Seien Sie realistisch und stellen Sie sich darauf ein.«

»Ich werde wahnsinnig, wenn das so weitergeht.«

»Frau Hammer – oder darf ich Lisa sagen? Ich habe von Anfang an auf Ihrer Seite gestanden, Lisa, das müssen Sie mir glauben. Die Polizei hat es sich zu leicht gemacht. Gerade Ihre allzu unbedachten, allzu aufrichtigen Aussagen waren für mich – und nicht nur für mich – der Beweis, daß Sie nicht die Täterin sein konnten. So dumm kann sich niemand verhalten, der etwas zu verbergen hat, und so raffiniert, sich so dumm zu stellen, kann auch niemand sein. Die Indizien waren absolut nicht ausreichend. Man hätte Sie gar nicht vor Gericht stellen dürfen.«

Lisa begann, sich zu entspannen, und das war ja auch wohl die Absicht der Reporterin. Als Kate sie noch einmal bat, den Anschlag zu schildern, tat sie es.

Die Reporterin hörte neugierig zu, verzichtete aber darauf, sich Notizen zu machen. »Und wer, denken Sie, könnte es gewesen sein?« fragte sie, als Lisa geendet hatte.

Lisa zuckte die Achseln. »Rowdies. Gesindel. Was weiß ich.«

»Das könnte stimmen. Aber wer, vermuten Sie, war der Drahtzieher?«

»Wie kommen Sie darauf, daß es einen gibt?«

»Bestimmt aber doch einen Anführer? Sie stellen sich eine Gang jugendlicher Randalierer vor. Da gibt es doch immer einen, der den Ton angibt. Wer könnte das in diesem Fall gewesen sein?«

»Ich bin mit solchen Kreisen nie in Berührung gekommen. Außerdem glaube ich, daß Ihre Annahme nicht stimmt. Die haben sich wahrscheinlich gegenseitig aufgehustet.«

»Das wäre glaubhaft, hätten sie mit Steinen geschmissen. Aber Sie sagten doch, es waren Brandbomben.«

»Das hat Weigel mir so erzählt. Ich kenne mich da gar nicht aus. Jedenfalls hat es gebrannt.«

»In der offiziellen Nachricht ist von Molotowcocktails die Rede. Die müssen aber doch erst mal hergestellt werden.«

»Wissen Sie, das alles interessiert mich herzlich wenig. Für mich ist es durchaus denkbar, daß es sich um politisch Radikale gehandelt hat, die es mir als einem scheinbar privilegierten Mitglied der bürgerlichen Gesellschaft heimzahlen wollten oder im Gegenteil, weil ich in ihren Augen dem Ansehen eben dieser Gesellschaft geschadet habe. Was weiß ich.«

»Der Gedanke, daß jemand aus der Familie dahinterstecken könnte, ist Ihnen also nicht gekommen?«

»Arthur? Evelyn? Das ist doch einfach lachhaft.«

»Wie können Sie da sicher sein?«

»Ich kenne die beiden ziemlich gut. Ein solcher Gewaltakt wäre nicht ihr Stil.«

»Lisa, machen Sie die Augen auf! Sie wissen, daß Sie Ihren Mann nicht getötet haben. Aber jemand hat es getan, jemand aus seiner und Ihrer Nähe.«

»Evelyn und Arthur waren es jedenfalls nicht, und sie haben auch nichts mit dem Überfall zu tun.«

»Lisa, Lisa, warum stellen Sie sich nur immer so vor diese beiden jungen Leute? Es ist loyal von Ihnen, zugegeben, aber wenn es um Kopf und Kragen geht, sollte man doch besser an sich selber denken. Warum haben Sie bei der Polizei nicht gesagt, daß beide in keinem guten Verhältnis zum Vater standen? Daß beide nie mit ihrem Geld auskamen, mit immer neuen Forderungen an ihn herantraten und ihn damit wütend machten?«

»Das wissen Sie?« Die Tasse, die Lisa auf den Unterteller stellte, klirrte.

»Inzwischen weiß es die ganze Welt. Die Presse hat das natürlich herausgebracht, aber leider zu spät, erst als die Polizei sich in die Idee verrannt hatte, daß Sie die Täterin wären.«

»Ich kann niemanden anschwärzen«, erklärte Lisa trotzig, »habe es nie gekonnt.«

»Das habe ich mir gedacht. Aber machen Sie sich nichts draus. Wer weiß, ob die Polizei durch Sie den richtigen Täter gefunden hätte. Es kommen ja nicht nur Ihre Stiefkinder in Frage. Und auch wenn Sie nicht vor

Gericht gestellt worden wären, Lisa, Ihr Name wäre für immer mit diesem unaufgeklärten Verbrechen verbunden geblieben.« Die Reporterin stand auf.

»Was soll ich denn jetzt tun? Bitte, Kate, geben Sie mir einen Rat!«

»Ihn ändern!«

»Wen?« fragte Lisa verdutzt.

»Ihren Namen. Das kann man nämlich. Besprechen Sie das mit Ihrem Rechtsanwalt!«

»Daran habe ich noch gar nicht gedacht. Jedenfalls – ich danke Ihnen, Kate.«

»Verlassen Sie Ihr Zimmer nicht. Jede Wette: in der Halle wimmelte es inzwischen von Jorunalisten.«

Lisa protestierte. »Ich bin lange genug eingesperrt gewesen!«

»Sie können sich natürlich auch der Meute stellen. Angriff statt Verteidigung. Falls Sie sich das zutrauen.«

Lisa schwieg, zögerte. »Da müßte ich erst mit meinem Anwalt reden.«

»Gut so. Ich verschwinde jetzt.« Kate Braun reichte Lisa die Hand. »Viel Glück! Und seien Sie vorsichtig, schließen Sie gleich hinter mir ab.«

Lisa folgte ihr zur Tür, die Kate nur einen Spaltbreit öffnete, um hinauszuschlüpfen. Lisa verriegelte sie sofort hinter ihr. Mit dem Rücken dagegen blieb sie im Raum stehen. ›Ein anderer Name‹, dachte sie, ›ja, das wäre eine Möglichkeit zur Flucht. Aber würde es nicht trotzdem immer wieder Menschen geben, die mich erkennen? Was ich brauche, ist ein neues Gesicht.‹

»Ich werde mich operieren lassen!« sagte sie laut.

Ihre Mutter war dabei, die Tassen wieder auf das Frühstückstablett zu stellen; der Toast war unberührt geblieben. »Bist du krank?« fragte sie ohne besondere Betroffenheit.

»Nein. Aber ich will ein anderer Mensch werden.«

»Ach, Lisa, wenn man das könnte! Du wirst immer die bleiben, die du bist.«

»Wir werden sehen.«

Paul Zumbruch war nicht so skeptisch wie Lisas Mutter. »Das wird sich alles machen lassen«, sagte er, »nur wird es natürlich einige Zeit dauern. Erst einmal brauchen Sie einen Leibwächter.«

Er war, wie Kate Braun vorausgesehen hatte, in der Halle von Journalisten bestürmt worden, hatte das Hotel verlassen und seine Abfahrt vortäuschen müssen. Erst beim zweiten Versuch war es ihm gelungen, den ›Bayerischen Hof‹ unbemerkt zu betreten und sich von einem Pagen über Hintertreppen zu Lisas Zimmer lotsen zu lassen. Der Gang davor wurde von einem Hoteldetektiv freigehalten. Dem Pagen hatte er dann seinen Autoschlüssel gegeben und ihn gebeten, das Gepäck der beiden Frauen aus dem Kofferraum zu holen. Das alles war umständlich und zeitraubend gewesen, hatte ihn jedoch an abenteuerliche Spiele seiner Kindheit erinnert.

»Einen Leibwächter?« wiederholte Lisa. »Ist das denn nicht doch übertrieben?«

»Keineswegs. Wir können der Hotelleitung auf Dauer nicht zumuten, Ihren Schutz zu übernehmen. Wenn Sie aber umziehen, geht im nächsten Hotel das gleiche Theater wieder los. Sie glauben doch selber nicht, daß Sie bei Nacht und Nebel unbemerkt verschwinden können.«

»Ich halte das nicht aus«, sagte Lisas Mutter.

Niemand ging darauf ein.

»Nehmen Sie ernstlich an, daß mir jemand nach dem Leben trachtet?« fragte Lisa.

»Nein, natürlich nicht. Ich möchte einfach einen Mann vor Ihrer Tür postieren, der dafür sorgt, daß die echten Stubenmädchen und Etagenkellner zu Ihnen hereinkommen. Denn hermetisch abriegeln können Sie das Hotel ja nicht. Frische Wäsche, Essen und Trinken brauchen Sie auf alle Fälle.« Paul Zumbruchs Wangen waren leicht gerötet, und in seinen klugen, grauen Augen lag mehr Glanz als gewöhnlich.

Lisa bemerkte es mit Befremden. »Ich glaube fast, die Sache macht Ihnen Spaß.«

Er lächelte verlegen. »Sie bedeutet für mich eine – na, sagen wir – Herausforderung. Eine ungewöhnliche Herausforderung.«

»Einen Mann mit einem Walkie-Talkie also.«

»Walkie-Talkie ist gut, eines für ihn und eines für Sie. Dann können Sie ihn informieren, wenn Sie etwas bestellt haben.«

»Du lieber Himmel!« sagte Lisa. »Und wie lange soll ich hier eingesperrt bleiben?«

»Bis sich der erste Wirbel gelegt hat und, natürlich, bis ich einen Platz für Sie in einer Klinik bekommen habe.«

»Das halte ich nicht aus«, sagte Frau Hopf wieder.

Diesmal wandte der Anwalt sich ihr zu. »Für Sie gilt das alles nicht, Frau Hopf. Ich kann Sie noch heute über die Hintertreppe hier herausbringen.« Er sah von Frau Hopf zu Lisa. »Falls Sie nicht bei Ihrer Tochter bleiben wollen und falls sie Sie nicht braucht.«

Eine Sekunde wartete Lisa ab, was ihre Mutter dazu sagen würde, dann, als nichts kam, erklärte sie rasch: »Ich komme schon allein zurecht.«

Sie nahm es ihrer Mutter ein wenig übel, daß sie ihr nicht Gesellschaft leisten wollte, war aber gleichzeitig froh über diese Lösung.

Die nächsten Wochen lebte Lisa weiter wie in einem – wenn auch recht komfortablen – Gefängnis. Sie konnte lernen, lesen, Radio hören, ja, sogar fernsehen, bekam leckere, kleine Mahlzeiten serviert – nur ins Freie konnte sie nicht. Deshalb nahm sie ihre Gewohnheit, Gymnastik zu üben, wieder auf. Sie wollte unbedingt fit sein, wenn sie ihr neues Leben begann.

Da sie in einer Münchner Klinik zur Welt gekommen war, hatte Paul Zumbruch ihre Namensänderung beim hiesigen Standesamt beantragt. Sie hatte sich dafür entschieden, Vivian Wagner heißen zu wollen. Zumbruch erhob Einwände dagegen. Er fand es zu extrem.

Aber sie bestand darauf. »Warum denn nicht? Vivian hat mir schon immer gefallen, und Richard Wagner habe ich seit eh und je verehrt. Wenn ich mir schon einen Nanen aussuchen kann, warum dann nicht einen, der mir hundertprozentig zusagt?«

Er gab nicht sogleich nach. »Sie müssen sich aber darüber im klaren sein, daß Ihr ursprünglicher Name nicht gänzlich in Vergessenheit geraten wird. Falls Sie je wieder mit der Polizei zu tun haben sollten...«

»Malen Sie den Teufel nicht an die Wand!« warf sie ein.

»... werden Sie eine Elisabeth Hopf alias Vivian Wagner sein. Finden Sie das nicht ein bißchen lächerlich?«

»Es wird nicht dazu kommen«, behauptete sie mit Überzeugung.

»Wenn Sie sich auf der Universität inskribieren, werden Sie auch Ihren ursprünglichen Namen angeben müssen. Sie werden zwar einen neuen Paß bekommen, aber wir können unmöglich alle Ihre Zeugnisse umschreiben lassen.«

»Daran habe ich noch nicht gedacht«, räumte sie ein.

»Ihre Kommilitonen brauchen es nicht zu wissen. Aber wir werden mindestens einen Herrn der Verwaltung ins Vertrauen ziehen müssen. Ich werde mich darum kümmern.«

»Nicht nötig, Paul. Ich gehe nach Berlin.«

»Lisa!« sagte er betroffen. »Aber das ist ja das Neueste, was ich höre!«

»Ich möchte möglichst weit weg von hier, können Sie das nicht verstehen? Am liebsten ginge ich ins Ausland, aber für ein Studium dort reichen meine Sprachkenntnisse nicht.«

»Sie werden mir fehlen, Lisa.«

Sie errötete leicht. »Tut gut, das zu hören.«

»Wollen Sie es sich nicht doch noch mal überlegen? Mir zuliebe?«

»Nein, Paul. Es könnte auffallen, wenn Sie sich mit einer vom Himmel gefallenen Vivian Wagner träfen.«

»Ich hatte wirklich gehofft, wir würden öfter zusammensein.« Er klang traurig.

Sie setzte eine gespielte Munterkeit dagegen. »Was für ein Jammer! Endlich scheine ich einen Verehrer gefunden zu haben...«

»Spotten Sie nicht, Lisa! Sie bedeuten mir sehr viel.«

»Na klar. Ich war Ihr erster großer Fall.«

»Nicht nur deshalb, Lisa. Spüren Sie denn nicht...«

»Hören Sie auf damit, Paul! Niemand kennt meine Situation so gut wie Sie. Ich bin einfach nicht in der Lage, mir Sentimentalitäen erlauben zu können. Sie sind auch viel zu wichtig für mich, als daß ich unsere Beziehung durch einen dummen Flirt aufs Spiel setzen könnte. Sie werden die einzige Verbindung zu meinem alten Leben sein. Ist Ihnen das klar?«

»Wollen Sie denn Ludwig Weigel nicht einweihen? Ich weiß, ihm liegt viel an Ihnen, und er hat ja auch viel für Sie getan.«

»Ich glaube, daß er durchaus in der Lage wäre, sein eigener Fürsprecher zu sein.«

»Das ist mir wohl bewußt. Ich will ihn auch gar nicht herausstreichen, aber...«

»Paul, entschuldigen Sie, daß ich Sie unterbreche, aber jetzt sind Sie töricht. Haben Sie denn vergessen, daß ein Mord geschehen ist? Und daß der Täter immer noch frei herumläuft?«

»Sie halten es doch nicht allen Ernstes für möglich, daß ausgerechnet Ludwig Weigel...« Paul Zumbruch ließ das Ende seiner Frage unausgesprochen.

»Und warum nicht? Es gab zwischen ihm und meinem Mann erhebliche Differenzen. Er könnte es eher getan haben als Evelyn oder Arthur. Er war mit dem Opfer nicht verwandt, und es bestanden keine freundschaftlichen Bande. Ich will ihn nicht beschuldigen, Paul, verstehen Sie mich recht. Aber ich will vor ihm in Sicherheit sein. Sie, nur Sie sollen wissen, wie ich in Zukunft heißen und wie ich aussehen werde. Sie werden mich ihm gegenüber vertreten. Sie werden der Mittelsmann sein. Oder wollen Sie das nicht für mich tun?«

»Natürlich will ich.« Der Anwalt verzog das Gesicht zu einem schiefen Lächeln. »Schließlich werde ich ja daran verdienen.«

»Nun tun Sie nicht so! Was ich von Ihnen erwarte, ist ja mit Geld gar nicht zu bezahlen.«

»Ludwig Weigel beziehungsweise die Firma ist es, die dafür aufkommen muß. Ich fürchte, es wird ihm gar nicht recht sein.«

»In diesen sauren Apfel wird er beißen müssen.«

»Und was wird sein, wenn mir etwas zustößt? Wir müssen an alles denken, Lisa. Übrigens werde ich gar nicht in Rodenberg bleiben.«

»Nicht?« fragte sie überrascht.

»Dort habe ich mich genauso unmöglich gemacht wie Sie. Für die Rodenberger bin ich der skrupellose Anwalt, der eine Mörderin vor der gerechten Strafe bewahrt hat.«

»Oh!« machte Lisa.

»Verzeihen Sie mir, Lisa, ich wollte Sie nicht erschrekken. Die Welt mißt zum Glück nicht nach Rodenberger Maß. Ich habe ein sehr gutes Angebot von einer Münchner Kanzlei bekommen. Ich werde dort einsteigen. Für die Kollegen bin ich der Mann, der einen schwierigen Indizienprozeß gewonnen hat.«

Wieder lächelte er schief.

»Gratuliere, Paul!« sagte sie erleichtert »Dann habe ich Ihnen im Endeffekt also doch Glück gebracht.«

Danach hatte Lisa noch eine letzte Besprechung mit ihrem Geschäftsführer. Wie ihr Anwalt vorausgesagt hatte, war es Ludwig Weigel gar nicht recht, daß er nicht in ihr neues Leben eingeweiht werden sollte.

»Sie haben also kein Vertrauen zu mir«, stellte er bekümmert fest und ließ den Römerkopf auf die Brust sinken.

»Das hat damit nichts zu tun!« schwindelte sie. »Nur: je weniger Menschen Bescheid wissen, desto sicherer werde ich sein.«

»Ich gehöre wirklich zu denen, die den Mund halten können.«

»Das glaube ich gerne«, sagte Lisa und fügte in Gedanken hinzu: ›Wenn du der Täter warst, bist du wirklich der größte Schweiger auf Gottes Erdboden!‹ – Laut sagte sie: »Aber Sie haben eine Sekretärin, die neugierig werden und es herauskriegen könnte, und Sie sind, wie ich jetzt weiß, schon vor dem Prozeß von der Presse observiert worden.«

»Davon habe ich nichts bemerkt.«

»Aber es ist so. Nur deshalb hat diese Kate Braun mich so rasch im ›Bayerischen Hof‹ aufstöbern können.«

Überraschend schnell gab er seinen Widerstand auf. »Sie haben recht, Lisa. Es war egoistisch von mir, Sie zu bedrängen. Aber Sie wissen, daß ich Sie immer sehr bewundert habe. Der Gedanke, Sie von heute auf morgen aus den Augen verlieren zu sollen, setzt mir einfach zu.«

»Ich verschwinde ja nicht für immer«, erklärte sie, »vielleicht tauche ich eines Tages wieder auf wie Phönix aus der Asche.«

»Aber dann werden Sie nicht mehr dieselbe sein.«

»Hoffen wir es, Ludwig. In eine derartige Situation will ich jedenfalls nie wieder geraten. Ich glaube, daß es nicht nur mit den äußeren Umständen, sondern auch mit mir selber zu tun hatte, daß ich da hineingeraten bin.«

»Sie sind der aufopferungsvollste Mensch, den ich kenne.«

»Vielleicht gehörte auch das zu meinen Fehlern. Aufopferung kann belasten.«

Professor Schönhuber betrachtete Lisa kritisch, erfaßte ihr Kinn mit zwei Fingern und drehte ihren Kopf von links nach rechts und wieder zurück. »Sie sind also entschlossen, Ihr Aussehen zu ändern?«

»Meine Persönlichkeit, wenn es möglich ist«, erwiderte Lisa.

Sie hatte sehr früh am Morgen, fast noch in der Nacht, den ›Bayerischen Hof‹ durch einen Hinterausgang ohne Gepäck verlassen. Ihr war diese Vorsichtsmaßnahme trotz aller schlechten Erfahrungen übertrieben erschienen, aber ihr Anwalt hatte darauf bestanden. Für ihn war es nicht auszuschließen, obwohl sich die Meute der Journalisten inzwischen verzogen hatte, daß ihr immer noch der eine oder andere auflauern könnte. Seit der Explosion seines Autos benützte er einen Leihwagen. Eigens für diese Flucht – denn nichts anderes war es – hatte er das Modell gewechselt. Lisa besaß zwar noch nicht ihre neuen Papiere, trotzdem hatte er sie als ›Vivian Wagner, Privatpatientin‹ in der Aufnahme angemeldet.

»Das geht Hand in Hand«, erklärte der Professor unbeeindruckt. Er war ein häßlicher Mann, und Lisa fragte sich, wieso er selber noch nie auf die Idee gekommen war, etwas an seinem Äußeren zu tun.

»Haben Sie eine Vorstellung davon, wie Sie aussehen wollen?« fragte er.

»Anders jedenfalls – und hübscher.«

»Mir scheinen Sie hübsch genug. Jedenfalls für den ›Hausgebrauch‹.«

»Aber das genügt mir eben nicht.«

»Anspruchsvoll, wie?«

»Ich habe meine Gründe.«

»Ich weiß. Ihr Rechtsanwalt hat mich eingeweiht. Stört Sie das?«

Lisa sah ihm direkt in die Augen. »Nein. Falls es nicht die ganze Klinik weiß.«

»Nur keine Sorge. Es ist unser kleines Geheimnis, und es soll es auch bleiben.«

»Danke, Herr Professor. Sonst hätte es ja auch gar keinen Zweck.«

»Sie haben viel durchgemacht, meine Liebe.«

»Erinnern Sie mich bitte nicht daran. Jetzt geht es um meine Zukunft.«

»Sie sind sehr couragiert.«

»Ja, das war ich immer schon. Es wäre nett, wenn Sie mir meinen Mut nicht wegoperieren würden.«

Er lachte. »Wird kaum möglich sein. Der Kern eines Menschen läßt sich nicht ummodeln. Jedenfalls nicht mit den Mitteln, die uns heute zur Verfügung stehen.«

»Klingt tröstlich.«

Er wies Lisa im Untersuchungsraum einen Stuhl an und setzte sich selber. »Wissen Sie, Sie sind für mich ein ganz besonderer Fall, Frau Wagner.«

Es war das erste Mal, daß sie mit ihrem neuen Namen angesprochen wurde, und es berührte sie tief. »Aber wieso denn? Sie haben doch sicher Hunderte von plastischen Operationen hinter sich gebracht.«

»Mehr noch«, gab er zu und schlug die langen Beine übereinander, »aber dabei handelte es sich immer um Menschen, die mit ihrem Aussehen nicht zufrieden waren oder denen ein Unfall die Züge entstellt hatte. Es hat sich also immer um nutzlose oder nötige Reparaturen gehandelt. Sie wären aber unter anderen Umständen wohl nie auf die Idee gekommen, Ihr Äußeres zu ändern.«

»Wohl kaum.«

»Sie waren also mit Ihrem Erscheinungsbild zufrieden?«

»Das nicht gerade. Aber ich war überzeugt damit leben zu können.«

»Eine sehr vernünftige Einstellung.«

»Aber wie die Dinge stehen, ist das nicht länger möglich, Herr Professor. Ich werde verfolgt.«

»Ja, diese neugierigen Presseleute.«

»Nicht nur die. Ich fürchte, daß auch andere mich auf dem Kieker haben.«

»Das wird vorbeigehen.«

»Ja. Sicher. Als alte Frau werde ich wahrscheinlich meine Ruhe haben. Aber ich brauche sie jetzt.«

»Verständlich.«

Lisa holte tief Atem. »Herr Professor, können Sie mir helfen? Und wollen Sie es überhaupt?«

»Aber ja. Ich habe schon alles mit Ihrem Anwalt besprochen, und er hat mir auch die polizeiliche Genehmigung vorgelegt.«

»Warum machen Sie dann solche Umstände?«

»Weil Sie ein interessanter Fall für mich sind. Jeder von uns wünscht sich, einmal einen Menschen unter das Messer zu bekommen, der eine wirkliche Persönlichkeitsveränderung will.«

»Ich bin kein Verbrecher auf der Flucht, wenn Sie das meinen.«

»Aber Sie sind eine Tatverdächtige, nicht wahr?«

»Wenn Sie wüßten, wie mir das zum Hals heraushängt.«

Er lachte wieder. »Aber Sie sind sich darüber im klaren: wenn der Prozeß noch einmal aufgerollt wird, sind Sie trotzdem dran. Auch wenn ich Sie in die Königin von Saba verwandle.«

»Darüber brauchen Sie mich nicht zu belehren.«

»Sie sind sehr kratzbürstig, wie?«

»Vielleicht werde ich mit einem neuen Gesicht anders sein.«

»Na schön. Darf ich Ihnen jetzt meine Vorschläge machen?«

»Nichts, was mir lieber wäre.«

»Sie haben schräg stehende Augen.«

»Ist mir nicht neu.«

»Durch eine Inzision in der Tarsalfalte könnte ich das ändern. Ihre Augen werden dann rund sein und größer wirken. Mit Kontaktlinsen könnten Sie dann auch ganz leicht die Farbe verändern.«

»Klingt verlockend.«

»Ihr Kinn kann ich verändern, indem ich ein Stück Silikonimplantat einsetze, etwa vier bis acht Millimeter dick. Es wird dadurch kräftiger wirken.«

»Schon einverstanden.«

»Und was machen wir mit der Nase? Nun, ich denke, daß ich da vom Nasenloch ausgehen muß. Wir entfernen den leichten Höcker, tragen ihn ab und schleifen ihn gerade.«

»Wie werde ich dann aussehen?«

»Auf alle Fälle anders. Ich verspreche Ihnen, daß Sie sich selber nicht mehr erkennen werden. Natürlich sollten Sie auch kosmetisch etwas an sich tun. Kontaktlinsen, wie gesagt und eine andere Haarfarbe.«

»Und was ist mit meinen Händen?«

»An denen können wir nichts machen. Aber niemand achtet so sehr auf die Hände eines anderen, daß er ihn bei völlig verändertem Aussehen daran erkennen würde.« Er nahm Lisas rechte Hand und betrachtete sie kritisch. »Eine typische Krankenschwesterhand. Superkurze Nägel. Praktisch. Zupackend. Unbedingt sympathisch.« Er sah Lisa an. »Lassen Sie sich die Nägel wachsen, feilen Sie sie oval und lackieren Sie sie. Dadurch werden sie einen ganz anderen Eindruck machen.«

»Aber ich will Medizin studieren.«

»Lange Fingernägel werden Sie nicht daran hindern. Lassen Sie ruhig mal einen Nagel abbrechen, die Farbe abblättern. Dann wird nichts mehr an Ihre braven, kurzgeschnittenen Nägel erinnern.«

»Es wird«, sagte Lisa zögernd, »alles sehr ungewohnt für mich werden.«

»Und ob!« erwiderte der Professor ungerührt. »Sie werden aus Ihrer alten Haut herausschlüpfen müssen. Mit Make-up und so weiter haben Sie nicht viel Erfahrung, nicht wahr? Aber Sie werden lernen müssen, es anzuwenden. Erst einmal, um die Narben zu überschminken. Wenn alles gutgeht, werden sie kaum sichtbar sein, das verspreche ich Ihnen. Aber dann auch, um einen neuen Typ aus sich zu machen. Verwandeln Sie sich in eine ›Femme fatale‹ und streifen Sie das kleine Unschuldslamm ab.«

»Für ein Unschuldslamm hat mich bisher kaum einer gehalten. Leider.«

»Doch. Ihr Rechtsanwalt. Er ist überzeugt, daß Sie das völlig unschuldige Opfer der Umstände geworden sind.«

Lisa errötete leicht. »Das ist nett von ihm. Allerdings bin ich selber darauf gekommen, daß ich mich dumm benommen habe. Sonst wäre mir das alles wohl gar nicht passiert.«

»Na, dann haben Sie ja schon Ihr Programm für die Zukunft. Seien Sie nicht mehr töricht, sondern leben Sie bewußt. Machen Sie das Beste aus sich.«

»Ich werde es vesuchen.«

»Das ist nicht genug. Sie müssen es wollen.«

»Ja, ich will es.«

Damit niemand aus der Klinik Lisas wahre Identität entdeckte, nahm Professor Schönhuber die nötigen Untersuchungen vor der Operation eigenhändig vor. Sie war ihm dankbar dafür. Anschließend gab er ihr eine Beruhigungsspritze, und noch am Nachmittag des gleichen Tages kam sie unter das Messer. Sie bekam eine Vollnarkose und schlief bis zum nächsten Morgen durch.

Unwillkürlich betastete sie ihr Gesicht; es war mit weicher Gaze bandagiert, und es schmerzte. Sie stand auf, merkte, daß sie sehr unsicher auf den Beinen war, und ging ins Bad. Zu ihrer Überraschung gab es keinen Spiegel. Also widerstand sie der Versuchung, den Verband abzunehmen. Sie taumelte ins Zimmer zurück, suchte nach ihrer Handtasche und fand sie im Schrank. Aber sie mußte feststellen, daß jemand ihren kleinen Spiegel entfernt hatte. Sie fühlte sich entmündigt und ärgerte sich.

Eine junge Schwester kam ins Zimmer, sehr hübsch, sehr blond, sehr adrett. »Guten Morgen, Frau Wagner!« grüßte sie. »Schon auf den Beinen? Aber Sie sollten sich schonen.« Sie faßte Lisa um die Taille und führte sie mit sanfter Gewalt zum Bett zurück.

»Man hat mir meinen Spiegel geklaut«, beschwerte sich Lisa.

»Wozu brauchen Sie einen Spiegel?«

»Ich will mich sehen.«

»Erst wenn der Herr Professor es erlaubt.«

»Ich mag es nicht, wenn man mich wie ein Baby behandelt.«

Die Kinnpartie schmerzte Lisa bei jedem Wort, und ihre Sprache war undeutlich.

»Nicht wie ein Baby, Frau Wagner«, widersprach die Schwester, »wie eine Patientin, und das sind Sie ja auch, nicht wahr?«

Lisa hatte sich auf das Bett gesetzt, und die Schwester half ihren Beinen nach.

»Ich bin nicht krank«, protestierte Lisa, »und ich kann das schon alleine.«

»Sie sind frisch operiert, Frau Wagner, und wenn Sie unvernünftig sind, wird es Narben geben. Sie sollten ganz ruhig liegen, nicht sprechen und sich entspannen.«

»Ich habe Durst.«

»Gleich bringe ich Ihnen was zu trinken. Ich heiße übrigens Ida, Schwester Ida, ja?«

Lisa nickte nur. Sie hatte das Gefühl, in eine böse Falle geraten zu sein. Wie hatte sie sich nur so leichtfertig und naiv darauf verlassen können, ein neues, schönes Gesicht zu bekommen? Sie hätte damit rechnen müssen, durch den chirurgischen Eingriff entstellt zu werden. ›Narbenbildung‹, dachte sie voll Entsetzen, ›auch das noch!‹

Schwester Ida erschien mit einer Schnabeltasse voll Bouillon, kurbelte das Oberteil des Bettes hoch und gab ihr schluckweise zu trinken. »Die Suppe ist nicht heiß«, erklärte sie, »aber das ist Absicht. Heiße Suppe könnte Ihnen weh tun. Sie wissen ja wohl, daß Ihr Kinn von innen her aufgeschnitten worden ist.«

Lisa trank sehr behutsam, so daß nur ihre Mundhöhle und ihre Gurgel mit der Bouillon in Berührung kamen.

»Sie machen das sehr gut, Frau Wagner!« lobte die Schwester. »Nicht viele schaffen das auf Anhieb. Es wird eine Weile dauern, bis Sie wieder kauen können.«

Lisa hatte eine böse Bemerkung schon auf den Lippen, aber sie unterdrückte sie. Sie sah ein, daß es keinen Sinn hatte, ihre Angst und ihren Zorn an der jungen Schwester auszulassen. Außerdem würde sie sich damit nur neue Schmerzen bereiten. Wortlos leerte sie die Tasse.

Die Schwester stellte sie beiseite. »Sehr brav, Frau Wagner. Ich werde Sie jetzt ein bißchen frisch machen. Natürlich können Sie auf die Toilette gehen, wenn Sie müssen. So krank sind Sie nicht. Aber Sie sollten nicht unnötig herumturnen. Also werden wir uns die nächsten Tage mit einer Katzenwäsche begnügen, ja?« Sie ging ins Bad, kam mit einer Schüssel voll warmen Wassers, Waschlappen und Frottiertücher zurück und säuberte Lisas Achselhöhlen, wusch ihr die Hände und den Intimbereich. »So, jetzt sind wir ganz frisch«, stellte sie abschließend zufrieden fest.

Lisa nahm sich vor, nie einem Patienten gegenüber das Wort ›wir‹ in den Mund zu nehmen.

»Vielleicht sollen wir Ihnen noch ein wenig die Haare bürsten?« überlegte die Schwester. »Nein, das lassen wir lieber. Es könnte ziepen.« Sie stellte das Oberteil des Bettes wieder flach. »So, und jetzt ganz schön entspannen, ja? Soll ich Ihnen das Radio einstellen?«

Lisa schüttelte den Kopf.

»Hier ist die Klingel!« erklärte die Schwester. »Sie brauchen nur auf den Knopf zu drücken, dann bin ich schon da.«

»Wann... Professor?« fragte Lisa mühsam.

»Der Herr Professor operiert noch. Aber gleich darauf kommt er zu Ihnen, Frau Wagner. Nur ein klein bißchen Geduld.«

Wieder allein gelassen, schloß Lisa die schmerzenden Lider. Ihr wurde bewußt, daß sie sich wie ein unvernünftiges Kind aufgeführt hatte, und sie ärgerte sich über sich selber. Wie hatte sie sich nur so aufführen könen? Sie hätte voraussehen müssen, daß die Operation Schmerzen und eine zeitweilige Behinderung nach sich ziehen würde. Wie konnte sie, eine ausgebildete Krankenschwester und angehende Ärztin, eine so ungeduldige und reizbare Patientin sein. Lisa schämte sich und war entschlossen, sich von nun an eisern zusammenzunehmen.

Als der Professor kam, begleitet von einer anderen Schwester, einer mageren, dunkelhäutigen Person, blickte Lisa ihm aus ihren verschwollenen Augen erwartungsvoll entgegen.

Er trat an ihr Bett, nahm ihre Hand und tätschelte sie freundschaftlich. »Wie ich höre, haben Sie eine ruhige

Nacht gehabt. Das ist schon viel wert. Ich weiß, Sie haben jetzt Schmerzen. Aber ich möchte Sie trotzdem nicht mit Medikamenten vollstopfen. Ich hoffe, daß Sie das verstehen. Heute abend bekommen Sie natürlich ein Schlafmittel.«

Lisa nickte.

»Jetzt nehmen wir mal die Verbände ab und schauen uns die Bescherung an.«

Sehr behutsam entfernte er die weiche Gaze von Lisas Gesicht, beugte sich zu ihr hinab und untersuchte ihre Haut wie unter einer Lupe. »Schön«, sagte er dann, »wirklich sehr schön. Durchaus zufriedenstellend. Machen Sie bitte einmal den Mund auf!«

Lisa öffnete den Mund, und er zog ihre Unterlippe leicht vor, wobei Lisa einen Schmerzensschrei unterdrücken mußte.

»Sehr gut«, sagte er, »ausgezeichnet.«

»Kann ich sehen?« fragte Lisa.

Professor Schönhuber lächelte auf sie hinab. »Ja, das möchten Sie wohl gern, meine liebe Frau Wagner. Ich kann das verstehen. Aber warten wir doch lieber noch damit.«

»Wie lange?«

»Nur ein paar Tage, keine ganze Woche. Dann werden die Schwellungen zurückgegangen sein. Schwester Karla, seien Sie so nett und machen Sie der Patientin einen neuen Verband.«

»Kochsalzlösung?« fragte die Schwester.

»Aber nein. Wozu?« Dann wandte er sich wieder Lisa zu. »Der Verband ist in Ihrem Fall nur dazu da, daß Sie sich nicht an der Bettwäsche scheuern oder dergleichen. Daß Ihre Hände nichts in Ihrem Gesicht zu suchen haben, brauche ich Ihnen wohl nicht zu sagen.«

Lisa nickte.

»Noch eine Frage: rauchen Sie?«

»Nein.«

»Sehr gut. Sonst hätte ich es Ihnen nämlich verbieten müssen. Füllen Sie Ihr Herz mit schönen Gedanken, dösen Sie, träumen Sie vor sich hin. Schon einmal autogenes Training betrieben?«

Lisa nickte wieder.

»Dann haben Sie jetzt Gelegenheit, es anzuwenden.«

Eine Woche später sagte Professor Schönhuber bei der morgendlichen Visite: »Ich erwarte Sie dann heute nachmittag in meinem Untersuchungszimmer, Frau Wagner. Sagen wir: um drei.«

Lisa wagte keine Fragen zu stelllen. Die vergangenen Tage waren schwer für sie gewesen. Zwar hatte sie schon bald aufstehen und sich selber waschen dürfen, aber Lesen hatte sich von selbst verboten, da ihre Augen halb von den Verbänden bedeckt waren. So hatte sie denn, schwankend zwischen Hoffnung und Verzweiflung und übersteigerter Furcht, hin und wieder Musik aus dem Radio hörend, die Zeit verbracht. Trotz der Warnung Professor Schönhubers hatte sie es nicht unterlassen können, ihr Gesicht zu betasten, ohne dadurch zu einem Ergebnis zu kommen. Immerhin hatten die Schmerzen allmählich nachgelassen, und ihre Sprache war deutlicher geworden. Den starken Juckreiz, der von den Wunden ausging, hatte man mit Salben gemildert.

Als sie Professor Schönhuber aufsuchte, klopfte ihr das Herz bis zum Halse. Sie wußte, jetzt würde die Entscheidung darüber fallen, ob die Operation einen Erfolg oder einen Fehlschlag gebracht hatte. Den zufriedenen Worten des Professors hatte sie nie ganz glauben können. Ihm mußte ja naturgemäß alles daran liegen, sie nicht zu beunruhigen.

Er empfing sie freundlich wie immer, spürte ihre rasende Ungeduld und faßte sich kurz. Als er ihr den Verband abgenommen hatte, nahm er sie leicht bei den Schultern und drehte sie um, so daß sie geradewegs in einen großen, gut beleuchteten Spiegel blicken konnte.

Das Bild einer fremden Frau starrte ihr entgegen. »Das bin ich?« fragte sie erschüttert.

Der Professor lachte. »Ja, ich denke, wir haben einen neuen Menschen aus Ihnen gemacht.«

Nur auf dem Grund ihrer jetzt runden, sehr viel größer wirkenden grauen Augen lag noch etwas, was an die alte Lisa Hopf erinnerte, eine Spur von Energie, Mißtrauen und Trotz.

»Es wird mir schwerfallen, mich an mich zu gewöhnen.«

»Ich wette, Sie werden sehr viel Spaß mit sich haben«, entgegnete der Professor.

Sie betrachtete sich genauer; außer zwei dünnen roten Strichen in den Augenfalten waren keine Spuren der Operation zurückgeblieben. »Unwahrscheinlich toll!« stellte sie fest. »Nicht mal meine Mutter würde mich jetzt noch wiedererkennen. Ob ich mir trotzdem Kontaktlinsen zulegen soll?«

»Nötig wäre es nicht. Aber sie würden das Bild abrunden. Schwester Ida wird beim Optiker einen Termin für Sie ausmachen und auch beim Friseur.«

Erst jetzt wurde Lisa sich ihres zotteligen, glanzlosen Haares bewußt. »Ich konnte mir die Haare nicht waschen«, entschuldigte sie sich.

»Ja, ich weiß, Frau Wagner. Trotzdem gehört meines Erachtens ein bißchen Farbe hinein. Sie sind jetzt eine schöne Frau und sollten sich dessen bewußt sein. Schönheit ist ein Geschenk. Man muß sie hegen und pflegen.«

Lisa befolgte diesen Rat. Früher, als sie sich als unscheinbar, wenn nicht gar häßlich empfunden hatte, hatte sie sozusagen als Selbstschutz nie Wert auf ihr Äußeres gelegt. Jetzt suchte sie sich beim Optiker Kontaktlinsen in einem warmen Blauton aus und beriet mit der Friseuse lange über ihre Haarfarbe. Sie kaufte Schminke, Lidschatten, Wimperntusche und Lippenstift mit großer Aufmerksamkeit.

Ihre Operation war in der Klinik ›Rechts der Isar‹ durchgeführt worden, und in dem riesigen Komplex gab es auch einen Augenarzt und einen Frisiersalon, so daß sie das Gebäude für ihre Aktivitäten nicht zu verlassen brauchte. Nur Konfektionsgeschäfte gab es nicht. Eine neue Garderobe – denn die brauchte sie – würde sie sich erst nach Verlassen des Krankenhauses beschaffen können.

Paul Zumbruch rief an und erkundigte sich besorgt nach ihrem Befinden.

»Mir geht es blendend«, erklärte sie.

»Gott sei Dank!« sagte er erleichtert. »Ich habe mir schwere Vorwürfe Ihretwegen gemacht, Lisa. Ich hätte Ihnen von dieser Operation abraten sollen.«

»Ich bin froh, daß ich mich dazu entschlossen habe.«

»Kann ich Sie sehen?«

»Ja. Natürlich. Warum nicht?«

Er kam am frühen Nachmittag mit einem Strauß hellroter Rosen. Sie saß in einem pflaumenblauen Seidenmantel – das letzte Geburtstagsgeschenk ihres Mannes – im Sessel ihres Zimmers und erwartete ihn. Er klopfte an, steckte den Kopf herein und zog sich gleich wieder zurück.

Nach einer Weile klopfte er wieder.

»Kommen Sie schon!« rief sie. »Ich bin's, Vivian.«

Zögernd folgte er ihrer Aufforderung, starrte sie verwundert an. »Sie machen sich einen Witz mit mir«, sagte er, »geben Sie es zu.«

»Nein, Paul. Ich bin es wirklich. Aus einer grauen Maus ist ein Pin-up-Girl geworden.« Sie stand auf, nahm die Rosen entgegen und gab ihm zum Dank eine leichten Kuß auf die Wange.

»Ich kann es nicht fassen.«

Sie lächelte vergnügt. »Tolle Sache, was?« Sie klingelte nach der Schwester.

»Es ist nicht nur das Gesicht – Sie geben sich auch so anders!«

»›Schönheit muß man hegen und pflegen‹, sagt Professor Schönhuber.«

»Ja, da hat er natürlich recht.«

»Ich habe mir angewöhnt, mich wie eine Puppe zu behandeln, meine eigene Puppe, die sich anmalen und hübsch machen läßt.«

»Mir ist es nie aufgefallen, daß Sie blaue Augen haben!«

Sie hatte keine Lust, ihn darüber aufzuklären, daß sie Kontaktlinsen trug, sondern lächelte nur geheimnisvoll.

Schwester Ida kam herein. Lisa bat um eine Vase für die Rosen.

Die junge Schwester roch am Strauß. »Oh, riechen die gut! Heute abend müssen wir sie aber ins Bad stellen.« Sie sah von Lisa zu Paul Zumbruch. »Möchten Sie gerne eine Tasse Kaffee?«

»Eigentlich«, sagte Lisa, »wollten wir nach unten, in die Cafeteria.«

»Lieber nicht«, erklärte er rasch.

»Dann bringe ich den Kaffee.«

Sie nahm wieder in dem kleinen Sessel Platz und wies ihm einen Stuhl zu. »Was haben Sie gegen die Cafeteria?«

»Es wäre leichtisnnig, wenn wir uns zusammen sehen lassen würden.«

»Darf ich nicht auch mal leichtsinnig sein?« fragte Lisa, gab sich dann aber gleich selber die Antwort. »Sie haben natürlich recht, Paul. Mein Einsatz war zu hoch. Ich darf mich jetzt nicht selber um den Gewinn bringen. Was ist mit meinen neuen Papieren?«

»Das dauert noch.«

Lisa stand auf und holte einen Umschlag aus der

Nachttischschublade. »Auf alle Fälle habe ich schon mal Fotos für den Paß und den Personalausweis machen lassen.«

Er nahm sie heraus und betrachtete sie. »Ich hätte es nicht für möglich gehalten, Lisa!«

»Gewöhnen Sie sich rasch ab, mich so zu nennen. Ich bin nicht mehr Lisa, ich bin Vivian Wagner.«

Er steckte den Umschlag mit den Fotos in die Innentasche seines Jacketts. »Wird mir nicht schwerfallen. Mir scheint, die alte Lisa existiert wirklich nicht mehr.«

»Ich denke, es ist nicht viel an ihr verloren.«

»Sagen Sie das nicht! Sie war eine Frau mit Intelligenz und Charakterstärke. Ich habe sie sehr geschätzt.« Er beugte sich vor. »Lisa...« Er verbesserte sich. »Vivian, ich verstehe ja, daß Sie jetzt nach Berlin gehen wollen. Wahrscheinlich ist es sogar das vernünftigste. Aber doch nicht fürs ganze Leben?«

»So weitreichende Pläne habe ich nicht.«

»Ich meine, nach einiger Zeit – nach einem Jahr vielleicht – könnten wir doch wieder zusammenkommen.«

»Wir werden ja in Verbindung bleiben.«

Schwester Ida kam mit einer großen weißen Vase, füllte sie im Bad mit Wasser, arrangierte die Rosen und stellte sie auf den Nachttisch.

Lisa bedankte sich.

»Gleich kommt der Kaffee«, versprach die Schwester und ließ sie wieder allein.

»Ich möchte, daß sie meine Frau werden!« stieß Zumbruch hervor und wurde rot dabei.

Lisa war ein wenig gerührt, machte aber aus ihrer Überraschung keinen Hehl. »Na so was!« rief sie. »Und eben wollten Sie mich noch nicht mal in die Cafeteria begleiten!«

»Zu Ihrem eigenen Schutz! Jemand hätte mich identifizieren können. Sie sind ja leicht als Patientin auszumachen. Er hätte nachforschen können, in welcher Abteilung Sie liegen – und schon wären Sie wieder entdeckt.«

»Das hätte natürlich passieren können«, gab Lisa zu.

»Lisa... Vivian, es ist mir ganz ernst mit meinem Heiratsantrag. Ich will nicht behaupten, daß ich Sie überschwenglich liebe, wie könnte ich das auch, weil Sie für mich jetzt sozusagen ein Mensch mit zwei Gesichtern sind – aber ich weiß, daß ich niemals eine bessere Frau bekommen kann als Sie!«

»Sicher nicht«, erwiderte sie lächelnd, »ich würde Ihnen nicht auf der Tasche liegen, und außerdem bin ich auch noch hübsch geworden.«

»Vivian! Bitte, lachen Sie mich nicht aus!«

»Tut mir leid. Ich kann nicht anders. Wann ist Ihnen denn diese glänzende Idee gekommen?«

»Als Sie operiert wurden. Da habe ich gespürt, wie entsetzlich es für mich sein würde, wenn Ihnen etwas passierte.«

»Mein lieber Paul, da war es zu spät. Hätten Sie mir Ihren Antrag vor der Namensänderung und vor der Schönheitsoperation gemacht, hätte ich vielleicht anders darüber gedacht. Dann wäre beides nämlich gar nicht nötig gewesen. An Ihrer Seite, mit Ihrem Namen und meinem alten Gesicht hätte ich es durchgestanden. Wir hätten die Presse von meiner Schuldlosigkeit überzeugt. Nur schwerlich wird ein Anwalt eine Klientin heiraten, wenn er auch nur den Hauch eines Verdachts hegt, sie könnte ihren ersten Mann umgebracht haben.«

Mit einer verlegenen Geste strich er sich über das volle dunkle Haar. »Verzeihen Sie mir! Daran habe ich nicht gedacht.«

»Schade. Es wäre eine Flucht nach vorn gewesen, und das hätte mir mehr gelegen, als mich zu verstecken.«

Schwester Ida kam herein und brachte auf einem Tablett zwei Tassen Kaffee, einen Zuckerstreuer und Sahne. Lisa bedankte sich freundlich und wartete, bis die Schwester wieder gegangen war.

»Hat man inzwischen eine Spur von den Bombenwerfern?« erkundigte sie sich dann.

»Nein. Die Polizei scheint diese Angelegenheit ziemlich lax zu betreiben.«

»Typisch.«

»Was soll mit dem Haus werden?«

»Lassen Sie es bitte erst mal sichern, so gut es geht. Provisorisch. Reparieren kann man es dann ja später. Im Moment habe ich ziemlich große Ausgaben.« Lisa nippte an ihrem schwarzen Kaffee.

Paul Zumbruch nahm Sahne und Zucker und rührte in seiner Tasse. »Ich hätte Ihnen mit meinem Antrag nicht kommen sollen«, sagte er reuevoll.

»Machen Sie sich deswegen keine Gedanken, Paul, Heiratserklärungen sind immer was Nettes, auch wenn sie unangebracht sind.«

»Jetzt redet aus Ihnen wieder die zynische Lisa Hopf.«

»Die wird auch wohl nicht so bald ihre Klappe halten.«

Später am Tag überprüfte Professor Schönhuber in seinem Untersuchungszimmer noch einmal Lisas Kinnpartie und ihre Nasenhöhle.

»Wie ist es eigentlich möglich, daß am Kinn keine Narben entstanden sind?« wollte Lisa wissen.

»Ich habe mir den Zugang zum Kinn intraoral zum Sulcus buccalis verschafft.«

»Aha«, sagte sie, obwohl sie die lateinischen Ausdrükke nur halb verstand, und nahm sich vor, sie nachzuschlagen.

»Alles wunderbar verheilt, meine liebe Frau Wagner!« versicherte der Professor. »Ich kann Sie guten Gewissens entlassen.«

Lisa war auf diese Eröffnung so wenig gefaßt gewesen, daß sie kein Wort zu sagen wußte.

»Ja, Sie haben mich schon richtig verstanden«, sagte der Professor, »Sie dürfen nach Hause.«

Lisa kämpfte mit sich.

Der Professor begann zu begreifen. »Oder wollen sie das gar nicht?«

»Ich weiß, daß ich nicht ewig hier bleiben kann«, sagte Lisa, »aber ich wäre Ihnen dankbar, wenn Sie etwas für meine Figur tun könnten. Sie paßt nicht mehr zu meinem neuen Gesicht.«

»Wieso denn? Sie sind doch rank und schlank.«

»Platt wie ein Bügelbrett.«

»Ein flacher Busen wird in späteren Jahren nicht hängen.«

»Die späteren Jahre sind mir ziemlich egal, Herr Professor. Jetzt möchte ich anziehend wirken.«

»Na, dann wollen wir mal sehen.«

Lisa streifte gehorsam ihren Seidenmantel und das Nachthemd ab. Aber sie war froh, daß sie darunter einen Slip trug. Es war nicht angenehm, sich vor den Augen eines Mannes zu entblößen, selbst wenn er ein Arzt war.

Er betrachtete kritisch ihre Brust. »Nun, viel ist das wirklich nicht.«

»Sage ich ja. Kann man etwas daran machen?«

»Haben Frauen in Ihrer Familie Schwierigkeiten mit der Brust gehabt?«

»Nicht, daß ich wüßte. Meine Mutter hat einen Hängebusen. Sie behauptet, es wäre durch das Stillen gekommen.«

»Krebs in der Familie?«

»Der Eingriff kann krebsfördernd wirken?« fragte Lisa erschrocken. »Dann lassen wir es lieber.«

»Nein, nein, keine Sorge. Brustkrebs tritt nach einer Vergrößerung nicht häufiger als allgemein auf.«

»Warum haben Sie dann danach gefragt?«

»Reine Routine. Um mir ein Bild zu machen. Ganz ungefährlich ist ein solcher Eingriff natürlich nicht. Es gibt keine Operation ohne Risiko, das wissen Sie sicher.«

»Ja, natürlich. Aber was kann schlimmstenfalls passieren?«

»Es kann zu Infektionen kommen. Aber da Ihr Gesicht so schön verheilt ist, sehe ich da für Sie eigentlich keine Gefahr. Aber Verhärtungen der Brust durch Kapselbildung oder eine Verrutschung des Implantats sind nicht auszuschließen.«

»Und wenn das passiert?«

»Muß die Operation wiederholt werden.«

»Dann lasse ich es darauf ankommen!« erklärte Lisa entschlossen. »Wie soll es nun vor sich gehen?«

»Ihre Brustfalte ist ja kaum angedeutet, trotzdem werde ich einen kleinen Einschnitt in jede Brustfalte machen. Den Brustwarzenbereich werde ich gar nicht tangieren, denn sonst könnte es später zu einer Gefühlsstörung kommen. Durch jeden dieser Einschnitte führe ich ein silikongefülltes Implantat hinter die Brustdrüse ein. Das ist alles. Eine höchst einfach Geschichte.«

»Ich bin sehr froh, daß ich Sie danach gefragt habe, Herr Professor.« Lisa griff nach ihrem Nachthemd.

»Stop. Noch nicht. Ich muß Ihren Busen erst noch vermessen.«

»Wozu?«

»Es könnten präoperative Asymmetrien entstehen.«

»Hört sich schlimm an.«

»Nur keine Sorge. Auch der natürliche Busen ist ja nur selten ganz symmetrisch, wie ja auch der Mensch selber. Ich verspreche Ihnen: Der künstlich vergrößerte Busen wird ein wahres Wunderwerk.«

Und das wurde er dann auch, ein kecker, junger, aufreizender Busen. Schon vierzehn Tage später verblaßten die dünnen Narben und waren kaum noch zu sehen. Lisa bewunderte sich täglich.

Aber dann war es soweit. Sie mußte wohl oder übel die Klinik verlassen. Nach langem Überlegen hatte sie sich dafür entschieden, in den ›Bayerischen Hof‹ zurückzukehren. Man würde sie dort mit neuer Figur und neuem Gesicht nicht wiedererkennen. Sie würde sich dort aber nicht ganz fremd fühlen. Diesmal nahm sie ein bescheidenes Einzelzimmer, das aber dann noch bescheidener war, als sie es sich vorgestellt hatte. Eigentlich war es nur eine Kammer, allerdings mit Dusche, doch die Enge machte ihr nichts aus.

Was sie beunruhigte, war die Weite der Halle und die Größe des Speiesesaals. Am liebsten hätte sie sich, wie bei ihrem ersten Aufenthalt, die Mahlzeiten auf das Zimmer bringen lassen. Sie mußte sich dazu zwingen, nach unten zu fahren und sich wie ein normaler Mensch unter Menschen zu bewegen.

Noch größere Überwindung kostete es sie, das Hotel zu verlassen. Sie fürchtete nicht, erkannt zu werden – ihr Verstand sagte ihr, daß das so gut wie ausgeschlossen war –, aber sie fühlte sich auf der Straße derart unsicher, daß sie am liebsten nach den ersten Schritten wieder ins Haus geflüchtet wäre. Sie begriff, daß sie zu lange eingesperrt gewesen war. Schon in den Jahren, in denen sie ihren Mann gepflegt hatte, war sie nicht mehr hinausgekommen, außer einer allwöchentlichen Fahrt zur Apotheke. Aber sie hätte nie gedacht, daß es ihr einmal schwerfallen würde, sich unter Menschen zu bewegen. Sie war so unsicher, daß sie bei jedem Schritt befürchtete, zu stolpern oder gar hinzufallen, hatte Angst angerempelt oder umgestoßen zu werden.

Da sie wußte, daß diese Furcht objektiv ganz unbegründet war, ging sie dagegen an. Nach allem, was sie durchgestanden hatte, wollte sie sich jetzt nicht auch noch an einen Psychiater wenden. So zwang sie sich denn, jeden Morgen gleich nach dem Frühstück das Hotel zu verlassen und den Promenadenplatz zu umrunden. Zwanzig Minuten später flüchtete sie, schweißgebadet und völlig erschöpft, ins Hotel zurück. Trotzdem wiederholte sie den Spaziergang wieder und wieder. Sie wehrte sich mit all ihrer Kraft dagegen, das Opfer einer Phobie zu werden.

Allmählich ging sie größere Runden und erreichte den viel begangenen Karlsplatz. Als sie es dann geschafft hatte, den Marienplatz zu erreichen, wußte sie, daß sie das Schlimmste hinter sich hatte. Sie war auf dem Weg der Besserung.

Am Tag darauf tätigte sie die dringend benötigten Einkäufe. Sie erstand ein beige-braun kariertes Kostüm mit einem zweiten braunen Rock, einer dazu passenden Hose, zwei Blusen und zwei Pullovern und einen Trench. Das Anprobieren, wobei sie ihre hübsche Figur im Spiegel bewundern und den unausgesprochenen Neid der Verkäuferin spüren konnte, machte ihr Spaß. Sie hätte mehr und mehr einkaufen können, aber sie hielt Maß, erstand nur noch im Schuhgeschäft gegenüber ein Paar hochhackige Pumps, ein Paar Laufschuhe und Stiefeletten. Alles andere wollte sie sich nach und nach in Berlin besorgen.

In den Jahren, in denen sie ihren Mann gepflegt hatte, war sie fast ausschließlich im weißen Kittel herumgelaufen und hatte sich nie ein Kleidungsstück angeschafft. Von ihm hatte sie den pflaumenblauen Seidenmantel geschenkt bekommen, der ihr eigentlich erst jetzt zu dem rötlichbraunen Haar stand, und verschiedene Nachthemden, die immer noch tragbar waren. Ins Hotel zurückgekommen, stopfte sie ihr schwarzes und ihr hellblaues Kleid, daß sie zuletzt mit bunten Seidentüchern aufgeputzt hatte, in den Papierkorb – nicht, weil sie verschlissen gewesen wären, sondern weil sie sie nicht mehr sehen konnte.

Am Tag vor ihrem Abflug traf sie sich mit Paul Zumbruch in der Halle des Hotels ›Königshof‹. Sie ging zu Fuß dorthin, war sich bewußt, daß sie in ihrem neuen Kostüm und einer naturseidenen Bluse bezaubernd aussah, spürte aber dennoch die aufkommende Panik, als sie den Karlsplatz überquerte.

Es lag ein Hauch von Frühling in der Luft.

Paul Zumbruch erwartete sie schon. Er sprang auf, als sie eintrat, und an dem Aufleuchten seiner Augen erkannte sie, wie sehr sie ihm gefiel. Aber er verzichtete darauf, es auszusprechen, und sie war ihm dankbar für seinen Takt.

Sie nahmen an seinem Tisch Platz. Er öffnete seine Aktentasche und nahm verschiedene Dokumente heraus, die alle in München ausgestellt waren: ihren neuen Paß, ihren Ausweis, ihren Führerschein und ihre veränderte Geburtsurkunde, in der es hieß, daß das ›Kind Lisa Hopf‹ ab nun den Namen Vivian Wagner führte.

»Ich danke Ihnen, Paul«, sagte sie, »für alles.« Sie wollte die Papiere in ihrer Handtasche verstauen.

»Sie müssen die Ausweise erst noch unterschreiben«, erklärte er.

»Hier und jetzt?«

»Jedenfalls in meiner Gegenwart. Sie hätten es eigentlich auf den Behörden tun müssen.« Er reichte ihr seinen Kugelschreiber. »Sehen Sie in mir deren Vertreter.«

»Aber ich habe das noch gar nicht geübt.«

»Machen Sie es ohne Übung. Einfach so.«

Sie tat, was er von ihr verlangte, und war mit dem Ergebnis ganz zufrieden.

Er nahm ihr den Paß aus der Hand. »Na also! Sieht doch gut aus.«

Sie senkte die Stimme. »An meiner Handschrift«, flüsterte sie, »kann man mich dann doch jederzeit erkennen.«

»Sicher, und an Ihren Fingerabdrücken auch. Aber machen Sie sich keine Gedanken darüber. Wenn Sie nicht in einen neuen Kriminalfall verwickelt werden, wird niemand sich die Mühe nehmen, und falls doch, müssen Sie sowieso Farbe bekennen.«

Sie nahm ihm ihren Paß wieder ab und tat ihn, zusammen mit den beiden anderen Ausweisen, in die Tasche. »Wie unendlich beruhigend.«

»Was soll eigentlich mit Ihrem Auto werden?«

»Es gehört meinem Mann. Verkaufen Sie es! Ich werde in naher Zukunft wohl keines brauchen.«

»Und was ist mit dem Haus? Irgendwann muß es doch instandgesetzt werden.«

»Das überlasse ich Ihnen. Da Arthur ein Wohnrecht darauf hat, läßt es sich wohl nicht verkaufen. Falls Sie einen Mieter dafür finden, müßte man die Möbel einlagern, jedenfalls die guten Stücke. Vielleicht wollen Arthur oder Evelyn dies oder jenes vom Hausrat haben. Fragen Sie sie, bitte!« Lisa erhob sich.

»Bleiben Sie noch!« bat er.

Folgsam setzte sie sich wieder.

»Ihr Flugticket nach Berlin«, sagte er und reichte es ihr über den Tisch.

Sie bedankte sich und steckte es ein.

»Ich würde Sie liebend gern zum Flughafen begleiten«, sagte er bedauernd.

»Ich weiß, Paul. Aber es ist besser, wir lassen das.«

»Haben Sie sich schon von Ihrer Mutter verabschiedet, Vivian?«

Ihr fiel auf, daß ihm ihr neuer Name zum erstenmal mühelos über die Lippen gekommen war. »Ja«, sagte sie, »am Telefon.«

»Sie weiß also nicht, wie sehr Sie sich verändert haben?«

»Ich habe es ihr erzählt. Wenn sie den dringenden Wunsch gehabt hätte, mich zu sehen, hätte ich mich natürlich mit ihr getroffen. Aber, na ja, Sie wissen ja, wie sie ist. Sie hat endlich eine Wohnung gefunden, und das interessiert sie im Moment mehr als alles andere.«

»Sie sollten sich überlegen, ob Sie sich nicht auch eine neue Lebensgeschichte zulegen sollten, Vivian.«

»Ach nein, Paul, das wäre mir zu mühsam. Wie ich die Leute kenne, wird sich auch niemand besonders für meine Herkunft interessieren. Alle reden doch lieber von sich selber.«

»Ich auch, Vivian?«

»Nein, Sie nicht. Im Grunde weiß ich gar nichts von Ihnen.«

»Das ist normal zwischen einem Anwalt und seiner Klientin. Aber wir sollten es ändern, meinen Sie nicht? Ich darf Sie doch zum Essen einladen?«

Sie zögerte, denn sie hatte den Wunsch, sich so bald wie möglich auf ihr Hotelzimmer zurückzuziehen.

»Es ist unser letzter Tag«, drängte er, »und ich habe einen Tisch für uns reservieren lassen.«

»Na dann, Paul«, sagte sie und lächelte ihn an, »wollen wir mal leichtsinnig sein.«

»Wer mich erkennt, wird sich nur wundern, wie es mir gelungen ist, eine so schöne Frau zu finden.«

»Klopfen Sie keine Sprüche, Paul! Sie wissen, daß Sie ein attraktiver Mann sind. Oder wollen Sie es von mir bestätigt haben?«

»Genau das.« Er lächelte schief. »Unsereins bekommt so selten Komplimente.«

Lisa lachte. »Ihr armen Männer!«

Gemeinsam verließen sie die Halle und fuhren mit dem Lift zum Restaurant hoch. In der kleinen luxuriösen Kabine war Lisa die Nähe des Anwalts unbehaglich. Er blickte sie so zärtlich an, daß sie fürchtete, er könnte sie in die Arme nehmen und küssen. Sie überlegte schon, wie sie ihn abwehren könnte, ohne ihn zu beleidigen. Er hatte so viel für sie getan, und sie würde auch in Zukunft in gewisser Weise von ihm abhängig sein. Doch entweder konnte er ihre Gedanken lesen oder er fühlte sich, den Mantel über dem einen Arm, die Aktentasche in der anderen Hand, nicht ganz Herr der Lage. Jedenfalls kam es zu keinem Zwischenfall.

Oben gab er an der Garderobe seinen Mantel ab, während sie ihr Erscheinungsbild in einem goldgerahmten Wandspiegel überprüfte. Dabei wunderte sie sich über sich selber. Früher wäre ihr so etwas nie eingefallen.

Um zu dem Tisch am Fenster zu gelangen, den Paul Zumbruch hatte reservieren lassen, mußten sie das Restaurant durchqueren. Einige der Gäste blickten von ihren Tellern auf und beobachteten sie. Aber Lisa fühlte sich ganz sicher und ging mit hoch erhobenem Kopf. Sie wußte, daß sie sich in diesem eleganten Ambiente – roter Teppichboden, Kristallüster, blendendweißer Damast – sehen lassen konnte. Ein Ober ging ihnen beflissen voraus und rückte ihnen die Stühle zurecht.

Der Ausblick, der sich ihnen bot, war beeindruckend. Auf dem riesigen Platz vor dem Karlstor wogte der Verkehr. In breiten Kolonnen bewegten sich die vielfarbigen Autos voran, wurden von roten Signalen aufgehalten, um sich, sobald die Ampel auf Grün umsprang, mit gleichbleibender Geschwindigkeit weiterzuwälzen. Der Brunnen jenseits des Platzes versprühte noch kein Wasser. Aber auf dem Rand des Beckens hatten sich, trotz der Kälte, müde Touristen niedergelassen und befaßten sich mit Stadtplänen und Reiseführern.

Lisa und Paul Zumbruch interessierten sich nur kurz für dieses bunte, ständig wechselnde Bild. Sie studierten die Speisekarte und entschieden sich rasch und einmütig für Lammkoteletts mit grünen Bohnen. Bei einer Flasche Rotwein begann Paul Zumbruch dann über sich zu erzählen. Seine Kindheit war glücklich gewesen, aber als er zwölf war, hatten die Eltern sich scheiden lassen. Der Vater, ein Architekt, war aus seinem Gesichtsfeld verschwunden, und die Mutter hatte sich um so intensiver um ihn und seine ältere Schwester gekümmert. Er hatte niemals Schwierigkeiten in der Schule gehabt, aber seine Schwester war immer um einige Grade besser gewesen, was ihn enorm geärgert hatte. Er hatte ursprünglich Arzt werden wollen, aber nur sie hatte die Zulassung zum Medizinstudium erreicht, hatte dann aber schon mit Zwanzig aufgegeben und geheiratet. Ihre Ehe kriselte inzwischen, hatte ihm aber zwei reizende Nichten beschert.

Lisa hatte Mühe, ihm aufmerksam zuzuhören. Ihr schien das alles – seine erste unglückliche Tanzstundenliebe und seine spätere glücklichere Studentenliebe, die aber auch nicht von Dauer war – völlig belanglos. Aber sie zeigte es ihm nicht, stellte die richtigen Zwischenfragen und sah ihn aus großen Augen an.

Plötzlich wurde ihr bewußt, daß alle diese Geschehnisse für ihn ja wichtig genug waren. Es lag an ihr, daß sie das nicht ermessen konnte. Sie war in den letzten Monaten so sehr mit sich beschäftigt gewesen, daß sie es verlernt hatte, sich um andere Menschen zu kümmern. ›Ich muß mich ändern‹, dachte sie, ›unbedingt. Ich muß aufhören, mich als den Nabel der Welt zu betrachten.‹

Er erzählte weiter, als schon serviert worden war.

»Bitte, Paul«, mahnte sie sanft, »essen Sie jetzt erst mal.«

»Langweile ich Sie?«

Sie hielt dem forschenden Blick seiner intelligenten Augen, ohne mit der Wimper zu zucken, stand. »Nein«, behauptete sie, »ganz im Gegenteil. Aber Lamm schmeckt nicht mehr, wenn es kalt geworden ist.«

»Da haben Sie natürlich recht«, gab er zu.

Später, beim Kaffee, stellte sie ihm dann nähere Fragen, um ihm, aber auch sich selber, zu beweisen, wie gut sie aufgepaßt hatte. Warum die Ehe seiner Eltern schiefgelaufen war. Ob es keinen anderen Mann im Leben seiner Mutter gegeben habe und wie er jetzt zu seinem Vater stünde.

Am Ende dieser Unterhaltung hatten dann beide das Gefühl, einen großen Schritt vorangekommen zu sein. Er glaubte sich Lisa näher, die er inzwischen konsequent Vivian nannte, und sie hoffte, ihre egozentrische Einstellung überwinden zu können.

Der Auszug aus dem ›Bayerischen Hof‹ war höchst einfach. Ein Page holte Lisas beide Koffer aus dem Zimmer ab, brachte sie nach unten und verfrachtete sie in den Gepäckraum des Taxis, das vor dem Hotel wartete. Lisa hatte nur die Rechnung zu bezahlen. Flott trat sie in ihrem neuen Kostüm, nur belastet durch ihre Handtasche und den hellen Trenchcoat, den sie über dem Arm trug, auf die Straße und stieg ein. Sie freute sich auf die Reise.

Am Flughafen München-Riem sah die Situation ganz anders aus. Der Taxifahrer, dem sie ein gutes Trinkgeld gegeben hatte, stellte ihr die Koffer noch auf das Trottoir vor dem Abfluggebäude. Aber dann tippte er lächelnd mit zwei Fingern an den Rand seiner Mütze, wünschte ihr einen guten Flug und fuhr davon. Ein Gepäckträger war nicht zu entdecken. Wohl oder übel mußte sie ihre Koffer bei den Griffen packen und sie die Schräge zu der gläsernen Eingangstür hinaufschleppen, die sich zum Glück mechanisch vor ihr öffnete.

Die Abflughalle war riesig. Es gab, wie es Lisa schien, eine Unzahl von Schaltern. Reisende standen vor ihnen Schlange. Erwachsene, alleine oder in Gruppen, mit Kindern an der Hand oder Hunden an der Leine, drängten sich an ihnen vorbei. Lisa wurde gestoßen, eine Leine verschlang sich beinahe um ihr Bein. Hilflos stand sie neben ihren Koffern, die sie abgesetzt hatte, und fühlte Wellen jener Panik in sich aufsteigen, die sie schon bekämpft geglaubt hatte. Es gab keinen Platz, an den sie flüchten konnte.

Ein großer, blonder junger Mann baute sich vor ihr auf. »Kann ich Ihnen helfen?« fragte er.

In ihrer Nervosität verstand sie die Frage gar nicht, sondern erschrak. »Bitte«, stammelte sie, »gehen Sie!«

Der junge Mann ließ sich nicht abschrecken. »Ich habe Sie gefragt, ob ich Ihnen irgendwie helfen kann«, wiederholte er laut, mit überdeutlicher Artikulierung.

Sie sah ihn aus großen Augen an. Noch nie zuvor hatte ihr ein Mann freiwillig seine Hilfe angeboten. Sie begriff, daß dies zu ihrem neuen Leben gehörte, und lächelte strahlend.

»Schon besser!« lobte der junge Mann sie. »Eben noch sahen Sie aus wie ein verschrecktes Kaninchen.«

»Ich bin noch nie geflogen«, gestand sie.

»Wohin wollen Sie denn?«

»Nach Berlin.«

»Trifft sich gut. Da will ich auch hin. Mit was für einer Linie? Pan Am?«

»Ja, ich glaube.«

»Zeigen Sie mir mal Ihr Ticket.«

Sie holte es aus der Innentasche ihres Trenchs und hielt es ihm hin.

»Zwölf Uhr fünfunddreißig? Meine Maschine.« Er lächelte vergnügt. »Da soll noch einer sagen, daß es im Leben keine glücklichen Zufälle gäbe. Dann wollen wir Sie mal einchecken.« Er hob die Koffer auf. »Verdammt, der hier ist aber schwer. Was haben Sie da drin? Ziegelsteine oder Telefonbücher?«

»Fachliteratur.«

Zielstrebig ging er ihr voran zum Schalter der Pan American World Airways, stellte sich neben sie in die Schlange und wuchtete, nachdem sie an die Reihe gekommen waren, ihre Koffer auf die Waage. Lisa zeigte inzwischen ihr Ticket vor und konnte passieren.

»So, das hätten wir!« stellte er befriedigt fest, faßte sie leicht am Oberarm und dirigierte sie in Richtung Wartehalle. »Wie kann man auch nur ein so zartes Persönchen wie Sie allein auf Reisen schicken.«

»Es hat sich leider so ergeben«, sagte sie fast entschuldigend.

Er verhielt den Schritt und sah auf sie herab. »Krach mit dem Freund gehabt? Bitte, verzeihen Sie mir! Das geht mich natürlich gar nichts an. Sieht mir wieder mal ähnlich. Ich heiße übrigens Sven Miller.«

Sie lächelte zu ihm hoch. »Vivian Wagner!« stellte sie sich vor – und in diesem Moment, das begriff sie später, hatte sie Lisas Haut endlich abgestreift und war Vivian Wagner geworden.

Der Morgen dämmerte bereits, als Vivian Wagner aus ihrer langen Reise in die Vergangenheit zurückkehrte. Sie fröstelte in ihrem seidenen Kimono und war jetzt sehr müde. Die Illustrierte, aufgeschlagen bei der Geschichte ›Lisa Hammer – eine kaltblütige Mörderin?‹, lag immer noch vor ihr auf dem Küchentisch. Entschlossen stand sie auf, knickte die Zeitschrift mittendurch und warf sie in den Müllschlucker. Sie hörte sie hinunterrumpeln, aber sie wußte, so leicht war die Vergangenheit nicht zu bewältigen. Aber heute nacht konnte sie keinen Entschluß mehr fassen. Auch wenn sie morgen ausschlafen konnte, war es höchste Zeit für sie, zu Bett zu gehen.

Um nicht gestört zu werden, stellte sie die Türklingel ab und zog die Telefonschnur aus dem Stecker. Danach ging sie noch einmal ins Bad, trat in ihr Schlafzimmer, löste die Schärpe des Kimonos, streifte ihn ab, warf ihn über einen Stuhl und schlüpfte aus ihren Lammfellschuhen. In ihrem breiten Bett streckte sie sich behaglich aus und rollte sich dann auf die Seite. Aber so schnell, wie sie gehofft hatte, konnte sie nicht abschalten.

Erinnerungen an ihre Studienjahre hier in Berlin flogen ihr durch den Kopf. Es war Sven Miller gewesen, selber Student an der ›Freien Universität‹, der ihr geholfen hatte, sich zurechtzufinden. Selbstverständlich hatten sie sich ineinander verliebt. Seine warmherzige Unbekümmertheit war für sie wie ein Segen des Himmels gewesen, und es hatte nicht allzu lange gedauert, bis sie seinem Werben nachgegeben hatte. Anders als Peter Milz war er zärtlich, liebevoll und einfühlsam, der erste Mann, dem es gelang, ihre Leidenschaft zu wecken. Das hatte ihn mit Stolz erfüllt.

Einmal hatte er gesagt: »Ich weiß, es ist Quatsch, aber anfangs bist du mir wie eine Jungfrau vorgekommen, meine kleine Eisprinzessin.«

Sie hatten nicht viel Zeit füreinander gehabt, denn beiden war ihr Studium vorgegangen. Aber wenn sie füreinander Zeit hatten, genossen sie es in vollen Zügen. Dann, als Sven sein letztes Staatsexamen hinter sich gebracht hatte, mußte er in seine Heimatstadt zurück. Es war ein schwerer Abschied gewesen, schwerer für sie, gestand sich Vivian, als für ihn. Niemals hatte er eine Andeutung gemacht, sie in sein neues Leben mitzunehmen. Sie hätte es natürlich ablehnen müssen, aber sie hätte es doch gern gehört. Es war möglich, daß er das gespürt hatte und vermeiden wollte, sich einen Korb zu holen. So hatte er nur gesagt: »Wir bleiben miteinander in Verbindung«, und für eine Weile hatte sie sich an diese Worte geklammert. Es waren Anrufe erfolgt, Briefe waren hin und her gegangen, bis sie sich der Einsicht nicht länger verschließen konnte, daß es aus und vorbei war.

Später begriff sie dann, daß es gut so war. In der Zeit mit Sven hatte sie nur für ihn und ihr Studium gelebt. Danach erst begriff sie, daß auch andere Menschen sich für sie interessierten und selber auch des Interesses wert waren. Sie fand Freunde und Freundinnen, einen Kreis junger Menschen, meist Studenten, die sich um sie scharten, Kontakte, wie sie sie früher nie gehabt und nach denen sie sich gesehnt hatte. Sie begann sich frei zu fühlen, unbeschwert und voller Hoffnungen. So war sie, als sie zufällig auf einer Party Herbert Zink kennenlernte, der so viel wichtiger für sie wurde als all die anderen. Er war der Mann, den sie liebte, mit dem sie zusammenleben wollte, der Mann, der sie heiraten wollte. Genau an diesem Punkt ihres Lebens, auf diesem Gipfelpunkt, holte die Vergangenheit sie ein.

Wenn es möglich gewesen wäre, mit ihm zum Standesamt zu gehen, ohne ihm vorher zu beichten, hätte sie es vielleicht getan. Doch es war nicht möglich. Für eine Trauung würden ihre Ausweise nicht ausreichen, sie würde ihre Geburtsurkunde vorlegen müssen, und dadurch wäre alles aufgeflogen.

Natürlich hatte sie auch schon mit dem Gedanken gespielt, alle Formalitäten selber zu erledigen, so daß er ihre Papiere gar nicht in die Hand bekam. Aber sie wußte, daß es so nicht ging. Es wäre ein glatter Betrug gewesen, und darauf konnte und wollte sie ihre Ehe nicht aufbauen. Aber den Mut, ihm die Wahrheit zu sagen, brachte sie auch nicht auf. Die Angst, sein Vertrauen zu verlieren, die Angst, daß er ihr nicht glauben, sie nicht mehr lieben könnte, war zu stark.

Was nur sollte sie tun?

›Ich darf mich nicht verrückt machen‹, redete sie sich ein, ›es wird sich schon eine Lösung finden. Es gibt immer eine Lösung. Morgen wird mir etwas einfallen. Morgen.‹

Und mit diesem Gedanken schlief sie endlich ein.

Doch die Idee, wie sie ihre Situation wenden konnte, kam ihr erst wenige Tage später und durch einen Zufall.

Sie hatte einen ihrer Professoren um Rat fragen wollen, ob sie eine Ausbildung als Fachärztin beginnen oder erst noch gründlichere Erfahrungen in der Allgemeinmedizin sammeln sollte. Sie bekam einen Termin, erfuhr aber, als sie das Vorzimmer betrat, daß der Professor noch nicht da war. Da sie im ›Wilmersdorfer Krankenhaus‹ gut bekannt war, bat die vielbeschäftigte Sekretärin sie, im Arbeitszimmer zu warten. Vivian mochte sich nicht setzen, um nicht aufspringen zu müssen, wenn er eintrat, blieb also in dem sehr nobel ausgestatteten Raum stehen. Auf dem Schreibtisch lag die neue Ausgabe der Fachzeitschrift ›Deutsches Ärzteblatt‹. Vivian sagte sich, daß sie keine Indiskretion begehe, wenn sie darin schmökerte, und sie tat es. Es gab einige gute Artikel, mit denen sie sich gern befaßt hätte, aber stehend und in so kurzer Zeit war das nicht möglich. Also blätterte sie weiter bis zu den Urlaubsvertretungen. Eine Annonce fiel ihr sofort ins Auge, obwohl sie unauffällig genug war, wohl nur deshalb, weil sie den Namen des Arztes und den Ort kannte: »Dr. Krantz, praktischer Arzt, sucht Vertretung, April und Mai.«

Vivian spürte, wie ihr das Blut zu Kopf schoß; sie war wie elektrisiert. Sie merkte gar nicht, daß der Professor hereingekommen war.

»Nun, meine liebe junge Kollegin«, sagte er, »Sie wollten mich sprechen?« Er reichte ihr eine warme, fleischige Hand.

»Bitte, entschuldigen Sie mich, Herr Professor«, erklärte sie mit dem strahlenden Lächeln, das ihr zur zweiten Natur geworden war, »ich muß ganz rasch mal telefonieren.«

»Na, dann tun Sie das!« erwiderte er mit väterlicher Nachsicht. »Sie können mich noch eine Viertelstunde hier erreichen.«

»Danke, Herr Professor«, sagte sie schnell und war schon aus dem Zimmer.

Sie jagte die Gänge entlang und die Treppen hinunter in die Eingangshalle, wo es eine öffentliche Fernsprechzelle gab. Zum Glück war sie nicht besetzt. Vivian benötigte die Auskunft nicht; sie kannte die Vorwahl von Rodenberg, und die Nummer von Doktor Krantz hätte sie singen können. Sie wählte auch. Zuerst kam die Sprechstundenhilfe an den Apparat, dann hatte sie Doktor Krantz an der Leitung.

»Hier ist Doktor Vivian Wagner, Berlin«, sagte sie atemlos, »ich interessiere mich für die Urlaubsvertretung.«

»Ziemlich weit weg, Berlin, was?«

»Das macht mir nichts aus. Ich bin aus München.«

»Haben Sie denn auch schon praktische Erfahrungen?«

»Aber selbstverständlich.«

»Dann reichen Sie mir Ihre Unterlagen mal ein!«

»Das werde ich. Aber, bitte, legen Sie nicht auf! Mir liegt sehr viel an dieser Vertretung.«

»Um die Wahrheit zu sagen: Sie klingen ein bißchen jung.«

»Ich bin zweiunddreißig.«

»Ich habe immer nur männliche Vertreter gehabt.«

»Warum wollen Sie Ihren Patienten nicht auch mal eine Frau gönnen? Ich kann mit Menschen umgehen, glauben Sie mir!«

»Aber sicher. Ich merke schon, Sie sind ganz schön dabei, mich einzuwickeln.«

»Ich werde es umsonst machen. Nur Kost und Logis.«

»Hm, hm. Hört sich gut an. Können Sie mir auch erklären, warum?«

»Es liegt mir daran, in den süddeutschen Raum zu kommen, und gerade April und Mai würden mir sehr gut passen.«

»Sie erwarten also, daß ich Ihnen zusage? Jetzt und auf der Stelle?«

»Bitte!« Als es am anderen Ende der Leitung still blieb, fügte sie hinzu: »Falls Ihnen meine Unterlagen nicht gefallen – aber das werden sie bestimmt, ich habe mein Staatsexamen mit Auszeichnung gemacht – können Sie es sich ja noch mal überlegen.«

»Sie scheinen ja ein wahres Wunderkind zu sein.«

»Im Gegenteil. Ich habe erst ziemlich spät mit dem Studium angefangen.« Beinahe hätte sie ausgeplaudert, daß sie vorher Krankenschwester gewesen war, unterdrückte diese Bemerkung aber gerade noch. Doktor Krantz war nicht dumm; er war durchaus imstande, zwei und zwei zusammenzuzählen.

»Überredet«, sagte er, »ich werde es mit Ihnen versuchen, vorausgesetzt, daß Sie schon in der letzten Märzwoche anfangen können. Ich muß mich erst überzeugen, ob Sie wirklich die Richtige für meine Praxis sind.«

»Selbstverständlich!« Vivian jubelte beinahe. »Wann genau soll ich dasein? Ich habe keinen Kalender zur Hand.«

»Sagen wir – am zweiundzwanzigsten März. Das ist ein Sonntag. Haben Sie ein Auto?«

»Nein. Aber einen Führerschein.«

»Dann werden Sie sich einen Wagen beschaffen müssen. Ich brauche meinen für die Fahrt in den sonnigen Süden.«

»Kein Problem, Doktor Krantz. Ich werde per Auto bei Ihnen ankommen.« Nach ein paar letzten Grußfloskeln hängte Vivian ein. Das war geschafft. Sie wußte zwar nicht genau, was sie sich von einem Aufenthalt in Rodenberg versprach. Der Einfall war ihr so plötzlich gekommen, daß sie keine Zeit gehabt hatte, darüber nachzudenken. Aber rein gefühlsmäßig war sie ganz sicher, daß sie etwas in Bewegung bringen könnte, wenn sie an den Ort des Geschehens zurückkehrte.

Das konnte Vivian ihrem Freund natürlich nicht erklären. Herbert Zink fand ihre Idee, für zwei Monate eine Praxis in einer oberbayerischen Kleinstadt zu übernehmen, einfach irrwitzig. Dabei hatte sie es ihm so behutsam wie irgend möglich eröffnet. Zuvor hatte sie ihm in ihrer Wohnung eine delikate kleine Mahlzeit zubereitet. Sie hatten Wein getrunken und sich geliebt. Jetzt lagen sie auf ihrem breiten Bett, sie hatte den Kopf auf seine Brust gelegt, und er angelte nach seinen Zigaretten.

»Das ist das Albernste, was ich je gehört habe!« behauptete er und richtete sich auf, so daß ihr Kopf den Halt verlor und auf das Kissen rutschte.

»Aber gar nicht, Herbert. Ich habe auch schon mit meinem Professor darüber gesprochen, und er ist ganz dafür.«

Er hatte sich eine Zigarette angezündet; jetzt blies er den Rauch heftig durch die Nüstern. »Dein Professor kann mir gestohlen bleiben.«

»Es ist eine so gute Gelegenheit herauszufinden, ob ich mich für eine Allgemeinpraxis eigne.«

Er hatte sich einen Aschenbecher auf die Brust gestellt. »Warum solltest du nicht?«

»Theoretisch ja, das gebe ich zu, aber ich muß es auch praktisch ausprobieren. Danach werde ich wissen, ob ich dabei bleibe oder nicht doch lieber meinen Facharzt mache.«

»Davon war bisher nie die Rede. Ich dachte, du wärst endlich fertig mit deinem Studium.«

»Ich doch auch. Aber dann habe ich nachgedacht. Als Facharzt verdient man auf jeden Fall sehr viel mehr und läuft nicht Gefahr, zu jeder Tages- und Nachtzeit herausgeklingelt zu werden. Das wäre doch auch für uns beide besser.« Sie küßte ihn auf die Schulter.

»Wenn du dich endlich entscheiden könntest, mich zu heiraten, dann wäre ich sogar mit dieser Trennung einverstanden.«

»Das sind Töne, die ich gar nicht liebe!« sagte sie und richtete sich auf. »Das Recht, dich als mein Herr und Gebieter aufzuspielen, werde ich dir auch in der Ehe nicht einräumen.«

»Entschuldige schon! Du weißt genau, wie ich es gemeint habe.«

»Jetzt möchte ich auch eine Zigarette!« verlangte sie und verbesserte sich gleich darauf. »Nein, gehen wir ins Wohnzimmer und trinken noch einen Schluck Wein.« Sie schlüpfte aus dem Bett, zog sich den Kimono und ihre warmen Pantoffeln an.

Aus der Küche holte sie eine frische Flasche Wein und saubere Gläser, stellte alles auf den niedrigen Couchtisch in ihrem praktisch, aber gemütlich eingerichteten Wohnzimmer. Sie hatte gerade eingeschenkt, als Herbert ihr nachkam. Er trug einen wadenlangen weißen Frotteemantel, der immer für ihn bei ihr hing, den sie manchmal aber auch selbst benutzte, obwohl er ihr viel zu groß war. Sein dichtes blondes Haar war über der hohen Stirn verwuschelt, wie sie es besonders mochte.

»Ach, Herbert«, sagte sie, »du weißt doch, daß ich dich von ganzem Herzen liebe.«

»Nur, daß man nicht viel davon merkt.«

»Auch eben nicht?« fragte sie lächelnd und kuschelte sich, die Beine hochgezogen, auf die Couch.

»Sex allein enügt mir nicht.«

»Als wenn es nichts anderes zwischen uns gäbe.« Sie trank einen Schluck Wein.

Er zündete sich eine neue Zigarette an und reichte sie ihr weiter – eine zärtliche Geste, die sie immer wieder rührte.

»Danke, Liebling!« Sie nahm einen Zug. »Sieh mal, Herbert, diese Trennung, von der du dauernd sprichst...«

Er setzte sich in den Sessel ihr gegenüber. »Was ist es anderes?«

»... sie wird auch Klarheit in unsere Gefühle bringen.«

»Meine sind mir völlig klar.«

»Meine eben noch nicht. Ich weiß, daß ich dich liebe, aber mir fehlt einfach noch der Mut zu einer Heirat. Wenn ich zwei Monate mutterseelenallein in diesem Kaff hocke, werde ich...«

Er schnitt ihr das Wort ab. »Erzähl mir nichts! Du und mutterseelenallein! Da kann man ja nur lachen. Du findest immer und überall Anklang. Wahrscheinlich kannst du dich dort vor Verehrern nicht mehr retten.«

›Du spinnst!‹ hätte sie beinahe spontan gesagt, aber gerade noch rechtzeitig fiel ihr ein, wie leicht er verletzt war, und so äußerte sie statt dessen: »Du übertreibst maßlos!«

»Nein, Vivian, ich kenne deine Wirkung auf Männer.«

»Ich sehe das nicht so, Herbert, aber ich will mich nicht mit dir darüber streiten. Jedenfalls weißt du – oder solltest es wissen – daß ich dir unverbrüchlich treu bin.«

Er zündete sich eine neue Zigarette an, rauchte nervös. »Nun ja, ich gehe nicht davon aus, daß du mich in der Fremde betrügen wirst. Dazu bist du nicht der Typ. Aber es könnte doch passieren, daß du einen anderen findest.«

Vivian protestierte.

»Das ist nicht auszuschließen!« fuhr er beharrlich fort. »Ich unterstelle, wie gesagt, nicht, daß du mich betrügen würdest, wohl verstanden. Wie ich dich kenne, würdest du mir klipp und klar zu verstehen geben, daß es zwischen uns aus ist.«

Sie lachte auf. »Allmählich glaube ich wirklich, daß du verrückt bist. Dauernd erklärst du mir, daß wir endlich heiraten sollten, und jetzt sagst du, daß es dich nicht überraschen würde, wenn ich mich mir nichts, dir nichts für einen anderen entscheiden würde! Erlaube mal, aber was sind das für krause Ideen? Wenn du mir so wenig vertraust, wie kannst du dann überhaupt wünschen, daß ich deine Frau werde? Wenn du jeden Moment damit rechnest, ich könnte mit einem anderen daherkommen, dann würde die Ehe für dich ja ein Tanz auf dem Vulkan werden.«

»Wenn wir erst mal verheiratet sind, wirst du dich ernstlich gebunden fühlen.«

»Ach, Herbert, das tue ich doch schon jetzt.«

»Warum willst du dann nach Rodenberg?«

»Bestimmt nicht, um einen anderen Mann zu finden.«

»Das glaube ich dir ja. Aber du wirst zugeben, daß es passieren könnte.«

»Wenn du das annimmst – ich halte es allerdings für völlig absurd –, warum dann ausgerechnet in Bayern? Warum nicht hier in Berlin? Ich wette, daß es hier sehr viel mehr attraktive Männer gibt als sonstwo, und täglich lerne ich neue kennen, aber keiner kann dir das Wasser reichen.«

Darauf wußte er nichts zu sagen.

Sie beugte sich vor, drückte ihre Zigarette aus und legte ihm die Hand auf das Knie. »Ach, Liebling, sei doch nicht dumm! Gönn mir die zwei Monate Kleinstadt! Ich brauche sie, mehr als ich dir erklären kann.«

»Wenn ich das nur begreifen könnte!«

»Brauchst du gar nicht. Nimm es einfach hin. Im Augenblick sind unsere Beziehungen ziemlich festgefahren, das mußt du doch zugeben, nicht wahr? Wenn ich zurückkomme, wird alles anders sein.«

»Falls du zurückkommst«, meinte er bedeutungsvoll.

Sie war drauf und dran, ihm heftig zu widersprechen, besann sich dann aber eines anderen. »Gut«, sagte sie, »einigen wir uns darauf. Falls ich wiederkomme, wird so rasch wie möglich geheiratet.«

Er runzelte die Stirn. »Und falls nicht?«

»Verschwinde ich für immer aus deinem Leben.«

»Das könntest du mir antun?«

»Sollte ich trotz allem darauf kommen, daß ich dich doch nicht heiraten will, wäre das die einzig faire Lösung.«

»So wenig bist du dir sicher?«

»Ich bin mir völlig sicher, Liebling. Du bist es, der mir nicht vertraut und ein Riesentheater wegen einer kurzfristigen Trennung macht.«

Sie diskutierten bis zur Erschöpfung, aber am Ende setzte Vivian sich durch, wie sie es nicht anders erwartet hatte. Ja, Herbert erklärte sich sogar noch bereit, ihr seinen alten VW zu leihen. Sie wußte, daß er das nicht aus reiner Gefälligkeit tat, sondern weil er auf ganz irrationale Weise hoffte, sie dadurch fester an sich zu binden. Aber sie sprach es nicht aus, sondern dankte ihm nur.

Als Vivian aus Berlin abfuhr, war sie bester Laune. Es war ihr, als stände sie am Beginn eines Abenteuers. Sie hatte lange nicht mehr hinter dem Steuer gesessen, deshalb fuhr sie besonders vorsichtig. Die Geschwindigkeitsbegrenzungen auf der Autobahn durch die Republik waren ihr ausgesprochen angenehm. Bei Hof passierte sie die Grenze nach Westdeutschland. Von dort brauchte sie noch vier Stunden bis nach Rodenberg. Am späten Nachmittag tauchte das vertraute Panorama der Alpen vor ihr auf. Der Himmel war klar, er zeigte ein helles, fast durchsichtiges Blau, und auf den Gipfeln der Berge schimmerte weißer Schnee.

Als Vivian dann die Autobahn verließ und den VW auf dem Zubringer in die Stadt hineinlenkte, verschwand ihre gute Laune so schlagartig, daß sie von diesem Stimmungswechsel völlig überrascht war. Sie hatte, auch als sie noch hier lebte, immmer gewußt, daß Rodenberg ein kleiner Ort war, aber jetzt wirkte die Enge auf sie beklemmend. Alles war noch wie vor sieben Jahren – jedenfalls nahm sie bei ihrer Ankunft keine Veränderungen wahr –, der Marktplatz mit dem Rathaus und seinen Restaurants war noch, wie er immer gewesen, die Kirchen standen, wo sie gestanden hatten, und nur die alten Schulen hatten einen neuen Verputz erhalten. Spaziergänger waren heute, an einem Sonntag nachmittag, genügend unterwegs, Familien mit Kindern, junge Burschen mit ihren Mädchen, und dennoch, sie bewegten sich so langsam, so anscheinend ziellos, daß Vivian, die das lebhafte Treiben von Berlin gewöhnt war, den Eindruck hatte, daß alles wie unter Zeitlupe geschähe. Jeder grüßte jeden, und jeder, so schien es ihr, schenkte auch ihrem VW mit der Berliner Nummer Beachtung.

Noch rechtzeitig fiel ihr ein, daß sie nicht geradewegs zum Haus von Doktor Krantz fahren durfte, das sie doch so gut kannte. Also kurvte sie erst einmal gemächlich durch die Stadt und hielt dann an einer Tankstelle. Sie ließ Benzin nachfüllen, den Ölstand prüfen und erkundigte sich dann nach der Adresse des Doktors.

Der junge Mann, der sich beflissen darangemacht hatte, die Scheiben zu putzen, erklärte es ihr. »Aber heute«, fügte er hinzu, »hat er keine Sprchstunde. Heute ist sein Kollege dran, der Doktor Sieboldt.«

»Macht nichts. Ich bin keine Patientin.«

»Sie wollen den alten Herrn nur besuchen, wie?«

»So könnte man es nennen.«

»Aber Sie waren noch nie hier?«

Die Neugier des jungen Mannes – diese ausgesprochen kleinstädtische Neugier, die es als ihr gutes Recht betrachtete, alles in Erfahrung zu bringen, was den Ort, seine Bewohner und Besucher betraf – war so unverhohlen, daß sie Vivian zu einer Erklärung veranlaßte.

»Ich werde Doktor Krantz während seines Urlaubs vertreten«, sagte sie.

Der junge Mann betrachtete sie von Kopf bis Fuß, um dann ein ungläubiges »Sie?« auszustoßen.

Vivian lächelte ihn freundlich an. »Ich bin Ärztin.«

»So sehn S' aber gar nicht aus.«

Sie hatte sich für die Reise bewußt bequem gekleidet und wenig geschminkt. Sie trug flache Schuhe, einen grauen Flanellrock, der ihr in der Taille einige Zentimeter zu weit war, und einen locker sitzenden maisgelben Pullover. Dennoch las sie in den Augen des jungen Mannes, daß er sie sehr hübsch fand, und das tat ihr nach all den Jahren ihrer Verwandlung immer noch wohl. »Soll ich das als Kompliment oder als Beleidigung auffassen?« fragte sie, nicht ohne Koketterie.

Der Mann reagierte etwas verwirrt. »Beleidigen wollte ich Sie wirklich nicht, Fräulein«, antwortete er, nachdem er die Frage verdaut hatte.

»Warten Sie ab, bis Sie mich im weißen Kittel sehen! Vielleicht haben Sie ja irgendein Wehwehchen.«

Vivian gab ihm ein gutes Trinkgeld. Diese erste Begegnung im alten Rodenberg hatte sie aufgeheitert.

Das Haus von Doktor Krantz lag in einer Seitenstraße, die vom Marktplatz abging. Daneben gab es ein unbebautes Grundstück von beträchtlichem Wert, das der Vater des Doktors gleich nach dem Krieg gekauft hatte. Es sollte Doktor Otto Krantz, wie er gern sagte, ›wenn alle Stricke reißen‹, als Alterssicherung dienen. Noch bot es einen idealen Parkplatz für die Patienten.

Vivian stellte ihren VW dort ab, wechselte die Schuhe – statt der Treter zog sie hochhackige Pumps an – nahm ihren hellen Regenmantel über den Arm, klemmte sich die Handtasche unter den Ellenbogen und holte den Koffer heraus. Dann ging sie zum Haus des Doktors und klingelte im zweiten Stock.

Es gab keine Sprechanlage. Vivian nahm an, daß das Haus wochentags nicht verschlossen war. Die Praxis lag im Erdgeschoß.

Während sie wartete, atmete sie tief durch. Sie versuchte, ganz ruhig zu sein, aber das Herz klopfte ihr bis zum Hals. Es war das erste Mal, daß sie einem Menschen aus der Vergangenheit gegenübertreten sollte.

Endlich wurde die Haustür geöffnet. Doktor Otto Krantz erschien auf der Schwelle. Er wirkte noch kleiner als früher, geradezu zusammengeschrumpft. Sein Kinnbart war immer noch sorgfältig gestutzt, aber sein Kopfhaar, das früher grau gewesen war, schimmerte nun blendend weiß. Er starrte sie aus seinen listigen Äuglein an, ohne ein Wort zu sagen.

Sie konnte nicht verhindern, daß sie unter seinem Blick errötete. Er hatte sie so gut gekannt. Sie hatte das Gefühl, daß ihre Tarnkappe durchsichtig wurde. »Guten Tag, Herr Doktor!« brachte sie endlich heraus und fügte in fragendem Ton hinzu: »Ich nehme doch an, Sie sind Doktor Krantz?«

»Sie haben es erfaßt.« Er sah sie immer noch aufmerksam an.

Sie hatte ihren Koffer abgestellt und reichte ihm die Hand. »Ich bin Vivian Wagner aus Berlin. Die Urlaubsvertretung.«

»Sie?«

Das war das zweite Mal an diesem Tag, daß diese Frage an sie gestellt wurde. Die Hand, die er ihr gab, war trocken und ohne Druck.

Sie schenkte ihm ihr strahlendes Lächeln. »Ja, sicher. Haben Sie mich denn nicht erwartet?«

Jetzt, endlich, wich die Spannung aus seinem Gesicht. »Doktor Vivian Wagner aus Berlin also!« sagte er lächelnd und schüttelte ihr noch einmal die Hand, diesmal sehr kräftig. »Sie müssen einem alten Narren verzeihen, liebe Kollgin, aber ich hatte Sie mir ganz anders vorgestellt. Tüchtige Ärztinnen sehen etwas anders aus, etwas maskuliner, dachte ich bisher. Aber wahrscheinlich hinke ich wieder mal der neuesten Entwicklung der Dinge hinterher. Warum stehen wir hier eigentlich herum?«

Er bückte sich und nahm ihren Koffer. »Kommen Sie! Kommen Sie! Meine Frau ist schon sehr gespannt.«

Sie nahm ihm den Koffer aus der Hand. »Mein Gepäck«, erklärte sie mit Bestimmtheit, »trag ich doch lieber selber.«

»Soll mir nur recht sein. Ich gehöre zu denen, die die angenehmen Seiten der weiblichen Emanzipation durchaus zu schätzen wissen.« Plaudernd stieg er vor ihr die ziemlich steile, hölzerne Treppe empor. Erst auf dem Absatz blieb er stehen und unterbrach sich. »Soll ich nicht doch?«

Sie schüttelte lächelnd den Kopf.

Die Tür zur Wohnung stand offen. Doktor Krantz ließ Vivian eintreten. Sie war noch nie in seinen Privaträumen gewesen und sah sich voll Interesse um, setzte den Koffer ab und legte den Mantel darüber.

»Recht so«, kommentierte er, »lassen Sie alles stehen und liegen, liebe Kollegin. Jetzt will ich Sie zuerst mal mit meiner Frau bekannt machen.«

Helene Krantz empfing Vivian mit einem überraschten Lächeln. Die beiden Frauen hatten sich früher nur flüchtig gekannt, und ihr gegenüber fühlte Vivian sich weit weniger unbehaglich. Frau Krantz war einen Kopf größer als ihr Mann, sehr rundlich, hatte eine blühende Gesichtsfarbe und eine Frisur, die aus winzigen, blonden – bestimmt gefärbten – Löckchen bestand. Sie saß im Wohnzimmer, einem sehr gemütlich eingerichteten Raum. Für Vivians Geschmack gab es hier nur allzuviel Deckchen und Läufer, aber Handarbeiten schien eine Art Hobby von Frau Krantz zu sein. Bei Vivians Eintritt war sie mit einer Filethäkelei beschäftigt, die sie jetzt aus der Hand legte.

»Willkommen in Rodenberg, Frau Doktor!« sagte sie freundlich. »Na, deine Patienten werden Augen machen, Otto!« Sie erhob sich. »Wenn es einigen auch bestimmt peinlich sein wird, sich von einer Frau untersuchen zu lassen, und dazu noch von so einer hübschen. Ich werde uns jetzt mal einen Tee aufgießen.«

»Ach was, Tee!« erwiderte er. »Wenn dies kein Anlaß für einen guten Schluck ist, dann kenne ich mich nicht mehr aus auf dieser Welt. Sie trinken doch ein Gläschen Cognac mit uns, Kollegin?«

»Ja, gerne. Aber sagen Sie doch einfach Vivian zu mir, und darum möchte ich auch Sie bitten, Frau Krantz.«

»Erst recht ein Grund einen zu heben, was, Helene?«

Aber Helene Krantz begab sich zur Tür.

»Wo willst du denn hin, Helene?« fragte er ungeduldig.

»Hildegards Zimmer zurechtmachen.« Verlegen fügte sie hinzu: »Wissen Sie, Vivian, üblicherweise bringen wir unsere Urlaubsvertretungen in der ehemaligen Dienstbotenkammer unter. Aber für Sie scheint mir das doch nicht das richtige zu sein.«

»Aber warum denn nicht? Machen Sie sich meinetwegen nur keine Umstände!«

»Firlefanz, Helene!« stimmte der Doktor ihr bei. Er hatte schon die alte Kredenz aus Walnußholz geöffnet und war dabei, eine Flasche und Gläser herauszunehmen.

»Wichtiger wäre es mir, mich ein bißchen frisch machen zu können«, sagte Vivian.

»Aber das Zimmer von unserer Tochter steht doch leer«, beharrte Helene, »und es kostet nur ein paar Minuten, es zu lüften und ein bißchen Staub zu wischen. Das Bett ist bezogen.«

»Red nicht so lange herum, Helene!« mahnte Doktor Krantz. »Merkst du denn nicht, daß das Mädchen auf die Toilette muß?«

Vivian lachte.

Aber seine Frau warf ihm kopfschüttelnd einen mahnenden Blick zu und forderte Vivian recht zeremoniell auf, ihr zu folgen.

Das Zimmer, in das sie sie führte, lag ein Stockwerk höher und erinnerte immer noch an eine Dienstbotenkammer. Es war sehr klein, hatte eine schräge Wand und bekam sein Tageslicht durch eine Dachluke. Es war ausgesprochen bescheiden eingerichtet. Es gab nichts als einen Schrank, ein Bett, eine Kommode und einen kleinen Sessel, nicht einmal einen Tisch, der auch kaum Platz gefunden hätte. Aber auf dem blankpolierten dunklen Holzboden lag ein bunter Fleckerlteppich, und über das Bett war eine gehäkelte Tagesdecke gebreitet.

»Unsere Herren«, erklärte Frau Krantz in einem Ton, als müßte sie einen unausgesprochenen Vorwurf zurückweisen, »waren mit ihrer Unterbringung immer sehr zufrieden. Sehen Sie, hier ist auch der Stecker für das Telefon. Das müssen Sie natürlich immer ans Bett stellen, für den Fall, daß Sie nachts angerufen werden.« Sie öffnete eine schmale Nebentür. »Das ist Ihr eigenes Bad. Hildegards Zimmer hat keines. Das ist der Hauptgrund, warum wir die Kammer für die Kollegen benutzen.«

Das Bad verfügte über ein Waschbecken, darüber eine Abstellplatte, und eine Toilette. Sonst nichts. Der Fußboden bestand aus blauem Linoleum, das im Laufe der Jahre brüchig geworden war.

»Das reicht doch«, sagte Vivian.

»Natürlich können Sie auch unser Badezimmer benutzen!« erklärte die Hausfrau und fügte einschränkend hinzu: »Wenn wir erst fort sind.«

»Das wäre nett.« Vivian fühlte sich plötzlich erschöpft.

»Dann können Sie auch in das Zimmer unserer Tochter umziehen. Ich zeige es Ihnen später.«

Vivian lächelte ihr zu. »Mir ist es gar nicht so wichtig, wie ich wohne. Machen Sie sich darüber bitte keine Gedanken.«

»So, dann lasse ich Sie jetzt allein. Aber beeilen Sie

sich bitte! Sonst könnte es Ihnen noch passieren, daß mein guter Otto einen Schluck zuviel genommen hat, bevor Sie herunterkommen. Er neigt dazu, leider, seit dieser Geschichte mit...« Helene Krantz unterbrach sich. »Aber was soll ich Sie damit belasten. Bis gleich also.«

»Erzählen Sie mir doch!« bat Vivian rasch.

Aber Helene Krantz ließ sich nicht aufhalten. Obwohl sie Vivian verstanden haben mußte, zog sie sich wortlos zurück. Dennoch hatte ihre Andeutung Vivian Mut gemacht. Früher oder später würde das Thema, das ihr am Herzen lag, zur Sprache kommen, dessen war sie sich sicher.

Am Mittwochabend gaben Doktor Krantz und seine Frau für Vivian eine Party, nichts Aufwendiges, sondern ein einfaches geselliges Beisammensein. Helene hatte Schnittchen gemacht und Gebäck auf den Tisch gestellt, Otto ein paar Flaschen Wein aus dem Keller geholt. Das Ganze diente dem Zweck, Vivian mit einigen Leuten bekannt zu machen, damit sie in den nächsten Wochen nicht völlig allein war.

Es erschienen ein Studienrat mit Frau, ein unverheirateter junger Rechtsanwalt und der Apotheker Siegfried Holbaum, dem Vivians Herz sofort entgegenschlug, ohne daß sie es sich anmerken lassen durfte. Immer noch groß und kräftig gebaut, war auch er sichtlich gealtert. Er hielt sich nicht mehr so gerade wie früher, und seine Brust war eingesunken. Die Gläser seiner Brille waren noch einige Dioptrien stärker geworden, so daß er jetzt ein dickes Horngestell tragen mußte.

Vivian trug ein sehr züchtiges schwarzes Partykleid und dazu eine Kette von schönen Süßwasserperlen, die Herbert ihr geschenkt hatte. Sie spürte, daß alle sie reizend fanden, und gab sich gut gelaunt. Man plauderte und trank, und die Stimmung hob sich mit jedem geleerten Glas. Der junge Rechtsanwalt versuchte mit Vivian zu flirten, gab es aber bald auf, da er merkte, daß sie, obwohl sie ihn nicht vor den Kopf stieß, kein Interesse hatte. Sie wartete gespannt darauf, daß einer der Anwesenden den Mordfall oder den Prozeß erwähnen würde. Aber allen schien der Sinn nur nach ganz oberflächlicher Unterhaltung zu stehen, die Vivian auf die Dauer so ermüdete, daß sie ein Gähnen unterdrücken mußte. Von sich aus wollte sie das Thema nicht anschneiden, weil es merkwürdig wirken könnte, wenn sie, eine angeblich völlig Fremde, sich dafür interessierte.

Kurz vor Mitternacht brachen der Studienrat und seine Frau auf, und der junge Rechtsanwalt schloß sich ihnen an.

»Aber du, Siegfried«, bestimmte Otto rasch, noch bevor der andere sich erheben konnte, »bleibst doch noch auf ein Tröpfchen.«

»Eigentlich sollte ich nicht«, erwiderte der Apotheker, »aber zugegebenermaßen gibt es nichts, was mich in mein Bettchen zieht.«

»Schläfst du immer noch so schlecht?«

»So was kann uns doch nicht passieren, Otto. Aber ich wache schlecht auf, und das ist schlimmer.«

Während dieses Gesprächs hatte Helene die anderen Gäste hinuntergebracht.

Vivian hatte aufmerksam zugehört. »Warum versuchen Sie es nicht mit autogenem Training, Herr Holbaum?« schlug sie vor.

»Meine liebe Frau Doktor, verlassen Sie sich darauf, das habe ich.«

»Und es hat Ihnen nicht geholfen? Dann müssen Sie etwas falsch gemacht haben.«

»Sieh an, sieh an!« sagte der Apotheker lächelnd. »Da haben wir wohl wieder mal ein Küken, das klüger sein will als die Henne.«

»Ich wende es selber an, und mir nutzt es durchaus.«

»Das glaube ich Ihnen sogar. Aber in Ihrem jungen Leben gibt es gewiß nichts, das Sie vergessen möchten.«

»Sagen Sie das nicht! Auch in meinem Alter hat man eine Vergangenheit.«

»Aber Sie haben keine Leiche im Keller.«

»Sie etwa?«

»Nicht nur ich allein. Einige hier in Rodenberg.«

Otto hatte inzwischen die Cognacflasche und die bauchigen Gläser aus der Kredenz geholt. Wie selbstverständlich goß er auch Vivian ein.

Eigentlich hatte sie keine Lust mehr auf etwas Hochprozentiges. Aber es schien ihr besser mitzuhalten, da das Gespräch gerade interessant zu werden begann.

Während der letzten Worte war Helene hereingekommen. »Seid ihr wieder bei diesem entsetzlichen Thema!« schalt sie. »Laßt doch gefälligst Vivian damit in Ruhe! Sie soll eine schöne und sorglose Zeit hier haben. Nein, danke. Ich trinke bestimmt nichts mehr.« Sie begann aufzuräumen.

Vivian nahm an, daß ihre Mithilfe erwartet wurde, aber sie rührte sich nicht vom Fleck, sondern blickte Holbaum aus großen Augen an. »Oh, gibt es hier ein Geheimnis?«

»So würde ich es nicht nennen. Die ganze Welt weiß darüber Bescheid.«

Sie tranken sich zu. Otto zündete sich eine Pfeife an und Siegfried Holbaum nahm eine Zigarette.

Vivian streckte die Hand nach seinem silbernen Etui aus, einem Andenken aus seiner Studentenzeit, und sagte: »Ausnahmsweise.«

Der Apotheker bediente sie sofort.

»So, ich gehe jetzt ins Bett«, erklärte Helene in vorwurfsvollem Ton, »und mach du auch nicht mehr so lange, Otto! Sie werden doch nicht im Bett rauchen, Vivian? Das ist äußerst gefährlich.«

»Ganz bestimmt nicht.« Vivian sprang auf und küßte sie auf beide Wangen. »Ich danke Ihnen für den schönen Abend, Helene! Und ich werde schon aufpassen, daß es nicht zu spät wird. Otto und ich müssen ja beide morgen früh raus.«

Einigermaßen versöhnt zog sich Helene zurück.

Vivian setzte sich wieder und nahm einen Zug aus ihrer Zigarette. »Bitte, spannen Sie mich nicht auf die Folter. Als Ärztin schrecken Leichen mich nicht.«

»Es geht um den Mord an dem Industriellen Bruno Hammer«, sagte der Apotheker düster.

»Oh, darüber habe ich seinerzeit in der Zeitung gelesen!« rief Vivian, der nicht daran lag, alles das noch einmal zu erfahren, was sie schon wußte. »Richtig, das war ja hier in Rodenberg. Aber es ist doch schon so lange her.«

»Es wird nicht vorbei sein, bevor der Täter nicht gefaßt ist«, erklärte Doktor Krantz.

»Aber ich verstehe nicht, wieso Sie beide das so bedrückt. Sie standen doch niemals unter Verdacht, nicht wahr?«

»Natürlich nicht«, bestätigte Holbaum, »keiner von uns hatte ein Motiv. Der kranke Bruno Hammer bedeutete uns eine Geldquelle, der tote hat uns gar nichts gebracht – außer einem Jagdgewehr, was ist das schon?«

»Aber es quält uns, daß es uns nicht gelungen ist, die Unschuld der jungen Frau zu beweisen«, sagte der Doktor, »mir ist es nicht einmal gelungen, das Gericht davon zu überzeugen, daß sie der letzte Mensch war, dem eine solche Tat zuzutrauen gewesen wäre.«

»Und ich«, sagte der Apotheker, »habe mich der Verteidigung nicht einmal als Zeuge zur Verfügung gestellt.«

»Hätten Sie denn etwas zu sagen gehabt?« erkundigte sich Vivian.

»Zum Tathergang nicht. Aber ich hätte Otto darin unterstützen können, das Charakterbild der Angeklagten deutlich zu machen.«

»Ach«, meinte Vivian, »ich glaube kaum, daß das etwas genutzt hätte.«

»Das habe ich mir damals auch eingeredet. Tatsächlich aber hatte ich Angst.«

»Wovor?« fragte Vivian erstaunt.

»Vor den Leuten!« gab der Apotheker zu. »Schändlich, nicht wahr? Ich hatte Angst, ins Gerede zu kommen, Angst, mich unbeliebt zu machen, Angst, Kunden zu verlieren.«

»Was dir dann natürlich doch passiert ist«, fügte der Doktor sarkastisch hinzu.

»Tatsächlich?« rief Vivian. »War es wirklich so schlimm?«

»Noch schlimmer. Die Stadt hat sich seitdem in zwei feindliche Gruppen geteilt. Die eine ist davon übereugt, daß Lisa Hammer die Mörderin ist und daß man sie zu Unrecht hat laufenlassen, und die zweite denkt, daß es genügend andere Verdächtige gibt, denen die Tat eher zuzutrauen ist.«

»Wen zum Beispiel?« Vivian drückte die Zigarette aus und nippte an ihrem Glas, um davon abzulenken, wie interessiert sie war.

»Nun, da ist erst einmal die Tochter, Evelyn Hammer.«

»Aber sie ist doch auf ihr Pflichtteil gesetzt worden, wenn ich mich recht erinnere«, wandte Vivian ein.

»Das hat sie aber erst nach dem Tod ihres Vaters erfahren!« erklärte der Apotheker. »Als sie ihn tötete – falls sie es denn getan hat – war sie noch im Glauben, eine reiche Erbin zu sein. Sie stand sich schlecht mit ihrem Vater und ist ausgesprochen kaltblütig.«

»Warum hat sie eigentlich im Prozeß nicht ausgesagt? Das hat mich schon seinerzeit gewundert.«

»Sie hätte es liebend gern getan. Otto, schenkst du mir

noch einmal ein?« Er hielt dem Doktor sein leeres Glas hin. »Sie wollte sogar als Nebenklägerin aufteten. Aber ihr Rechtsanwalt hat ihr davon abgeraten. Sie sprühte so vor Haß, daß sie sich allzu leicht hätte selbst belasten können.«

Der Doktor goß dem Freund und sich selber noch einmal nach und hielt Vivian die Flasche hin, aber sie schüttelte lächelnd den Kopf. »Schade«, sagte sie, »vielleicht hätte sie es wirklich getan. Was ist eigentlich aus ihr geworden?«

»Sie hat Peter Milz geheiratet.«

Vivian konnte ihre Verblüffung nicht verbergen. »Was?«

»Was erstaunt Sie daran so?« fragte der Apotheker und blickte sie forschend durch seine scharfgeschliffenen Gläser an.

Sie wurde verlegen. »Nun ja, ich hatte nach den Presseberichten den Eindruck, daß er ein relativ primitiver Mensch sein muß, sie dagegen ziemlich hochgestochen, Tochter aus reichem Haus, Studentin und so weiter. Habe ich mich da getäuscht?«

»Im Gegenteil«, bemerkte der Doktor, an seiner Pfeife schmauchend, »Sie haben eine ganz besonders gute Beobachtungsgabe, Vivian.«

»Tatsächlich hat diese Heirat einiges Aufsehen erregt. Niemand hatte erwartet, daß Evelyn überhaupt je nach Rodenberg zurückkommen würde. Es war ja allgemein bekannt, daß sie große Rosinen im Kopf hatte.«

»Es wurde viel darüber gemunkelt, von einem Kind, das unterwegs gewesen sein soll – tatsächlich war ihr Erster dann ein Siebenmonatskind«, fuhr der Doktor fort, »ob nun echt oder vorgetäuscht, kann ich nicht beurteilen, denn sie war nicht mehr meine Patientin.«

»Meines Erachtens«, sagte der Apotheker und nahm einen genüßlichen Schluck, »ist diese seltsame Verbindung ganz einfach zu erklären. Ihr kleines Erbteil genügte nicht, um auf absehbare Zeit – sagen wir, bis Ende ihres Studiums – davon zu leben. Andererseits konnte sie auch dann noch nicht mit einer festen Anstellung rechnen. Aber immerhin war das Geld ausreichend, um Peter Milz zu helfen, sich selbständig zu machen. Damit war sie versorgt.«

»Ein anderer ernsthafter Bewerber war wohl auch nicht in Sicht«, schloß sich der Doktor dieser Erklärung an, »und Milz ist ja auch gar kein übler Kerl.«

›Arme schöne, hochfahrende Evelyn‹, dachte Vivian, ›was für ein Jammer!‹ – Aber sie sprach es nicht aus und bat statt dessen doch noch um ein Glas Cognac.

»Ludwig Weigel ist inzwischen übrigens auch verheiratet, mit einer blutjungen, sehr niedlichen Person«, erzählte der Doktor, »sie soll eine gute Partie gewesen sein.«

Vivian hob die Augenbrauen. »Ludwig Weigel?« wiederholte sie, als müßte sie sich besinnen, wo dieser Mensch unterzubringen wäre.

»Der Geschäftsführer der ›Hammer-Werke‹.«

»Den verdächtigt man auch?«

»Warum denn nicht?« fragte der Apotheker. »Es ist allgemein bekannt, daß er erhebliche Differenzen mit Hammer hatte, wenn auch nur geschäftliche.«

»Was heißt denn ›nur‹?« rief der Doktor. »Ich kenne eine Menge Leute, denen das Geschäft wichtiger ist als sonst etwas. Falls er Hammer ermordet hat, hat er jedenfalls damit erreicht, was er wollte: freie Hand in der Leitung des Betriebes.«

Vivian begriff, daß die beiden alten Herren Gespräche dieser Art immer wiedergeführt hatten und es jetzt genossen, endlich einen außenstehenden Zuhörer zu haben, dem ihre Mutmaßungen nicht auf die Nerven gingen. Sie verbiß sich eine weitere Frage, da sie sicher war, daß sie auch so weiterreden würden.

»Auch der Sohn, Arthur Hammer«, fuhr der Doktor fort, »ist übrigens wieder in Rodenberg. Er arbeitet in den ›Hammer-Werken‹, allerdings nicht in leitender Position. Das hat der Weigel zu unterbinden gewußt, was ihn noch zusätzlich belastet.«

Jetzt hielt Vivian es doch für angebracht, wieder einmal den Mund aufzutun. »Aber war der junge Hammer denn nicht der Haupterbe?«

»Gemeinsam mit seiner Stiefmutter, ja. Aber es heißt, daß er seine Anteile an Weigel verscherbelt hat. Er konnte wohl nie mit Geld umgehen.«

Vivian machte große Augen, sagte aber nichts. Sie selber hatte blendend von den Einkünften der Firma leben können. Wieso dann Arthur nicht?

Der Apotheker beantwortete ihre unausgesprochene Frage. »Es heißt, daß er spielt. Immerhin wird er bis ans Lebensende ein Dach über dem Kopf haben. Er wohnt in der alten Villa.«

Das war etwas, das Vivian schon von ihrem Rechtsanwalt erfahren hatte. Trotzdem fragte sie pro forma: »Ganz allein?«

»Es hat einige Male Mieter gegeben, aber sie sind nie lange geblieben. Sie haben sich offensichtlich mit Arthur, der ja ein Wohnrecht hat, nicht einigen können. Einige Leute behaupten auch, daß es dort spukt.«

Lisa hatte fürs erste genug erfahren; sie dehnte sich und gähnte ein bißchen. »Du lieber Himmel, was für Geschichten. Ich hatte gar nicht mehr daran gedacht, daß in Rodenberg so viel passiert ist.«

»Aber Sie wollten doch unbedingt nach Rodenberg«, fragte der Doktor sanft, »nicht wahr, Vivian?«

Ohne mit der Wimper zu zucken, hielt Vivian seinem Blick stand. »In den süddeutschen Raum, Otto, erinnern Sie sich. Daß es dann Rodenberg wurde, war reiner Zufall.«

Seit ihrer Abreise aus München damals hatte Vivian ihren Anwalt noch zweimal getroffen; Paul Zumbruch hatte sie in Berlin besucht. Jedesmal war sie gerade in festen Händen gewesen, und das hatte ihn enttäuscht und auch verärgert. Ansonsten hatten sie häufig miteinander telefoniert, aber nur in geschäftlichen Angelegenheiten.

Als Doktor Krantz und seine Frau in ihren Urlaub aufgebrochen waren, nahm sie sofort die Gelegenheit wahr, ihn anzurufen.

»Paul«, sagte sie nach der Begrüßung, »rate mal, wo ich jetzt bin!«

»Nicht mehr in Berlin?«

»Stimmt.«

»Bist du etwa in München?« fragte er, und seine Stimme klang hoffnungsvoll.

»Gar nicht so falsch. In Rodenberg.«

»Vivian«, rief er entsetzt, »du bist wohl nicht gescheit!«

»Ich wußte, daß dich das aufregen würde. Deshalb habe ich dich auch nicht vorgewarnt.«

»Kannst du mir erklären, was du dort zu suchen hast?«

»Ich mache Urlaubsvertretung für den guten alten Doktor Krantz.«

»Und was versprichst du dir davon?«

»So genau weiß ich das selber nicht.« Vivian lachte. »Obwohl ich keine Mörderin bin, hat's mich wahrscheinlich zum Tatort zurückgezogen.«

»Vivian – du mußt verrückt sein!«

»Nein, das bestimmt nicht. Ich finde, man hat die Dinge zu lange auf sich beruhen lassen. Irgend jemand muß mal einen Stein ins Rollen bringen.«

»Und das mußt ausgerechnet du sein?«

»Wer sonst?«

Eine lange Pause entstand. Dann sagte er: »Wann können wir uns sehen?«

»Vielleicht übernächsten Sonntag? In München? Dieses Wochenende habe ich Notdienst.«

»Mit deinem Regierungsrat ist es also aus?«

»Nein, Paul. Ich bin in seinem Auto hier. Aber das soll uns doch nicht hindern, uns zu treffen – oder?«

»Nein. Natürlich nicht.«

»Vielleicht wäre es richtiger, ich würde dich während der Kanzleistunden aufsuchen. Aber ich bin hier sehr eingespannt, wie du dir wohl vorstellen kannst.«

»Selbstverständlich habe ich am Sonntag für dich Zeit.«

»Das ist lieb von dir. Treffen wir uns wie das letzte Mal im ›Königshof‹?«

»Du erinnerst dich?«

»Aber ja, Paul. Ich denke, elf Uhr wird dir recht sein, ja? Und bring mir bitte einen Mietvertrag mit. Ich möchte in die alte Villa ziehen.«

»Das solltest du wirklich nicht, Vivian.«

»Warum denn nicht? Das Haus gehört schließlich mir, und hier bin ich in der Dienstbotenkammer einquartiert. Ich brauche ein Bad.«

»Das ist doch nicht der wahre Grund.«

»Nein. Natürlich nicht. Ich muß einfach in Erfahrung bringen, was dort los ist. Warum kein Mieter bleibt. Und wieso es angeblich dort spukt.«

»Das ist für mich das Neueste!«

»Es stimmt natürlich auch nicht. Aber die Leute erzählen es sich. Paul, wir können über alles bei unserem nächsten Zusammensein reden. Ich freue mich schon darauf. Bis Sonntag in acht Tagen also! Und vergiß den Mietvertrag nicht!«

In der Praxis fand Vivian sich gut zurecht. Doktor Krantz war die ganze Kartei seiner Patienten mit ihr durchgegangen. Ihre Zahl war nicht mehr sehr groß, sei es, weil man ihm wirklich sein Eintreten für Lisa Hammer übelgenommen hatte, sei es, daß man inzwischen jüngeren Ärzten mehr zutraute. Jedenfalls mußte Vivian weniger gehetzt arbeiten als in der Klinik; sie konnte sich für jeden, der zu ihr kam, Zeit nehmen, und sie tat es. Sie interessierte sich nicht nur für die Symptome der Krankheiten, sondern stellte auch Fragen nach den Lebensumständen, den Sorgen und Hoffnungen der Patienten. Den meisten tat es gut, sich aussprechen zu können.

Da sie zu dem alten Doktor hielten, konnte Vivian davon ausgehen, daß sie alle, soweit sie den Prozeß miterlebt hatten, auf der Seite ihres früheren Ichs standen. Aber niemand erwähnte den Fall, und von sich aus mochte sie das Thema nicht anschneiden. Sie war ohnehin überzeugt, daß es nichts gebracht hätte. Sie konnte nicht davon ausgehen, daß einer dieser harmlosen Leutchen etwas über den Fall wußte, was der Polizei und ihrem Anwalt entgangen war.

Mittags brutzelte sie sich etwas in Helenes Küche, wo sie auch saß. Nachmittags machte sie Hausbesuche und kaufte ein. Abends suchte sie umschichtig sämtliche Lokale und Restaurants in Rodenberg auf – nicht, weil es ihr in ihrem Zimmer zu ungemütlich war, sondern weil sie bekannte Gesichter sehen, Atmosphäre schnuppern wollte.

Dabei wurde ihr bewußt, daß sie doch sehr lange fort gewesen war. Zuweilen glaubte sie, jemanden zu erkennen, war sich ihrer Sache aber nie ganz sicher. Sieben Jahre hatten die Menschen, auch ohne plastische Operationen, sehr verändert.

Mehrmals, zu verschiedenen Tageszeiten, fuhr Vivian am Haus Parkstraße zwölf, der Hammerschen Villa, vorbei. Das alte Haus wirkte, wie nicht anders zu erwarten war, leicht verwahrlost, aber sonst unverändert. Die Spuren des Attentats waren beseitigt. Vivian versuchte sich vorzustellen, wie Arthur ganz allein in dem vielzimmrigen Gebäude lebte, aber sie vermochte es nicht. Einmal, zu später Stunde, beobachtete sie, daß Gäste vorfuhren und eingelassen wurden. Arthur schien einen großen Freundeskreis zu haben, und das wunderte sie nach allem, was sie bisher über ihn gehört hatte. Sie konnte sich keinen Reim darauf machen und brannte darauf, ihm mit dem Mietvertrag unter die Augen zu treten.

Während ihrer Abwesenheit war am Rande von Rodenberg ein neuer Supermarkt eröffnet worden. Nicht um etwas zu kaufen, sondern nur um sich umzusehen, fuhr Vivian dort hinaus. Sie stellte fest, daß erstaunlich viele Bürger ihren alten Geschäften untreu geworden waren und sich jetzt hier mit Lebensmitteln eindeckten. Es war Samstagvormittag, und der weitläufige Parkplatz war gerammelt voll. Vivian mußte eine Weile kurven, bis sie ihr Auto abstellen konnte.

Mit einem Einkaufskorb aus Draht schlenderte sie durch die Verkaufsregale, nahm sich, sozusagen als Alibi, eine Dose rote Bohnen und eine Dose Ananas. Es herrschte ein lebhaftes Gedränge. Vollzählige Familien waren zum Einkauf gekommen. Niemand beachtete sie, aber sie beobachtete jeden einzelnen. Obwohl alle Kassen geöffnet waren, mußte man Schlange stehen. Vivian wurde auf eine junge Frau aufmerksam, die einen kleinen, weizenblonden Jungen immer wieder ermahnte, die Finger von den verlockend, in Reichweite des Kindes, aufgebauten Süßigkeiten zu lassen.

»Nein, Peter«, erklärte sie erst mit Bestimmtheit, dann mit Schärfe, »nein!«

»Bitte, Mutti, nur dieses ›Milky Way‹!«

»Nein!«

Vivian reckte sich auf die Zehenspitzen, um über die Schulter eines direkt vor ihr stehenden Mannes die Frau sehen zu können. Auch sie hatte das gleiche auffallend weizenblonde Haar.

An der Kasse legte Vivian zwei Schokoladenriegel zu den Dosen in ihren Einkaufskorb und beeilte sich zu bezahlen. Rasch folgte sie der weizenblonden Frau, um ihr ins Gesicht sehen zu könen. Sie hatte sich nicht geirrt, es war Evelyn , eine Evelyn, die immer noch gut aussah und in einem hellen Gabardinmantel mit rotem Seidenschal relativ elegant gekleidet war. Aber ihre ganze Erscheinung hatte den früheren Glanz verloren. Nichts war geblieben von dem jungen Mädchen, das so sicher gewesen war, daß ihr die ganze Welt zu Füßen läge. Schon zeigten sich die ersten strengen Falten von der Nase zum Mund, dessen Winkel sich herunterzogen. Der voll beladene Einkaufswagen, auf dem auch noch ein kleines Mädchen thronte, war schwer, und sie hatte Mühe, ihn voranzuschieben. Das Geplapper ihrer Kinder entlockte ihr kein Lächeln.

»Kann ich Ihnen helfen?« erbot sich Vivian.

Evelyn blieb stehen und starrte sie mißtrauisch an. »Wie kommen Sie dazu?«

Vivian hatte das Gefühl, daß Evelyn sie erkannte, wußte aber, daß das ganz unmöglich war. »Nur so. Ich dachte mir, es wäre besser, wenn jemand Ihren Sohn bei der Hand nähme. So ein Parkplatz kann für Kinder gefährlich sein.«

Tatsächlich rangierten um sie herum ankommende und abfahrende Autos.

»Wenn Sie meinen«, sagte Evelyn unfreundlich.

Vivian nahm Peter bei der Hand. »Man kann bei Kindern gar nicht vorsichtig genug sein. Ich bin übrigens Doktor Vivian Wagner, Urlaubsvertretung von Doktor Krantz.«

Evelyns Miene wurde noch mürrischer. »Ein Freund von Ihnen?«

»Das nicht. Ich habe ihn nur kurz kennengelernt. Vor seiner Abreise in den Urlaub.«

»Na dann«, sagte Evelyn, und ihre Miene hellte sich auf.

»Haben Sie etwas gegen den alten Herrn?«

»Nein. Gar nichts. Bloß, daß ich ihn für einen Spinner und Lügner halte.«

»Oh«, machte Vivian.

Sie hatten Evelyns Auto, einen sehr gepflegten Mittelklassewagen, erreicht. Sie öffnete den Kofferraum, hob das kleine Mädchen aus dem Einkaufswagen und legte es, nach kurzem Überlegen, Vivian in die Arme.

»Wenn es Ihnen nichts ausmacht«, sagte sie.

»Es ist also doch ganz gut, daß ich mitgekommen bin.«

Schnell und routiniert verstaute Evelyn ihre Einkäufe im Kofferraum.

Die Kinder plauderten inzwischen munter und gar nicht eingeschüchtert weiter, Peter etwas altklug, das Mädchen noch auf Babyart.

»Um Ihre Kinder«, sagte Vivian und meinte es ehrlich, »sind Sie wirklich zu beneiden.«

»Ich habe drei!« erklärte Evelyn. »Machen viel Arbeit.«

»Ob ich diesen beiden hier ein Stück Schokolade geben darf?« fragte Vivian und holte ihre Riegel aus der Einkaufstüte.

Die Kinder griffen sofort danach. »Bitte, Mutti, bitte!« schrie Peter und hüpfte von einem Bein auf das andere. »Sag bloß nicht nein!«

»Nach dem Essen!« sagte Evelyn entschieden und nahm die Riegel an sich. »Danke, Frau Doktor. Meine drei sind entsetzliche Leckermäuler.«

»Tut mir leid, daß ich nur zwei gekauft habe.«

»Ich teil' sie ihnen schon ein.« Evelyn öffnete die Tür zu den Rücksitzen.

»Danke, Frau Doktor«, sagte Peter artig und strahlte sie an. Dann kletterte er, Kopf voraus, ins Auto.

Evelyn setzte ihr Töchterchen neben ihn und schlug die Tür zu. Sie sah Vivian unschlüssig an.

»Kommen Sie doch mal zu mir in die Praxis«, sagte Vivian, »ich glaube, Ihre Kleine bekommt einen gewaltigen Schnupfen oder sie hat zu große Polypen.«

»Ach, Sie sind nur auf Patientenfang!« rief Evelyn, gar nicht sarkastisch, sondern nur stolz darüber, des Rätsels Lösung gefunden zu haben.

Vivian lachte herzlich. »Das denn doch nicht! Als Urlaubsvertretung macht man es sich möglichst bequem. Sie und Ihre Kinder haben mir einfach gefallen.«

»Wenn das so ist...« Zögernd reichte Evelyn ihr jetzt doch die Hand. »Dann nochmals vielen Dank.«

Sie stieg ein, und Vivian wich zur Seite, damit Evelyn das Auto unbehindert ausscheren konnte.

Der kleine Peter hatte sich auf den Rücksitz gekniet und winkte Vivian zu. Sie winkte zurück.

Es war eine verrücke Idee von ihr gewesen, Evelyn anzusprechen, und doch bereute sie es nicht. Für sie hatte niemals auch nur der Schatten eines Zweifels bestanden, daß Evelyn nichts mit dem Tod Bruno Hammers zu tun gehabt haben könnte. Jetzt hatte sie darüber Gewißheit. Es war für sie unvorstellbar, daß jemand, der seinen Vater gemeuchelt hat, danach imstande sein könnte, eine normale bürgerliche Familie aufzubauen, und Evelyn und ihre Kinder waren so normal wie nur irgend möglich. Obwohl Evelyn sie früher von oben herab behandelt hatte, Vivian hatte sie immer gemocht. Jetzt, unter den veränderten Umständen, hätte sie sich sogar eine Freundschaft mit der gereiften Stieftochter vorstellen können.

Vivian lachte in sich hinein bei dem Gedanken, was für Augen die Kinder wohl machen würden, wenn sie erführen, daß sie ihre Großmutter war – zwar nur eine angeheiratete Großmutter, aber immerhin.

Für Sonntagmittag hatte sie sich einen Tisch im ›Chez Annabelle‹, dem französischen Restaurant am Rathausplatz, reservieren lassen. Wie sie vorausgesehen hatte, war es gut besucht. Unter den Gästen war niemand unter Dreißig, ein, zwei Paare an der Grenze dieses Alters, vorwiegend aber betuchte Familienväter, die ihren Frauen das sonntägliche Kochen ersparen wolten.

Vivian saß als einzige Frau allein an einem Tisch, aber es war nicht der schlechteste im Raum, und sie wurde als ›Frau Doktor‹ tituliert und hervorragend bedient. In den Pausen zwischen den einzelnen Gängen rauchte sie entgegen ihrer Gewohnheit, um sich mit etwas zu beschäftigen. In dieser eleganten Umgebung konnte sie nicht gut die Nase in ein Buch stecken, was sie ohnehin nicht vorhatte, denn sie war darauf aus, Beobachtungen zu machen.

In dieser Hinsicht jedoch wurde sie enttäuscht; sie kannte oder erkannte niemanden.

Ihre Gedanken gingen zurück zu jenem letzten Mal, als sie im ›Annabelle‹ gewesen war, nach jener spektakulären Testamentseröffnung. Sie erinnerte sich nicht, was sie damals gegessen hatte, und war wahrscheinlich zu aufgeregt gewesen, um überhaupt etwas zu schmecken. Ludwig Weigel war es, der sie eingeladen hatte, und es war ihm in seiner beherrschten, sehr männlichen Art gelungen, sie einigermaßen zu beruhigen.

Vivian dachte so intensiv an ihn, daß sie tatsächlich einen Augenblick lang glaubte, ihn mit magischer Kraft herbeigezwungen zu haben, als er das Restaurant betrat. Sie strahlte ihn an. Er lächelte ihr unwillkürlich zu, doch dann verzog er das Gesicht, als hätte er sich bei etwas

Unrechtem ertappt. Er sah römischer aus denn je, gealtert und erheblich schwerer geworden.

Beinahe hätte Vivian laut gelacht, denn sie ahnte, was er sich gedacht hatte: Unverzeihlich, auf den Flirtversuch einer Fremden einzugehen, zumal er nicht allein, sondern in Begleitung seiner Frau war! Denn das mußte sie sein, die zierliche, sehr elegante Person, die hinter ihm zum Vorschein kam und der er jetzt einen Stuhl zurechtrückte.

Sie war nicht so hübsch, wie Vivian sich gedacht hatte. Eher erinnerte sie sie durch ihr fliehendes Kinn und die schmalen Augen an ihr eigenes früheres Ich, die junge Lisa Hopf. Nur daß sie etwas ausstrahlte, was Lisa nie besessen hatte: das Selbstbewußtsein eines verwöhnten Kindes und das Glück einer geliebten Frau. Man hätte sie beneiden können.

Ludwig Weigel bestellte einen Aperitif, und es dauerte lange, bis seine Frau auf der Speisekarte ihre Wahl getroffen hatte. Es war rührend zu beobachten, mit welcher Geduld er sie beriet und ihr half, ein Menü zusammenzustellen.

Vivian begriff nicht mehr, daß sie ihn einmal in den Kreis der Tatverdächtigen miteinbezogen hatte. Damals mußte sie leicht verrückt gewesen sein. Unvorstellbar, daß dieser durch und durch seriöse Mann sich nachts ins Haus geschlichen und mit der Papierschere zugestoßen haben könnte.

Nachdem Ludwig Weigel seine Bestellung aufgegeben hatte, kam es Vivian so vor, als erkundigte er sich bei dem Kellner über ihre Identität. Sie entnahm es einer ganz leichten Kopfbewegung in ihre Richtung.

Bei seinem Eintritt hatte sie schon beim Kaffee gesessen. Jetzt drückte sie ihre Zigarette aus, zahlte und stand auf. Sie war nicht überrascht, daß er sich halb erhob, während sie an seinem Tisch vorbeiging, und eine Verbeugung andeutete. Die Versuchung war groß, stehenzubleiben und ein Gespräch zu beginnen. Es wäre ganz leicht möglich gewesen. Aber Vivian verzichtete darauf, schenkte ihm und seiner jungen Frau nur ein zurückhaltendes Lächeln und verließ das Restaurant.

Auf der Straße mußte sie erst einmal tief durchatmen – Ludwig Weigel nach all den Jahren! Das war ein Erlebnis gewesen.

Sie entschloß sich zu einem langen Spaziergang, um ihre Lungen nach dem ungewohnten Nikotingenuß gut durchzulüften.

In der nächsten Woche streifte Vivian weiter zu Fuß oder im Auto durch die Stadt, und es gelang ihr immer besser, Menschen aus ihrer Vergangenheit wiederzuerkennen. Sie wußte selber nicht, was sie sich davon versprach. Auf eine Entdeckung war kaum zu hoffen. Aber es machte ihr Spaß, und sie kam sich vor, wie Harun-al-Raschid, jener Kalif im Märchen, der sich verkleidet unter seinen Untertanen zu tummeln pflegte. In ihrer Tarnung fühlte sie sich weit sicherer.

Eines Abends hatte sie eine seltsame Begegnung.

Sie war in einer schummrigen Kneipe am Stadtrand eingekehrt, in der es sehr einfache, aber deftige Gerichte gab. Die Speisekarte war handgeschrieben und enthielt nur fünf Vorschläge, Suppe und Nachtisch mit eingeschlossen. Vivian bestellte einen Hühnereintopf, der ausgezeichnet war, den sie aber nur zur Hälfte bewältigen konnte. Während sie aß, blickte sie sich um, so unauffällig wie möglich, weil sie sich in dieser Umgebung nicht sicher fühlte.

Es sah so aus, als würden hier vorwiegend Lastkraftwagenfahrer und Arbeiter verkehren. Alle tranken Schnaps und Bier, und um sich anzupassen, machte Vivian es ihnen nach. Außer ihr waren nur zwei andere

Frauen anwesend, beide stark geschminkt und immer wieder in ordinäre Lachsalven ausbrechend.

Vivian wollte schon zahlen und aufbrechen, als ein neuer Gast hereinkam, eine Frau. Sie war abgemagert, ihre vormals drallen Wangen hingen schlaff herab – aber es war unverkennbar Frau Gärtner, die ehemalige Haushälterin. Vivian diagnostizierte sofort, daß sie schwer krank sein müßte; tippte auf Krebs. Ein mit Stoffblumen aufgeputzter Hut saß ihr schief auf dem Kopf. Offensichtlich war sie angetrunken. Sie wankte zur Theke und verlangte einen Schnaps.

Der Wirt, ein derber Mann in grüner Weste und weißem, an den Armen aufgekrempelten Hemd, schlug es ihr ab. »Zeit für dich, ins Bett zu gehen, Gerda«, sagte er nicht unfreundlich, »du weißt, daß du hier nichts bekommst.«

»Nun sei doch nicht so, Otto«, bettelte sie, »nur einen ganz kleinen!« Sie zeigte mit Daumen und Zeigefinger die Größe des gewünschten Glases. »Bitte!«

Jetzt mischte Vivian sich ein. »Geben Sie ihr einen! Auf meine Rechnung.«

Mit dem vollen Glas in der Hand wandte Frau Gärtner sich ihr zu. »Danke, schöne Frau! Selten, mal eine guten Menschen zu treffen.«

»Warum setzen Sie sich nicht zu mir?«

»Gute Idee!« In der Hoffnung auf mehr Alkohol wankte die alte Frau auf Vivians Tisch zu und plumpste auf einen Stuhl.

Vivian gab dem Wirt ein Zeichen, noch zwei weitere Schnäpse zu bringen. Als er mit der Flasche kam, bat sie um ein frisches Bier. »Für Sie auch?« fragte sie die Frau.

»Nein, nur nicht. Davon muß man doch nur pinkeln.«

Der Wirt brachte das Bier und ließ sie dann kopfschüttelnd allein.

Unaufgefordert begann Frau Gärtner ihre ganze Lebensgeschichte zu erzählen. Sie beklagte sich über den

Undank ihrer Kinder, für die sie alles getan hätte. »Aber was hilft's«, sagte sie, »man muß sehen, wo man bleibt, wenn man sich allein durch die Welt schlagen muß.«

Als Vivian diesen wohlbekanntenn Satz hörte, konnte sie ein Lächeln nicht unterdrücken.

»Was ist daran komisch?« fragte Frau Gärtner mit plötzlichem Mißtrauen.

»Nichts. Gar nichts«, beeilte Vivian sich zu versichern, »nur eine gute Bekannte hat das auch immer gesagt.«

»So? Paßt ja schließlich auch auf jeden.«

Vivian tat so, als wollte sie aufbrechen.

»Wenn Sie mir noch einen spendieren, kann ich Ihnen eine schöne Geschichte erzählen.«

»Ach ja?«

»Eine Mordgeschichte.« Frau Gärtner blinzelte sie listig an. »Sie sind neu hier, Sie können's nicht wissen, aber in dieser Stadt ist ein Mord passiert.«

»Man hat den Fabrikanten Hammer umgebracht. Aber das ist doch schon so lange her, und ich habe alles darüber in der Zeitung gelesen.«

»Alles, nein, alles können Sie gar nicht wissen. Aber ich ...« Frau Gärtner tippte sich mit dem Zeigefinger auf die welke Brust. »... ich, ich war dabei!«

Vivian sah sie aus großen Augen an. »Als der Mord geschah?«

»Sie wollen mich wohl verulken? Glauben Sie, ich hätte zugesehen?«

»Na, dann wissen Sie aber auch nicht mehr als die Polizei.«

Die Frau spielte mit ihrem Schnapsglas, um Vivian darauf aufmerksam zu machen, daß es leer war. Aber Vivian übersah den Wink, weil sie verhindern wollte, daß sie volltrunken wurde.

»Ich weiß, wer's getan hat?« stieß die Frau herausfordernd hervor.

»Und werden Sie's mir verraten?«

»Nur wenn ich noch einen Schnaps kriege.«

Vivian winkte dem Wirt.

Der kam nur zögernd an ihren Tisch. »Finden Sie nicht, daß die Alte jetzt genug hat?«

»Ich bringe sie dann nach Hause. Ich bin mit dem Auto da.«

»Na dann.« Er goß nach. »Auf Ihre Verantwortung!«

»Also, wer war es?« fragte Vivian.

»Wieso interessiert Sie das überhaupt?« fragte die Frau zurück.

»Weil Sie mir sagten, Sie hätten was Interessantes zu erzählen.«

»Geht Sie aber gar nichts an.«

»Na schön. Dann werde ich jetzt zahlen.«

»Erst noch einen Kleinen, einen ganz einen Kleinen!«

»Nur wenn Sie mir verraten, wer der Mörder ist.«

Frau Gärtner sah unentschlossen von ihrem Glas, das sie in einem Zug geleert hatte, zu Vivian. »Ich darf's nicht verraten.«

»Ach, Sie wissen es gar nicht.«

»Doch. Das Lieserl von Kretschmaier hat's mir berichtet.«

Vivian begriff sofort den Zusammenhang. Wie lange hatte sie nicht mehr an die blutjunge Hausangestellte von Kretschmaiers gedacht, die zwei Häuser weiter in der Parkstraße wohnten. Seinerzeit, als sie ihren Mann gepflegt hatte, war sie nur mit wenigen Menschen in Berührung gekommen. Alles, was sie an Klatsch und Tratsch erfahren hatte, war ihr von Frau Gärtner zugetragen worden. Zu den Lieblingsgeschichten der Haushälterin hatte die über das ›Lieserl von Kretschmaiers‹ gehört, die so arg streng gehalten wurde. Das Mädchen war mit sechzehn vom Land in den Dienst gekommen. Aufgrund einer Vereinbarung mit seinen Eltern durfte es nur sehr selten ausgehen und auch dann nur bis zehn Uhr abends. »Das Mädel ist eine Gefangene genau wie Sie, Schwester!« hatte Frau Gärtner ihr nicht ohne Häme gesagt. – Damals hatte sie kaum hingehört, aber jetzt spitzte sie die Ohren. Nur mit Mühe konnte sie ihre wachsende Erregung verbergen. »Ich habe zwar keine Ahnung, wovon Sie reden«, behauptete sie, »aber nur zu!«

»Das Lieserl hat ihn gesehen.«

»Wen?«

Frau Gärtner blickte sehnsüchtig zum Ausschank hinüber.

»Sagen Sie es mir, und ich spendier' noch eine Runde!« drängte Vivian.

»Ist doch egal«, wich die andere aus.

»An sich schon. Aber ich will das Ende der Geschichte.«

Nach einem tiefen Seufzer entschloß sich die alte Frau zu reden. »Es war der Sohn«, sagte sie und im gleichen Atemzug, »aber jetzt will ich noch einen Kleinen.«

»Ausgeschlossen!«

»Sie haben es mir versprochen.«

»Daß es der Sohn war, meine ich. Dessen Auto war doch kaputt, oder etwa nicht? Und er ist erst am nächsten Tag mit dem Zug angekommen.«

Frau Gärtner starrte mit zusammengepreßten Lippen in ihr leeres Glas.

Vivian winkte dem Wirt, ließ ihr noch einmal einschenken und zahlte dann.

Frau Gärtner trank einen kräftigen Zug. »Was weiß ich«, sagte sie und blinzelte listig mit ihren von Alkohol getrübten Augen, »das hat er gesagt. Aber das Lieserl hat ihn erkannt. Er ist direkt auf das Haus zugegangen. Da war es Mitternacht.«

Jetzt wußte Vivian genug; alles andere konnte sie sich zusammenreimen. Das Mädchen hatte das Haus am späten Abend heimlich verlassen und wollte genauso heimlich zurück. Als sie den Mann sah, mußte sie wohl in den Schatten zurückgetreten und stehengeblieben sein. Sie wollte genausowenig entdeckt werden wie Arthur, wenn auch aus einem weit harmloseren Grund. Der Polizei gegenüber hatte sie geschwiegen, um sich nicht zu verraten. Wenn es zu einer Verurteilung gekommen wäre, hätte sie sich vielleicht zu einer Aussage durchgerungen – aber auch nur vielleicht.

»Das braucht mir niemand zu glauben«, murmelte die Frau, enttäuscht von Vivians mangelnder Reaktion.

Vivian stand auf. »Kommen Sie, ich fahre Sie nach Hause.«

Frau Gärtner bog den faltigen Hals weit zurück, um sich nur ja keine Tropfen entgehen zu lassen, als sie ihr Glas austrank. »Kann allein gehen«, protestierte sie schwach.

Aber als sie aufgestanden war, taumelte sie, so daß Vivian sie beim Ellbogen packen und stützen mußte. Behutsam führte sie sie zu dem VW, den sie in einiger Entfernung vor der Gastwirtschaft geparkt hatte, bugsierte sie auf den Vordersitz und fixierte sie mit dem Gurt.

»Niemand glaubt mir«, murmelte die alte Frau.

Vivian setzte sich hinter das Steuer. »Wem haben Sie es denn schon alles erzählt?«

»Niemand. Ich bin eine, die den Mund halten kann. Nur Arthur.«

»Ach ja?«

»Aber der hat mich nur ausgelacht. Hätte ruhig was zahlen dürfen. War doch immer mein Liebling.«

Vivian fand, daß die Frau dafür, daß sie schon betrunken in die Kneipe gekommen war, und nach dem, was sie danach noch geschluckt hatte, erstaunlich klar war. »Wo müssen wir jetzt hin?« erkundigte sie sich.

»Erst mal geradeaus. Ich wohne in einem von den ›Neuen Blöcken‹.«

Vivian fuhr los. Die sogenannten ›Neuen Blöcke‹ waren kasernenartige Häuser, die vor vierzig Jahren lieblos gebaut und wenig später zum Schandfleck von Rodenberg geworden waren. Inzwischen waren die Wohnungen hauptsächlich Flüchtlingen aus dem Osten vorbehalten, die auch nur so lange darin lebten, bis sie etwas Besseres fanden. Vivian hatte niemals Sympathie für Frau Gärtner empfunden, aber jetzt tat sie ihr aufrichtig leid. »Wenn ich Ihnen einen Rat geben darf«, sagte sie, »Sie sollten mal zu einem Arzt gehen.«

Frau Gärtner versuchte, sich kerzengerade aufzurichten, sank aber gleich wieder in sich zusammen. »Denken Sie, ich spinne?«

»Nein, im Gegenteil. Geistig sind Sie sehr klar. Aber ich habe den Eindruck, daß Sie in keiner guten körperlichen Verfassung sind.«

»In keiner guten...«, wiederholte Frau Gärtner in höhnischem Ton, um gleich darauf abzubrechen. »Krank bin ich.«

»Das ist doch ein Grund, zum Arzt zu gehen.«

»Ach die! Aufgemacht haben sie mich, aber genutzt hat's auch nichts. Helfen tut jetzt nur noch der Alkohol.«

»Es gibt schmerzstillende Medikamente. Sie brauchen nur zu mir in die Praxis zu kommen. Ich mache Urlaubsvertretung für Doktor Krantz.«

»Ärztin sind Sie?« Neugierig beäugte sie Vivian.

»Das ist doch nichts Besonderes.«

»Ich muß nur gerade an die Schwester Lisa denken. Die wollte auch Ärztin werden.«

Vivian begann sich unbehaglich zu fühlen. Die alte Frau war schlau. Ihr war durchaus zuzutrauen, daß sie die richtigen Schlüsse zog. Es war ein Glück, daß sie im Moment nicht klar denken konnte.

Sie hatten die ›Neuen Blöcke‹ erreicht, und Vivian

fuhr langsam an den grauen, schlecht verputzen Fassaden vorbei. »Sagen Sie mir, wo ich halten soll.«

»Da vorn. Bei der Laterne.«

Als Vivian das Auto zum Stehen gebracht hatte, stieg sie aus, ging vorn herum, öffnete die andere Tür, befreite Frau Gärtner von ihrem Gurt und half ihr heraus. »Geben Sie mir Ihren Schlüssel! Ich helfe Ihnen in die Wohnung!«

Die Alte protestierte schwach, zog aber doch einen Schlüsselbund aus der Tiefe ihrer Manteltasche und drückte ihn Vivian in die Hand. Vivian führte sie über ein Stück Weg, das mit Platten belegt war, zwischen denen Unkraut sproß, zur Haustür, über der ein spärliches Licht brannte. Sie probierte verschiedene Schlüssel, um den richtigen herauszufinden. Frau Gärtner half ihr nicht dabei. Sie stand gegen die Wand der Nische gelehnt, wo Vivian sie hingestellt hatte. Vivian betätigte erst die Treppenhausbeleuchtung, bevor sie sie hineinführte. Zum Glück wohnte sie im Parterre, so daß nur wenige Stufen zu bewältigen waren. Auch in der Wohnung machte Vivian zuerst Licht, bevor sie die alte Frau hineinließ. Die Tür führte geradewegs in ein unaufgeräumtes Wohn-Schlafzimmer.

Frau Gärtner ließ sich so, wie sie war, in Hut und Mantel, die sie den ganzen Abend nicht abgelegt hatte, in einen Backensessel sinken und streifte nur mit den Füßen ihre Schuhe ab.

»Licht aus!« krächzte sie mit geschlossenen Augen. »Abhaun!«

Vivian legte den Schlüsselbund mitten auf einen runden Mahagonitisch, der offensichtlich bessere Zeiten erlebt hatte, ließ es sich aber nicht nehmen, der Frau noch eine gute Nacht zu wünschen, und tat dann, was sie verlangt hatte.

Draußen atmete sie tief die kühle Nachtluft ein. In der Wohnung hatte es, nicht überdeckt von Desinfektionsmitteln, nach Alter, Krankheit und Tod gerochen. Ein Geruch, den sie nur zu gut kannte.

Am Sonntagmorgen fuhr Vivian in Herbert Zinks VW nach München. Sie war immer noch sehr aufgeregt über Frau Gärtners Eröffnung. Am liebsten hätte sie gleich am Abend ihrer Begegnung Paul Zumbruch angerufen, hatte es sich aber versagt, weil sie ihn so spät nicht hatte stören wollen.

Jetzt trällerte sie vergnügt vor sich hin. Sie hätte gern Musik gehört, aber das Auto hatte kein Radio. Ein Hauch von Frühling lag in der Luft, und obwohl die Berggipfel noch verschneit waren, grünte es links und rechts der Autobahn.

Vivian kam gut durch die sonntäglich verlassene Stadt, hielt vor dem ›Hotel Königshof‹, stieg aus und wechselte die Schuhe. Sie gab dem Portier die Wagenschlüssel und bat ihn, das Auto in die Tiefgarage zu fahren.

Als sie, die Augen noch vom Frühlingslicht verwöhnt, in die große, ebenerdige Halle trat, konnte sie sich nicht sogleich orientieren und blieb am Eingang stehen. Sie erkannte den Anwalt erst, als er nahe vor ihr stand, und zu ihrer Überraschung machte ihr Herz einen freudigen Sprung. Er nahm sie in die Arme und küßte sie auf die Wangen. Unwillkürlich schmiegte sie sich an ihn und fühlte eine kleine Leere, als er sie freigab. Lächelnd sahen sie sich in die Augen.

Vivian entschuldigte sich, weil sie sich verspätet hatte.

»Es gibt niemanden, auf den ich lieber warte als auf dich«, sagte er ernsthaft.

Er legte seine Hand unter ihren Ellenbogen und führte sie zu einem Ecktisch, den er mit Aktentasche und Mantel reserviert hatte. Der Tisch stand in beträchtlicher Entfernung von allen anderen Sitzgelegenheiten.

Vivian bemerkte es. »Fein«, sagte sie, »hier können

wir ungestört reden.« Sie setzte sich und schlug die schlanken Beine übereinander.

Er nahm ihr gegenüber Platz und sah sie bewundernd an. »Du wirst immer schöner!«

Sie tippte mit dem Zeigefinger auf die Partie unter den Augen. »Die ersten Fältchen.«

»Je mehr dein früheres Ich mit deinem neuen verschmilzt«, fuhr er fort.

»Du weißt, wie empfänglich ich für Komplimente bin, aber bitte nicht jetzt! Ich habe etwas sehr Aufregendes zu erzählen.«

Ein Kellner kam und servierte auf einem silbernen Tablett zwei Gläser mit Sherry.

Paul Zumbruch unterschrieb die Rechnung und sagte dann, als der Mann sich zurückgezogen hatte: »Also, raus damit!«

Vivian berichtete, zwischendurch immer wieder einen Schluck des sehr trockenen Sherry nehmend, um ihre Zunge zu benetzen.

Der Anwalt wandte währenddessen keinen Blick von ihr. »Eine tolle Geschichte!« sagte er beeindruckt, als sie geendet hatte.

»Ich bin sicher, daß die Frau das nicht erfunden hat. Sie hat ja sogar zugegeben, daß sie versucht hat, Arthur damit zu erpressen.«

»Der allerdings nicht darauf hereingefallen ist.«

»Natürlich nicht. Er wußte, daß sie nicht die Energie aufbringen würde, mit ihrer Geschichte zur Polizei zu gehen, und selbst wenn – es ist doch ziemlich fraglich, ob auf diese Aussage hin etwas unternommen worden wäre. Die Polizei hat den Fall doch längst ad acta gelegt.«

Der Anwalt nahm seinen Aktenkoffer auf die Knie, öffnete ihn und holte ein Schriftstück heraus, um es sogleich mitten durchzureißen.

»Was soll das?« fragte Vivian verblüfft.

»Das war dein Mietvertrag. Du weißt, daß ich es immer schon für gefährlich gehalten habe, daß du zu Arthur ins Haus ziehst. Nach dem, was wir jetzt wissen, ist es völlig unmöglich.«

Vivian erschauerte. »Du meinst, er könnte ein zweites Mal zuschlagen? Das wäre aber mehr als leichtsinnig.«

»Ein Mörder, der sich in die Enge getrieben fühlt, verliert leicht die Nerven.« Paul Zumbruch verstaute den zerrissenen Vertrag in einer Seitentasche seines Köfferchens, holte eine Akte heraus, öffnete sie und zückte seinen Kugelschreiber. »Versuchen wir also, dieses Lieserl zu finden. Weißt du den Nachnamen?«

»Leider nicht.«

»Macht nichts. Wie heißen die Leute, bei denen sie gearbeitet hat?«

»Kretschmaier.« Vivian buchstabierte den Namen. »Er heißt Paul wie du, und sie, glaube ich, Inge. Er ist Direktor einer Rodenberger Bank, gehört zu einer alten und angesehen Familie.«

»Und weißt du zufällig, wann das Lieserl eingestellt worden ist?«

»Etwa ein Jahr, bevor der Mord geschah. Sie war sehr jung, ging noch auf die Berufsschule.«

»Ist sie jetzt noch dort in Stellung?«

»Sicher nicht. Aber Frau Gärtner möchte ich danach natürlich nicht fragen.«

Paul Zumbruch verstaute seine Schreibutensilien. »Wir werden sie schon finden. Es gibt ja Einwohnermeldeämter.« Er stellte den Aktenkoffer neben sich auf den Boden. »Wir sollten einen Detektiv damit betrauen.«

»Und wenn wir sie haben? Was dann?«

Er lächelte ihr zu. »Ein Schritt nach dem anderen, Vivian.«

»Jetzt, nach so langer Zeit, wird sie sicher zugeben, daß sie Arthur in jener Nacht gesehen hat. Wahrscheinlich wird sie sogar froh sein, es sich endlich vom Herzen reden zu können.«

»Du schließt von dir auf andere, Vivian.« Sie wollte etwas einwenden, aber er brachte sie mit einer Handbewegung zum Schweigen. »Vielleicht hast du sogar recht. Was sie vertuschen wollte, war ja nicht mehr als ein Jugendstreich. Die Frage ist nur, ob sie auch eine gute Zeugin abgeben wird.«

»Müßte der Proezß wieder aufgerollt werden?« fragte Vivian mit großen Augen. »Daran habe ich noch gar nicht gedacht.«

»Das muß alles noch genau überlegt werden. Wirklich rehabilitiert bist du jedenfalls nur, wenn Arthur rechtskräftig verurteilt wird.«

»Ich weiß nicht, ob ich das wirklich will.« Vivian spielte versonnen mit ihrem Sherryglas.

»Möchtest du noch einen?« fragte er aufmerksam.

»Danke, nein.« Nachdenklich setzte sie hinzu: »Ich glaube, mir würde die Aussage des Mädchens schon genügen.«

»Als private Rehabilitation?«

Sie konnte dem froschenden Blick seiner klugen grauen Augen nicht standhalten. »So ungefähr«, gab sie zu.

»Wozu das? Du bist ohne Schuld, und du weißt das. Wir beide wissen es. Du bist nicht mehr Lisa Hopf und nicht mehr Lisa Hammer. Du bist Vivian Wagner, und auf die fällt auch nicht der Schatten eines Verdachts. Wenn du keine Lust hast, einen zweiten Prozeß durchzustehen – ich verstehe das, kann dir aber dennoch nicht versprechen, dich da gänzlich rauszuhalten – dann solltest du es dabei bewenden lassen. Die Entscheidung liegt bei dir.«

Lisa seufzte.

»Zweifelt dein Regierungsrat etwa an dir?« forschte Paul. »Willst du es ihm beweisen?«

»Er weiß es noch nicht.«

Paul stutzte. »Soll das heißen, du hast ihm noch kein Wörtchen erzählt? In all den Jahren?«

»Ich konnte es nicht«, sagte sie, plötzlich niedergeschlagen.

»Trotzdem machst du dir vor, daß du ihn liebst?«

»Aber das tue ich wirklich.«

»Nein, du bildest dir das nur ein. Jeder Mensch hat das natürliche Bedürfnis sich demjenigen, den er liebt, zu eröffnen. Es sei denn, man hat ein Verbrechen zu verbergen – und das ist bei dir nicht der Fall – oder man führt ein Doppelleben. Das tust du ja auch nicht.«

»Du verstehst mich nicht, Paul.«

»Im Gegenteil: Ich durchschaue dich. Du kannst dir tausendmal einbilden, daß du deinen Regierungsrat liebst. Er ist ja auch ein kluger, sympatischer Mann, zugegeben. Aber du hast nicht ein Fünkchen Vertrauen zu ihm.« Er streckte den Arm aus und umschloß ihre Hand. »Schau nicht so traurig, Vivian! Du solltest froh sein, daß du es noch rechtzeitig erkennst. Ich jedenfalls bin sehr, sehr glücklich darüber.«

Sie hob den Kopf und sah ihm in die Augen. »Glücklich?«

»Du hast mir einmal vorgeworfen, daß ich dich nicht damals, gleich nach dem Prozeß, geheiratet habe!« sagte er sehr eindringlich, ohne ihre Hand freizugeben. »Erinnerst du dich?«

»Nein!« widersprach sie. »Ausgeschlossen! Wie hätte ich mir so etwas einfallen lassen können?«

»Doch, du hast es getan. Du hast ganz mit Recht erklärt, daß du dir die Operation und die Namensänderung hättest sparen können.«

»Wahnsinn!«

»Seit damals habe ich nie aufgehört, mir selber deswegen Vorwürfe zu machen.«

»Du warst mein Verteidiger, Paul. Es gehörte doch nicht zu deinen Pflichten, mir deinen Namen zu geben.«

»Aber ich habe dich geliebt, Vivian. Du warst so wunderbar tapfer. Nie wieder ist mir eine Frau wie du begegnet.«

Um ihn nicht merken zu lassen, wie tief sein Geständnis sie berührte, sagte sie bewußt schnoddrig: »Das ist doch Quatsch!« – Sie löste ihre Hand aus seinem Griff.

»Sag das nicht, Vivian! Auch du hast damals sehr viel für mich empfunden, denn sonst hätte dein Vorwurf ja keinen Sinn ergeben. Du hättest mich genommen, wenn ich mich nur im rechten Augenblick zu dir bekannt hätte.«

»Natürlich habe ich viel für dich empfunden. Du warst für mich der Fels in der Brandung. Wenn ich jetzt darüber nachdenke – vielleicht hätte ich wirklich die Flucht in die Ehe angetreten. Aber das wäre mit Sicherheit ein Fehler gewesen. Ich war schwach...«

»Das warst du nie!« warf er ein.

Sie ließ sich nicht beirren. »... und du warst der Starke. Wir hätten niemals gleichwertige Partner sein können.« Bewußt unsentimental fügte sie hinzu und warf dabei einen Blick auf das Zifferblatt ihrer Armbanduhr: »Hören wir doch auf, in der Vergangenheit herumzustochern. Ich kriege allmählich Hunger.«

Aber er zeigte sich nicht bereit, das Gespräch abzubrechen. »Es geht mir ja nicht um die Vergangenheit, sondern um das Jetzt. Es ist nicht möglich, daß du deinen Regierungsrat liebst, sonst hättest du dein Geheimnis ihm gegenüber nicht so strikt bewahren können. Widersprich mir bitte nicht, sondern laß mich erst mal zu Ende reden! Auch er liebt dich nicht wirklich, kann es nicht, weil er dich ja überhaupt nicht kennt. Er hat in dir nichts weiter gesehen als eine bildhübsche, ehrgeizige, selbstbewußte und vermögende Studentin und schließlich Ärztin. Aber das bist du nicht, Vivian, das ist nicht alles, was du bist. Du kannst das ableugnen, von mir aus, aber du weißt, daß es so ist. Was denkt er eigentlich über deine Herkunft? Deine Familie?«

Sie fühlte sich in die Enge getrieben, und das machte sie zornig. »Es gab keinen Anlaß, darüber zu sprechen!« fauchte sie.

»Nicht Weihnachten? Nicht Ostern?«

»Nein!«

»Und er hat nie den Wunsch geäußert, deinen Eltern vorgestellt zu werden?«

»Er ist nicht so verdammt altmodisch wie du.«

»Dann wundert es mich, daß er dich überhaupt heiraten will. Ihr könntet doch auch ohne Trauschein zusammenleben, wie es heutzutage so üblich ist.«

»Soll ich dir jetzt mal was sagen?« Sie funkelte ihn aus ihren schönen blauen Augen an. »Du gehst mir mit deinen dämlichen Fragen allmählich auf den Wecker.«

Er lachte sie aus. »Genau das war meine Absicht. Mir brauchst du nicht zu antworten, sondern dir selber, und da du ehrlich bist, wirst du es auch tun.«

Sie war aufgesprungen.

Jetzt stand auch er auf, nahm Mantel und Aktenkoffer und sagte friedfertig: »Komm, gehen wir essen. Mit hungrigem Magen streitet sich's schlecht.«

»Mir ist der Appetit vergangen!« behauptete sie wütend, doch gleichzeitig knurrte ihr Magen vernehmlich. Darüber mußte sie selber lachen, und die Spannung löste sich.

»So ist's recht, sei friedlich!« sagte er. »Ich verspreche auch, dir keine bösen Fragen mehr zu stellen.«

»Das scheint zu deinen schlechten Angewohnheiten zu gehören«, sagte sie, aber im Grunde nur, um das letzte Wort zu behalten.

Er war klug genug, es dabei bewenden zu lassen.

Während der sehr guten und ausgedehnten Mahlzeit im eleganten Restaurant unterhielten sie sich nur über allgemeine Themen, über Kunst, Politik, Sport und erzählten von Erfahrungen mit Klienten und Patienten. Es gab eine Menge Berührungspunkte zwischen ihnen, und beide hatten keine Lust, das Zusammensein schon nach dem Essen abzubrechen. Sie entschlossen sich zu einem Spaziergang durch den Englischen Garten. Vivian ließ ihr Auto aus der Tiefgarage herauffahren, wechselte die Schuhe, stieg ein und öffnete Paul von innen die Tür zum Nebensitz. Dann fuhr sie los, quer durch die Stadt, zum großen Parkplatz hinter dem ›Haus der Kunst‹. Dort stellte sie das Auto ab, und nebeneinander spazierten sie mit raschen Schritten durch den Park. Sie genossen die würzige Luft fern dem Straßenverkehr, den eifrigen Gesang der Vögel, und das noch zaghafte Ergrünen der alten Bäume. Vivian ließ es zu, daß er ihre Hand nahm. Die Sonne hatte noch keine rechte Kraft, aber es war angenehm, ihre Strahlen auf dem Gesicht zu fühlen.

Sie erreichten den ›Chinesischen Turm‹ und bedauerten, daß man noch nicht im Freien sitzen konnte.

Paul war leicht ins Schwitzen gekommen. »Puh! Legst du immer ein solches Tempo vor?«

»Aber du weißt doch, daß ich immer schon gern gejoggt...« Sie unterbrach sich, als ihr bewußt wurde, daß sie ungewollt die Vergangenheit zitiert hatte. »Du hättest deinen Mantel im Auto lassen sollen.« Sie selber fühlte sich in ihrem leichten Lederkostüm noch taufrisch. Aufmerksam betrachtete sie ihn, und erst jetzt und hier, im grellen Licht der Frühjahrssonne, fiel ihr auf, daß er nicht mehr der junge Mann war, als den sie ihn kennengelernt hatte. Seine Gesichtszüge waren noch markanter geworden, die Nase ein wenig größer, der volle Mund noch fester und das braune, gutgeschnittene Haar nicht mehr ganz so voll.

Er, einen ganzen Kopf größer als sie, lächelte auf sie herab. »Inspektion zufriedenstellend?«

»Oh!« machte sie, verlegen, weil sie sich ertappt fühlte, und errötete. »Zu dumm, daß ich immer noch rot werden muß!«

»Erhalte dir diese Gabe, so lange es möglich ist!«

Sie traten den Rückweg an, jetzt ein wenig langsamer.

»Du hast natürlich recht«, gab sie zu, »ich hätte es Herbert längst sagen sollen.«

»Das läßt sich nachholen.«

»Genau das habe ich auch vor.«

»Bravo!«

»Er will mich über Ostern in Rodenberg besuchen.« Sie sah zu ihm auf und merkte an der Ausdruckslosigkeit seiner Miene, daß ihm der Gedanke nicht angenehm war. »Je eher ich es hinter mich brine, desto besser.« Sie ergriff seine Hand. »Wenn du nicht gewesen wärst, hätte ich es wahrscheinlich noch wer weiß wie lange vor mir hergeschoben.«

Er erwiderte den Druck ihrer Finger. »Halte mich bitte nicht für eingebildet und arrogant, aber ich weiß, daß ich der einzige Mann bin, der dich lieben kann. Es ist nicht mein Verdienst, sondern eine Tatsache. Ich bin der einzige Mensch, der Lisa Hammer und Doktor Vivian Wagner kennt. Dadurch, daß du es ihm erzählst, kannst du es ihm nicht wirklich deutlich machen.«

»Ich werde es versuchen.«

»Mehr kann ich nicht verlangen.« Als sie den Parkplatz erreichten, sagte er: »Es wäre nett, wenn du mich noch nach Hause fahren würdest.«

»Wo wohnst du denn?«

»In Nymphenburg.«

»Das wäre aber ein gewaltiger Umweg.«

Sie standen einander gegenüber und sahen sich in die Augen. »Wir könnten noch...«, setzte er an.

Sie ließ ihn nicht aussprechen. »Nein, lieber nicht. Kaffee hatten wir schon, und Alkohol verbietet sich von selber.«

»Bist du denn gar nicht neugierig zu erfahren, wie ich lebe?«

Lächelnd schüttelte sie den Kopf. »Nicht heute.«

»Bitte, Vivian!« Ehe sie es sich versah, hatte er sie in die Arme genommen und küßte sie voller Verlangen und, was für sie noch überraschender kam, sie erwiderte seinen Kuß mit der gleichen Leidenschaft. Es dauerte lange, bis sie die Kraft fand, sich von ihm zu lösen.

»Endlich!« stieß er atemlos aus. »Du ahnst nicht, wie sehr ich mich nach dir gesehnt habe!«

»Es tut mir leid, Paul«, brachte sie mühsam heraus.

Sein eben noch strahlendes Gesicht verdüsterte sich. »Daß du mich geküßt hast?«

»Daß ich nicht zu dir kommen kann. Wir wissen beide, was daraus werden würde.«

»Und wenn schon! Wir gehören zusammen. Hör endlich auf, dir etwas vorzumachen.«

»Ich bin verlobt, Paul.«

»Mit dem falschen. Laß ihn sausen.«

»Nein, Paul, so geht das nicht, und du weißt das selber. Wie könntest du je noch Vertrauen zu mir haben, wenn ich ihn betrügen würde?«

»Du denkst an später?«

»Ich weiß gar nicht mehr, was ich denken soll. Gib mir Zeit zur Besinnung!«

»Zeit? Ich habe sieben Jahre auf dich gewartet.«

»Das klingt schrecklich und schön. Ich hoffe, daß du deine Zeit nicht nur damit verbracht hast.« Sie bückte sich, schloß den VW auf und holte seinen Aktenkoffer heraus.

»Willst du mir etwa vorwerfen...«, begann er.

»Nichts. Gar nichts. Woher nähme ich denn das Recht

dazu?« Sie legte ihm den Koffer in die Arme und küßte ihn noch einmal kurz und zärtlich auf den Mund. »Du hörst von mir, Paul!«

Rasch stieg sie ein, schloß die Tür, kurbelte dann aber das Fenster herunter und lächelte ihm zu. »Auf Wiedersehn, Paul!« Sie fuhr an.

»Glaub nur nicht, daß du mich los wirst!« rief er ihr nach.

Sie winkte ihm zu, bevor sie das Fenster schloß.

Sie, die stets sehr vorsichtig fuhr, war heute noch mehr bemüht, sich auf den Verkehr zu konzentrieren, um nur ja keine Fehler zu machen. Der Ausbruch ihrer Leidenschaft hatte sie völlig verwirrt. Bisher hatte sie in Paul Zumbruch nie mehr als einen Freund, ihren besten Freund, gesehen, und nie war es ihr schwergefallen, ihn auf Distanz zu halten. Wie hatte es geschehen können, daß sie seinen Kuß so glühend erwidert hatte? Er war es doch nicht, den sie liebte, sondern Herbert Zink. Konnte man zwei Männer gleichzeitig und gleichermaßen lieben? Bisher hatte sie so etwas für ausgeschlossen gehalten, aber jetzt hatte sie das Gefühl, daß ihr das passiert wäre.

Oder war sie einfach ausgehungert nach Sex gewesen? Nur weil sie ein paar Wochen von Herbert getrennt gelebt hatte? Das entsprach gewiß nicht ihrer Art. Doch eines mußte sie sich zugeben: Wenn sie Pauls Wohnung betreten hätte, wäre sie in seinem Bett gelandet. Allen ihren Beteuerungen zum Trotz wäre sie Herbert untreu geworden.

Aber war sie das nicht ohnehin? War ein leidenschaftlicher Kuß, der Wunsch, einem anderen Partner ganz nahe zu sein, nicht schon Betrug? Und wenn es so war, mußte sie es nicht anstandshalber Herbert beichten? Oder sollte sie es besser verschweigen? Das hätte ihr die Situation erleichtert, aber, wie ihr schien, den Betrug noch schlimmer gemacht.

Jedenfalls paßte das, was geschehen war, nicht in das Bild, das sie sich bisher von sich selber gemacht hatte. Sie hatte sich für die Zuverlässigkeit in Person gehalten. Aber eben das war sie nicht.

So sehr sie sich auf Herberts Besuch gefreut hatte, so beklommen sah sie ihm nun entgegen.

Aber als Herbert dann, am späten Nachmittag des Gründonnerstags, aus dem Zug stieg, erwärmte ihr die Freude des Wiedersehenes das Herz. Er wirkte so seriös, groß und gut angezogen, wie er war, gleichzeitig aber auch jungenhaft mit dem üppigen, blonden Haar über der hohen Stirn. Er stellte den Koffer ab, als er sie entdeckte, und breitete die Arme aus. Sie flog an seine Brust und fühlte sich bei ihm wohl und geborgen. Dennoch konnte sie nicht verhindern, daß ihr genau in diesem glücklichen Augenblick ein Gedanke an Paul durch den Kopf schoß, wenn es auch kein liebevoller war. ›Verdammter Paul, wie konntest du mich so verunsichern!‹

Laut sagte sie: »Ich bin ja so froh, daß du da bist!«

»Es war schlimm ohne dich«, erwiderte er.

»Nun übertreib aber nicht!«

»Mußt du dich immer über mich lustig machen?« fragte er verletzt.

»Nimm's nicht krumm. Du weißt doch, daß ich Gefühle gern untertreibe.«

»Eine schlechte Angewohnheit.«

Sie trat einen Schritt zurück und sah ihn an. »Bitte, Herbert, wir wollen uns doch nicht streiten.«

»Das lag nicht in meiner Absicht.«

Er bückte sich und nahm seinen Koffer hoch – einen sehr edlen Koffer aus handgenähtem Schweinsleder, den sie ihm einmal geschenkt hatte.

»Dann ist es ja gut«, sagte sie und hängte sich in seinen freien Arm ein.

Während sie zum Auto gingen, das sie auf dem Bahnhofsvorplatz geparkt hatte, plauderten sie über dies und jenes miteinander. Vivian kam sich dabei wie eine langverheiratete Frau vor, und es gefiel ihr. Um ihm eine Freude zu machen, hatte sie seinen VW am Tag zuvor waschen lassen. Er bemerkte es sofort, und das tat ihm gut.

Er wollte sich hinter das Steuer setzen.

»Laß mich lieber fahren«, sagte sie, »ich kenne mich hier besser aus.«

Er gab nach. »Wenn dir so viel daran liegt.«

»Tut es nicht, scheint mir nur vernünftiger.«

Aber das war es dann doch nicht. Es wurde ihr jetzt erst ganz bewußt, wie nervös sie war. Sie schaltete schlecht, und der Motor ächzte. Daß er ihr dabei schweigend auf die Finger sah, machte es nicht besser.

»Ich bin aufgeregt«, entschuldigte sie sich.

»Warum?«

»Dumme Frage!« sagte sie lächelnd, spürte aber sofort, daß er diesen Ton nicht liebte, und fügte hinzu: »Weil du endlich da bist! Ich habe mich so auf dich gefreut.«

»Erinnere dich, daß du darauf bestanden hast, diese Urlaubsvertretung zu übernehmen.«

»Das habe ich nicht vergessen.«

Während der Fahrt machte sie ihn auf einige schöne alte, fast italienisch wirkende Gebäude aufmerksam.

»Mir kommt das alles hier recht kleinstädtisch vor«, sagte er.

Sie lachte. »Ist es auch. Ich denke gar nicht daran, dir in diesem Punkt zu widersprechen.«

Wie gewohnt stellte sie den Wagen auf dem unbebauten Grundstück neben dem Haus von Doktor Krantz ab, schloß auf und führte Herbert die Treppen zur Wohnung des Arztes hinauf. Als er dann im Vorraum seinen Mantel abgelegt, den Koffer hingestellt hatte, wollte er sie küssen, aber sie entwand sich ihm.

»Ich mache uns jetzt erst einmal einen Kaffee«, verkündete sie.

»Ich will gar keinen Kaffee!« erklärte er.

»Ich weiß schon, was du willst, aber das kommt später. « Sie öffnete die Tür zum Wohnzimmer. »Mach's dir gemütlich!«

Sie hatte das Zimmer gründlich von der Putzfrau, die auch die Praxis betreute, lüften und putzen lassen, hatte eine Vase mit leuchtendgelben Narzissen hingestellt und den Tisch hübsch gedeckt.

Trotzdem sah Herbert sich kritisch um. »Daß du hier leben kannst!«

»Tu' ich ja gar nicht. Ich hause in einer Kammer unter dem Dach. Schmales Bett, aber sonst gemütlich.«

»Soll das heißen, du darfst diese Räume gar nicht benutzen?«

»Ein ausdrückliches Verbot besteht nicht. Trotzdem würde es sicher Ärger geben, wenn wir eine von den guten Meißner Tassen zerschlagen würden.«

»Wollen wir dann nicht doch lieber zu dir hinaufgehen?«

»Kein Platz für zwei. Nun setz dich doch endlich. Hör auf, dich an den vielen Deckchen und Läufern zu stören. Helene Krantz handarbeitet nun mal gern.«

»Und warum hast du die Dinger nicht abgenommen?«

»Daran habe ich auch schon gedacht, aber es kam mir irgendwie lieblos vor, wie eine Art Entweihung.«

Vivian ging in die Küche, füllte frisches Wasser in die schon vorbereitete Kaffeemaschine und schnitt ein Osterbrot in Scheiben.

Es war ein schlechtes Zeichen, fand sie, daß ihre Begegnung gleich mit einem Mißton begonnen hatte. Sie gab sich selber die Schuld daran. Herbert hatte sich einen ganz anderen Empfang erwartet und versuchte nun, seine Enttäuschung durch Kritteleien abzubauen. Ganz bewußt hatte sie ihn nicht erst in eine weiche

Stimmung versetzen mögen, wie sie es gewöhnlich tat, um ihren Willen bei ihm durchzusetzen. Er sollte klar denken können, wenn sie ihm ihr Geständnis machte. Ihn in eine Situation zu bringen, in der er gleichsam gezwungen sein würde, sich zu seiner Liebe zu bekennen, um nicht sein Gesicht zu verlieren, schien ihr unfair.

Als sie mit dem beladenen Tablett in das Wohnzimmer zurückkehrte, hatte er im bequemsten Sessel Platz genommen. Sie goß den Kaffee ein, bediente Herbert mit Sahne und Zucker und bot ihm das Osterbrot an.

Er lehnte dankend ab. »Aber wenn ich einen Cognac haben könnte«, bat er.

»Nicht jetzt. Ich habe dir etwas sehr Wichtiges zu sagen, und da solltest du nüchtern sein.« Sie setzte sich neben ihn.

»Es gibt einen anderen Mann!« folgerte er sofort.

»So einfach ist die Sache nicht. Hat dir der Name Rodenberg etwas gesagt? Bevor ich die Urlaubsvertretung übernommen habe?«

»Nicht daß ich wüßte.«

»Vor Jahren ist hier ein alter Mann im Schlaf erstochen worden. Es ging durch die Presse.«

»Ach ja, richtig! Seine Frau wurde des Mordes bezichtigt. Aber entschuldige schon. Ich interessiere mich nicht für Sensationsberichte.«

Vivian hatte das Gefühl, über eine Hürde springen zu müssen, die zu hoch für sie war. Trotzdem nahm sie entschlossen geistigen Anlauf und brachte die Worte hervor: »Diese Frau war ich.«

»Bist du auch ganz in Ordnung?« fragte er besorgt.

»Du meinst, ob ich geistig gesund bin? Doch, das ist sicher. Ich bin ja daraufhin untersucht worden.«

»Das Alleinsein in diesem seltsamen Haus hat dir nicht gutgetan. Du mußt sofort hier raus.«

»Herbert, bitte, versuch doch zu verstehen! Was ich

dir sage, ist die Wahrheit. Ich war Lisa Hammer, geborene Hopf, die Frau, der man den Mord andrehen wollte.«

Er konnte es immer noch nicht glauben. »Unmöglich! Das kann doch nicht sein.«

»Es ist eine Tatsache, Herbert!«

»Nein, nein und tausendmal nein! Du bist Vivian Wagner.«

»Ich habe meinen Namen geändert. Das kann man nämlich.«

»Das glaube ich einfach nicht. Ich kann mich zwar nur noch schwach an die Fotos erinnern, aber diese Person sah ganz anders aus.«

»Stimmt, Herbert. Ich habe nicht nur meinen Namen geändert, sondern mich auch einer plastischen Operation unterzogen. Ich war Lisa Hammer und, wenn du so willst, ich bin es immer noch.«

Er wurde totenbleich.

Vivian begriff, daß er endlich verstanden hatte. Sie sprang auf, holte ein Glas und eine Flasche Cognac – nicht die aus dem Vorrat von Doktor Krantz, sondern eine, die sie für den Fall der Fälle selber besorgt hatte.

Seine Hände zitterten so sehr, daß er Mühe hatte, das Glas an die Lippen zu bringen. »Darf man hier rauchen?« krächzte er.

»Aber ja doch. Der alte Doktor qualmt selber wie eine Lokomotive.«

Es schmerzte sie, mitansehen zu müssen, wie mühsam er das Päckchen aus der Tasche zog und wie schwer es ihm fiel, die Zigarette herauszuholen und anzuzünden. Dann nahm er noch einen Schluck, und allmählich bekam sein Gesicht wieder Farbe, doch der Blick seiner Augen blieb verstört.

»Du hättest mir das sagen müssen«, brachte er immer noch heiser hervor.

»Natürlich hätte ich das, du hast ganz recht – spätestens, als zwischen uns von Heirat die Rede war. Aber ich war so glücklich mit dir, ich wollte unsere Beziehung nicht belasten – ich hatte einfach nicht den Mut dazu.« Zärtlich berührte sie seine Hand. »Ist es denn wirklich so schlimm?«

»Das kannst du fragen?«

»Aber ich war es ja nicht, Herbert, ich habe meinen Mann nicht getötet. Und jetzt sieht es so aus, als könnten wir den wahren Täter stellen.«

»Wer – wir?«

»Paul Zumbruch und ich. Es gibt eine Zeugin, die gesehen hat, wie der Mörder nachts das Haus betrat. Paul hat eine Detektei damit beauftragt, sie zu finden.«

»Und dann?«

»Falls es gelingt, sie aufzuspüren – und daran besteht nach menschlichem Ermessen gar kein Zweifel –, kann der Fall noch einmal aufgerollt werden.«

»Mit dir als Zeugin?«

»Wahrscheinlich.«

»Dann würdest du wieder im Mittelpunkt stehen. Dann würde weder deine Namensänderung noch deine Schönheitsoperation mehr greifen.«

»Aber meine Schuldlosigkeit wäre bewiesen.«

»Das ist für mich alles ein bißchen viel.« Er leerte sein Glas und hielt es ihr hin.

Sie schenkte nach. »Ja, ich weiß, Herbert. Ich weiß, was ich dir mit meiner Eröffnung zumute. Zu meiner Entschuldigung kann ich sagen: Das war auch mit ein Grund, warum ich so lange davor zurückgeschreckt bin.«

»Und wie soll es nun weitergehen?«

»Das, Herbert, mußt du entscheiden. Wenn du nicht willst, daß der Fall noch einmal vors Gericht kommt, dann lassen wir es eben. Wichtig ist ja nur, du glaubst mir, daß ich mit dem Mord nichts zu tun hatte.«

»Sicher nicht. Du würdest keinen Mord begehen.« Er

sah sie durchdringend an. »Aber was weiß ich eigentlich von dir?«

»Wenn du willst, werde ich dir alles erzählen.«

»Natürlich liebe ich dich immer noch, und ich will, daß du meine Frau wirst. Aber momentan bin ich total verwirrt.«

Sie sprachen miteinander bis in die Nacht hinein. Allmählich gewann Vivian den Eindruck, daß er doch bereit war, ihre Vergangenheit zu akzeptieren. Es störte sie nur, daß er mehr als gewöhnlich trank. Alkohol, das wußte sie, konnte die Probleme nicht lösen. Sie hatte ein kleines Abendbrot vorbereitet, aber er mochte nicht essen, beschränkte sich darauf, zu rauchen und zu trinken.

Ohne Protest nahm er zur Kenntnis, daß sie ihm ein Zimmer im ›Parkhotel‹ hatte reservieren lassen. Sie verschwieg ihm, daß sie für den Fall einer positiven Entwicklung das eheliche Schlafzimmer des Doktors hatte richten lassen. Aber wie die Dinge standen, hatte sie keine Lust auf Sex und wollte auch nicht den Versuch machen, die Kluft, die zwischen ihnen entstanden war, durch körperliche Leidenschaft zu überwinden. Als sie ihn gegen zehn Uhr mit dem Auto zum Hotel brachte, war er alls andere als nüchtern.

»Habe dich wohl enttäuscht«, sagte er mit schwerer Stimme.

»Nein, gar nicht!« behauptete sie. »Ich wußte, daß es ein Schlag für dich sein würde.«

»Muß über alles nachdenken.«

»Ja, tu das. Morgen früh hole ich dich ab. Gegen neun?«

Ungeschickt versuchte er sie zu küssen, und sie ließ es zu. Aber seine Lippen waren kalt.

Vivian mochte jetzt nicht in die leere Wohnung zurückkehren. Wie schon so oft fuhr sie durch die nächtlichen Straßen der kleinen Stadt. Sie gestand sich, daß sie enttäuscht war, wußte aber auch, daß dies nicht Herberts Schuld war, sondern ihre eigene. Was hatte sie denn erwartet? Daß er sie in die Arme reißen und rufen würde: »Ganz egal, was früher einmal passiert ist, du bist die Frau, die ich liebe!« – Ja, genau das war es, was sie erhofft hatte. Jetzt erkannte sie, daß diese Einstellung absolut unrealistisch gewesen war. Sie hatte ihn mit einer Seite ihres Lebens konfroniert, auf die er nicht gefaßt gewesen war, nicht hatte gefaßt sein können. Er war ein durch und durch bürgerlicher Mensch, und so mußten ihn diese Neuigkeiten schockieren. Abgesehen davon spielte das, was passiert war, immer noch eine große Rolle für sie und damit auch für ihn, falls er sich zu ihr bekennen würde.

Es dauerte einige Zeit, bis Vivian ihre Niedergeschlagenheit abgeschüttelt hatte. Sie begriff, daß sie Herbert nur benutzt hatte, um Lisa Hammer auszulöschen, nicht anders als ihren neuen Namen und ihr neues Gesicht. Die Beziehung zu ihm war nichts als eine Episode gewesen, eine glückliche Episode, die nun hinter ihr lag. Gleichgültig, zu was er sich selber entschied, sie wußte, daß es aus war, und sie war entschlossen, es ihm morgen klarzumachen, schonend, aber mit Entschiedenheit.

Ohne es zu wollen, hatte Vivian inzwischen die Parkstraße erreicht und fuhr jetzt noch langsamer. Vor dem Haus Nummer zwölf waren keine Autos geparkt, aber sie beobachtete, daß zwei Personen den Vorgarten rasch durchschritten und eingelassen wurden. Arthur Hammer mußte also zu Hause sein. Vivian war klar, daß jetzt durchaus keine Besuchszeit war, aber sie glaubte, sich in ihrer Situation nicht an Konventionen halten zu müssen. Schon mehrfach hatte sie versucht, ihren Stiefsohn telefonisch zu erreichen, hatte auch schon einmal nachmittags bei ihm geklingelt – vergebens. Jetzt sah sie die Gelegenheit, ihn zu stellen.

Tatsächlich wurde ihr die Haustür nach dreimaligem Klingeln geöffnet. Doch es war nicht Arthur, der sie empfing, sondern ein ihr unbekannter junger Mann. Er war sehr groß, breitschultrig und besaß die brutale Attraktivität eines Zuhälters.

Mißtrauisch starrte er sie an und wollte ihr die Tür vor der Nase zuschlagen.

Aber Vivian war schneller; sie hatte rasch den Fuß vorgeschoben. Es tat weh, als die Tür ihn traf, aber schließen ließ sie sich nicht mehr.

»Ich muß Herrn Hammer sprechen!« erklärte Vivian.

»Das geht jetzt nicht.«

»Er ist doch da, nicht wahr?«

»Er hat Gäste.«

»Einen Augenblick wird er sich freimachen können. Ich bin eine Freundin seiner Stiefmutter. Ich habe ihm etwas auszurichten.«

»Wer sind Sie?«

»Die Freundin Lisa Hammers.«

Es war dem Mann anzumerken, daß ihm der Name bekannt war, aber es fiel ihm offensichtlich schwer, eine Entscheidung zu treffen.

»Ihr gehört ja das Haus«, hakte Vivian nach, »und sie würde es sicher sehr merkwürdig finden, daß man mir den Einlaß verwehrt.«

»Ziehen Sie Ihren Fuß zurück, dann frage ich mal nach.«

»Ich würde lieber drinnen auf ihn warten.«

»Wollen Sie riskieren, daß ich Ihr hübsches Bein zerquetsche?«

Sie tat, was er verlangt hatte. »Sie wären dazu imstande.«

Vivian mußte lange warten. Sie hatte die Hoffnung

schon fast aufgegeben, als der Mann die Tür abermals öffnete und sie hineinließ. »Sie haben vielleicht Nerven«, kommentierte er unfreundlich.

Zu Vivians Überraschung führte er sie nicht in den kleinen Salon, sondern in die Küche und forderte sie auf zu warten. Sie sah sich um und stellte fest, daß sich einiges verändert hatte; es gab jetzt einen Kühlschrank von gewaltigen Ausmaßen.

Arthur trat ein. Sein Aufzug hatte noch etwas von seiner vormaligen lässigen Eleganz, war aber auf undefinierbare Weise schäbig geworden. Er schien kleiner geworden, seine Haut, aschfahl, stand in einem häßlichen Gegensatz zu seinem immer noch weizenblonden Haar. Die dunklen Ringe unter seinen Augen sprachen von schlaflosen Nächten.

Vivian streckte ihm die Hand entgegen; er nahm sie nicht.

»Herr Hammer?« sagte sie fragend.

»Was wollen Sie von mir?« entgegnete er mürrisch.

»Ihre Stiefmutter schickt mich. Ich habe einige Zeit hier zu tun, und da hielt sie es für eine gute Idee, Sie aufzusuchen.«

»Wozu?«

»Sie dachte, daß ich in ihrem Haus wohnen kann.«

Jetzt wurde er plötzlich lebhaft; auf seinen Wangen erschienen rote Flecken. »Ausgeschlossen!«

Vivian bemerkte, daß die Pupillen seiner verhangenen grauen Augen sehr eng waren. »Aber das Haus ist doch groß genug«, erklärte sie.

»Nein.«

»Hat es nicht fünf Schlafzimmer?«

»Das geht Sie nichts an. Ich kann keine fremden Menschen hier dulden.«

»Es ist ja nur für ein paar Wochen.«

»Nein, und jetzt Schluß mit dem Unfug. Verschwinden Sie, bevor ich Sie rauswerfen lasse.«

»Ich geh' ja schon!« Vivian wandte sich zur Tür, drehte sich aber, bevor sie hinausging, noch einmal um. »Ich weiß nicht, was Lisa Hammer zu Ihrem Verhalten sagen wird.« Dann hatte sie es eilig, hinaus zu kommen.

Als sie wieder im Auto saß, war sie froh darüber, daß sie ihren Namen nicht genannt hatte. Das Benehmen der beiden Männer war bedrohlich gewesen. Sie konnte nur hoffen, daß sie ihr Auftauchen nicht für wichtig genug hielten, etwas gegen sie zu unternehmen.

Die letzte Auseinandersetzung mit Herbert Zink verlief kurz, wenn auch schmerzlich. Er lud sie nicht einmal zu einer Tasse Kaffee ein. All die schönen Worte, die sie sich zurechtgelegt hatte, um ihn zu trösten, blieben unausgesprochen.

»Du hast mich getäuscht«, warf er ihr an den Kopf, während er, die Fäuste tief in den Taschen, neben ihr über den Marktplatz ging. – Sie gab es zu.

Er steigerte sich noch. »Arglistig, getäuscht!«

»So könte man es nennen«, sagte sie friedfertig; sie verstand, daß er seine eigene Ehre zu retten suchte, indem er die ihre herabsetzte.

»Nicht auszudenken, wenn ich dich wirklich geheiratet hätte und die Sache dann ans Licht gekommen wäre!« Er schlug sich mit der Faust gegen die hohe Stirn. »Wir hätte ich dann dagestanden?«

Es schien ihr nicht der Mühe wert, ihm zu erklären, daß ja gerade sie es gewesen war, die die Heirat immer wieder abgelehnt hatte.

»Es wäre das Ende meiner Karriere gewesen!« fuhr er aufgebracht fort.

»Na, der steht ja jetzt nichts mehr im Wege«, konnte sie sich nicht enthalten zu bemerken.

»Dein freches Mundwerk hat mich immer schon gestört, aber nie hätte ich gedacht...«

Sie war es leid. »Was du gedacht oder nicht gedacht hast, ist doch jetzt ziemlich egal, wie?« schnitt sie ihm das Wort ab. »Wenn ich dich recht verstanden habe, willst du Schluß machen. Dazu bedarf es keiner großen Worte.«

»Gib mir die Autoschlüssel und den Kraftfahrzeugschein!« Er war stehengeblieben.

Das kam für sie nun wirklich so überraschend, daß sie nichts dazu zu sagen wußte.

»Was siehst du mich so an? Findest du es etwa zuviel verlangt, daß ich mein Auto wiederhaben will?«

»Nein.« Sie öffnete ihre Handtasche und holte den Schlüssel und den Schein heraus, gab ihm beides.

»Da ich schon mal hier bin«, erklärte er, »will ich wenigstens mobil sein.«

»Das ist eine gute Idee«, stimmte sie ihm zu, »also dann – viel Spaß noch!«

Sie hätte ihn gerne zum Abschied auf die Wangen geküßt oder ihm wenigstens die Hand gegeben. Aber seine ablehnende Haltung machte ihr das unmöglich. Also drehte sie sich auf dem Absatz um und ging.

Vor dem Haus von Doktor Krantz stand Paul Zumbruch. Vivian war so überrascht, daß sie ihren Augen kaum zu glauben wagte. Wortlos fielen sie sich in die Arme und küßten sich. Endlich lösten sie sich voneinander.

»Du?« fragte sie.

»Ja, ich!« erwiderte er.

Dann wurden sie sich bewußt, daß dieser Dialog recht töricht war, und sie brachen in Gelächter aus.

»Die Liesel ist gefunden!« erklärte er. »Sie heißt Elisabeth Kastner und lebt in München, was den Fall natürlich erleichtert, denn die Münchner Polizei wird unvoreingenommen an den Fall herantreten.«

»Du, ich war gestern abend bei Arthur. Er wirkt heruntergekommen. Ich bin sicher, er nimmt Drogen. Wahrscheinlich Morphium.«

»Und wo steckt dein Regierungsrat?«

»Hat sich verzischt!«

»Traurig darüber?«

»Nein. Erleichtert. Du hattest mit allem recht.«

»Dann steht unserer Heirat nichts mehr im Weg.«

»Ich weiß nicht, Paul, ob ich nach dieser Enttäuschung so schnell...«

»Doch. Du kannst. Wir haben lange genug gewartet. Ich will, daß du meine Frau bist, wenn der Mord noch einmal zur Verhandlung kommt.«

»Das würde Arthur nicht durchstehen. Er ist in denkbar schlechter Verfassung.«

»Na und? Soll er seiner Strafe entgehen?«

»Er muß Höllisches durchgemacht haben.«

»Mitleid mit dem Mörder?«

»Ja. Das wohl auch.«

»Du willst dir nicht vorwerfen müssen, du wärst auf Rache aus?«

»Stimmt. Ich will mein Gewissen nicht belasten.«

»Gutes Mädchen!« Wieder küßte er sie. »Wenn auch deine Einstellung grundsätzlich falsch ist, denn es geht ja darum...« Er unterbrach sich. »Warum stehen wir eigentlich hier noch dumm herum? Willst du mich nicht ins Haus lassen? Ich habe noch nicht gefrühstückt.«

Sie zögerte nur noch den Bruchteil einer Sekunde. Dann sagte sie: »Ja, komm!« und schloß die Tür auf.

Das altmodisch eingerichtete Schlafzimmer des alten Arztehepaares war alles andere als romantisch, aber für Vivian und Paul war das ganz unwesentlich. Die ganze Leidenschaft, die sich zwischen ihnen aufgestaut hatte, entlud sich wie ein Vulkan.

Es dauerte unendlich lange, bis sie in die Wirklichkeit

zurückfanden. Beide waren erschöpft und schweißüberströmt. Trotzdem klammerten sie sich aneinander und mochten sich nicht trennen.

Es war Paul, der den Bann brach. »Jetzt bin ich hungrig.«

Sie bedeckte seine Brust mit kleinen Küssen. »Ich geh' erst mal unter die Dusche und dann mache ich uns ein Frühstück.«

»Gegenvorschlag: Wir gehen zusammen unter die Dusche und machen uns dann ein Frühstück.«

»Einverstanden«, erklärte sie.

Dennoch brauchten sie beide noch einige Zeit, bis sie sich entschließen konnten aufzustehen.

Später, als sie sich dann bei Kaffee und Osterbrot gegenübersaßen – Vivian in ihrem Kimono, ein Frotteetuch um das feuchte Haar gewunden, er in einem viel zu kurzen Bademantel des Doktors –, bemerkte er: »Du wohnst hier eigentlich sehr luxuriös, davon abgesehen, daß alles recht hausbacken ist. Aber immerhin hast du reichlich Platz und ein sehr schönes Bad.«

»An sich«, erwiderte sie, »habe ich hier unten gar nichts zu suchen. Ich hause einen Stock höher.«

»Ach ja? Aber alles wirkt doch so sauber und wohnlich. Die Narzissen und...«

»Ich habe die Wohnung für einen eventuellen Besuch herrichten lassen.«

Er ließ die Hand mit dem Hefebrot sinken, das er gerade zum Mund hatte führen wollen. »Du hast mich erwartet?«

»Nicht dich«, gestand sie, »den Regierungsrat.«

»Da sieh mal einer an! Ein Grund mehr, dich nie mehr aus den Augen zu lassen.«

»Aber ich habe ihn ja dann doch abgeschoben. Sag mal, was hättest du eigentlich getan, wenn er hiergewesen wäre? Damit mußtest du doch rechnen.«

»Um dich gekämpft. Das ist der eigentliche Grund, warum ich gekommen bin.«

Sie lächelte ihn an. »So etwas habe ich mir schon immer gewünscht. Ich zweifle nicht daran, daß du gewonnen hättest.«

Für die letzten Wochen in Rodenberg mietete Vivian sich einen Leihwagen. Sie und Paul besuchten sich so oft wie möglich. Dennoch war sie froh, als die Zeit der Urlaubsvertretung abgelaufen war.

Sie zog zu Paul nach München-Nymphenburg. Seine elegante Vierzimmerwohnung war groß genug für eine kleine Familie.

»Ich war sicher«, hatte er ihr bei ihrem ersten Besuch erklärt, »daß du eines Tages zu mir kommen würdest.«

»Und wenn nicht«, erwiderte sie in ihrer kessen Art, die an die frühere Lisa erinnerte, »hättest du eine andere Frau genommen.«

Es gelang Vivian, eine Assistentenstelle bei Professor Schönhuber am Klinikum ›Rechts der Isar‹ zu ergattern, wo sie sich als Fachärztin für ›Plastische Chirurgie‹ ausbilden lassen wollte. Sie überließ es Paul, ihre Wohnung in Berlin aufzulösen.

Im Juni heirateten sie auf dem Standesamt Mandelstraße. Trauzeugen waren Lisas Mutter, die sich nur schwer an die Verwandlung ihrer Tochter gewöhnen konnte, und der Professor, dem sie ihr neues Gesicht verdankte. Ihre Hochzeitsreise konnten sie aber erst im August antreten, da Paul sich nur in den Gerichtsferien freinehmen konnte.

Um der sommerlichen Hitze zu entgehen, wählten sie Schweden als Reiseziel, flogen nach Stockholm, mieteten sich dort ein Auto mit Wohnanhänger und durchkreuzten das Land der Seen und Wälder. Sie picknickten an gischtenden Wasserfällen und verbrachten die Abende an knisternden Lagerfeuern. Beide fühlten sich, trotz allem, was hinter ihnen lag, jung und unbekümmert.

Eines Morgens fuhr Paul allein in das nahe gelegene Örtchen Örebro, um neue Vorräte einzukaufen. Er kam außer mit Butter, Eiern, Brot und Konserven mit einer deutschen Zeitung, drei Tage alt, zurück. Eine ihrer Schlagzeilen lautete: »Arthur Hammer gesteht Mord.«

»Gib her!« rief Vivian und riß ihm das Blatt aus der Hand. Am Campingtisch sitzend las sie ihm vor: »Der Sohn des Rodenberger Industriellen Bruno Hammer, der im Haus seines vor sieben Jahren ermordeten Vaters einen illegalen Spielclub betrieb – wir berichteten gestern – und im Verlauf einer Razzia verhaftet wurde, hat im polizeilichen Verhör gestanden, den Mord an seinem Vater begangen zu haben. Nach eigenen Angaben sollen erhebliche Schulden Anlaß für die schreckliche Tat gewesen sein, der seinerzeit seine Stiefmutter, Lisa Hammer, bezichtigt worden ist. Arthur H. gab an, dieser Frau gegenüber – sie wurde aus Mangel an Beweisen freigesprochen – kein schlechtes Gewissen zu haben, da sie durch ihre pflegerische Tätigkeit das Leben seines Vaters unnötig verlängert und ihn so nicht in den Besitz des zu erwartenden Erbes habe kommen lassen.«

»Also doch!« rief Paul. »Endlich!«

»Das steht er nicht durch«, sagte Vivian, »warte es ab, er bringt sich um.«

»Das wäre vielleicht das Beste, was er tun könnte.«

Sie blätterte um und las weiter: »Nach eigenen Angaben ist Arthur Hammer mit dem Auto eines Freundes nach Rodenberg gefahren, hat den Wagen in einigen hundert Metern Entfernung von seinem Elternhaus geparkt und es unbeobachtet betreten. Dazu benutzte er den Schlüssel, den er immer noch besaß und dessen er sich erst nach der Tat entledigt hat. Die Papierschere war ihm schon bei seinem letzten Besuch in die Hände gefallen und als Mordinstrument geeignet erschienen. Obwohl er sich um eine Verzweiflungstat gehandelt hat, muß doch von kaltblütigem, vorausgeplantem Mord gesprochen werden. Arthur Hammer ist in eine Nervenklinik zur psychiatrischen Untersuchung seines Geisteszustandes eingeliefert worden.« Vivian ließ die Zeitung sinken.

»Wahrscheinlich stecken sie ihn in die Klapsmühle«, sagte Paul.

»Du meinst, es kommt gar nicht zum Prozeß?«

»Doch. Bestimmt. Aber nach Lage der Dinge wird man auf deine Aussage wohl verzichten. Vivian, weißt du, was das für dich bedeutet? Du kannst jetzt der ganzen Welt die Stirn bieten. Wir können wieder zurück nach Rodenberg.«

»Willst du das wirklich?«

»Du hast recht. Wahrscheinlich nicht. Aber du kannst dich deinen alten Freunden zu erkennen geben. Wie wär's, machen wir ein Fest daraus.«

»Ja, vielleicht«, sagte sie zögernd.

»Was ist mit dir? Bist du denn nicht glücklich?«

»Nicht so, wie ich wohl sollte. Arthur tut mir unendlich leid. Was muß in einem Menschen vorgegangen sein, der in einer solchen Tat seinen einzigen Ausweg sah? Hätte ich mich mehr um ihn gekümmert, hätte ich ihn dazu gebracht, sich mir anzuvertrauen, wäre der Mord vielleicht verhindert worden.«

»Jetzt rede dir bloß keine Schuldkomplexe ein!« protestierte Paul. »Nach allem, was ich über Bruno Hammer weiß, halte ich es für sehr fraglich, daß er freiwillig den nötigen Zaster herausgerückt hätte, selbst wenn du goldene Worte gefunden hättest, ihn dazu zu bewegen. Im Gegenteil, ich nehme eher an, er hätte seinen Sohn auf der Stelle enterbt.«

»Ich konnte mich nicht so um Arthur kümmern, wie ich es als Stiefmutter vielleicht sollte«, verteidigte sie sich vor sich selber, »sein Vater hielt mich zu sehr in Atem.«

»Na, siehst du!« Er zog sie hoch und nahm sie in die Arme. »Mach kein so trauriges Gesicht. Du hast genug gelitten unter einer Tat, an der du schuldlos warst. Laß Arthur Arthur sein. Er hat sich ja auch deinetwegen keine Gedanken gemacht. Der Alptraum ist endlich vorbei. Du hast allen Grund, glücklich zu sein.«

»Du hast ja recht, Paul«, sagte sie und schmiegte sich an ihn. Aber es dauerte Tage, bis sie zu ihrer unbeschwerten Ferienstimmung zurückfand.

Auf dem Rückflug nach München – beide waren braun gebrannt und herrlich erholt – sagte er: »Ist dir eigentlich jemals bewußt geworden. Vivian, daß die ganze schreckliche Geschichte auch ihr Gutes hatte?«

»Für wen?«

»Für uns beide. Wir hätten uns womöglich sonst nie kennengelernt.«

Sie beugte sich zu ihm und küßte ihn auf die Wange. »Das ist mir ganz unvorstellbar, Paul. Aber das Leben ist schon sehr sonderbar.«

HEYNE BÜCHER

HEYNE TASCHENBÜCHER

Romane voll Leidenschaft, Liebe und gefährlichen Abenteuern

01/6961

01/6641

01/7633

01/7610

Wilhelm Heyne Verlag
München

DIE GROSSE HEYNE-JAHRESAKTION 1989

Der Papalagi
Die Reden des Südsee-Häuptlings Tuiavii aus Tiavea
01/7951

Ein Kultbuch unserer Zeit: Ein »naiver« Südseeinsulaner hält uns den Spiegel vor.

ANNE MORROW LINDBERGH
Muscheln in meiner Hand
Roman - 01/7950

Das weltberühmte Buch – voll Weisheit und menschlicher Wärme, voll Lebenserfahrung und Tiefe.

ARTHUR HAILEY
Airport
Roman - 01/7953

Ein atemberaubender Thriller. Der Roman, der Arthur Hailey zum Meister der Spannungsliteratur machte.

ANAÏS NIN
Das Delta der Venus
01/7952

»Poetisch und pornographisch, sinnlich und sensibel – ein schamlos schönes Buch.« Henry Miller